文明互鉴：中国与世界

英语世界的
老舍研究

续 静◎著

四川大学出版社
SICHUAN UNIVERSITY PRESS

目　录

绪　论……………………………………………………………（1）

第一章　英语世界的老舍生平与文艺思想研究……………………（18）
　第一节　英语世界老舍生平与多重形象研究………………（20）
　第二节　英语世界老舍文艺思想研究………………………（37）

第二章　英语世界对老舍式"笑"的研究…………………………（47）
　第一节　"喜剧论"批判：老舍早期作品中"笑"的重构……（47）
　第二节　"讽刺论"批判：老舍中后期作品中"笑"的含混…（62）

第三章　英语世界的老舍现实主义特征研究………………………（81）
　第一节　老舍对现实主义的改造……………………………（81）
　第二节　老舍现实主义小说的男性气质建构………………（102）
　第三节　老舍的都市书写与疗救文学………………………（107）

第四章　英语世界的老舍短篇小说研究……………………………（123）
　第一节　老舍短篇小说专题研究……………………………（124）
　第二节　英语世界老舍短篇小说研究反思…………………（152）

第五章　英语世界的老舍抗战长篇小说研究………………………（160）
　第一节　从《火葬》到《四世同堂》：探寻小说回归的意义…（161）
　第二节　以叙述学阐释老舍抗战前后的传统长篇小说……（172）

第六章　英语世界的老舍戏剧研究…………………………………（190）
　第一节　早期研究中的老舍与剧场…………………………（191）
　第二节　新中国成立后老舍剧作策略与心路历程…………（195）
　第三节　老舍话剧里的政治与艺术…………………………（200）
　第四节　英语世界老舍戏剧研究反思………………………（212）

1

第七章　变异学视野下的英语世界老舍研究……………………（216）
　第一节　概述：英语世界老舍研究的变异性……………………（216）
　第二节　华裔汉学家的突出贡献及中西老舍作品研究对话…………（230）
结　语……………………………………………………………（250）
参考文献…………………………………………………………（255）

绪　论

　　老舍创作从起点就带着世界文学的色彩。老舍登上文坛的第一部长篇小说《老张的哲学》写于伦敦，写于新加坡的小说《小坡的生日》更是突破了儿童文学界限，表现出世界文学理想，《二马》反映了中国人在伦敦的文化冲突，《新韩穆烈德》塑造了中国式哈姆雷特。老舍的众多作品在探索现代民族国家出路的同时，还表现出对人性灰暗面、人类命运和文化危机的深沉思考，因此，老舍成为除鲁迅外在世界范围内被接受程度最高的中国现代文学作家。老舍还在创作期间，英语世界就同时有译介、传播和研究的产生，虽然数量较少，时间上稍滞后，研究队伍人员层次参差不齐，但英语世界的老舍研究在错落的时空中与国内研究形成了共鸣与互补，它们在不断的对话过程中共同推进世界老舍学的发展。当老舍学成为一门显学，它就具备世界文学批评的意义。"英语世界"似乎是一个宽泛的概念，它同"汉语世界"相区别，指以英语为母语或第二语言进行写作、翻译和研究的文化圈；从出版物角度来看，"英语世界"包括直接使用英语撰写的研究成果及中国行政区划以外所有研究成果的英文译本。换句话说，除长期定居在国内的中国学者发表的研究成果外，世界其他国家和地区范围内以英文形式发表的研究成果也都在本书研究之列。

　　国家之间文学交流会产生变异。这种变异在英语世界老舍译介、传播及研究过程中也有所体现。汉学家研究老舍使用的文本大多属于英译本，它们会对结论产生重大影响。具体英文译介概况如下。

　　老舍在英国讲学五年，赴美国访学三年半。《四世同堂》第三部《饥荒》，《鼓书艺人》《华人街》和一部英文话剧就是用英文写成的。其余译本基本是由英语为母语的外国人译介而成，其中有许多改编。老舍主要作品的英译本按时间顺序排列如下（见表1）：

表 1　老舍主要作品英译本概况

出版时间	老舍作品名称	英译名称	译者姓名	出版物名称
1944	《黑白李》《眼镜》《抱孙》《麻醉师》《柳家大院》	Black Li and White Li / The Glasses / Grandma Takes Charge / The Philanthropist / Liu's Court	Chi-Chen Wang	Contemporary Chinese Stories
1945	《骆驼祥子》	Rickshaw Boy	Evan King	Rickshaw Boy
1946	《火车》	The Last Train	Chia-Hua Yuan / Payn Robert	Contemporary Chinese Stories
1947	《一封家信》等	A Letter from Home etc.	Chi-Chen Wang	Stories of China at War
1948	《离婚》	Divorce	Evan King	Divorce
1948	《离婚》	The Quest for Love of Lao Lee	Helena Kuo / Lao Shaw	The Quest for Love of Lao Lee
1951	《四世同堂》	The Yellow Storm	Ida Pruitt / Lao Shaw	The Yellow Storm
1951	《牛天赐传》	Heavensent	/	Heavensent
1952	《鼓书艺人》	The Drum Singers	Helena Kuo / Lao Shaw	The Drum Singers
1956	《龙须沟》	Dragon Beard Ditch: A Play in Three Acts	Liao Huang-ying	Dragon Beard Ditch: A Play in Three Acts
1964	《猫城记》	The City of Cats	Dew E. James	The City of Cats
1964	《骆驼祥子》	The Rickshaw Boy	F. S. Richard M. Stahl Herbert	The Rickshaw Boy
1970	《猫城记》	Cat Country: A Satirical Novel of China in the 1930s	William Lyell	Cat Country: A Satirical Novel of China in the 1930s
1970	《黑白李》等	Black Li and White Li etc.	W. J. F. Jenner / Yang Gladys	Modern Chinese Stories
1979	《骆驼祥子》	Rickshaw—the Novel Lo-t'o Hsiang Tzu	F. S. Richard M. Stahl Herbert	Rickshaw—the Novel Lo-t'o Hsiang Tzu
1980	《二马》	Ma and Son: A Novel	J. M. James	Ma and Son: A Novel
1980	《茶馆》	Teahouse	Kai-yu Hsu	Literature of the People's Republic of China

续表1

出版时间	老舍作品名称	英译名称	译者姓名	出版物名称
1980	《茶馆》	Teahouse: A Play in Three Acts	John Howard-Gibbon	Teahouse: A Play in Three Acts
1981	《正红旗下》	Beneath the Red Banner	Don Cohn	Beneath the Red Banner
1981	《骆驼祥子》	Camel Xiangzi	Xiaojing Shi	Camel Xiangzi
1981	《新时代的旧悲剧》等	An Old Tragedy in a New Age etc.	Michael S. Duke Leo ou-Fan Lee	Modern Chinese Stories and Novels: 1919-1949
1984	《二马》	The Two Mars	Kenny K. Huang David Finkelstein	The Two Mars
1985	《月牙儿》《微神》《上任》等12篇中短篇小说	Crescent Moon A Vision Brother You Takes Office etc.	Don Cohn	Crescent Moon and Other Stories
1986	《牛天赐传》	Heavensent	Xiong De-ni	Heavensent
1991	《二马》	Mr. Ma and Son	Julie Jimmerson	Mr. Ma and Son
1995	《老字号》	An Old and Established Name	William Lyell	The Columbia Anthology of Modern Chinese Literature
1999	《老字号》《黑白李》《也是三角》《老年的浪漫》《热包子》《邻居们》《丁》《不说谎的人》《兔子》《歪毛儿》等	An Old and Established Name Black Li and White Li Also Triangle Life Choices Hot Dumplings Neighbors Ding A Man Who Doesn't Lie Rabbit Crooktails etc.	William Lyell Chen Weiming	Blades of Grass: the Stories of Lao She

  老舍作品在英语世界的译介已经有七八十年历史。其特点是数量大、版本多、差异大、译本较复杂。王际真（Wang Chi-Chen）和伊万·金（Evan King）都对老舍作品进行了转译和改编。在美国出版的老舍英译作品近60种，包括多种重译本和重印本。英国也有译本问世，如《牛天赐传》和多部短篇小说。根据译者情况这些译作可分为三类：目标语译者独译、中外译者共译、

中国译者独译。后两种情况属于国内主动向外传播中国文化。这三类英译本具有比较研究价值，对原著尊重程度大不相同；体裁集中于小说、戏剧，杂文随笔相对少些。老舍的16部长篇小说中有一半（《骆驼祥子》《离婚》《牛天赐传》《二马》《鼓书艺人》《四世同堂》《猫城记》《正红旗下》）被译成英文。其中，《鼓书艺人》的中文本都是由仅存的英译本翻译过来，少了许多味道。老舍70余篇中短篇小说中有一半被译成英文；20世纪80年代以后，一些散轶资料（如老舍根据《五虎断魂枪》改编的三幕四场无题英文话剧）在美国等地被发现。戏剧方面，廖煌英翻译了《龙须沟》；许芥昱主编的《中华人民共和国文学》（Literature of the People's Republic of China）收入《茶馆》第一幕；约翰·霍华德·吉本（John Howard Gibbon）翻译了整部《茶馆》；2005年，美国学者迈克赠予老舍纪念馆《宝船》的英译稿。

英语世界译介老舍作品的过程，受到了诸多因素的影响，譬如赞助者观念、译者个体差异、社会背景要求、读者心理期待等，译者对原本进行了自觉或不自觉的误读、删改，发生了创造性叛逆。老舍本人对有的译本感到满意，而对有的译本甚至要打官司（如《离婚》郭镜秋英译本）。典型案例是《骆驼祥子》的英译本。伊万·金改动最大，将祥子改成励志的热血青年，让·詹姆斯（Jean James）译本、F. S. 理查德（F. S. Richard）译本和施晓菁译本则较忠实于原著。21世纪以来，学界对老舍作品英译情况的研究逐渐增多，取得了丰硕成果。除了国外独译，英语世界与老舍合译的作品往往差强人意。译者甚至在二次传播时改动原作，有时是误读误译，有时则是译者自觉改动原文。跨文化翻译中的变异不可避免，需要研究者以及对研究的再研究者仔细辨别，还应进一步考察老舍译作在英语世界广受读者欢迎的原因。伊万·金对《骆驼祥子》和《离婚》译本做了一些符合国情的改动从而风靡美国。而老舍在美国合译的作品市场却相对冷淡。跨文化译介中，灵活应变比固守"信、达、雅"原则更重要。首先，译者的审美选择也要适当考虑读者需求。也有学者认为改写是文化霸权的体现。[①] 如研究者若参考的是伊万·金的《骆驼祥子》译本，解读会发生较大的偏差。好在研究者会参照尽量多的版本，华裔研究者则可以避开由误译导致的误读。其次，在英译过程中还出现了无中文原本，由英译本生成中文本的特殊现象。[②] 中国译者的英译中，仍使读者感到不

---

① 20世纪初，好莱坞电影曾一度将华人塑造成热爱和平、热爱土地、勤劳勇敢、与人为善的正面形象，如《龙籽》《大地》等。

② 《鼓书艺人》中文原稿丢失，马小弥以英译本为底本译出了中文本。《四世同堂·补篇》也是在英文译本《黄色风暴》的基础上翻译成中文的。

那么地道，与老舍有隔膜感。英文中互译尚且如此，在中文—英文—中文的往返翻译中，更容易造成信息流失和语言变形。哪些误译可以避免？可借鉴林纾译法的特点，即用中国语言和思维方式表达。译者最好能对老舍的语言、风格、思维了如指掌，又能尊重英译的规律，在翻译实践中注意协调文化差异，针对老舍戏剧小说化特征加以变通。目前国内老舍作品英译研究者以英语专业学者为主①，建议现当代文学、比较文学研究者加入以取得更多综合性的专业成果。老舍作品在英语世界的传播为中外文化关系研究提供范例，其误读误译、创造性叛逆等现象可以用翻译理论、译介学、变异学等理论加以阐释。

1939年，美籍华裔学者乔治·高（George Kao）撰文向西方读者介绍老舍，拉开了老舍作品传播与研究的序幕。东欧捷克学派的普实克（Jaroslav Průšek）的专著《抒情与史诗：现代中国文学研究》（The Epic and the Lyrical: Studies of Modern Chinese Literature）、《中国历史与文学》（Chinese History and Literature）及兹比格涅夫·斯乌普斯基（Zbigniew Slupski）的《一位现代中国作家的历程——老舍小说分析》（The Evolution of a Modern Chinese Writer: An Analysis of Lao She's Fiction with Biographical and Bibliographical Appendices）成为老舍研究的经典著作，并影响了夏志清（C. T. Hsia）等人的研究。在英语世界，美国对老舍的研究最系统、最集中，研究历史最长（1939年至今），研究者最多且成果最丰硕。美国以夏志清、李欧梵（Leo Oufan Lee）、王德威（David Der-Wei Wang）等汉学家为中心，以美国高校（如哥伦比亚大学东方学院）、科研机构为基地，逐步形成中国现代文学研究群落，其中包括老舍研究。加拿大也涌现一批优秀的博士论文研究老舍。英语世界的老舍研究情况大致如下。

第一，老舍生平及思想研究。从英语世界的老舍研究中可以看出尽管汉学家对中文的掌握及对中国文化的理解程度各异，但他们尽其所能探索老舍的个性气质和思想全貌。或许受信息不均衡、搜集资料困难等因素限制，起初这些研究重复介绍、模糊推测等情况多发，研究零散、轮廓化、表面化，很多信息只能从文本本身来推测。新颖之处是从多视角观照老舍的多重形象，比如满族与穷人、文人与革命者、"写家"与"艺匠"、"人民艺术家"与"人民的敌人"，又如"为战争"或"为人生"、"文"或"武"。这些研究较早对老舍与基督教、老舍与儒家思想、老舍与中国传统文化的关系展开实证研究，注重老

---

① 相关研究有黄淳的《老舍研究在美国》，张曼、李永宁的《老舍作品在美国的译介与研究》，李越的《老舍小说英译作品纵览》，夏天的《"阐释"运作延展理论框架下的老舍小说英译研究》等。

舍文艺思想的动态演变追踪，揭示其复杂性并叩问缘由。

在夏志清的英文专著《中国现代小说史》（A History of Modern Chinese Fiction）中，第七章的标题为"老舍（1899—1966）"，表明整章内容是对老舍一生的整体介绍。本章的开篇比较了老舍和茅盾的出生地域差别、气质类型差别及风格差异，比较了二者的阅读背景和"五四"背景，并最早对与老舍创作有关的事迹进行了追溯。斯乌普斯基的英文专著《一位现代中国作家的历程——老舍小说分析》从马克思主义角度分析老舍生平、气质及思想历程。哈佛学者兰比尔·沃勒（Ranbir Vohra）在著作《老舍与中国革命》（Lao She and the Chinese Revolution）中，对老舍的生平和创作思想展开动态研究，采用社会分析与作品分析相结合的方法，探索老舍创作的外部语境，追踪老舍创作思想变动路线，注重史料整理分析。瓦特·麦瑟伍（Walter Meserve）和鲁思·麦瑟伍（Ruth Meserve）的论文《老舍：从人民艺术家到"人民的敌人"》（"Lao Sheh: From People's Artist to 'An Enemy of the People'"）探究新中国成立后老舍的身份认同和创作心路。周水宁（Sui-Ning Prudence Chou）的博士论文《老舍——知识分子的承担及其在现代中国的困境》（"Lao She: An Intellectual's Role and Dilemma in Modern China"），整体观照20世纪中国知识分子内外困境下的老舍处境，串起知识分子的传统与现在，凸显老舍的思想发展历程和创作特色。

葛浩文（Howard Goldblatt）的论文《评沃勒·兰伯尔的〈老舍与中国革命〉一书及小威廉·A.莱尔的〈猫城记〉译本》重点考证传记部分，分析老舍对恰当身份的不断追求及身份不明的危机。乔治·高（George Kao）编著的《老舍与陈若曦：两位作家和文化革命》（Two Writers and the Cultural Revolution: Lao She and Chen Jo-his）的老舍与陈若曦的精神际遇和创作特点。此书收录乔治·高、胡金铨、巴迪等人关于老舍生平的三篇专论（作品分析），《西方人眼中的骆驼》《论〈鼓书艺人〉丢失的原本》和《猫·黑白李》；英译了《骆驼祥子》（节选）、《老字号》（全文）、《老刘》（全文）、《鼓书艺人》（节选）、《猫城记》（节选）五篇小说。Weiming Chen 博士的论文《笔或剑：老舍短篇小说的文、武理想冲突（1899—1966）》["Pen or Sword: The Wen-Wu Conflict in the Short Stories of Lao She（1899—1966）"]，将作家气质与老舍短篇小说创作特征联系起来解读，揭示老舍以"文"为主，抗战期间突出"武"理想的变化倾向。梁耀南（Yiu-Nam Leung）的博士论文《老舍和查理斯·狄更斯——文学影响与平行研究的个案》（"Charles Dickens and Lao She: A Study of Literary Influence and Parallels"）对老舍和狄更斯的生活经历、创作思想、作品及影响研究进行平行比较。王汝杰（Rujie Wang）的博士论文《中国现实主义的透明度：对鲁迅、巴金、茅盾和老舍的文本分析》（"The Transparency of Chinese Realism: A Study of Texts by Lu Xun, Ba Jin, Mao Dun, and Lao She"）考察老舍对中国现实主义理论进行创造性发展的社会背景和个人背景。罗伯特·布里克斯（Robert Brickers）的论文《关于老舍、伦敦和伦敦传教会的新发现：1921—1929》（"New Light in Lao She, London and the London Missionary Society: 1921—1929"），对老舍的留英过程及他与英国教会关系的新资料进行挖掘和考证，修正一些讹误，论证老舍的受洗出自宗教情怀。陶普义（Towery Britt）的专著《老舍：中国的故事大师》（*Lao She, China's Master Storyteller*）梳理了老舍的一生与创作历程，在老舍亲人协助下完成，舒乙作序，展示大量一手资料，包括文字和图片。陶普义并非专业学者，他在美国建立陶氏基金会、陶氏老舍藏书和老陶网站，对老舍作品的传播做出了巨大贡献。贾斯珀·贝克尔（Jasper Becker）的《天堂般宁静的城市：中国历史上的北京》（*City of Heavenly Tranquility: Beijing in the History of China*）是评论《茶馆》及老舍死亡之谜的著作。综上所述，凡是老舍研究几乎都是从老舍生平和基本文艺思想出发的。

第二，老舍小说研究。西方研究者聚焦于老舍小说尤其是其长篇小说，同时也对他的短篇小说进行系统研究。老舍1937年前的小说被给予高度肯定，西方研究者对《骆驼祥子》的研究同国内一样火热，并有新视角、新方法；对存在争议的《老张的哲学》《猫城记》等有新论；对《赵子曰》《火葬》《牛天赐传》等遇冷小说进行重新发掘；老舍的抗战小说（包括长篇、中短篇、未完结小说）得到了全面挖掘和重新审视。西方研究者在分析小说创作特征时，既尊重并沿用中国古典小说评论传统，又采用现代叙述学视野和理论框架进行探究。老舍从中国的传统说书人到中西合璧的讲故事大师身份一直受到关注，如威廉·莱尔（William Lyell）在《草叶集：老舍故事》（*Blades of Grass: The Stories of Lao She*）及《猫城记》译本序中较早归纳老舍讲故事的风格和诀窍。

夏志清的《中国现代小说史》以成长的十年及抗战时期两部分讲述老舍小说的艺术成就，明显褒前段而贬后段，主观色彩较浓。沃勒的《老舍与中国革命》从第二章开始按发表时间顺序对从《老张的哲学》到《四世同堂》这段时间老舍的重要小说进行剖析，每一阶段都有个主题。斯乌普斯基的《一位现代中国作家的历程——老舍小说分析》与沃勒不同，比起社会分析他更关注小说的形式。他认为，老舍早期意在"消遣"，故搜集奇人异事，制造幽默感，有林语堂之风；后期一些作品有鲜明的意识形态倾向。一方面老舍受古典小说影响，小说结构松散，人物描写传统，主要靠行动和对话展示人物性格；另一方面，老舍总是在融合中西写作技巧中求新求变。正是从斯乌普斯基开始，汉学家展开了一轮又一轮的老舍动态研究。西里尔·伯奇（Cyril Birch）的论文《老舍：幽默家的气质》（"The Humorist in His Humour"）重点探讨老舍小说的幽默。穆斯礼（S. R. Munro）的英文专著《老舍作品里的讽刺功能》（The Function of Satire in the Works of Lao She）以讽刺论分析老舍小说对讽刺手法的运用及其价值。普实克在《抒情与史诗：现代中国文学研究》里认为老舍对研究和呈现奇特的人物性格感兴趣，而对社会政治的敏感度不高，甚至无法精准把握，《猫城记》正显示出他抛开个人生活而尝试表现政治时的笨拙。他发现老舍的小说具有相当浓郁的浪漫色彩，塑造了形形色色的土匪和冒险家。普实克在主题层面对茅盾和老舍进行辨异，并重点论述了老舍小说叙述者作用、情节复杂性、语言个性等形式问题。

黄碧端（Pi-Twan Huang）的博士论文《中国传统小说中的乌托邦想象》（"Utopian Imagination in Traditional Chinese Fiction"）提炼老舍小说中的历史文化主题和母题，并对比了中国乌托邦小说与西方反乌托邦小说；主要分析老舍小说的乌托邦因素，认为儒家思想对道德观和务实观的过分强调，造成中国乌托邦小说较少。何官基（Koon-Ki Tommy Ho）的博士论文《乌托邦为什么失败：对中国、英国和日本文学中的现代反乌托邦传统的比较研究》（"Why Utopias Fail: A Comparative Study of the Modern Anti-utopian Traditions in Chinese, English, and Japanese Literatures"）与黄碧端遥相呼应。何官基从"反乌托邦"的角度将老舍小说的传统或反传统要素都过滤了一遍，推断出老舍具有天生的反乌托邦思维和描摹天赋，这使他的一些小说成为世界反乌托邦文学的一部分。另外，何官基发表的一些英文论文也有参考价值。Ching-kiu Stephen Chan 的英语论文《分裂意识——〈骆驼祥子〉中的欲望辩证法》（"Split Consciousness: The Dialectic of Desire in Camel Xiangzi"）和著作《现代中国的现实主义问题——茅盾及其同时代作家》（The Problematics of Modern Chinese Realism: Mao Dun and His Contemporaries）可以与王德威对老舍的写实主义研究结合起来看。梁耀南的《老舍和查理斯·狄更斯》开启了老舍比较研究的先河。论者认为老舍的确曾受狄更斯的影响，特别是老舍早期小说明显有《尼古拉斯·尼克尔贝》（Nicholas Nickleby）、《奥利弗·退斯特》（Oliver Twist）等的影子，只不过后来因老舍个人喜好和技巧成熟而渐渐摆脱了这种影响，可比性仍然存在。李欧梵的论文《老舍的〈黑白李〉——一种心理结构解读》较早以西方心理分析理论剖析老舍短篇小说《黑白李》。

在海外华人学者中，王德威对老舍的研究可谓深入，成果集中而丰富。代表英语论文有《激进的笑——老舍与他的台湾传人》（"Radical Laughter in Lao She and His Taiwan successors"）、《老舍战争年代的小说》（"Lao She's Wartime Fiction"），博士论文《现实主义叙述的逼真性：茅盾和老舍的早期小说研究》（"Verisimilitude in Realist Narrative: Mao Tun's and Lao She's Early Novels"）正式进入老舍小说的写实主义研究领域，以叙述学"逼真性"概念作为切入点和比较论证核心。"逼真性"不仅指文本对于客观世界模仿的效果（19世纪现实主义内涵），还能激活深植于文本的文化及意识形态动机。1991年王德威在博士论文基础上写就的专著《20世纪中国小说的写实主义：茅盾、老舍、沈从文》（*Fictional Realism in Twentieth-century China: Mao Dun, Lao She, Shen Congwen*）出版了，专著中不仅参与比较的现代作家增加了，而且中国现实主义整体特征和流变在书中得到了梳理。论证台湾写实主义传统与大陆是一致的，呈现出以三位作家为代表的写实主义发展走向：茅盾的历史演义、政治小说，老舍的煽情悲喜剧、闹剧，沈从文的抒情表述和乡土写作。而老舍抗战小说的爱国主义表现很复杂。王汝杰运用阐释学思路，观察五四运动以来中国现实主义文化假设的变化，他也比较了三位现代作家茅盾、老舍、巴金小说的写实特征。他还以《骆驼祥子》分析老舍对自然主义技法与传统人文主义表现的调适过程。Gianna Canh-Ty Quach的博士论文《19世纪末20世纪文学中的中国神话》（"The Myth of the Chinese in the Literature of the Late Nineteenth and Twentieth Centuries"）依旧以老舍承袭并突破鲁迅现实主义话语的假设为前提，论证了民族身份、文化想象等一系列问题。

陈国球（K. K. Leonard Chan）的论文《老舍〈骆驼祥子〉和菲茨杰拉德〈了不起的盖茨比〉：论小说的分子结构》（"Molecular Story Structures: Lao She's *Rickshaw* and F. Scott Fitzgerald's *The Great Gatesby*"）以叙述学结构分析法拆出两部经典"奋斗"小说的叙述要素，并加以比较，揭示出二者在形式背后的内在通约性。张英进（Yingjin Zhang）的著作《现代中国文学和电影中的城市构造》（*Configurations of the City in Modern Chinese Literature and Film*）从城市图像学构造角度，探讨老舍等现代作家文本中表达城市想象的话语策略及城市影像。Jingyu Gu的著作《动荡世界中的个人命运：老舍两部小说中的声音与视点》（*Individual Destinies in a Turbulent World: Voice and Vision in Two of Lao She's Novels*），以叙述学视点，聚焦、叙述者等理论和巴赫金对话、复调等理论对《骆驼祥子》和《四世同堂》的叙述品格和主题设置层面悬而未决的问题进行探讨。孙宏（Hong Sun）的博士论文《城乡世界中的神话与现实：美国与中国地方文学景观纵览》（"Myth and Reality in the Rural and Urban Worlds: A Survey of the Literary Landscape in American and Chinese Regional Literatures"），将美国地方作家薇拉·凯瑟（Willa Cather）、西奥多·德莱塞（Theodore Dreiser）、舍伍德·安德森（Sherwood Anderson）的区域文学与中国的老舍、沈从文、黄春明等的地域文学进行比较，挖掘乡土文学的反文明主题及表现手法异同。

周蕾（Rey Chow）的论文《不可忽视的〈恋〉：论收藏、忠诚与老舍》（"Fateful *Attachment*: on Collecting, Fidelity and Lao She"），融合本雅明收藏理论、马克思主义关于"拜物"的理论以及拉康"镜像"理论，主要从心理分析角度论证老舍短篇小说《恋》的情节、主题和开放式结局，反思艺术家处理现实与艺术的矛盾命题。安德鲁·大卫·舍内鲍姆（Andrew David Schonebaum）的《小说的疗救：病痛、医生和中国小说的治疗价值》（*Fictional Medicine: Diseases, Doctors and the Curative Properties of Chinese Fiction*）从现代文学的医学、心理学功能研究出发，分析老舍等人现代小说的疗救价值（尤其对都市病的疗愈价值）。Yan Yan 的《老舍〈四世同堂〉里的中国传统"礼"观念》["Chinese Traditional Propriety (*Li*) Thought in Lao She's *Four Generations Under One Roof*"] 系统发掘《四世同堂》的传统文化书写特征，把几个重要因素提取出来试图还原老舍构想的文化批判图景。Alexander C. Y. Huang 的论文《世界主义和不满者：老舍小说里的全球化和本土性之间的对立》（"Cosmopolitanism and Its Discontents: The Dialectic Between the Global and the Local in Lao She's Fiction"），比照《牺牲》《文博士》一短一长两篇老舍"留学生小说"展示的世界主义图景，批判世界主义者打着全球化旗号兜售消费主义，批判不中不西的归国留学生，揭示老舍对世界主义保留的怀疑态度。Xiaoling Shi 的博士论文《20 世纪中国海外留学生文学》（"The Return of the Westward Look Overseas Chinese Student Literature in the Twentieth Century"）更从"留学生文学"角度观照《二马》中对留学生、他者和世界主义图景的描绘。Gabriel R. Ricci 的《道德观与文学想象》（*Morality and the Literary Imagination*）辟专章比较鲁迅和老舍作品中的道德观和孝道，剥离出鲁迅和老舍小说中对现代社会仍具意义的儒家传统观念并比较其述说方式。Chung-chien Karen Chang 的《评〈猫城记〉——讽刺中的幽默》（"Evaluating *Cat Country*: The Humor Within Satire"）以讽刺理论挖掘《猫城记》的艺术价值，运用"合冲理论"、谢德林讽刺理论拓展对《猫城记》的讽刺论批评。

纵向来看，早期（1978年前）的学者倾向于对单部作品进行解析。比如夏志清的《中国现代小说史》、沃勒的《老舍与中国革命》、斯乌普斯基的《一位现代中国作家的历程——老舍小说分析》，以作品为纲，或以重点作品为基础，以点带面论证老舍各阶段小说特征，或以马克思主义学说和社会分析法烛照其思想艺术性。后期涌现出一批专论，如王德威将喜剧性纳入对现实主义中国化的研究视野，分析老舍各阶段尤其是抗战小说的爱国主义主题及喜剧因素；何官基将老舍的现实主义小说纳入世界反乌托邦小说的写作序列，在平行比较中发现老舍作为现代小说家的一些特质；梁耀南比较了老舍与狄更斯早期创作的异同，探究老舍早期创作受到狄更斯小说技法影响的细节和程度；一些学者则以文化批评的方法，从神话书写、地域性文学景观比较、本雅明收藏家理论与拜物教、世界主义、男性气质论等新异角度对老舍小说进行专题研究，别开生面。

第三，老舍戏剧研究。汉学家在老舍戏剧的艺术性分析基础上，注重阐发其思想意蕴和文化价值。1992年起，Lay Teen Teo发表《讽刺问题——老舍的〈西望长安〉》（"The Problems of Satire: Lao She's *Looking West to Chang'an* "）等论文。北京人艺欧洲巡演《茶馆》之后，乌苇·克劳特（Uwe Kräuter）出版的论文集《东方舞台上的奇迹——〈茶馆〉在西欧》，是对北京人艺在西欧演出评论的综述。乔治·亚瑟·里昂多（George Arther Lloyd）的博士论文《历史上有名的两层茶馆：老舍戏剧里的艺术与政治》（"The Two-storied Teahouse: Art and Politics in Lao She's Plays"）是近年老舍戏剧研究系统性最强的海外成果。论文梳理了抗战以来几乎所有老舍的剧本，分析它们在艺术、思想（政治）两方面的特色和得失。安妮·梅根·埃文斯（Anne Megan Evans）的博士论文《戏曲改革中导演角色的演化》（"The Evolving Role of the Director in *Xiqu* Innovation"）主要探讨中国戏曲特别是"文化大革命"时期京剧等的改编，老舍的戏剧创作和改革探索是其中一部分。吴文思（John Benjamin Weinstein）的博士论文《以笑为主导：中国现代喜剧模式（1907—1997）》（"Directing Laughter: Modes of Modern Chinese Comedy, 1907—1997"）选取丁西林、王闻先、李健吾、杨绛、陈白尘、老舍等十位剧作家的剧作，分析、归纳现代戏剧模式的规律和个体差异。克里斯托弗·戈登·雷（Chritopher Gordon Rea）的博士论文《笑的历史：中国20世纪早期的喜剧文化》（"A History of Laughter: Comic Culture in Early Twentieth-century China"），认为中国20世纪初期发生的新喜剧文化是对历史创伤的反拨，整体审视由作家、流派、受众共同构建的喜剧历史场。

除此之外，还需梳理研究英语世界之外的国外老舍译介和传播概况作为进一步比较研究的参照。老舍作品被翻译成20多种语言，有英、法、俄、日、德、意、西班牙、丹麦、韩、蒙等译本。老舍在中国现代作家中的译本数量、译介区域及研究成果数量较大，仅次于鲁迅。国外的老舍研究始于20世纪上半叶，基于老舍作品陆续被译介，20世纪50年代以后世界范围内老舍研究大大增加，一些成果惊才绝艳。1978年以后国内外研究相互呼应，互相激发，国内学者开始大量译介老舍作品以供国外学者参考。斯乌普斯基、兰比尔·沃勒等外国学者及夏志清、李欧梵、王德威等华裔学者的几乎所有著作对国内研究都产生了巨大影响。国外研究有助于丰富老舍研究链条在某些阶段的薄弱之处。

日本最早译介了老舍作品，译本数量最大（仅次于鲁迅），日本研究老舍的著作超过了其他海外国家。《骆驼祥子》有十几个日译本，20世纪80年代日文版《老舍小说全集》（10卷）竟比中国同类集子出得早。日本是国外老舍研究成果最丰富的，日本的大学将老舍小说作为汉语教材。1984年，日本成立世界第一个全国性老舍研究机构——全日本老舍研究会（比中国老舍研究会成立时间早一年），出版《老舍事典》《日本出版老舍研究文献目录》《近十年来日本老舍研究简介》等检索性百科全书。日本的老舍研究有两个高峰期：20世纪50年代战后复苏期，《四世同堂》《老张的哲学》《赵子曰》等小说陆续被译介和研究，日本学界开始关注中国形象；另一个高峰是20世纪80年代的"老舍热"。杉野元子的《漱石与老舍——以两位文学家的英国体验为中心》将夏目漱石与老舍相似的旅英经历进行比较，杉本达夫的《抗战时期的老舍与胡絜青夫人》等研究老舍与抗战的系列论文令人惊叹。日本老舍研究的特点是注重考据和细读，研究视角和方法贴近东方思维。俄罗斯在20世纪30—40年代由罗果夫（编译的《中国短篇小说集》收录老舍《人同此心》）、费德林（访谈《老舍——北京的歌者》）等引介老舍。50—90年代俄罗斯翻译出版了数种老舍文集：1956版《老舍短篇小说剧本论文集》、1957版《老舍选集》、1981版《老舍文集》，费德林分别作序，费德林主编的《中国文学史纲》专章论述老舍的气质及创作，这一时期的访谈文章有科仁、杰柳辛关于《龙须沟》创作的《小中见大》（1953年登于《真理报》）、丹古洛夫的《沿着鲁迅开辟的路》等；汉学家彼得罗夫的《老舍及其长篇〈骆驼祥子〉》（1970）赞扬老舍的人道主义，索罗金的《一位艺术家的生平与命运》（1991）认为老舍早期仅是幽默作家，不善于提出问题，没有自己的宣言，后期却成为中华民族性格和中国现实的深刻刻画者。费德林的《老舍及其创作》

（1981）、谢曼诺夫的《讽刺作家·幽默作家·心理学家》（1969）和热洛霍夫采夫《猫城记》的苏联版前言（1969）都对《猫城记》进行了积极评价。斯佩什涅夫译的《鼓书艺人·前言》认为老舍作品超越国界，深入人民生活，显示了伟大的语言天分与民间幽默。研究老舍的专著有两部：安季波夫斯基《老舍的早期创作》（1967）和博洛京娜《老舍在战争年代的创作》（1983），前者评论老舍1926至1936年间的创作，后者论述老舍与中华文艺界抗敌协会的关系，评论《火车集》《火葬》《四世同堂》。

相关资料显示，国外老舍研究以日本、美国、俄罗斯、捷克、德国、法国、韩国等为重镇，日本的日下恒夫、太田辰夫、杉本达夫，法国的巴迪，俄罗斯的安琪波夫斯基、费德林、罗季奥诺夫，德国的乌苇·克劳特，新加坡的王润华等都是对老舍研究做出重要贡献的国外学者。近年来，法国学者保尔·巴迪专注老舍研究，译介老舍作品数部并作序；2005年，著作《小说家老舍》在中国译介出版；开设"北京人种学及文学研究"课程，结合老舍作品和图像资料探讨从清末到抗战前夕北京人的文化传统；主持"老舍国际友人会"。王润华在东亚汉学界有一定影响，他在1995年出版的中文著作《老舍小说新论》是海外老舍研究的重大成果。王润华试图还原作品全貌并探究其意义，跳出创作目的进行诠释，从老舍对现代小说认知来解读，打破"感时忧国"传统而去探索现代人和社会的病态，并以新批评、历史重建、语境化等方式对老舍多篇小说提出新论。朴宰雨的论文《老舍研究与作品译介在韩国》是了解老舍在韩国研究情况的向导。2003年，英国将老舍在伦敦讲学时的住所挂牌为文化遗产，以肯定老舍为人类文化做出的卓越贡献，这对中国作家属于首例。首届"国际老舍学术研讨会"于1992年8月21日在北京举行，起初几乎没有欧洲学者到场，直至2019年1月召开的第八届国际老舍学术研讨会，世界级参会学者不断增加，成果交流活跃。

本书以"比较文学变异学"的角度观照英语世界的老舍研究，以发现"异"为主，进行国内外比较研究，求同存异。前言起点是对"英语世界"进行界定，接着对英语世界老舍译介及研究概况进行综述，并阐明研究思路、内容、目的和意义。

第一章"英语世界的老舍生平与文艺思想研究"在简要回顾老舍生平的基础上，按"英语世界老舍生平与多重形象研究"及"英语世界老舍文艺思想研究"两个命题展开论述。英语世界对老舍生平的追溯与分析，与对老舍多重形象的想象性建构结合在一起；他们不满足于平铺直叙地还原老舍生活的历史，而是试图在文化批评视野下生成一种老舍精神、文化风貌。汉学家为老舍的生与死写下神秘的神话；宗教叙事、原型批评、民间叙事、心理分析、文化批评等的运用使老舍进入世界视野；穷人和满族后裔这两种身份为老舍提供素材并影响其人文关怀；汉学家同国内学者一样重视发掘老舍的"京味儿"。老舍与中国革命的关系深刻影响到他一生几次大转折；英语世界学者对这个历程的分析为国内古世仓等的研究提供了启发。王德威、沃勒等动态考察老舍创作生涯几次重要转折的时间点及特征，结论比较合理。"写家"与"艺匠"（craftsman）这两个身份、两种矛盾经常缠绕在一起，使老舍创作呈现复杂的文化景观。老舍对身份的不断调适是一种策略，还是被动选择？英语世界对此有两种迥异的评价，可兼采之。在老舍接受中西思想文化的研究部分，汉学家认为老舍创作植根于中国传统文化，并集中分析儒家思想对作家人生和创作的影响，提供他者立场看中国文化和中国文人的微妙视角。汉学家曾试图在具体作品中剖析老舍对儒道释文化的态度，但并未辨明。此外，汉学家在考证基础上对老舍基督教活动即对基督教态度的演变做了不少研究。英语世界学者对老舍文艺思想的研究突出一个"变"字，注重老舍文艺思想史的书写，前提是弄清老舍这群现代知识分子的遭际和思想史。对老舍中后期的艺术思想转变及特质的讨论，围绕老舍创作的民族性与现代性（历史记忆与现实经验）矛盾、启蒙性与闲适性（雅与俗）矛盾这两个宏观命题展开。

第二章名为"英语世界对老舍'笑'的研究"。汉学家以西方"笑论"的理论框架和具体范畴刷新对老舍"笑"的系统研究。本章对此进行了批判性研究，分析其利弊，指出只有抓住老舍"笑"的本质——幽默，才能避免理论运用的本末倒置。对"笑"的本体论研究，有助于弥补中国传统"笑论"将主客观层面分离的不足。王德威等以喜剧论的本体论为老舍早期小说"翻案"，肯定其闹剧、悲喜剧的悲怆实质和艺术表现力，梳理其喜剧手法的演变及成熟过程。如果说中国传统喜剧建立在"乐感文化"基础上，西方喜剧则囊括了美与丑、喜与悲、反秩序与非理性等因子。"喜剧论"既淘沙见金，同时也存在理论阐释的主观需要和阐释对象之间无法紧密契合的尴尬，容易造成混乱。"喜剧论"第一个局限性就体现在，时时因理论依据捉襟见肘需要调动其他理论工具作为辅助，且不论各种不同质的理论是否能够发挥整体效用，概念过多造成的认知混乱是首要的弊病；第二个局限性是，貌似"普适"的西方理论在剖析老舍喜剧性的"中国气味"或称"民族特色"方面，明显无能为力。另外，"讽刺论"对老舍中后期作品价值重估做出过贡献，但它在阐释老舍中后期创作中"含混的笑"时捉襟见肘。以词源学追踪为起点，可以发现老舍并非严格意义上的讽刺作家，也没有写出严格意义的讽刺作品。在这点上，他和鲁迅、张天翼等讽刺作家不同。汉学家专注文本细读，造成概念混乱、重叠，而未能从根子上把研究对象解释清楚，总是顾此失彼。"幽默"对老舍的本体论意义引导批评者将老舍的"笑"作为一个浑然整体，而不是可以随时随地切割的附属物来对待。

第三章"英语世界的老舍现实主义特征研究"围绕英语世界对老舍改造现实主义的研究展开论证。第一节"老舍对现实主义的改造"是总论，分析汉学家对"老舍式写实"总体特征的几项表述：老舍对"逼真性"与喜剧因素的艺术融合，对自然主义与中国人文主义传统矛盾的调适，对"乌托邦"与"反乌托邦"思想的艺术传达，对民族主义与文化想象的浪漫写实处理。第二节、第三节则以专题形式展示老舍写实的现代性：老舍的男性气质建构与都市书写。老舍心中一直抱持"文武双全"的自我要求和崇高理想，导致他在一生的创作与社会实践中不断进行身份试错，造成他对自己及小说"文""武"气质的交替强调，体现了知识分子在转型期的启蒙自觉与身份焦虑。他不认为西方的男性气质是中国男性学习的榜样，尤其反感取其皮毛的虚荣做派；认为应慎重对待西方的男性气质及女性气质这类参照物。汉学家基本站在现代立场上审视一两个世纪前的老舍和狄更斯对都市的现实主义书写，追溯其经典作品的渊源和创新，但也有脱离语境舍本逐末的危险。老舍对都市的书写具有"乡土性"，用温和的批判来描绘市民。都市的商业化进程及社会混乱中人的病态，也是老舍疾病书写的内核。"疾病增强感悟"的说法，引出疾病与疾病书写之间的关系话题，这方面的研究较少且有意义。老舍在吸收西方观点及技巧的同时，保留了更多传统中国文化对疾病的看法和表述方式。英语世界对这部分的研究有三个主要建树。第一，老舍现实主义的来源有两处，一是中国写实传统，二是西方19世纪批判现实主义文学传统；第二，老舍对现实主义的逼真性追求渗透了幽默与浪漫的艺术表现；第三，英语世界对老舍现实主义涉及的诸多问题进行了系统论证，包括主题、艺术手法、区域特色、形象建构、雅俗处理等。这些问题之间相互纠缠、渗透，以现代性的面貌出现在老舍学视域中。

第四章"英语世界的老舍短篇小说研究"就英语世界较早开展长久被忽视的老舍短篇小说研究这个事实展开分析论证。第一节"老舍短篇小说专题研究"分了几个专题：发掘老舍的两性观、探寻短篇小说中的多组主题冲突、以本雅明的"收藏理论"对《恋》进行双向阐发及以"世界主义"阐释《牺牲》等留学生作品等。这几类研究无疑相当标新立异。第二节从总体上及意义上对短篇小说研究进行了反思。对老舍短篇小说的关注发生在其长篇的经典化之后，或许与现代叙述学的运用有关，更可能因为许多作品在时代的冲刷下显现出现代的光芒。一般来说，用叙述学理论阐释传统小说是难的，除非这小说还吸纳了一些新颖的叙述技巧。老舍的小说正是如此。汉学家甚至认为短篇小说恰是老舍对西方现代叙述技巧轮番使用的实验场。英语世界学者习惯在老舍的短篇、长篇小说、杂文之间，小文本和大文本之间发现其互文性。互文性强调文本的断裂性和不确定性。利用互文性进行文本互照和互释，可使早期单独、单一的文本分析上升到文化批评的层次。相信在世界文学互动的背景下，文学史将给出新的评判：老舍确实在短篇小说领域投射了艺术技法的多重探索和更复杂的人文思考。

第五章"英语世界的老舍抗战长篇小说研究"是根据英语世界对老舍抗战文学价值的重新发掘而设。老舍的抗战长篇小说不论放到哪个维度来衡量，都是独特的存在。许多学者进行了从《火葬》到《四世同堂》的线性探索，认为1943年夏重拾长篇小说标志着老舍对文学性的回归，探寻小说回归的意义。汉学家主要从小说艺术性出发，挖掘老舍抗战长篇小说的文史价值。有的学者关注同国内一样的话题，比如战争反思与文化批判；有的学者也特立独行，以当代叙述学来更新文本的生命；也有人高屋建瓴，描绘老舍小说文本背后的思想冲突和艺术演变轨迹。

第六章"英语世界的老舍戏剧研究"将目光转向国内研究相对粗疏、不成体系的老舍剧作部分，重点分析三位汉学家对老舍抗战期和新中国成立后创作的剧本的系统研究成果。汉学家片段性地论证老舍剧作的写实特征，对老舍戏剧的政治关注很多，并在以往缺失的文化批评方面下了大功夫，但与国内研究情况类似，对艺术层面的审美研究还远远不够。沃勒等汉学家从一开始就关注老舍的戏剧创作与剧场的关系。同布莱希特相似，老舍的剧场具有现代性，富有现代意识，以总体戏剧为舞台形态，艺术思维具有客观性（关注点是环境、民俗、社会，作家隐身），此类研究重点挖掘其理性倾向、陌生化效果和诗人式激情的表现力。小说体戏剧或者史诗体戏剧的划分从不同角度强调老舍在文体和剧场形式等方面的戏剧创作特色。后者还是太大胆了些，包括《茶馆》在内的老舍剧无论作为文本还是舞台形式都不符合严格意义上的史诗剧标准。

第七章"变异学视野下的英语世界老舍研究"是对以上研究的整体回顾，试图从"变异学"角度对英语世界老舍研究的总体特征进行总结。第一节从中西老舍研究分期及特征错位，英语世界研究群体分散、参差，英语世界老舍研究偏重理论建构三个方面归纳英语世界老舍研究的变异性特征，点明由研究分期不同造成的研究时空错位、由研究群体三分造成的研究倾向错位，以及由西方学术传统带来的研究视角、理论阐释错位等变异事实，并在"英语世界老舍研究'变异'的利与弊"中分析文化过滤带来变异现象的利弊及启示。第二节"华裔汉学家突出贡献及中西老舍作品研究对话"，对之前的内容进行了延展和补充，系统分析了几位华裔汉学家老舍研究的理论建树和整体贡献，并以作品为纲对老舍小说的共鸣与争鸣进行了比较基础上的梳理。结语部分对老舍乃至中国现代文学的世界性传播和研究进行展望。

"老舍学"早已成为一门显学。老舍具有超越时空的研究价值，他是继鲁迅之后第二个被英语世界学者喜欢和倾注心血研究的中国现代文学作家。对英语世界老舍研究成果的再研究，对促进瓶颈期"老舍学"研究和海外汉学界"中国现代文学研究史"研究具有现实推动意义。首先，英语世界老舍研究成果资料在国内学界尚无人系统搜集、翻译、整理和研究，之前几篇研究综述只涉及零星的成果目录。其次，本书试图弥补当前相关研究零散不系统及翻译、文学研究分开的不足。之前的研究有两个走向，一是英语专业学者倾向于译介学研究，对老舍国外英语译介的策略、机制及效应等进行剖析，较少进行老舍文本的文学性研究；二是对老舍在美国等地的作品研究情况进行孤立观照、分析。本书的目的是将两条路径结合，打通译介学研究和文学性研究，以翻译为手段和桥梁，主要在文学文本、文化层面对老舍研究进行反思，并力图在广度、深度层面都有拓展。本书所做的工作有：界定英语世界概念，划定资料搜集范围；尽可能搜集一切英语世界老舍研究成果，并进行分批筛选、整理、分类、分析和提炼；以新版《老舍全集》为中心，尽可能获取和通览一切老舍作品和其他与老舍有关的一二手资料，并整理、分析这些资料；获取并阅读所有国内老舍研究资料，包括论文、专著等，对国内老舍研究进度有系统把握；以英语世界老舍研究为中心，提炼观点，形成热点专题，汇入老舍作品分析及国内老舍研究成果（甚至包括日语、俄语、法语等非英语世界成果）加以互证甚至辩驳，希望在平等对话中，让研究者对当前老舍研究有所反思，得到视野、角度、思路、方法、观察点等方面的启示。对话—反思—突围，这是老舍研究的必然前途。

第一章　英语世界的老舍生平与文艺思想研究

　　老舍出生于19世纪与20世纪之交，他67年（1899—1966）的人生历程见证了中国近现代社会翻天覆地的大变革和大事件：清封建王朝瓦解、五四运动、军阀混战、抗日战争、解放战争、"文化大革命"等。旧有社会机制和思想观念经历了一个从腐朽崩坏到变更混乱再到渐次新生的巨变过程，这造就了老舍命运遭际、个性气质、思想历程及身份认同的特殊性。英语世界的老舍研究从其生平开始，结合20世纪前70年中国社会文化背景，使用小文本反推及大文本参照的方法，运用异质理论模子展开双向阐发，对老舍的多重形象、文化接受、文艺思想和"京味儿"特色等方面进行了持续探索。以对英语世界老舍生平和文艺思想研究的成果作为整体研究对象是整本书的纲领。

　　老舍人生三分。老舍，姓舒名庆春，字舍予，满族（正红旗），1899年2月3日（旧历戊戌年腊月廿三日）出生于北京西城小杨家胡同（原名"小羊圈"）一个城市贫民家庭。父亲舒永寿是皇城护军，正红旗；母亲马氏是正黄旗，出身农家，不识字。两人生下子女八人，只有三个女儿和两个儿子存活，老舍是最小的儿子。1900年父亲在抵御八国联军入侵时阵亡，老舍自己也差点丧命于入侵者之手；1908年在刘寿绵的帮助下入私塾；1913年考入北京市立三中，半年后因交不起学费转入北京师范学校，得到校方激赏；1918年从北京师范学校本科毕业，7月被任命为内城左区方家胡同京师公立第十七高等小学校兼国民学校校长；1920年被提升为京师郊外北区劝学所劝学员；1921年兼任教育部通俗教育研究会会员和郊北区公立通俗教育讲演所所长；1922年辞去劝学员职务，到天津南开学校任中学部国文教员；1924年由燕京大学英籍教授艾温士推荐赴英国伦敦大学东方学院任华语讲师，其间经许地山介绍加入文学研究会，留英时写作的三部长篇小说《老张的哲学》《赵子曰》《二马》奠定了老舍小说家的地位；1930年回国并于7月任齐鲁大学文学院教授和国学研究所文学主任，兼编《齐大月刊》；1931年与北师大国文系毕业的胡絜青结婚；此后编写《文学概论讲义》，先后完成《小坡的生日》《大明湖》（"一·二八"事变中毁于战火）、《猫城记》《离婚》《牛天赐传》五部长篇小说，另著有短篇小说（主要收入《赶集》）、散文、诗歌、杂文若干；1934年6月辞去教职，准备做全职写家但迫于经济压力未成，同年9月前往青岛任山东大学教授；1935年与王统照、洪申、王余杞等创办青岛《民报》副刊《避暑录话》，陆续发表《月牙儿》《断魂枪》《新时代的旧悲剧》等中短篇小说（收在《樱海集》中），长篇小说《选民》（即《文博士》）；1936年夏又起了做全职写家的念头，辞去教职，创作出《骆驼祥子》；1937年抗日战争的全面爆发，打断了《病夫》等长篇小说的写作，老舍离开济南独自前往武汉参加抗日宣传。

　　1938年3月至抗战胜利，老舍一直担任中华全国文艺界抗敌协会理事兼总务部主任，为团结各地爱国作家、组织抗日宣传付出大量精力。除此之外，老舍访问抗战前线，成为《抗战画刊》《抗到底》《文艺阵地》《抗战文艺》撰稿人或编委，做了大量工作。至此，其文学创作发生重大变化：早期作品风格明朗、轻快，嬉笑怒骂，调侃逗笑，充分体现五四知识分子的启蒙自觉和创作个性；抗战开始后为贯彻"抗战文学"宗旨，他以笔代枪，以抗日宣传、发动群众为主要目标，致力创作民间通俗文艺，创作风格也由幽默渐转向严肃沉郁。老舍尝试了一些新的文学样式，如鼓词、新三字经、诗配画、新洋片词、新拴娃娃、相声、坠子，另有长诗《剑北篇》、散文随笔等总共三百余篇；开始尝试话剧创作，成果有《残雾》《张自忠》等九个剧本。他还创作了三部长篇小说——《蜕》（未完）（1938）、《火葬》（1944）、《四世同堂》（1946—1950），两部中短篇小说集《火车集》（1939）和《贫血集》（1944），以及《东海巴山集》的"巴山"部分。1946年3月，老舍和曹禺应美国国务院邀请赴美讲学。一年期满老舍因帮助翻译自己的作品延长留美时间，其间创作《四世同堂》第三部《饥荒》和《鼓书艺人》两部长篇小说。1949年受周恩来邀请回国。

　　1950年5月老舍担任北京市文联主席，7月创作话剧《方珍珠》，9月发表《龙须沟》反映新北京变化；1951年12月获得"人民艺术家"称号；之后陆续创作《春华秋实》《青年突击队》《西望长安》《茶馆》《女店员》等二十多个剧本，以及《无名高地有了名》（反映抗美援朝志愿军生活）、《正红旗下》（自传体，未完）等长篇小说；发表诸多诗歌、曲艺作品、杂文、评论，其中一部分收在《过新年》《福星集》《小花朵集》《出口成章》和与胡絜青编的《我热爱新北京》等书中。新中国成立后，老舍怀着满腔热情书写新生活，年事已高仍积极参加抗美援朝前线采访等活动，体验生活，反映新中国成立后的美好生活与存在的一些问题。老舍还积极参与作协、曲协、民间文艺研究会、中朝友协等团体工作，编辑《北京文艺》等刊物。在中外文化交流方面，老舍多次代表中国文艺界访问朝鲜、苏联、印度、捷克、日本等国。1966年他在"文化大革命"中身心受创，8月24日自沉于太平湖。粉碎"四人帮"后，老舍的名誉得到恢复，1978年6月老舍骨灰安放仪式在北京八宝山公墓举行。之前近30年未能再版的小说也陆续再次发行甚至被改编为电影、电视剧、话剧等，国内外读者开始对老舍其人其文有了更全面、更透彻的接触与了解，形成不同程度的"老舍热"。

第一节　英语世界老舍生平与多重形象研究

老舍的满族出身，他在中国最动荡的年代作为幽默作家的名声，他对军阀混战、五四运动等重大历史事件的旁观经历，以及对吸引着众多作家的政党和政治活动所采取的超然态度，都造成了一种身份危机。老舍被世界公认为中国现代最伟大、最具历史使命感的作家之一，而作为一个生动的个体，老舍个性气质的矛盾及其多重形象是研究者历来感兴趣的话题，探究其思想发展的矛盾性、曲折性成为这类经典研究中灵动的维度。

一、析老舍之出身：满族与穷人

对老舍来说，满族与穷人这两个身份是共生的，这在中国现代作家中实属少见。首先，汉学家发现其出身的不平凡：出生、父母影响、地域特性等。比如里昂多·乔治挖掘老舍出生异象的象征意义：戊戌年农历腊月二十三辞灶，立春前一天；母亲晕了过去；姑母认为他是灶神的小童投胎，乃天赐。中国最伟大的故事大师的出生就这样成为一个了不起的故事。但他的名字没有透露任何历史征兆，这个婴儿将成长为中国20世纪最辛辣的讽刺作家之一。[①] 有论者论证父亲的死给幼小的老舍内心留下了抹不去的伤痕甚至仇恨，这种童年记忆潜在影响到老舍后来的创作倾向，如尚"武"、怀疑论、反帝、丑化外国人等。如陈慧敏认为《小铃儿》实际上来自一位成年人对于童年以来一直未曾

---

① George Arthur Lloyd. "The Two-storied Teahouse: Art and Politics in Lao She's Plays", Thesis (Ph. D.), Berkeley: University of California, 2000: 3 - 4.

解开心结的深层记忆，其中就有对父亲的爱。① 里昂多也认为，即使受到基督教宽恕和非暴力等教义影响，老舍也从未消解父亲之死给他带来的怨恨。《正红旗下》就有对抗外国侵略的"义和拳"的描绘。② 周水宁发掘老舍身处贫困仍积极参与反帝活动的史料及作品（剧作《神拳》更是典型的反帝题材，丑化外国人则体现在《二马》《猫城记》等小说中）。③ 王德威认为，由于父亲没有前因的死（具有隐喻性质），以及老舍从士兵手下奇迹般地生存下来，使老舍发展出一种人生哲学：不存在因为太神圣而不能被质疑的主体或概念。④ 以上阐发多有强烈的主观色彩，却在考据之外打开了一扇文化批评之门。诸学者的分析，一方面使神话传说、民间故事等与传统文化相通，另一方面则带有强烈形而上学的思辨色彩，甚至有人提出宗教生死观对老舍思想体系的意义。

　　老舍母亲的影响、地域及满族身份的影响被持续关注。母亲靠给人缝洗、做杂工勉强维持家计，其性格深刻影响了老舍的个性气质，如勤俭、正直、热情、自我牺牲、急智，外表谦虚忍让但内心倔强、压抑、自尊心强等。吃皇粮的满族人曾经沉浸于艺术生活，老舍传承了这种艺术天分和幽默基因。周水宁总结道，中国现代知识精英大多有一位强健、有美德并有强大影响力的母亲，如鲁迅、胡适、巴金等。老舍母亲也没有如狄更斯母亲那样送年幼的儿子去挣钱，而是支持他进私塾。⑤ 夏志清对比老舍与茅盾的个性气质与写作风格，认为老舍代表着北方和个人主义，个性直截了当，富幽默感；而茅盾则具有阴柔的南方气质，浪漫、感伤，强调感官经验。他还推测1925—1930年正当茅盾积极参加政治活动的当口，老舍旅居伦敦对其创作是件幸运的事，否则以其个性很可能被淹没在革命洪流中，早期具有个人特色的小说可能就不会与读者见面。⑥ 夏志清的观点是老舍性格地域色彩比较浓，他慧眼独具，发现了他早期小说浓郁的个人风格。Karen Chang 总结老舍的个性为具有强烈道德感，对未

---

① Wei-ming Chen. "Pen or Wword: The Wen-Wu Conflict in the Short Stories of Lao She (1899 - 1966)", Thesis (Ph. D.), Stanford: Stanford University, 1984: 13.

② George Arthur Lloyd. "The Two-storied Teahouse: Art and Politics in Lao She's Plays", Thesis (Ph. D.), Berkeley: University of California, 2000: 24.

③ Sui-ning Prudence Chou. "Lao She: An Intellectual's Role and Dilemma in Modern China", Thesis (Ph. D.), Berkeley: University of California, 1976: 17.

④ David Der-Wei Wang. "Verisimilitude in Realist Narrative: Mao Tun's and Lao She's Early Novels", Thesis (Ph. D.), Wisconsin: University of Wisconsin-Madison, 1982: 219 - 225.

⑤ Sui-ning Prudence Chou. "Lao She: An Intellectual's Role and Dilemma in Modern China", Berkeley: University of California, 1976: 3.

⑥ C. T. Hsia. *A History of Modern Chinese Fiction: 1917 - 1957*. New Haven: Yale University Press, 1961: 165 - 166.

来有清晰目标，开明，有毅力，充满了内心力量，能够批判性地看问题。[1] 葛浩文指出老舍的与众不同之处在于他不仅是"汉人世界中唯一的满人"，而且被公认为是在蔚为大观的小说、故事和其他类文章中运用幽默风格的大师。除此之外，他对北京城、北京人、北京习俗和北京话了如指掌，为中国百姓无私献身数十年。老舍在社会贡献和国际声誉方面仅次于鲁迅。[2] 这两位学者对老舍的两个点抓得很到位：一是批判性的、内心充满力量的作家；二是汉人世界满人作家的身份和幽默特质。由于信息阻隔，早期英语世界的老舍研究对其生卒年份、家庭成员、成长经历等生平细节掌握多有纰漏[3]，1978 年以后这种情况得到根本性好转。许多学者细数老舍出生时的历史事件及背景和他多年旅居海外的经历，挖掘其写作深邃复杂的语境及阅历。汉学家们敏锐地洞察了老舍的身世和人格魅力并做出了现代意义上的阐释，但对老舍个性气质的复杂性把握不如国内研究者们来得系统深入。吴小美、古世仓总结出老舍生于忧患、死于忧患的沉郁个性气质源于他"穷人"和"末世人"的双重境遇造成的被世界"双重遗弃"的特有感受，由老舍与鲁迅在聚焦底层人民精神创伤时的冷酷犀利不同，触摸到老舍对生命原色和质感追求的温情底色。[4] 值得商榷的是，老舍并非放弃对人性本体论高度的追索，而是通过表现贫穷原生态如何摧毁人性美好来表达对穷人的理解。他不是着意批判贫民和市民的劣根性，而是将落脚点定在对历史转型期中国文化的批判。精神贫穷和世纪末情绪后来则成为中国读者最有体会的两种命题。出身贫贱的老舍却带有托尔斯泰式贵族才有的理想主义气质，对人性感化和传统文化现代性转化的构想常带有空想色彩，他不同于鲁迅式的怒发冲冠、郁达夫式的悲愤沉郁和陀思妥耶夫斯基式的叛逆犯罪，对世事总有承担、忍耐和舍予的牺牲态度。这是为什么？满族后裔身份和宗教精神的影响或许能提供一点线索。

有学者认为老舍的平民和满族身份导致他与政治运动、政党疏离。20 世纪辛亥革命后，失去特权的满族后裔衣食无着，失去原有姓氏、身份而显得无依无靠。这回忆潜藏在老舍思想中，终生不会褪色，最终促使他在晚年开始创

---

[1] Chung-chien Karen Chang. "Evaluating Cat Country: The Humor Within Satire", Thesis (Ph.D.), Phoenix: Arizona State University, 2010: 15.

[2] ［美］葛浩文，《评沃勒·兰伯尔的〈老舍与中国革命〉一书及威廉·A·莱尔的〈猫城记〉译本》，李汝仪译，载《徐州师范学院学报》（哲学社会科学版），1985 年第 1 期，第 117 – 121 页。

[3] 如夏志清、沃勒考据老舍出生年为 1898 年，出生地曾有北京、山东之说，沃勒书中提到老舍是家中唯一孩子。

[4] 吴小美、魏韶华、古世仓，《老舍与中国新文化建设》，北京：民族出版社，2006 年，第 166 – 187 页。

作描绘满人生活、为满族人发声的自传体小说《正红旗下》。失去政府补助、失去父亲而陷入贫困的老舍17岁开始做事赚钱补贴家用并继续进修,较早培养起独立、坚强、正直、不喜溜须拍马、有主见的个性。在那种境遇下,一个满族知识分子对政治的参与显然会变得敏感和犹疑。兰比尔·沃勒认为老舍的满族出身,以及他作为20世纪30年代的幽默作家,五四运动、左翼文学的旁观者等经历都促成了一种身份危机,他在多次提及自己时表现出一定程度防卫性的自我贬抑也与此有关。[1] 里昂多·乔治也推测,出身促使老舍同盲目打破社会旧习、旧传统的五四青年保持了一种怀疑的距离。由于满族身份和贫穷,他曾显赫、傲慢,却在20世纪初被国人指责为导致国家衰弱、落后的罪人一族的子孙[2];对"身份危机"的追溯是还原真实老舍的第一步。王德威发现了出身造成相对边缘性的优势:赋予老舍独特视角,促生其傲骨和荒诞感。生存的荒谬感构成了老舍喜剧创作的基调,尤其在自嘲时复杂的笑声显得那样清晰。[3] 如果说老舍的一生是一场悲喜剧的话,西方的悲喜剧理论就可以被引入研究。老舍的生命因获得现代、后现代意义而得到延伸。老舍的幽默除了《儒林外史》式的讽刺也有荒诞感,也有反讽。如何重新看待老舍的幽默与时代关系是一项重要命题。老舍的视角与其独特身份之间的关系、老舍的敏感、老舍的"边缘性"这类话题的提出无疑拓展了老舍研究的视野。

　　本书赞同老舍对五四的怀疑精神及他与政治关系的复杂性,但质疑以上论者关于老舍刻意疏离政治的观点。忧患意识与爱国主义促使他不断地投身社会公共事业,苦思建设新社会之道,在国难当头时更是义无反顾贡献力量。这种执着精神使他与"创造社"提出"为艺术而艺术"及后面很多提倡"纯文学"的文人区别开来。老舍曾坦率地表示:"我的志愿是在做事——那时候我颇有自信,有些做事的能力,有机会也许能做做国务总理什么的。"[4] 老舍不是"官本位"者,但他是传统文人,不允许自己不有所承担,所以他一直在努力做"官",无论哪种形式,只要自己可以尽到力。从这点来说,他虽然看似疏离于五四精英圈子,却从来都是精英启蒙信念的贯彻者。或许关纪新对老

---

[1] Ranbir Vohra. *Lao She and the Chinese Revolution*. Cambridge: Harvard University Press, 1974: 18, 29-38, 165.

[2] George Arthur Lloyd. "The Two-storied Teahouse: Art and Politics in Lao She's Plays", Thesis (Ph. D.), Berkeley: University of California, 2000: 19-20.

[3] David Der-Wei Wang. "Verisimilitude in realist narrative: Mao Tun's and Lao She's early novels", Thesis (Ph. D.), Madison: University of Wisconsin-Madison, 1982: 255-256.

[4] 老舍,《我怎样写〈老张的哲学〉》,载曾广灿、吴怀斌,《老舍研究资料》,北京:知识产权出版社,2010年,第446页。

舍与满族文化关系的研究最能说明问题。关纪新认为满族身份是解密老舍"黑匣子"工作至关重要的一环。老舍雅俗共赏、幽默的悲剧和京腔京韵等绝活，其根源大多要追溯到满族文化的基因和熏陶。京师旗族文化、语言、伦理观念的人文塑形、20世纪初满族社会变迁对老舍心理的制约重塑，培养出老舍多才多艺、复杂矛盾的人格，也促使老舍对满族及整个中华命运及文化的走向进行不断反思与探索。满族是个全民艺术化的民族，注重活泼幽默的生活情趣，连日常礼仪都带有艺术气息；沉沦之后满人性格中便带有常四爷式的灰色幽默。老舍作品中的国家至上、满汉一家、启蒙表达和现代性思索，归根结底都是对文化的忧思，这也是学者使用"文化批评"来研究老舍感到得心应手的根本原因。老舍的文化忧思大多是关于中华民族的，主题的严肃深沉与风格的幽默形成反差是老舍特有的风格，读者能感知到有节制的笑背后那深沉的灵魂。

穷人和满族后裔这两种身份为老舍提供了素材并影响其人文关怀。平视的姿态和熟练的言说，"北平活化石"式的图景描绘，凸显出老舍的天赋。斯乌普斯基指出，中国现代著名作家中几乎无人比老舍更深刻地关注、熟悉城市中下层生活。[1] 陶普义描述老舍是屈指可数的几位先锋空想者之一，看到为普通人写他们自己小说的价值。[2] 伯奇强调无论老舍的创作风格、艺术特色发生怎样的变化，他终其一生都没有放弃对北京城穷人及其生活的关注与展现，并赞叹老舍丰富的创作想象力，他的脑袋里永远充满着各种人物和事件。[3] 周水宁发现老舍创作中的怀旧情绪与其满族出身及其"士大夫"情怀有所关联。[4] 写普通人，写市井的日常生活，穷苦是另一种馈赠。老舍的小说更符合"人的文学"宗旨，并非完全居高临下的启蒙，这点比其他启蒙作家高超。老舍虽然在描写城市贫民的技巧方面借鉴了狄更斯，从文化意蕴来说与狄更斯却分属两个时代。学者最为津津乐道的还是老舍笔下的小人物。林培瑞在书评《叛逆者、牺牲者与辩护者》中提及，像印度作家 R. K. 纳拉扬（R. K. Narayan）一样，老舍最擅长向我们展示繁复困难和充满挫折的日常生活中有缺陷却可爱

---

[1] Zbigniew Slupski. *The Evolution of a Modern Chinese Writer*. Prague：Publishing House of the Czechoslovak Academy, 1966：3.

[2] Britt Towery. *Lao She, China's Master Storyteller*. Waco, Texas：Tao Foundation, 1999：6.

[3] Cyril Birch. "The Humorist in His Humor", *The China Quarterly*. No. 8（Oct. - Dec., 1961）：58 - 59.

[4] Sui-ning Prudence Chou. "Lao She：An Intellectual's Role and Dilemma in Modern China", Thesis (Ph. D.), Berkeley：University of California, 1976：2 - 7.

的普通人形象。① 林克还没来得及展开的话题可以扩展为二人在"底层叙述"中主题、形象、技法等层面的专门比较。相似点在于：英语作家纳拉扬（1906—2001）与老舍生活时代相同，创作生涯有重叠，都是20世纪有国际影响的现实主义小说家（都曾获诺贝尔文学奖提名），创作主题和风格相似，博采东西文化及写作技巧，语言幽默朴实，作品具有民族性（莫尔古蒂小城和北京）和世界性，善于描写底层市民，关注转型期各种社会问题，作品内容都是个人经验、社会现实与乌托邦的融合。资料显示，目前中国底层写作存在主体分散、题材潮流化、内容单一肤浅、技巧缺乏、形式粗陋等问题。老舍与纳拉扬的底层叙述经验可以借鉴。比如，叙述采取平视而非过度的俯仰之态；把握好与底层的距离，重视"逼真性"与艺术性的调和；拒绝先入为主的标签。

"京味儿"是老舍小说最大的特色。汉学家同国内学者一样重视发掘老舍的"京味儿"，并尽力突破语言隔阂去揣摩老舍"原汁原味"的北京方言与老舍气质的血肉联系，以及老舍对北京民俗的丰富表现力。老舍一生所著15部长篇小说中有六部是以北京为地理背景的，中短篇小说中有不少对北京景物的描写，戏剧也多数以北京为背景。然而在他写作的41年里，大部分时间都不在北京，北京这座城市在他的心灵深处。老北京文化是满汉文化融合的产物，老舍对北京的人情风物、习俗规矩熟稔于心，因此有独到的把握和表现。伯奇指出北京为老舍小说提供特殊地理背景和地方特色，过往在《红楼梦》和《儿女英雄传》中建构的古老城市在老舍小说中又呈现新貌。② 可见伯奇心目中的北京形象被老舍重构着，在异质文化者的视野中表现出更多的震惊和玩味。新加坡学者王润华赞同胡金铨的看法，认为解读老舍作品需要对当时北京社会及文化有一定了解③，比如大杂院、小羊圈胡同、北海、民间说唱艺术、当时各种底层职业、节日庆典、习俗、礼仪、生活方式等。梁耀南等指出老舍笔下的北京具有地理的真实性，小说中提到的大多数地方都不是想象出来的，作家脑中有清晰的城市地图，山水名胜、胡同店铺大都经得起实地核对和验证。尽管老舍曾写过其他城市如新加坡、伦敦、重庆、济南，以及虚构的文城

---

① Perry Link. "Rebels, Victims and Apologists", *New York Times Book Review*, 1986 (7/6): 16.
② Cyril Birch. "The Humorist in His Humor", *The China Quarterly*. No. 8 (Oct. - Dec., 1961): 51.
③ Yoon Wah Wong. "A Chinese Writer's Vision of Modern Singapore: A Study of Lao She's Novel *Little Po's Birthday*", in Yoon Wah Wong, *Essays on Chinese Literature: A Comparative Approach*. Singapore: Singapore University Press, 1988: 1.

(《火葬》),然而对北京的描绘无疑是他最拿手的。① 这就不难解释为何梁耀南倾向于从城市地理的角度对老舍与狄更斯甚至亨利·詹姆斯(《云使》)作品中的北京、伦敦和巴黎进行比较了。它们不仅具有独特的地理风貌,且被精心赋予特定时空的文化人格,是一种独立的审美对象。里昂多也认为,20世纪北京人的语言和风俗都在老舍的画布上,如同狄更斯画布上19世纪的伦敦。② 京味文学的风格可以概括为机智风趣、冲淡舒缓、俏皮滑利、韵味悠长、从容纾徐等,以文化积淀、市井风情、平民趣味见长。③ 北京文化是厚重而严肃的,同时也是活泼而闲适的。老舍笔下的北京因为那么真实而具有极高的史料价值和时代意义,它曾作为叙述背景、结构或独立人格、文化想象而存在。京味文学以老舍为一个中心点,以20世纪初与"海派"并立的"京派"文学为集中参照,向上追溯到《儿女英雄传》《红楼梦》,向下延伸至20世纪80年代出现的新京味小说以及21世纪大众文学中的京味(如刘恒、王朔、冯小刚等)作品。京味文学反映出深厚的北京历史文化,老舍京味作品以老北京人及其生活时空为内容,写市井生活的俗人俗事,具有市民文学特征和通俗文学价值;京味文学还反映变化中的动态北京,生活真实,老舍作品是这动态画卷中有分量的一幅,描绘出20世纪五六十年代的民生浮世绘。老舍的参照系作家还有萧乾、张恨水、林海音、邓友梅、汪曾祺、毛志诚、苏叔阳、赵大年等。汉学家看到其中的文化地理学意义和民俗意义,但没能系统分析老舍在整个京味文学乃至地域文学中的时空意义以及老舍京味文学的发源。

北京文化是中国传统文化的缩影,北京人性格体现出中国国民性格。老舍是纯粹的北京作家,作家中没有比他更地道的北京人了。老舍的人物谱系中,有洋车夫、巡警、工匠、"窝脖儿的"、说书杂耍的、新旧式妇女、沉浮于底层与中层之间的知识分子等。老舍擅长描绘挣扎于城市底层和中层人群的困境。到北京城打拼的乡下人构筑理想与残酷现实之间形成张力,体现出当时巨大的城乡差别、新旧冲突,北京成为寻梦者的诱惑和哈姆雷特式知识分子的梦碎之地。以《正红旗下》分析,小说暗示老舍心中对贫穷的满族群体的持续

---

① Yiu-Nam Leung. "Charles Dickens and Lao She: A Study of Literary Influence and Parallels", Thesis (Ph. D.), Urbana-Champaign: University of Illinois at Urbana-Champaign, 1987: 130 – 132.

② George Arthur Lloyd. "The Two-storied Teahouse: Art and Politics in Lao She's Plays", Berkeley: University of California, 2000: 4.

③ 韩经太,《老舍与京味文学》,北京:北京大学出版社,2011年,第21页。

关注。① 里昂多·乔治赞同罗格斯大学教授 Peter Li 客观称赞老舍是"中国的狄更斯"的说法。20 世纪北京的人、语言和风俗都在老舍的画布上,如同狄更斯画布上 19 世纪的伦敦。② 梁耀南比较《骆驼祥子》中作为地狱的北京与《雾都孤儿》中作为迷宫的伦敦,《离婚》中的北京城则是一个官僚机构,用王德威的话说就是"精神麻痹的缩影",老舍对北京的书写明显受狄更斯的影响。③ 孙宏则比较德莱塞《嘉莉妹妹》中的芝加哥与《骆驼祥子》中的北京,都市生活中丑陋的商业现实及它带给入城寻梦者的诱惑与毁灭。④ 学者们还体会到老舍在书写北京时爱恨交加的复杂情绪,叙述者常为北京市民身份,常以讽刺手法喜剧式地进行社会和文化批判。⑤ 老舍对当时北京生活的描绘具有张力,北京城是家,是梦想,是连接传统与现代的枢纽;同时也是穷人的地狱,是堕落者、投机者、伪善者、腐败者的天堂;还是与乡村对立,被污染、被商业化的现代"传染病""肆虐之地"。归根结底这些都出自老舍对北京、对祖国、对人民的热爱,尤其抗战时期因为带有强烈的爱国情怀,他刻画的北京的过去其实是一种怀旧的回忆与抗战宣传的结合,具有历史与神话的双重性质。抗战使旧矛盾更加尖锐,促使市民反省。赵园认为京味文学定位于古都北京,定时于它的现代衰颓时段,借助具体的北京人情风俗,通过回瞥方式让读者体验到一种地缘文化景观。⑥ 老舍通过北京人的性格特点体现出中国人的性格和精神面貌,通过边缘人和局外人对它的想象体现出他者的打量。老舍的京味文学呈现出五四文学、京派文学、左翼文学、抗战文学、社会主义文学等文学样式的交集,折射出各异的色彩样貌。

老舍作品中的风俗意义与地方特色通过北京方言表达出来,老舍凭借提炼过的京味语言成为语言大师。老舍同五四时期许多受过传统文化熏陶的作家一

---

① David Der-Wei Wang. *Fictional Realism in Twentieth-century China: Mao Dun, Lao She, Shen Congwen*. New York: Columbia University Press, 1992: 162.

② George Arthur Lloyd. "The Two-storied Teahouse: Art and Politics in Lao She's Plays", Thesis (Ph. D.), Berkeley: University of California, 2000: 4 - 5.

③ David Der-Wei Wang. "Verisimilitude in Realist Narrative: Mao Tun's and Lao She's Early Novels", Thesis (Ph. D.), Madison: University of Wisconsin-Madison, 1982: 288.

④ Hong Sun. "Myth and Reality in the Rural and Urban Worlds: A Survey of the Literary Land Scape in American and Chinese Regional Literatures", Thesis (Ph. D.), Washington: Washington University, 1995: 67 - 125.

⑤ 王德威等学者关注《骆驼祥子》等小说中象征性的狂欢场景对市民心理、传统文化的反讽意味,如观看阮明行刑时欢闹的人潮、猫城混乱喧闹而荒诞虚无的街头人群等。

⑥ 赵园,《老舍——北京市民社会的表现者与批判者》,载《文学评论》,1982 年第 2 期,第 35 - 50 页。

样,具有较深厚的文言功底。老舍前期的创作文白夹杂,半自觉半无意,如《老张的哲学》曾被研究者从语言的不伦不类方面加以诋诃。① 沃勒观察到老舍曾受到胡适的强烈影响,并打算实践他在五四时期关于"文学革命"的所有主张,比如用白话文写作、注重实际观察与个人经验。老舍初期受到文言功底影响,作为老北京人,将白话(普通话的基础是北京方言)与地方特色糅合到位,渐渐运用得炉火纯青。② 威廉·莱尔也认为老舍以改良的北京方言写作很有特色,其创作影响了一代人。教育部将其作品纳入教科书作为学习标准中文的范例。③ Jingyu Gu 指出老舍设置的叙述者在直接介绍故事人物时常显得健谈甚至喋喋不休,然而比起说一口北京方言的人物,他的语言显得更加标准,并在《骆驼祥子》第一章找出 20 处"儿化音"和 9 处北京方言,同时指出这种程度地使用北京方言算有节制,以此将叙述者与人物区别开来。④ 比起汉学家的外部观察和统计,国内学者在研究老舍语言方面有天生优势。韩经太立足京味语言,系统分析老舍作为京味文学创始人之一,为新京味文学乃至京味文化提供了哪些资源。韩经太认为老舍融合北京方言、中和欧化语言,并通过支配古典文学语言,打造了雅俗结合的京味语言。⑤ 欧化语及语法在老舍作品中普遍存在,甚至有研究叙述学的学者在《月牙儿》《骆驼祥子》等作品中抽出语句作为考察间接引语、不可靠叙述及叙述节奏效果的成功案例。老舍经历了一个自觉将欧化句法的长句分成一些短句并用外来词语、语法表述民族化的过程。北京方言句子简短,句子间语义关系靠意合而少用连接词,老舍吸取了这一点;他还吸取古典诗词散文中的意境论,用典雅的书面语融合短平快的口语以营造有气氛的画面感和有节奏的音乐美,将口语粗鄙的毛病尽量调和,和沈从文等人一样用民间讲故事的方法走进读者的阅读心理。俗白的北京普通话使老舍拥有大批大众读者,它朴实自然、平易纯净,使得老舍超越同时期的鲁迅、胡适等人成为最早成功运用现代语言的典范。跨语际实践中出现的首要

---

① 英语世界研究者多半批评《老张的哲学》的语言,老舍曾对国内学者类似批评做过辩护,指出有些地方有意为之,以增加幽默、讽刺效果,笔者认为的确有促进幽默的独特效果,而这在老舍之后的小说中几乎见不到了。

② Ranbir Vohra. *Lao She and the Chinese Revolution*. Cambridge, MA: Harvard University Press, 1974: 6-18.

③ William Lyell. "The Translator's Postscript: The Man and the Stories", *in Blades of Grass: the Stories of Lao She*, Trans. William Lyell and Sa. Honolulu: University of Hawaii Press, 1999: 276.

④ Jingyu Gu. "Individual Destinies in a Turbulent World: Voice and Vision in Two of Lao She's Novels", Thesis (Ph.D.), Austin: The University of Texas at Austin, 1995: 54.

⑤ 韩经太,《老舍与京味文学》,北京:北京大学出版社,2011 年,第 91-132 页。

困境——话语的困境①被老舍以天才和不辍的努力最先解决了。威廉·莱尔却推翻了研究老舍必先研究其生平的设定，认为这事情于老舍来说并非必要：因为他首先是一位创造型作家。读者阅读小说主要是因为它们的确是好故事，而不是出其历史意义。②语言差异让国外的汉学家对老舍语言研究产生瓶颈，这是无法避免的事。他们要做好语言研究还要看国内，甚至仰赖具有北京话背景的学者。

二、看老舍之转变：老舍与中国革命

近些年，学界掀起重新评估抗战文学的热潮，而汉学家早在 20 世纪六七十年代就着手进行老舍抗战创作现象学研究及作品价值重估。王德威、威廉·莱尔等认为老舍的文学生涯在抗战期发生重大转折，且超越由传统幽默转为严肃作家的论断，产生新论点。当老舍全身心投入抗战宣传，甚至在新中国成立后成了并不想成为的"艺匠"，其内心世界究竟经历怎样的曲折？老舍与中国革命的关系深刻影响到其一生几次大转折。英语世界学者对这个历程的分析为国内古世仓等学者的研究提供了启发。

首先，关于老舍对革命的态度有较为一致的看法：老舍反感暴力革命。沃勒指出老舍《赵子曰》以来的作品的主旨同当时五四学生风潮几乎背道而驰，老舍看到草率"革命"的学生作为一股改造社会力量的危险性。③ 作为满族一员，老舍曾是"被革命者"。他对与革命相伴的激进混乱有较为深刻的体会。老舍精神层面受儒家思想影响，他呼唤有序稳固的现代国家。再加上他的五四旁观者而非参与者身份，他在创作伊始对学生暴力运动表现出反感，日本芥川龙之介等传统作家也有此表现。老舍希望青年学生认真学习、务实奋进以报效祖国。尽管老舍终生思索社会革命，作品处处谈论社会革命，他却保守地寄望于渐进式的社会变革而非激进的暴力革命。他的关注点一直落在为人民幸福谋出路上。这是老舍完全有资格成为一个"世界主义"作家的证明。有学者认为，老舍对政治形势及政治问题的认识和表述自有其局限性，他同主流意识形态及精英知识分子保持距离，对革命过程流露过迷茫情绪。周水宁、王德威等

---

① 刘禾，《跨语际实践——文学，民族文化和被译介的现代性（中国，1900—1937）》，北京：生活·读书·新知三联书店，2002 年，第 77 页。

② William Lyell. "The Translator's Postscript: The Man and the Stories", in *Blades of Grass: the Stories of Lao She*, Trans. William Lyell and Sa. Honolulu: University of Hawaii Press, 1999: 273 - 279.

③ Ranbir Vohra. *Lao She and the Chinese Revolution*. Cambridge, MA: Harvard University Press, 1974: 29 - 38.

发现,《赵子曰》《二马》显示老舍常将政治问题简单化,如陈腐地将希望寄托于一己刺杀行为。威廉·莱尔称老舍"非知识分子作家",同样揭示他发现了这个秘密并试图深入探究。① 对政治问题不敏感及见解不高明的根源被追溯到老舍的出身和本性。依据是老舍的自述:"我的感情老走在理智前面,我能是个热心的朋友,而不能给人以高明的建议。……在一方面,这使我的笔下常常带些感情;在另一方面,我的见解总是平凡。"② 《老张的哲学》意外成功后,老舍肯定自己的幽默天赋及写作技法;随着批评声起,他则逐渐退缩,策略性地调整措辞,态度谦恭甚至过度贬抑自己,甚至开始检讨并修正。有时老舍强调的某点参与了信息"文本"的生成,学者以此为基础再加入个人误读则更加剧了阐释的主观性,其余"不在场"的信息则被遮蔽甚至被永久遗忘。让老舍解释自己是最便宜的做法,但极有可能因未甄别其"不可靠叙述"而陷入迷雾之中。

其次,王德威、沃勒等动态考察老舍创作生涯几次重要转折的时间点及特征,结合老舍各种文类的创作及个人经历,得出的结论比较合理。首次转折发生在老舍旅英期间,这段经历表明老舍是在异国开启创作生涯的。一开始的创作里,中国就作为"他者"被陌生化,这个形象被涂抹上抑制不住的受挫感、思乡情,对祖国落后的批判、希冀等情感色彩。老舍旅居新加坡半年间的创作则被认为具有高度的革命性。第二次转折发生在抗战期间。老舍保持为人生态度及底层书写的习惯,但写作方向、风格发生了大的转变。从暖而闲的幽默到战斗的写实,表现出老舍对早期创作缺乏政治意识的有意反拨倾向。他客观思考过宣传文学的利弊,但也许从未从心底里接受。第三次大转折发生在新中国成立后。老舍延续抗战热忱并积极投身于歌颂新生活,在这个过程中他发现了文化政策问题从而内心产生过激烈的斗争,并曾隐晦地提出意见;"双百"时期及后期尝试过纠偏。周蕾等学者指出,尽管爱国心无可置疑,但老舍对"爱国主义"及其革命性实践的认识却有所变化。从起初反对盲目爱国,到抗战期对"忠""孝"难两全的反思,再到社会主义建设时期,老舍对以激进集体主义式爱国的质疑,充分体现出老舍作为现代作家的清醒与怀疑精神。将老舍的三次转变与中国革命相联系,体现在汉学家对《猫城记》《小坡的生日》《火葬》等作品的发现里,体现在对老舍三个时期创作的专题研究中,推动着

---

① William Lyell. "The Translator's Postscript: The Man and the Stories", *Blades of Grass: The Stories of Lao She*, Trans. William Lyell and Sa. Honolulu: University of Hawaii Press, 1999: 273-279.

② 老舍,《我怎样写〈老张的哲学〉》,载《老舍全集(16)》,北京:人民文学出版社,2013年,第163页。

对老舍抗战期和新中国成立后文学的重估工作。但对作家创作心理的猜测和细节问题的追踪，免不了"过度阐释"的嫌疑。另外，乔治·高（George Kao）的著作《老舍与陈若曦：两位作家和文化革命》（*Two Writers and the Cultural Revolution: Lao She and Chen Jo-his*）将老舍与陈若曦这两位大陆和台湾作家连接起来，认为这两人尽管在年龄、性别、出生地和早年背景方面情况迥异，但也有不少共同点。比如，他们都受过西方小说熏陶，都曾因热爱祖国而回国，都关注人类和艺术家在现代社会中摇摇欲坠的命运。总之，置老舍于"革命"这个 20 世纪的宏大命题中进行观照，在围绕"革命"组建的关联网中揭示老舍精神世界的隐秘事件，具有相当的文学史意义。

三、剖老舍之矛盾："写家"与"艺匠"

老舍表明终生向往的身份就是职业写家，他自称"写家"和"文牛"，即能有充足时间和条件自由地进行文学创作，一定程度上超越功利目的。而历史赋予了他另一重身份——"艺匠"。抗战以降，这两个矛盾经常缠绕在一起，使老舍的创作呈现出复杂的政治文化景观。英语世界对此有两种迥异的主要评价。一方面，沃勒认为新中国成立后，尽管老舍积极投入社会主义建设的大潮，但从根本上无法理解新社会的一些政治事件，更无法书写它们。因此就不难理解他的道歉为何比新中国成立前多得多。[①] 之后夏志清从较明显的政治立场出发来评判老舍这一时期的创作，惊讶于老舍的"左倾"，观点较为偏激。[②] 另一方面，伯奇则认为老舍避免了陷入如沈从文等抒写个人怀旧情绪者的困境；仍然幽默，只是这种幽默讽刺有一定节制；作为小说家的老舍在抗战中未能幸免于难，而作为"艺匠"的老舍则越来越有力量。[③] 麦瑟伍、里昂多等学者对新中国成立后老舍的戏剧创作给予肯定，认为这些戏剧创作根源于他对人民的热爱，老舍一定程度上保持了个人和艺术上的完整性。从 20 世纪 20 年代中期旅居伦敦时孤独的无名者，到 20 世纪 30 年代中国受欢迎小说家，到抗战时期"文协"负责人，到 20 世纪 50 年代文联副主席，再到后来排北京第一位的剧作家、"人民艺术家"，老舍内心世界的载沉载浮轨迹是待被撕开的隐性文本。英语世界研究者一方面观察到新中国成立后老舍创作态度的变化，从

---

① Ranbir Vohra. *Lao She and the Chinese Revolution*. Cambridge: Harvard University Press, 1974: 165.
② ［美］夏志清，《中国现代小说史》，刘绍铭等译，上海：复旦大学出版社，2005 年，第 237－238 页。
③ Cyril Birch. "The Humorist in His Humor", *The China Quarterly*, 1961, No. 8 (Oct.－Dec.): 58－59.

积极反映新社会的一切变化，到20世纪60年代的困惑、清醒与痛苦，并注意到其"反讽"手法的涵义；另一方面对新中国成立后老舍创作的价值产生分歧，尽管在老舍继续"平民书写"这点上保持一致。

　　汉学家的争论指向一个话题：比起同期作家，老舍数十年的写作生涯似乎更加顺畅，著作等身，几乎从未有沉寂之时。老舍对身份的不断调适是一种策略还是被动选择？笔者认为兼而有之。两种观点实质上可以沟通。一方面老舍爱国爱民的情怀在其作品中深刻表现了出来，批判现实及文化的文字传达出变革社会的强烈愿望。在参与革命的过程中，老舍加深对人民群众的热爱、对新中国的信任，得到了"人民艺术家"的称号。对老舍来说，无论谁革命、谁上台，关键是有为民谋福利的好政府。他性格中积极的一面、行动上容易妥协的一面，造成了他的随风而化，从外部及个别作品来看，的确有拙作出现。另一方面，老舍对革命的看法与个性紧密相关，对革命意识形态有一定超越性。他渴望写作，以表达自己对时政的见解，发挥文化影响力；甚至不吝以变装的形式写作。"双百"时期，他在《西望长安》和《茶馆》等剧作中揭示过一些社会问题，比如对英雄人物光环的反讽和对历史教训的反思。老舍终其一生都在思考如何改善人民生活，呼吁知识分子为国家多做点贡献，这代表了文学精英的理想。退一步说，是否将老舍归为"艺匠"，这个问题尚可商榷；学者对"写家"还是"艺匠"身份的论争其实是对老舍"文人良心"的拷问，这与对新中国成立后老舍作品的价值重估联系紧密。老舍抗战期间和新中国成立后被冠以"政治宣传为导向"的作品，其艺术价值究竟几何，尚有再议的空间，但毋庸置疑的是，他的爱国热情、平民立场和对纯文人身份的渴求保持了一生。

四、探老舍之死：从人民艺术家到所谓"人民的敌人"

　　或许20世纪70年代麦瑟伍兄弟的论文《老舍——从人民艺术家到"人民的敌人"》的标题[1]最能概括汉学家对新中国成立后老舍内外境况的巨变和双重身份的体认。作为"老舍学"的重要组成部分，"老舍之死"是一个吸引中外学者持续探索的话题。而对当时的英语世界的研究者来说，"老舍之死"更仿佛是突然消失的黑匣子。一些国外学者将新中国成立后老舍的双重形象与他的死亡联系在一起。英语世界研究者大多从老舍作品出发分析他死亡的心理

---

[1] Walter J. Meserve and Ruth I. Meserve. "Lao Sheh: From People's Artist to 'An Enemy of the People'", *Comparative Drama*, 1974, 8 (2): 143–156.

机制，算是从文化批评、心理分析等层面弥补了实证研究侧重外部世界的缺憾。总的来说，"老舍之死"是综合因素作用的结果。

首先，老舍自创作伊始至死都执着保持着"为人民"的形象，这体现其人道主义者的悲悯与关怀，而这份关怀与其说与政治有关，不如说与老舍的传统文人情怀相连。1966 年 Roma Gelder 和 Stuart Gelder 夫妇采访过老舍，采访中老舍认为自己能够理解反对资本主义的生活观念，但表示不会写阶级斗争，因为他不是马克思主义者。老舍之死则因为他已经无法继续接受革命风暴的考验，假如同传统观念的决裂使老舍如此痛苦，假如是对过去如此强烈的执着使他选择自杀之路，他的死则可能使人反思革命对传统的破坏。[①] 采访实录开启了更多关于老舍身份认同的思索，同时揭示出作家操守与革命要求、传统与现代的碰撞冲突，在矛盾冲突中老舍的心理世界走向了自我毁灭的真实，就如同沈从文毁灭了他的想象世界一般。这个思考方向是有价值的，其背后是对老舍那一代知识分子创作心境的哲学思考，对五四运动以来"反传统"倾向的批判性思考，对老舍未竟心愿——在儒学思想的现代性转换基础上建立一个稳定、富强的国家的理解。

具体说来，沃勒从《四世同堂》《茶馆》这类反思中国传统文化的小说里找到老舍自杀的心理依据，从而得到一种明确的价值判断。他认为老舍当时的情况与祁天佑单纯死于被羞辱、王利发被剥夺一切重要之物而自杀都不完全吻合，而以上诸因素却可能综合发挥作用。祁天佑自杀并未被指责是懦夫行为，相反却被赋予尊严的气息。[②] 何官基认为老舍终究无法逃脱《猫城记》中小蝎的命运。从《老张的哲学》开始，老舍赞同的人物中有一类是传统守旧者，他们身上具备一切儒家道德浸染的人格特质：温柔敦厚，舍生取义，其生活状态平静、缺乏激情却充满忧患意识。《猫城记》与《桃花源记》、芥川龙之介的《河童》类似的乌托邦建构，透露出作者内心不可调和的矛盾：对于儒释道文化的追怀与对现实的悲观体认。老舍之死有一些心理因素：丢"面子"，丢传统，被抛弃。或许最终以死亡的方式才能获得"空旷，自由，无忧无虑"的解脱。[③] 此类研究应避免使其作品成为某种"观念"的注脚。

其次，有学者将"老舍之死"看作一场早已编排好的预言，将此作为

[①] Stauart Gelder and Roma Gelder. *Memories for a Chinese Grand-daughter*. New York: New York University Press, 1968: 182-195.

[②] Ranbir Vohra. *Lao She and the Chinese Revolution*. Cambridge: Harvard University Press, 1974: 164.

[③] Koon-Ki Tommy Ho. "Why Utopias Fail: A Comparative Study of the Modern Anti-utopian Traditions in Chinese, English, and Japanese Literatures", Thesis (Ph. D.), Chicago: University of Illinois, 1986: 175.

"原型"放在神话阐释的范畴内观照。里昂多·乔治或许考据了中国传统文化中关于灶神的传说,将老舍出生时的灶神传说与老舍之死联系在一起,指出具有反讽意味的是,据说灶神是曾经立功冤死的士兵转世,作者最终的自杀也无疑是对不公正对待的严正抗议。① 周蕾认为老舍的《恋》中关于艺术收藏家的故事为理解其投湖自尽的复杂意义提供了一条线索。"恋什么就死在什么上"成为一种宿命的、含有隐义的、象征性地结束自己生命叙述的方式。② 与此相似,国内学者古世仓等认为追随作家终生的"老舍之魇"与"老舍之死"紧密联系,并如先哲般预见到自己的死。③ 汉学家跨文化的考据和思考有一定价值,有其合理性;然而这类研究的"学理性"很可能被质疑:对并非神圣先哲且极"自知"的老舍来说,这种承认宿命、自见预言的推测,其可信度究竟几何?写作与命定之事,与自杀预谋之间的关联被研究者乐此不疲地诠释着,形成一个阐释的循环。弗莱之后的神话原型批评对老舍研究是否适用?恐怕应该先结合中国文化与历史现场才敢开始言说。单向阐释的后果是,"自杀"成为一个符号,而它的"能指"与"所指"似乎被随意安排了。也有更现代的解释:王德威等人认为自杀是老舍式"黑色幽默"的一部分。他以此嘲笑自己和荒诞的世界。对人性意义的叩问与非理性迷茫,又使"老舍之死"染上现代主义、后现代主义及全球化色彩。这种幽默中夹杂着闹剧与讽刺,以《骆驼祥子》《黑白李》《抱孙》《大悲寺外》《离婚》等为代表。与其说死亡是个结束,不如说是个开始,可憎的"笑"的开始;然而在这幽默手势的背后,是老舍穷其一生对自杀、死亡的社会和政治原因的严肃思索。④ 王德威倾向运用西方悲喜剧理论,采取现代视角对"老舍之死"进行审视,将近于异端的"笑与泪"同其生死观紧密联系起来,发掘了老舍在西方喜剧意义上的才能(并认为这种苦中作乐而创作喜剧、闹剧的才能将老舍与其他五四作家区别开来),这是过去几乎没有触及的美学领域。

第三,保尔·巴迪(Paul Bady)指出老舍的自杀体现出死亡使生命变成

---

① George Arthur Lloyd. "The Two-storied Teahouse: Art and Politics in Lao She's Plays", Thesis (Ph. D.), Berkeley: University of California, Berkeley. 2000: 24.

② Rey Chow. "Fateful Attachments: On Colleting, Fidelity, and Lao She", *Critical Inquiry*, 2001 (Autumn): 286 – 304.

③ 古世仓、吴小美,《老舍与中国革命》,北京:民族出版社,2005 年,第 295 – 303 页。

④ David Der-Wei Wang. *Fictional Realism in Twentieth-century China: Mao Dun, Lao She, Shen Congwen*. New York: Columbia University Press, 1992: 152 – 168.

命运。①《猫城记》《四世同堂》是死亡预言。论者认为比追寻老舍死因更明智的做法是为老舍的死做出人性维度的解释。老舍一生的际遇并非像外界所看到的成功作家那么畅快，也不像他被定位的幽默作家那么具有喜剧性。他的作品也并不都是喜剧模式。像《骆驼祥子》《月牙儿》《老牛破车》中的文字都具有悲剧性。论者花大量篇幅分析老舍自杀的社会背景，并很快否定了政治原因是老舍的直接死因。他注意到对老舍造成特殊影响的两件事，第一是传统京剧的彻底消失，第二是老北京文化被破坏。论者认为对传统文化崩坏的焦虑和无所适从可能是造成老舍自杀的内在原因。论者将老舍与夏目漱石进行比较，认为在生命的最后一刻，老舍放弃了幽默和现实主义，转向一种悲剧性的浪漫主义风格，呈现敏感的诗人气质，这让人联想到屈原、小野小町等人。论者对老舍诗人气质的分析使人耳目一新，这是其他学者没有涉及的命题。如果舍弃老生常谈的幽默和写实，专注于对老舍罗曼蒂克素道的挖掘，或许会得到出人意料的结论。最后用傅光明的态度来总结这部分研究：不应该把"老舍之死"作为"过去时"标本的"历史遗产"，而要作为"现在时"甚至"未来时"活生生的历史生命。②吴小美等剖析了老舍"死的自觉"，老舍的生死观是超越死亡。她否定了以上汉学家对老舍之死的荒诞乃至虚无主义解释，她认为老舍的一生都是在自觉选择，他的死更是在积极而非消极的意义上获得了文化人类学价值。用后现代理论和西方后现代心理来界定老舍这样十分传统的中国作家的确太激进了。③

  英语世界对老舍生平的追溯与分析，与对老舍多重形象的想象性建构结合在一起；他们不满足于平铺直叙地还原老舍生活的历史，而是在文化批评视野下试图生成一种老舍的精神、文化风貌。汉学家为老舍的生与死写下神秘的神话，宗教叙事、原型批评、民间叙事、心理分析、文化批评等的运用使老舍进入世界视野；穷人和满族后裔这两种身份为老舍提供素材并影响其人文关怀；汉学家同国内学者一样重视发掘老舍的"京味儿"，并尽力突破语言隔膜去揣摩老舍"原汁原味"的北京方言与老舍气质的血肉联系，以及老舍对北京民俗的丰富表现力。

---

  ① Paul Bady. "Death and the Novel—On Lao She's 'Suicide'", in *Two Writers and the Cultural Revolution: Lao She and Chen Jo-hsi*, edited by George Kao, Hong Kong: The Chinese University Press, 1980: 5-20.
  ② 傅光明，《口述历史下的老舍之死》，济南：山东画报出版社，2007 年，第 5 页。
  ③ 吴小美，《老舍的生死观》，载吴小美、魏韶华、古世仓，《老舍与中国新文化建设》，北京：民族出版社，2006 年，第 153-163 页。

老舍与中国革命的关系深刻影响到其一生的几次大转折。英语世界学者对这个历程的分析为国内古世仓等学者的研究提供了启发。首先，关于老舍对革命的态度有较一致的看法：老舍反感暴力革命。其次，王德威、沃勒等动态考察老舍创作生涯几次重要转折的时间点及特征，结合老舍各种文类的创作及个人经历，其结论比较合理。置老舍于"革命"这个20世纪的宏大命题中进行观照，在围绕"革命"组建的关联网中揭示老舍精神世界的隐秘事件，具有一定的文学史意义。

"写家"与"艺匠"这两个身份、两种矛盾经常缠绕在一起，使老舍的创作呈现出复杂的政治文化景观。英语世界对此有两种主要的迥异评价：老舍对身份的不断调适是一种策略，还是被动选择？笔者认为兼而有之。英语世界对老舍由双重形象重叠建构起的"多重形象"研究，是对传统倚赖各种外部资料的老舍生平和思想研究的超越和补充，也提供了思路上的启示。但对其各个小观点需要批判性地接受。国内学者在21世纪以来也从老舍生与死的特殊性出发，注重运用文化批评方式对老舍个性心理进行社会文化阐发，而不是简单地以生平、作品分析得到推论。范亦豪较早以顽固的自由主义本性来界定老舍，这是国内学界将老舍放在当代文化语境和话语场域中观照的先声[1]；石兴泽分析老舍平民意识在赋予老舍宝贵财富之外还严重局限了老舍作为精英知识分子的整体格局和层次[2]。他批判性地回应了之前对老舍平民立场一边倒的赞美之辞。无论老舍的公共身份与形象如何多变，研究内核是恒定不变的。林海音认为，不哗众取宠，不故作惊人之笔，朴素之中见纯真，这些便是老舍的风格。[3] 这也应是老舍研究应有的品格。将老舍置于富有当代气息的命题框架中进行考察是明智之举，同时应当尊重老舍植根于传统文化的文学史事实。中西对话的有效进行，靠的是尊重与理解。威廉·莱尔在讲述老舍时曾模仿老舍短篇小说的笔调和话语，这很珍贵难得。活用中国文论话语，打破西方文论话语的"独语"局面不仅是一个理想，老舍的具体研究领域可开展新的尝试。

---

[1] 范亦豪，《迟到的老舍——对一位天才的自由主义作家的若干理解》，载《随笔》，2007年第5期，第67-82页。

[2] 石兴泽，《平民作家老舍——关于老舍的一种阅读定格》，载《民族文学研究》，2006年第4期，第36-42页。

[3] 林海音，《中国近代作家与作品》，台北：纯文学出版社，1980年，第300页。

第二节　英语世界老舍文艺思想研究

如果说儒家文化是老舍之"根",那么基督教文化则可视为影响老舍创作的西方之"叶"。汉学家对老舍接受中西思想文化的研究同国内一样,对中国传统文化影响研究以儒家文化为核心,对西方文化影响的研究则重点探索基督教文化的显性影响。老舍的文艺思想从他所接受的文化中生发而来,与他的宗教伦理思想、启蒙思想、教育思想等联系紧密。英语世界对老舍文艺思想的演变很感兴趣,这方面的研究成果可以形成几个关键词。

一、老舍接受中西思想文化研究

首先,汉学家认为老舍创作植根于中国传统文化,并集中分析了儒家思想对作家人生和创作的影响,提供了他者立场看中国文化和中国文人的微妙视角。他们认为儒道释三家为代表的文化谱系中,老舍的儒家文化积淀最为深厚,并对老舍在社会转型期的思想困扰进行观照。沃勒指出老舍在20世纪三四十年代曾陷入两难困境,他既对能提供新条件的现代社会体系有迫切需要,同时对以宗法关系为基础、保障社会和谐的儒家价值体系的垮塌感到痛苦。老舍试图在儒家理想与社会主义之间找到一条折中的道路———一种儒家社会主义。[①] 周水宁认为老舍调和了北京市民中的悲观主义与儒家的积极入世,获得内在的思想平衡。他分析了传统"士"文化、新式教育和教育工作经历对老舍的浸润与影响,老舍对基本身份认同的追求也是作为一名儒家知识分子的济世理想。因而与五四时期完全抛弃传统文化者不同:"老舍在教育部任职的两年间发现的中国社会和人性的阴暗面可能给他留下了一道深刻的悲观印痕。也成为促成讽刺家人格的一个要素,使他认清教育与文学在社会改革中的作用,与之形成悖论的是,这个主题同五四主题,同典型的儒学命题是一致的。"[②] 汉学家发现老舍的儒家思想同五四文学思想构成一个相反相成的命题,这是有分量的发现,对老舍其人最有力的阐释背景就是儒家文化;这也是中国传统文

[①] Ranbir Vohra. *Lao She and the Chinese Revolution*. Cambridge, MA: Harvard University Press, 1974: 115.

[②] George Arthur Lloyd. "The Two-storied Teahouse: Art and Politics in Lao She's Plays", Thesis (Ph. D.), Berkeley: University of California, Berkeley, 2000: 21-22.

化寓于现代文明中且可获得新生的明证。可惜他们没能统论老舍是"西学东渐"时旧知识分子群体中的一个。尽管五四作家中有许多喊着要舍弃糟粕的旧文化,建设新文化,但他们骨子里都如老舍一般,传统文化的根扎得非常深。20世纪20年代,以梅光迪、胡先骕、吴宓等人为代表的"学衡派"曾发起儒学复兴运动,试图以此纠正改革派对传统文化过于激进的批判态度。虽然30年代初他们的声音就被淹没,但不能说明改革派没有认识到自己矫枉过正的问题。作为五四旁观者的老舍很早就意识到儒家思想的重要性,并经常生动地表达在作品中。渐渐寻回理智或表现出理智的人很多,老舍则是从开头就打算持儒家思想中光明一面的少数派。他为此做了很多工作,不断反思儒家哪些因素是建设现代国家、民族精神需要继承的,哪些是需要舍弃的,这些思考在《四世同堂》里得到爆发性、系统性的表达。

对老舍来说,儒家文化是一种超越民族、国家的存在和想象。汉学家指出老舍在《二马》中对英国社会秩序的描写、对道德与伦理的维持源自儒家文化。亚历山大·黄则将儒家文化的"天下大同"与老舍作品中潜藏的"世界主义"倾向联系起来,剖析其民族主义与世界眼光的辩证关系。王德威、陈慧敏、周蕾等学者发掘老舍作品中对儒家忠于国家、国家利益高于一切思想的呈现,思考现代知识分子的担当与困境,"文""武"价值观的转化,以及"爱国主义"内涵的演变过程。以儒家思想修身者具备最理想的人格,老舍作品塑造了一系列深受儒家文化影响的人物,作者既同情、认可传统美德坚守者也批判因循其陈腐内容者;同情、支持歪毛儿、黄先生、曹先生一类刚直、秉承儒家思想精髓的人物,讽刺老张那类投机者(他们是儒家价值体系崩塌后社会新秩序尚未建立起来时的特殊产物);通过李应叔父等"好人"失势的现实表明儒家思想在现代社会的无能为力;揭示祥子等原本想要坚持儒家价值观念的小人物如何在残酷的社会环境中或被毁灭,或走向堕落;通过沙子龙、八太爷、马老先生等旧式人物的没落,感慨传统文化的逝去及抱残守缺者的可笑;嘲笑儒家文化重视"面子"等价值观在抗战中的危害;痛斥儒家男女不平等制度对女性的戕害,探查儒家体系垮塌如何影响女性地位及男女关系;赞赏李子荣那样在儒家文化根基上学习西方商业文化的开拓者。老舍探究"好人"在世风日下的社会里能做些什么。"好人"标准显然受儒家"君子"的影响,尽管以个人力量改变社会值得怀疑,但起码可以"修身""齐家",而非以仇恨、暴力方式革命。这个角度十分珍贵,因为它打破了政治分析的套路,进入一个文化批评的广阔领域。从这个角度看来,老舍的儒家情结就具有了更形而上的色彩。它仿佛是一种集体无意识的遗传基因,仿佛是作家骨血的一部分，仿佛化作了作家看待和思考这个世界上所有事物的一种方式，化作一种为人处世的方式和发声的方式，影响着作家整个生命形态、气质发散和写作风格。学者们可以从人类学、社会学甚至自然科学领域出发来重新观察和审视他。

其次，汉学家在考证基础上对老舍的基督教活动以及基督教态度的演变做了不少研究。主要表现为考察老舍信仰基督教的内外因，考据他在受洗后曾做过的相关工作，发掘他对基督教态度的转变细节等问题。起初，关于老舍信仰基督教的确切时间有些争议。沃勒推断起码应该在他旅英之前，1924年前老舍生活十分拮据，尤其他失去了原有满族身份，不得不寻求新的价值体系，可能发现基督教对拯救当时个人的身份危机和精神危机有所助益。但沃勒认为老舍小说多处表现出对基督教的质疑，通过李应、龙树古、伊牧师等人物表现出来。[1] 周水宁发现在《老张的哲学》和《二马》中老舍显示出对中国基督教会的熟知及密切联系。里昂多·乔治认为老舍1920—1921年间的生活是他后来走向基督教的直接诱因，宝乐山牧师的引介也是原因之一。但老舍不确定基督教对精神救赎的前途，正如不确定李应出走了前途会怎样一样。论者首先回顾以下事实：1920至1921年间，老舍在教育局有关部门工作时因为有钱有闲过了一段堕落生活并因此拖垮了身体，于1921年到北京香山的卧佛寺休养，过了几个月和尚般的生活。老舍在北京市缸瓦市基督福音堂学习英语，结识了宝乐山牧师。后来协助宝乐山教授伦理学、音乐等课程；翻译圣经教义，撰写呼吁中国教堂从西方掌控下独立出来的文章，在星期天神学院任教。1922年老舍在宝乐山和许地山鼓励下受洗。[2] 基督教文化对中国近现代作家产生影响，这是个典型的文化现象。国内杨剑龙等学者专门进行过这方面的研究。老舍同鲁迅、林语堂、冰心、许地山等作家一样，他们或在作品中隐性融入基督教思想、或显性将其纳入艺术表现范畴。老舍研究者们真正值得做的不仅是对老舍与基督教关系的外部考据工作，还有关于基督教对老舍气质、风格和思想的影响研究。作为与中国儒释道文化尤其是儒家文化截然不同的一种外来宗教文化体系，基督教在中国传播的历史充满政治文化的殖民意味，它与中华文化既存在紧张的冲突，又产生了深刻影响，至于融合倒谈不上，起码不像佛教融入人们日常生活那么深广。老舍接受基督教思想也是选取其符合自己观念的因

---

[1] Ranbir Vohra. *Lao She and the Chinese Revolution*. Cambridge: Harvard University Press, 1974: 6-18.

[2] George Arthur Lloyd, "The Two-storied Teahouse: Art and Politics in Lao She's Plays", Thesis (Ph. D.), Berkeley: University of California, Berkeley, 2000: 20-21.

素，比起宣扬"爱的哲学"的冰心等人多了一份冷静疏离。毕竟老舍是在人格基本形成后才开始接触基督教，之前的满族身份和儒家知识分子身份对他的思想成形起了根本作用。老舍加入基督教的初衷大约出于济世救民的热忱，而非狂热的宗教信仰。从1922年起他做的一系列具体教会组织改建、翻译宣传工作都符合他"爱人"的本色，但爱一切平民并非受基督教的感染，而是因其平民意识、旗人文化背景和儒家知识分子忧国忧民的情怀所致。基督教教义的一些内容正好合了老舍当时的心意，其从教后的"Sunday School"、赈济支教等工作正是其"舍予"精神的直接体现。

第三，老舍将文学、思想、教育的才华与宗教活动融合在一起。老舍的命运受此影响很大，包括出国及回国任教，其文化心理受此影响的倾向也渐渐表现在创作中。老舍在新教改革者的热情和兄弟友爱哲学中找到了那个阶段需要的社会方向和精神信念，尤其是当面对文化和政治混乱时。他呼吁青年们独立思考，而不是被动地背诵圣经诗篇。他还教学生中国文化以促使他们成为忠诚、有用的建设现代化国家的国民。[①] 五年欧洲旅居生活的所见所闻使老舍对西方世界甚至对基督教的看法发生了转变。"在此期间，他开始视整个基督教为西方帝国主义的道德辩护和为被征服、被剥削者准备的消磨意志的鸦片。他在寻找一种积极的信念去填补这个空缺，一种社会而非宗教的信念。"[②] 王润华发现老舍在逗留新加坡期间对基督教乃至西方文化的观念发生了变化，基于在欧洲所见所闻产生的对基督教的失望和对西方文化的不信任感，在新加坡的见闻似乎使他确定如今新思想的源泉在东方而非西方。[③] 罗伯特·A. 布里克斯（Robert A. Brickers）在1994年对老舍在伦敦的基督教活动进行了重新考证，修正了一些研究中的误解。针对许多学者认为的老舍作品中体现出他对基督教的否定态度、老舍受洗出于经济考虑等论点，论者进行了辩驳，指出老舍对基督教不是简单否定，受洗也是出于"真正的宗教意识"。[④]老舍的宗教意识不可否认，但信教而不拘泥于各种教规、教义，则是老舍对待基督教的方式，大约就是选择将基督教与其他宗教、思想一样化入日常生活，共同成为塑造精

---

① Britt Towery. *Lao She, China's Master Storyteller*. Waco, Texas: Tao Foundation, 1999: 24 - 28.

② George Arthur Lloyd. "The Two-storied Teahouse: Art and Politics in Lao She's Plays", Thesis (Ph. D.), Berkeley: University of California, Berkeley. 2000: 31.

③ Yoon Wah Wong. "A Chinese Writer's Vision of Modern Singapore: A Study of Lao She's Novel *Little Po's Birthday*", in Yoon Wah Wong, *Essays on Chinese Literature: A Comparative Approach*. Singapore: Singapore University Press, 1988: 7.

④ Robert A. Brickers. "New Light in Lao She, London and the London Missionary Society: 1921 - 1929", *Modern Chinese Literature*, 1994, Vol. 8: 21 - 39.

神人格的支柱。他选择基督教,根本上是选择其合于儒家思想的内容。这可以从老舍多次公开演讲及写作中找到证据。老舍对基督教的态度就是他对待西方文化甚至所有文化的态度:有辨别地拿来,警醒地批判。老舍在《二马》《神拳》《正红旗下》也嘲讽了伊牧师、乔神甫、牛牧师等一群外国传教士。《老张的哲学》中的龙树古父女及李应、《大悲寺外》中的黄学监、《黑白李》中的黑李、《四世同堂》中的钱默吟、《茶馆》中的马五爷、《二马》中的马则仁和《柳屯的》中的夏廉父子,他们多少都带有基督徒的思想气质或压根儿就是基督徒,反映出基督教在中国民间的接受情况很复杂,有被人利用的阴暗面。当某种文化成为人性灰暗的遮羞布,成为干坏事的帮凶,老舍就毫不留情地对它进行批判,不管它是本土的,还是外来的。老舍与鲁迅"拿来主义"的风格一致,秉持扬弃的清醒意识。因为见多识广,东方与西方、传统与现代在老舍思想中时时交锋,碰撞出火花。

一些汉学家曾试图在具体作品中剖析老舍对儒释道文化的态度,但并未辨明。沃勒深刻剖析《老张的哲学》体现出的老舍对儒家思想、佛教、基督教的态度及其悲观的根源。他认为老舍通过李应表现儒家思想在现代社会的无能为力,通过李应所见所闻说明佛教的失势。他对基督教评价也不高:龙树古因无法以其他方式谋生而成为传教士本身就是个讽刺,尽管在李应和赵四这两个转变成基督徒的人身上老舍传达了基督教对他们产生的积极影响,但他并不确定基督教的前途正如不确定出走了的李应前途如何。[①] 周水宁不能接受沃勒"如果认为老舍小说中的人物表现出混乱的状态,那是因为那个巨变时代的普通人都感到混乱"[②] 的观点,认为儒家思想是觉醒的先决条件。小说几乎未对个人接受儒家思想的具体状态进行描述(除了李应曾追问过生命和世界的意义),主要展现当时人们和社会的昏睡状态。这正是老舍悲观思想的落脚点。关键在于他认为中国人和社会整体都未经启蒙:道德上的好人无力生存并且弄不清原因,农民还按照旧社会的惯例生活、思考,年轻人在恶势力打压下变得妥协、屈从甚至混迹于无思想、无理想、沉默的大多数中。尽管老舍与狄更斯有许多相似处,如都有贫穷、悲惨的童年,后来重新获得社会批评家和受欢迎作家的身份,但他没有狄更斯及其维多利亚时代正在崛起的中产阶级的乐观。第一部小说中生出的悲观随着作者对中国社会现实理解的加深渐渐增长,直至

[①] Ranbir Vohra. *Lao She and the Chinese Revolution*. Cambridge, MA: Harvard University Press, 1974: 6-18.

[②] Ranbir Vohra. *Lao She and the Chinese Revolution*. Cambridge, MA: Harvard University Press, 1974: 25.

抗战爆发战斗之歌取代了这种情绪的流露。国内学者石兴泽、石小寒动态梳理了老舍与中国传统文化关系的线性发展轨迹：初始阶段老舍全面接受传统文化并形成文化心理底色，五四时期、抗战时期受新文化和战争影响对传统文化进行反思批判，新中国成立后社会变革紊乱了老舍的文化心理，老舍最后以身殉了传统文化。[1] 石兴泽、石小寒在更高的层面对前者一鳞半爪的考证式分析进行了补充，勾勒出老舍反思传统文化的思想演变过程，呼吁后来者辨别老舍不同的思想倾向和情态表现，并从雅俗层面归纳出老舍接受的传统主要是儒家文化和市民文化。儒家提倡的仁义礼智信、忠孝之道、温柔敦厚之风、舍生取义的节操、士人的载道之责，都在老舍心中刻下深深的烙印；市井风俗则是老舍浸润其中的民间气候。然而，不同时代、不同召唤、理性与情感的交锋都会对作家思想产生作用，这使对老舍接受传统文化的研究变得十分复杂。虽然汉学家在传统文化影响研究面上不如国内广，也还不够细致，但他们的研究提供了有力的启示：此领域的文化研究忌讳大而空、无根据地捕风捉影，应该在具备扎实基础修养和细读大文本、小文本的前提下，选择细而微的问题切入，辅以文献学、版本学、训诂学、词源学等工具做好考据和田野调查工作，平行比较时也应落实可比性问题。目前为止，对民国作家（尤其是老舍这种传统观念浓厚的）接受传统文化的考证工作没有系统展开，分析论证也不够细致，尚有一大段路要走。这恰恰又是一个斑驳和充满悖论的被遮蔽领域，理清了这段心灵史可能对中国新文化建设、中国话语系统生成及民族精神的建构具有更大意义。

二、老舍文艺思想演变研究

英语世界学者对老舍文艺思想的研究突出一个"变"字，即注重对老舍文艺思想史的书写。人们理所应当首先将它看作浑然一块的整体，也需要对各个重要领域特征进行分门别类的分析，这是老舍（体现在《文学概论》讲义及其他零散随笔中）和后来的研究者致力去做的事；英语世界将老舍作品与理论混在一起读，也揉进对作者生平和文化背景的考证理解，关注点是老舍文艺思想在三个时期的演变缘由、实质和具体表现，并认为老舍创作技巧的成熟变化与此紧密相关。前期是老舍在山东任教期间。老舍之前经历了旁观五四运动和英国任教的重大事件，并在相对稳定和封闭的象牙塔里、在中西文论对照

---

[1] 石兴泽、石小寒，《东西方文化影响与老舍文学世界的建构及其研究》，北京：中国社会科学出版社，2011年，第1-10页。

反思中、在宽松的状态下完成了他自由主义文艺观的基本建构。这种自由主义体现在老舍对文学和文学创作本质的认识，对文学性至上的创作原则的强调，对自身作为文化型作家的体认。老舍对左翼文学的态度不同于鲁迅及后期创造社作家，他似乎始终游离于政治之外的，这源于他的自由主义基调。尽管老舍最后被列入"鲁郭茅巴老曹"，成为左翼认可的人民艺术家之一，但这很大程度上是基于老舍对平民的持续关注和书写，而忽略老舍与巴金一样曾有类似无政府主义的理想。夏志清将老舍划入以某种政治立场写作的作家甚至以此来质疑老舍的创作价值，这是武断的，归根结底他没有抓住老舍的创作初衷。自由主义文艺观在不同时期创作中表现出不同的形态，或隐或现，而它像一根红线贯穿老舍整个创作生涯；就像启蒙是老舍一生创作的主旨一样。启蒙主旨和自由主义文艺观在老舍早期作品中呈现一种对立统一的趋势。正如威廉·莱尔一开始对《老张的哲学》的判定："这篇小说充其量是个大杂烩。"[①] 老舍早期小说在内容上如同其结构一样是芜杂散逸的，在技巧上呈现出小说史上小说最初的形态：天真活泼，自由自在，形式粗糙。其中一个原因是彼时老舍刚开始写作，最重要的原因是老舍早期一直愿意按照自己的理想文艺观写作，成为单纯的写家。写家是写着玩儿，喜欢怎样写就怎样写，不必为任何功利的现实目的而写作。夏志清说《老张的哲学》好比一场失败的婚姻，其中喜剧和愤慨两个搭档因素互不兼容。[②] 这很能说明一个问题：老舍最初自由主义的文艺观与启蒙的明确定位是有冲突的。自由主义与理想主义、人道主义甚至浪漫主义是近亲，它关注的是普遍的人性，强调文字的渲染力和天马行空的想象力。启蒙的目的是开启民智，唤醒沉睡的民众，找出并治疗民族劣根性，它是一项自上而下的功在当代、利在千秋的事业。老舍创造了类似于当时的"问题小说"的作品，但又大不一样。不论是在异国他乡写的《老张的哲学》，还是依据亲眼所见的事实而作的《赵子曰》或《二马》，都带着写实和想象并重甚至冲突的鲜明特色；文字很生动，结构很发散，在现实中似乎总透着些无逻辑的荒诞。艺术叙事混乱往往是思想混乱的外现，这说明老舍将启蒙的严肃主旨纳入自由写作的实践在一开始就受到了挑战，具体表现为将幽默的喜剧因素与精确的写实熔为一炉的艺术实践。老舍用京味语言、风俗描绘和精彩人物化解了一部分不够成熟的技术问题。从自由主义文艺观出发，老舍习惯描绘的那个真实

---

① William Lyell. "The Translator's Postscript: The Man and the Stories", in *Blades of Grass: the Stories of Lao She*, Trans. William A. Lyell and Sa. Honolulu: University of Hawaii Press, 1999: 276.

② C. T. Hsia. *A History of Modern Chinese Fiction* (1917—1957), New Haven: Yale University Press, 1961: 167.

世界可能并非某种功利目的所必要展现的某个世界，人物也是与完美相去甚远的三教九流。他要启蒙，并以市民作为主要对象，但认为所有人都需要被启蒙，包括启蒙者自己。他执着于文化启蒙，不提倡以暴力抗恶，尤其质疑学生暴力运动。老舍还有一个身份是教育从业者，他在教育部、中小学、大学任公职、校长、教师的经历都直接影响到他将对教育改革的思考带入小说创作中。正因为没能养成独立人格，赵子曰才会在大学阶段享乐无度，跟随轰轰烈烈的学生运动潮流去批斗老师和校长，荒废学业，直到李景纯因刺杀军阀被处死后才明确自己的人生方向：认真学习，务实创业，勇敢推动社会的真正解放与国家复兴。老舍曾在其"伦敦小说"（如《二马》）中反复强调"人格"和"教育"是中国社会新生的先决条件。老舍在《文学概论讲义》中指出中国古代文论中对文学本体论（以"文"为"文学"）的曲解："载道"并非文学的本质，中国没有独立的艺术论。文学的特质是重感情而轻理智，重美的价值而轻道德标准，重想象而不照搬事实。可见老舍虽为思想上的"为人生"一派，却认同表现派的为艺术论。事实证明，老舍理想的实践没有得到完全的成功：现实中只做写家已不可能，在写作的现实里调和启蒙与自由的矛盾很困难，在艺术表现上将个人喜剧天赋注入合适形体的诀窍尚未练就。老舍早期的作品为后来成熟创作提供了哪些资源？在某个系列（如讽刺文学、喜剧文学、五四小说）里处于什么位置？它们与同类作品一起提供了哪些有益的借鉴？这些都是需要进一步研究的问题。

　　英语世界对老舍中期和后期的艺术思想转变及特质的讨论是围绕老舍创作的民族性与现代性（历史记忆与现实经验）矛盾、启蒙性与闲适性（雅与俗）矛盾这两个宏观命题展开的。如果说老舍早期的文艺思想相对单一，没那么多纠葛，在实践中也是想实验就实验的明朗派，到了中后期这种情况因外部形势的强烈要求而不能维持，理想文艺观与现实要求之间的冲突普遍存在，实践中老舍更注重宣传性文学和通俗文学创作。中期即抗战时期老舍文艺思想主旨是一切为了抗战，这就从无功利的自由主义转变为带有明确功利目标的宣传团结抗战。老舍与梁实秋之间还就现代文学功能问题发生了一场论战，可见老舍这时因身份认同重心改变而脱离了前期的文艺观。学界应因形势而对大众文艺与"中国气派"做进一步探索，老舍文艺与毛泽东讲的民族形式有种天生的契合。汉学家显然不满足于以上探索，对老舍抗战文艺观转变的来龙去脉、表层深层进行了分析。王德威认为如果将老舍"为人生而艺术"

的命题替换"为战争而艺术"那是最自然不过的事。① 这表明他从一开始就认定老舍与其他文研会成员一样,而不是为自由而艺术,为艺术而艺术。这个认识不全面。王德威辨析出老舍笔下具有现代性的国家与作为文化历史的国家息息相关,具有十分重要的意义。民族国家与现代国家的镜像在老舍的视域中如何重叠?老舍怎么表现爱国、爱民族的热情和期待?老舍更多潜在的思想矛盾是否被战争激发出来?这已经超越了普通的直视而进入超越时空的幽微层面。抗战期老舍对暴力爱国采取支持态度,但继续对以爱国为名谋私人利益的现象保持警惕和批判;同时,汉学家也看到老舍对战争中出现的一系列矛盾的迷惘。比如周蕾看到《恋》中体现出对为艺术和为某种目的的冲突解决方案的延宕搁置,实质反映出老舍在艺术、功利目标或是伦理道德几种抉择中痛苦激荡的心理。② 这就进入更深的心理分析层次了,虽然大多数时候只是猜测和推论,但这种文艺思想的摇摆和内心撕裂感老舍肯定是有的,随着抗战的推移,这种不安逐步加深,直至 1941 年开始发起对前期文艺思想的回归。这也是巴金、曹禺等作家共同的演变历程。在艺术表现上,相应地就出现抗战初期政治色彩浓厚但艺术性被质疑的宣传作品,其中不乏大胆的实验之作(比如《残雾》等话剧和《火葬》《剑北篇》等);后期回归艺术的压卷之作《四世同堂》以及一些"间歇性清醒"创作的短篇小说等。新中国成立后,老舍为了能继续写作,随形势改变文艺思想和创作策略,不断进行心理调适,结果发现计划还是永远赶不上变化。多位汉学家试图通过老舍在新中国成立后的文艺活动和作品(主要是剧本)分析再现当时老舍文艺思想演变背后的故事。国内学者也需要借助口述历史等资料来探求更多真相。或许还可以通过搜罗更多处境相似的知识分子的资料来研究老舍当时的心路历程。

英语世界分析老舍文艺思想的前提是弄清老舍这类现代知识分子的命运和思想史。如果将老舍置于 20 世纪上半叶乃至整个 20 世纪中国知识分子命运和思想史的大背景下考察,就会发现其知识分子身份认同及思想遭际受大环境影响,又一定程度上疏离于现代知识分子历史。周水宁曾用专著《老舍——现代中国知识分子的作用与两难处境》来总结老舍的一生,提出知识分子历史的命题。老舍的文艺思想研究应植根于中国古典和中国现代文学学术传统中。

---

① [美]王德威,《写实主义小说的虚构:茅盾、老舍、沈从文》,上海:复旦大学出版社,2011年,第 180 页。

② Rew Chow. "Fateful Attachments: On Collecting, Fidelity, and Lao She", *Critical Inquiry*, 2001, Vol. 28, Issue 1: 286-304.

对老舍文艺思想的研究可以按照这个思路进行：做出全面条理的系统分析，寻出每种思想的源头及演变过程，用精确考证将每种思想的特征、意义弄清楚，最后综合前三步研究分析其思想的价值和影响。

第二章　英语世界对老舍式"笑"的研究

老舍式"笑"在老舍整体创作风格中占有第一重要的位置,这意味着它不仅是老舍各文体创作的最强特征,并在中国现代文学史乃至中国"笑"文学史上留下浓墨重彩的一笔。"笑"是老舍作品的"标志性"符号,论老舍无论如何都要论其作品中"笑"的内涵和外延。英语世界的老舍研究对老舍式"笑"的剖析最突出的贡献在于试图系统运用西方"笑论"(如王德威先后借用悲喜剧、情节剧、闹剧等理论模块追踪老舍小说"笑"的路线)在理论建构及论证的学理性、思辨性方面进行突破:突破中国文学重雅轻俗、重"载道"轻"性灵"传统,及中国文论擅长"象"思维所导致的专门"笑论"、"笑"文学谱系的缺位,对老舍作品"笑"的肌理进行更细致、更抽象、更技术化的解剖。其直接效果是使老舍作品在世界"笑"文学谱系中找到了自己的定位,引起关于老舍式"笑"的本体论式反思。其负面影响在于可能流于重"技"轻"道",导致对本体研究的遮蔽。中外研究者对老舍作品"笑"的研究很重视,争论颇多,而解决一切矛盾的前提是搞清楚老舍作品"笑"的本质。结合英语世界及国内学者的此类研究,通过对老舍其人其作、老舍式"笑"的来源和"笑"的理论(包括对幽默、讽刺、滑稽、戏谑、喜剧、闹剧、丑戏等范畴进行深入理解和比较)进行梳理和通观,可以得出结论:老舍式"笑"的本质还是幽默。从这一点出发才可以展开对老舍式幽默主客观两方面特征的探索。

第一节　"喜剧论"批判:老舍早期作品中"笑"的重构

与中国不同,西方"笑论"形成了一个谱系化的理论框架体系,有喜剧学、讽刺学等分支,有戏剧学、生理学、心理学、社会学、伦理学等综合学科的理论支撑。哲学家从一开始就在形而上意义上探索"笑"的来源和本质;从亚里士多德和柏拉图开始,似乎划定了观照"笑"的两个主要角度:客观和主观,即研究"笑"与"被笑"这两个存在辩证关系的事物。亚里士多德客观模仿说认为,喜剧总是模仿比我们今天的人更坏的人,[①]继承者有黑格尔、别林斯基、车尔尼雪夫斯基等。柏拉图从主体心理角度界定"笑",认为笑的发生起因于妒忌,影响到后来的本·琼生的谬误说、霍布士的"突然荣耀"说、康德的期望消失说、叔本华的不一致说、斯宾塞的精力过剩说。柏格森则认为"笑"的根源是镶嵌在活的东西上面的机械的东西。[②]另外,弗洛伊德的性欲说、巴赫金的民间"狂欢化"都是20世纪以来主观"笑论"家族的一部分。不得不说,在中国现代文学批评史上,重客观轻主观的现象普遍存在,特别是对老舍式"笑"的研究来说,这种倾向非常容易导致南辕北辙的危机。近些年出现的"主观论"重点分析老舍式"笑"背后的个性气质,理论和技术层面的系统分析依然是弱项。以王德威为代表的英语世界研究者认为,老舍式的"笑"可以被归入喜剧范畴,并借助此项下的一系列衍生范畴析出并阐释老舍作品的喜剧性因素,比如闹剧、丑戏、谐拟、滑稽、讽刺、幽默、悲喜剧等。在西方,"喜剧"是一个本体论意义上的基本美学概念;喜剧论是从古希腊戏剧分析开始发展形成的一种庞大的理论体系,与中国传统文化中的喜剧(主要指戏曲形式,经典曲目有《救风尘》《墙头马上》《绿牡丹》《风筝误》等)所指完全不同,西方戏剧中"喜剧精神"也是作为与"悲剧精神"截然相反的概念出现的。尽管存在文化差异,像英语世界的汉学家表现出的那样,西方"笑论"完全可以且可能被吸取适合中国的因素加以利用或改造;在对老舍式"笑"的内在机制无从下手时,研究者自然会想到求助资源异常丰富的西方"笑论",或像庖丁解牛般进行精细的肌理解剖,或借助宏大的理论架构产生新叙事。"笑"是最基本的美学概念,喜剧、幽默、滑稽、讽刺、戏谑等是它的各个范畴,汉学家就是从对老舍式"笑"所指向的各个范畴入手,将其纳入西方"笑论"的理论框架加以推演的。

一、喜剧论的本体论:为老舍早期小说"翻案"

自1926年在《小说月报》连载第一部长篇小说《老张的哲学》始,老舍被公认为中国现代文学史上的幽默小说家。然而对老舍早期小说(《老张的哲学》《赵子曰》《二马》)的评价争议却最多。英语世界学者从一开始就自觉将其置于西方喜剧理论框架里加以衡量,认为老舍早期小说具有不可替代的喜

[①] [古希腊]亚里士多德,《诗学·诗艺》,北京:人民文学出版社,1982年,第8页。
[②] [法]柏格森,《笑》,北京:中国戏剧出版社,1980年,第23页。

剧特色及写实主义特征。出乎老舍意料的是，《老张的哲学》这部写着玩玩的小说立即以讽刺的情调、轻松的文笔获得读者欢迎[①]：1949年前出过九个版本，受欢迎程度可与《骆驼祥子》媲美。虽然老舍自认有极讨厌的地方[②]，但这个塑造了社会转型期恶棍、投机者、崇洋媚外者老张形象的故事从各方面事实来看却让大众读者和评论者都认识了老舍式的"笑"。小说以老张的故事为主线，复以对青年的恋爱问题穿插之。第一部分包括学务视察老张学堂和自治会选举，第二部分围绕老张和孙八娶妾的阴谋展开，讽刺以老张为代表的市侩、恶棍在民国初期混乱的北平社会如何投机钻营，如鱼得水，被其压榨的小市民悲剧如何展开，旧观念如何戕害人。故事取材于老舍1920—1922年间担任京师北郊劝学员的经历，包含一些真切的所见所感；写作动机大抵是：在伦敦写作《老张的哲学》，可以部分排遣寂寞以及慰足自己怀念北京故乡（音、形、味）的情绪。[③] 老舍从第一部小说起就决定不采取中国小说的形式，实际结构受到中国话本叙事"插话"和狄更斯英式幽默小说的影响。

　　第一个问题是，学者们敏锐地发现了老舍在技术层面的"硬伤"并进行了论争。夏志清首先指出《老张的哲学》明显受狄更斯影响（《匹克威克外传》提供了不按章法写作的范例，对早期狄更斯风格的模仿可以从老张的角色刻画和桥上洋车夫出状况摔跤一幕看出端倪），却是部失败的滑稽小说。[④] 夏志清点出滑稽的本质及其西方来源，并讲明主客体矛盾是失败的原因：笑闹的作风与严肃的英雄主义内容并行并使前者摧毁了后者；写作技法青涩、结构的杂乱无章使小说显得不成熟。沃勒认为老舍尽管意识到詹姆斯关于创作主题整一、形式完整的标准，但是受狄更斯影响，不愿舍弃插曲，甚至有些是不必要的。伯奇也认为《老张的哲学》是老舍的实验作品。这种论调可以归结为即使是伟大的作家，最初也有脱序的作品。本书认为在追溯老舍接受传统小说创作手法的影响之前不能轻率下定论，毕竟"插话"等是中国话本小说甚至

[①] 朱自清，《〈老张的哲学〉与〈赵子曰〉》，载曾广灿、吴怀斌，《老舍研究资料》，北京：知识产权出版社，2010年，第619页。

[②] 老舍，《我怎样写〈赵子曰〉》，载《老舍全集（16）》，北京：人民文学出版社，2013年，第168页。

[③] William Lyell. "The Translator's Postscript: The Man and the Stories", in *Blades of Grass: the Stories of Lao She*, Trans. William A. Lyell and Sa. Honolulu: University of Hawaii Press, 1999: 276.

[④] 众学者指出老舍在写《老张的哲学》时受到狄更斯影响，首先是源于老舍在《我怎样写〈老张的哲学〉》一文中提到："我刚读了 *Nicholas Nickleby*（《尼考拉斯·尼柯尔贝》）和 *Pickwick Papers*（《匹克威克外传》）等杂乱无章的作品，更足以使我大胆放野；写就好，管它什么。这就决定了那想起便使我害羞的《老张的哲学》的形式。"

明清白话小说惯用的技法。

周水宁质疑了夏志清评价《老张的哲学》完全失败的观点并系统论证了该小说在比较文学史上的价值。他的高明之处在于指出在比较文学研究领域中国传统小说的伟大文学价值，评论现代小说时这个传统的标准不能舍弃。首先，小说的原则性缺陷——松散的、旁枝末节的结构主要源自中国传统小说。《老张的哲学》各个分散事件都由中心人物老张统摄。老舍借鉴狄更斯《尼古拉斯·尼克尔贝》的框架，填入自己在北京的生活经历，并以传统笔法描绘出来；但他更从传统作品中继承了深刻的伦理观和历史感，从这个角度分析可将他与鲁迅、闻一多归为一类，他们常感于世道沦丧而作文。后两者更积极接受西方影响，老舍则受传统文化影响颇深，特别是通俗文学。其次，老舍对西方小说的理解与欣赏程度值得质疑。他似乎始终带着晚清社会小说家或通俗小说家的眼光来观照狄更斯等人的小说，并为第一部小说添加上北京通俗文艺惯有的风格：幽默、嘲弄、插科打诨。第三，老舍从传统喜剧表演艺术如相声中借鉴了一些技巧，如频繁从第一人称转换为第三人称、时间和空间的有意混淆。[1]《老张的哲学》受欢迎的一个重要原因是其具有中国风的魅力（可与《老残游记》等媲美），细节生动逼真，抒情风格自由；尽管没能细致分析中国元素，周水宁仍从中国传统、通俗、地域文化角度（而非只是从西方喜剧标准出发）发掘了老舍喜剧性的本土因素，抓住了老舍"京味儿"的精髓。

以上学者解决了第一个问题：《老张的哲学》并非完全失败的实验性作品。接着第二个问题来了：汉学家如何通过建构新的命题来阐释老舍早期小说的价值。王德威在著作中辟专章对这个领域进行了卓有成效的学理性探索。他以"沉郁的笑声——老舍小说中的闹剧与煽情悲喜剧"一章解构老舍小说的喜剧特征，认为煽情悲喜剧和闹剧是老舍叙事的主要操作模式；对夏志清曾一笔带过的《老张的哲学》发起足够重视的探究：罕有读者读到他早期作品中笑闹的情节、生动的叙事姿态、蜂拥而来的小丑人物能不为所动。[2] 王德威的论证框架是：首先将老舍喜剧小说放到闹剧（farce）和煽情悲喜剧（melodrama）模式中考察以说明其"狂欢"冲动和虚无暗流；其次讨论其包含的对现代中国生命荒谬性的严肃探索和"暧昧"情绪。这是将喜剧的主客体统一并注重主体研究（技术分析）的路数。

---

[1] Sui-ning Prudence Chou. "Lao She: An Intellectual's Role and Dilemma in Modern China", Thesis (Ph. D.), Berkeley: University of California, Berkeley, 1976: 26.

[2] ［美］王德威，《写实主义小说的虚构：茅盾、老舍、沈从文》，上海：复旦大学出版社，2011年，第124页。

第二章　英语世界对老舍式"笑"的研究

王德威拒绝赋予《老张的哲学》"讽刺喜剧"这种过于和缓的定义，有创见地认为《老张的哲学》采用激进喜剧技法——闹剧——表现了暧昧的现实选择：以反讽方式为一个是非颠倒、价值混乱的世界捧场加油，伴随无来由的暴力和矛盾的笑。闹剧有狂欢式情节，肢体动作（有冲撞、戏谑、嘲弄、变形等）凌驾于理性与情感；行动主力是丑角：狰狞的攻击者或苦脸的受害者。闹剧的核心是对混沌持有的暧昧观点。① 王德威认为老舍的闹剧观念有两个来源。一个是狄更斯领衔的丑怪写实主义，狄更斯笔下的尼克尔贝（《尼古拉斯·尼克尔贝》）和奎普（《老古玩店》）与老张同形异构，异在老张被外在行动塑造为百毒不侵的机器人、混世魔王，而狄更斯倾向揭露诡奇人物的心理机制。另一个来源是晚清的谴责小说。荒谬事件与传统戏曲丑角的形象类似，可怕又可笑；投射出相似的"秩序"（"大奸必胜小恶"）；"笑"的本质一样的暧昧不明（笔者认为两种"笑"的暧昧并不完全同质），喜剧手法和意图却更为复杂。除了上述内容的复杂性，还通过老练世故的复述叙事者、狄更斯式的修辞法和其他油腔滑调的叙事声音造成。可以分辨出，最后一点涉及现代叙述学的"不可靠叙述""跳角"等理论视角但并未加以展开论述，只是作为闹剧论的补充。最后也是最关键的一点，王德威认为老舍因对闹剧颠覆性的暗流感到不安，所以在《老张的哲学》里辩证地运用了闹剧和煽情悲喜剧因素（如第二部分不断插入严肃声音以彰显道德情绪以及部分情节设置），有意识地使极端的表现形式得以中和并呈现张力。通过使用"煽情悲喜剧"的夸张手法呈现道德与情感冲突，老舍最终达成了一种道德判断和生命价值彰显。不得不说为了论清老舍闹剧的超越性，王德威建构了精巧的论证思路，关于文本的一切都在两个同源又异质的概念组成的理论框架内得到顺理成章的解释，并且仿佛实现了对研究对象的无限接近。

第三个问题就是汉学家如何具体运用喜剧性的技术深入展开分析之前建构的命题，又存在何种瓶颈。王德威在业已搭建好的喜剧论框架里，首先厘清闹剧与煽情悲喜剧概念：二者同为喜剧范畴；区别在于两者所建构的知识论，支撑煽情悲喜剧的通常是对危机中的价值秩序的关怀，而闹剧则是对这种秩序发出恶魔般的笑谑。② 接着王德威按照两条线索分别分析《老张的哲学》中的闹剧和煽情悲喜剧因素，二者在叙事模式上被理解为依循类似的规则，如极端渲

---

① ［美］王德威，《写实主义小说的虚构：茅盾、老舍、沈从文》，上海：复旦大学出版社，2011年，第129－130页。
② ［美］王德威，《写实主义小说的虚构：茅盾、老舍、沈从文》，上海：复旦大学出版社，2011年，第19页。

51

染和夸张剧场化,只是效果稍有区别。王德威显然将煽情悲喜剧处理成闹剧的辅助工具来分析老舍的早期作品,所有论证表明:它们本质上就是闹剧,闹剧才是最精彩的内核。他提到老舍煽情悲喜剧式的想象力、夸张的修辞、风格化的人物时,使人感觉两个概念被混淆,闹剧因素几乎覆盖全部。可能他本人都未意识到这一点,反而强调煽情悲喜剧是老舍叙事的永续动力,闹剧包括在它的里面,原因是他认识到闹剧论的偏颇,希望换用另一个虽然无感但更稳妥一点的概念将其包裹起来。然而这也没能解决所有的问题,此理论似乎未能阐释清楚《老张的哲学》中让老舍颇为自得的"写实"性。

1925年末,《老张的哲学》完成后,《赵子曰》也于1926年夏收尾,并于1927年3月至8月在《小说月报》连载,于1928年出版。《赵子曰》从初版至1949年间,共印行过七个版次,可见老舍这第二部长篇小说也相当受欢迎。故事围绕北京"名正大学"一群大学生的生活展开,赵子曰是凝聚所有人物、情节的核心,通过其由荒唐到反省的道路揭示当时学生运动的盲目、破坏性,呈现出都市青年的精神走向及社会黑暗、军阀统治混乱的情景。老舍认为《赵子曰》是《老张的哲学》的尾巴。这两部作品在结构上、人物上、事实上,都有显然的不同,可是在精神上实在是一贯的。老舍指出了《赵子曰》与《老张的哲学》不同的几处地方:想象多,事实少,像滑稽舞,在结构上紧凑了许多。[①] 这透露出以下重要信息:老舍看重《老张的哲学》内容上更写实,《赵子曰》不错的地方是技法更成熟。对《老张的哲学》不屑的夏志清却出乎意料地从"喜剧性"技巧出发赞誉了《赵子曰》,其他学者也有意识地将早期两部长篇进行对比。

王德威认为《赵子曰》在暧昧的欢笑中质疑了传统小说写实再现的模式。明目张胆的老张被伪善邪恶之徒取代,赵子曰有点类似于狄更斯笔下的匹克威克,玩世不恭、善良并有好运气。老舍在出人意料的情节盘旋和感伤主义方面采用狄更斯式煽情悲喜剧的叙述机制,利用复杂扭曲的情节布局揭发了隐藏的邪恶。[②] 王德威一直致力发现老舍小说的现代性:人物塑造抛弃了是非善恶的二分法,营造灰色地带。煽情悲喜剧和闹剧果然被理解为一套系统,二者的转

[①] 老舍,《我怎样写〈赵子曰〉》,载《老舍全集(16)》,北京:人民文学出版社,2013年,第166–169页。

[②] [美]王德威,《写实主义小说的虚构:茅盾、老舍、沈从文》,上海:复旦大学出版社,2011年,第137–138页。

变似乎轻易靠情节转换就能实现。王德威还将该作品称为泄气的煽情悲喜剧。①与《老张的哲学》刻画缺乏道德约束群体的荒诞现象不同,《赵子曰》小说有明确的爱国主题,然而它缺乏赋予反讽气氛的那种强烈生命力。《赵子曰》里,多数人物过着双面生活,戏剧风格元素弥漫整部小说。王德威认为赵子曰与李景纯告别场景因与前面滑稽场景形成反讽性对比而显得虚假,并且从老舍塑造李景纯为刺杀者来看,他应该从未想要制造一个貌似真实的结局,但是以现实主义方式小结了闹剧的反常本质。李景纯的死作为功能事件并非悲剧,却能激发读者力量;不仅对通篇的暴力、愤怒进行了补偿,而且对秩序的回归表达了期待。结尾萦绕着一种隐秘的欢乐气氛,如同《老古玩店》的结局。尽管结尾表面上看起来发生了转变,但老舍透露出来的仍是不确定的情绪。"泄气"大约就是对老舍透露出的非理性情绪和削弱道德判断的概括。

王德威所设定的煽情悲喜剧的结局是道德上的善恶有报,老舍一贯的"灰色"结局似乎溢出了理论框架:并非简单的小丑得志(闹剧结局)或善恶有报。他只好又解释说,老舍的写实主义带有几分自我怀疑色彩甚至是现代主义色彩,故意使结局暧昧不明。另外,老舍可能低估了自己的创造性想象,他比狄更斯更令人吃惊和不循章法:狄更斯在稳定社会背景下创造关于财富和婚姻的个人神话,老舍则将业已成体系的道德和规范去神话化。老舍挑战了狄更斯小说建构的逼真性。狄更斯小说有两种类型的秩序,贯穿始终的是主导着人物生活秩序的外部秩序;然而结尾奇迹出现,一些有钱人突然变得慷慨,承担实现作者与读者愿望的功用。老舍小说呈现出不愿意以狄更斯式结尾终结的倾向,令残酷、悲观的现实主义切断所有幻想。这样,老舍小说成为对狄更斯以奇迹般的煽情悲喜剧从混乱现实中逃脱路径的批判。②王德威发现老舍在某种程度上超越了晚清暴露小说和狄更斯的喜剧风格,然而他对老舍的独特复杂性及其对其喜剧来源的超越性这种关键问题,因为理论框架的制约而未能进行充分论证。对老舍来说,值得关注的是这种超越为中国现代文学的"写实主义"提供了哪些新向度。

显然,王德威发现从《二马》开始,老舍的"喜剧性"更趋复杂,难以使用某种理论体系一以贯之,总有溢出理论之外的东西。《二马》是老舍旅英时创作的最后一部小说。小说另辟蹊径,以伦敦为背景讲述二马父子继承了亲

---

① David Der-Wei Wang. "Verisimilitude in Realist Narrative: Mao Tun's and Lao She's Early Novels", Thesis (Ph. D.), Madison: University of Wisconsin-Madison, 1982: 276.

② David Der-Wei Wang. "Verisimilitude in Realist Narrative: Mao Tun's and Lao She's Early Novels", Thesis (Ph. D.), Madison: University of Wisconsin-Madison, 1982: 262-263.

威的古董铺子,远渡重洋前来经营的生活故事,通过中国华侨内部、中英人物的互动事件展现中西文化差异、种族歧视及中国现代化需要借鉴的问题。在人物个性建构的同时,老舍更注重其各自的民族性;研究者对这部小说褒贬的着眼点也是对种族歧视的揭示,贬抑者拿老舍为了突出这个主题塑造了漫画式的扁平人物来说事,往往忽略其喜剧性和复杂性。西方喜剧理论认为贬低、不一致、机械作用和解脱之感都是笑的源泉。① 首先,《二马》采用的是 20 世纪早期海外华人在异文化碰撞中的痛苦生活题材,彼时中国人在英国遭受了种族和政治歧视,题材契合喜剧论的"不一致"原则,青年的理想、爱国抱负与扭曲现实产生冲突并引发绝望感。夏志清指出老舍在《二马》中放弃了喜剧倾向,悲愤的激情往往掩盖了讽刺的超脱。《赵子曰》有狄更斯的风味,而《二马》却比较像几部维多利亚晚期和爱德华七世时代描写父子冲突的小说。在讨论中英关系方面,这本小说也可以和福斯特的《印度之行》(*A Passage to India*) 相比。② 夏志清的"感时忧国"论是对技术讽刺论的一种反拨,他发现最初的闹剧到这里似乎发生了风格甚至情感内核的转变,使读者感受到喜剧性与老舍更深沉的对现代国家建设方面的思考紧密联系在一起,已不再与前两部小说一样含混地一笑而过。其次就是大家关注的焦点——喜剧形象的塑造。王德威认为,在《二马》中老舍成功迈出摆脱狄更斯影响的一步,摸索出属于自己的写作规范,作品人物则成为以荒谬作为规范的世界中的"自欺者"(Alazon)③,这是与《老张的哲学》等早期作品塑造的丑角全然不同的,早期以进攻型角色居多。他认为马威是老舍早期戏仿哈姆雷特创作的人物之一。④ 引入"自欺者"这个术语来界定老舍笔下从马威开始的老李、小蝎等一系列可笑又悲怆的"多余人",可以说是颇有效的。马威生活的世界是真实的喜剧场景:一个中国人生活在充满敌意的英国。只有牧师和商人对中国有些常识,但其认识又往往肤浅、虚妄。前者以伊牧师为代表,后者以亚力山大为代表。

---

① [英]阿·尼柯尔,《西欧戏剧理论》,北京:中国戏剧出版社,1985 年,第 252 页。
② [美]夏志清,《中国现代小说史》,刘绍铭等译,上海:复旦大学出版社,2005 年,第 120 页。
③ 根据艾布拉姆斯文学术语汇编的解释,Alazon 原指古希腊戏剧定型人物中的一个,可译为"大话家""骗子"等,指自欺欺人的吹牛者。此处按照老舍小说、该词的内涵和王德威的注释翻译。具体参考 M. H. Abrams. *A Glossary of Literary of Terms*, 北京:外语教学与研究出版社,2010 年,第 343 页;David Der-Wei Wang. "Verisimilitude in Realist Narrative: Mao Tun's and Lao She's Early Novels". p.314。中文译本则译为"假正经"。
④ [美]王德威,《写实主义小说的虚构:茅盾、老舍、沈从文》,上海:复旦大学出版社,2011 年,第 143 页。

伦敦的华工也分为两党：一类要钱不要脸，另一类宁肯挨饿也不丢中国人脸。他们之间经常相互争斗。老舍还将英国的中国学生分成两派：内地来的和华侨的子孙。看起来唯一同情中国人的英国人只有赞美中国文明的社会党的人，马老先生最喜欢他们。荒诞世界是产生"自欺者"的温床，其可笑之处在于罔顾这种环境进行徒劳的挣扎。"自欺者"的喜剧性质主要由其行动和外在环境的不一致造成，环境也是人格而不应被看作一种刻意营造喜剧氛围的道具。施晓玲认为，伦敦成为讽刺以老马先生为代表旧式中国人的媒介，其与现代社会格格不入。① 这实在武断。作为喜剧性的一部分，环境在老舍笔下是活的，尽管他的确刻意营造了异国情调，但那基本是 20 世纪初英国社会对真实中国的"他者"建构。细致分析行动与环境的不一致性就可以把握作者设置喜剧线索的脉络：马威空有一腔报效祖国的热血却只能自我放逐，二马父子的爱情也因为与情欲、种族歧视混合而显得幼稚荒唐。在《二马》里没有恶棍，有的只是受挫的爱国主义和得不到回报的爱，归根结底是理想主义者的悲哀。读者看他们时则阐释出更多的喜剧性和荒诞感。

然而，笔者认为尽管马威的行动和结局确如哈姆雷特般具有拖延症的标记，却被老舍解构了那份悲壮和崇高；想得多做得少的马威是自欺者而哈姆雷特不是。马威曾经有看似明确的目标——为祖国而奋斗；但是到英国后似乎完全陷入了空想的焦虑甚至有时遗忘了使命，没有计划，没有实施步骤，没有奋斗历程，只有精神挣扎被肉欲战胜的痕迹。王德威指出李子荣也是自欺者，接受包办婚姻成为比二马更甚的可怜虫。总之他的观点是，老舍讽刺了二马和李子荣，也毫不留情地讽刺了英国人对中国人的偏见。笔者认为对"二马"和李子荣，老舍采取并非讽刺而是幽默态度。故而，马威是郁达夫《沉沦》里的"我"而不是张天翼笔下的华威先生；通过幽默手法使读者得以暂时摆脱《沉沦》悲怆的观感。在显得幼稚可笑的二马身后，老舍带着沉郁的感情以复杂的目光注视他在英国的中国同胞，甚至审视着曾为留学生的自己。没有居高临下的嘲弄，也没有找到那时海外华人的出路。老舍曾指出：对于英国人，他连半个有人性的也没写出来。他们偏狭的爱国主义决定了他们的罪案。他只注意了他们与国家的关系，而忽略了他们其他的部分。② 对英国社会种族歧视的夸张讽刺是老舍对外国人形象处理的败笔，他揭示英国人在认识中国人方面的

---

① Xiaoling Shi. "The Return of the Westward Look Overseas Chinese Student Literature in the Twentieth Century", Thesis (Ph. D.), Phoenix: The University of Arizona, 2009: 49 - 107.
② 老舍，《我怎样写〈二马〉》，载《老舍全集（16）》，北京：人民文学出版社，2013 年，第 173 页。

定型化效应并予以反对，成为另一个层面的"成见"。但他也揭示了温都太太母女的温情。这些都表明老舍不会成为一个激进的民族主义者，尽量避免通过讽刺这种冰冷、高傲、放弃人物的态度来写作。"自欺者"是对鲁迅"无物之阵"体认的结果，是 20 世纪初中国清醒知识分子的普遍形象，老舍感受并传达出他们的努力与暂时的无力感。

Gianna Canh‐Ty Quach 这样评价《二马》：这种严肃与喜剧界限的含混暗示这现实主义的理性世界极有可能变得混乱和无意义。① 这说法更是将老舍喜剧的复杂性抛向了非理性的不可知论。他认为《二马》尽管内容严肃，但其闹剧和情节剧因素暗示了同之前小说喜剧模式一脉相承的联系。悲喜剧承担一种去神秘化功能，通过它文本意义的任意性或其虚构性共同支撑起来，并被置于同一个意义层面。汉学家认为老舍式"笑"的发展与其对中国现实主义的探索与发展是分不开的，它构成了老舍写实特征的一个重要维度；并且王德威、Quach 等人都从虚无主义的角度试图对老舍"笑"的复杂和含混进行延伸式阐释，可惜都停留在了不可知论这个点上没能再继续推演。

二、老舍早期作品研究"喜剧论"批判

在西方，"喜剧"是一个拥有庞大理论体系的美学命题。传统研究对老舍作品"笑中含泪"、似喜实悲的风格界定，运用西方"喜剧"一个概念就能便利地解释。如果说中国传统喜剧建立在"乐感文化"基础上，西方喜剧则囊括了美与丑、喜与悲、反秩序与非理性等因子；悲剧崇高的时代一去不返了，风俗喜剧在梅瑞迪斯和伯格森的倡导下登上历史舞台；喜剧是从外部看人的，对于人生它不会走得更近了。② 喜剧能更好表现出普通人在日常生活中的困窘，其内涵和老舍的创作倾向有暗合之处，因此它能有效解读老舍早期呈自在状态的作品；然而它毕竟是异质文化的产物，运用角度稍有偏差便会误入歧途。

第一，老舍早期两部长篇小说究竟价值几何？从作品接受史来看，《老张的哲学》和《赵子曰》在一开始就分别出过七八个版本，读者甚众；但从文学评论史来看，它们被"打压"了。"闹剧论"是指因为将这两部小说界定为

---

① Gianna Canh-Ty Quach. "The Myth of the Chinese in the Literature of the Late Nineteenth and Twentieth Centuries", Thesis (Ph. D.), New York：The Columbia University, 1993：218.
② W. 赛弗,《喜剧新观念》, 载张健,《喜剧的守望：现代喜剧论集》, 济南：山东文艺出版社, 2006 年, 第 503 页。

闹剧小说进而贬低甚至否定其文学史价值。闹剧是喜剧的一种子类型，将喜剧戏谑笑闹的风格采用更激进极端的手法推至极致。闹剧一定是不好的吗？《老张的哲学》显然带有闹剧因素，老舍早就承认这点，甚至以自由自在地发挥幽默天赋并达到写实目的而自傲。他先自谦："我决定不采取中国小说的形式"，《老张的哲学》结构松散，插曲较多，"在人物与事实上我想起什么就写什么，简直没有个中心；这是初买来摄像机的办法，到处照像（相），热闹就好，……"很少有人注意到老舍《我怎样写〈老张的哲学〉》具有卢梭《忏悔录》的性质，似贬实褒："有人说，《老张的哲学》并不幽默，而是讨厌。我不完全承认，也不完全否认。"① 谈及这第一个长篇，老舍的底气是硬的。其推崇之情正表明老舍打算以此作为在同时代"写实"作家群中庆祝"标出性"的宣言，使其成为之后喜剧性作品的总纲。深究起来，这是一场雅俗之辩、体用之争。中国社会历来讲究严肃的雅文化，"载道"为体，习惯以功用论代替本体论对文学指手画脚；对喜剧之类的俗文化、性灵文学持贬抑态度，再加上"风沙扑面、虎狼成群"的20世纪上半叶历史环境，更有将老舍幽默小说划入林语堂"论语派"一流的威胁。

因为看到闪光点，英语世界的汉学家较早试图为其"翻案"。王德威对《老张的哲学》研究的贡献在于以闹剧理论揭示小说创造性地囊括了老舍喜剧话语的主题和技巧，使这部被关注得较少的老舍作品以华丽的论述性姿态浮出文学史地表。他认定《老张的哲学》是中国现代小说中第一部有意以闹剧模式写作的作品。② 夏志清认为《赵子曰》具有较浓的狄更斯风味，称赞它是中国现代文学第一部严肃小说，至少是这个形式里少数赏心悦目的创作。它的放浪的喜剧气氛，甚至它的尖锐的嘲讽，都使这本小说成为描绘政府腐败而不夹杂太多爱国说教的犀利杰作。③ 夏志清认为，作者用讽刺笔法善意地写学生，而将欧阳天风刻画为狄更斯式的恶人。沃勒也看到老舍对学生是指出其激进思想的破产并讽刺其暴力行为。④ 周水宁同意夏志清的定位：作为喜剧小说、社

---

① 老舍，《我怎样写〈老张的哲学〉》，载《老舍全集（16）》，北京：人民文学出版社，2013年，第162–164页。
② [美]王德威，《写实主义小说的虚构：茅盾、老舍、沈从文》，上海：复旦大学出版社，2011年，第129页。
③ [美]夏志清，《中国现代小说史》，刘绍铭等译，上海：复旦大学出版社，2005年，第119页。
④ Ranbir Vohra. *Lao She and the Chinese Revolution*. Cambridge, MA: Harvard University Press, 1974: 29–30.

会讽刺小说，《赵子曰》可称为那个时代最佳讽刺小说。① 他搜寻"赵子曰"名字的传统文化隐喻。它来自《百家姓》与《论语》，暗示从儒家文化转到现代教育，而老舍拿《论语》第一句对学生的注重享乐予以反讽。但它缺乏《老张的哲学》从容、自由流动的传统抒情特征，作为补偿要突出幽默诙谐特质以引起读者兴趣。但过分夸张及插科打诨使小说陷入僵化、低廉的笑话及怪异漫画描绘境地。周水宁的评论尖锐客观而有新意，缺点的指出也有道理：一些插科打诨显得肤浅而缺少灵气。对于夏志清评价《老张的哲学》为完全失败，周水宁认为他在对照西方作家时，可能忘记考虑乔纳森·斯威夫特，更何况小说再版次数仅次于《骆驼祥子》足以说明其受欢迎程度。老舍小说受欢迎的一大原因就是它存在于传统模式中。以上学者从喜剧小说、讽刺小说角度对《赵子曰》进行第一步历史定位，几个"第一"表明从这部小说开始老舍喜剧技法的突破被一致认可。

"闹剧论"不该成为遮蔽《老张的哲学》和《赵子曰》文学史价值的借口，技法的幼稚也是瑕不掩瑜。王德威迎头而上，从西方闹剧（farce）特征出发对老舍的闹剧性进行技术析出和重构，这是令人振奋的突破。王德威以闹剧理论对老舍早期小说进行形而上解读本身的行为是果决而勇敢的，从本体论意义上探索了小说的闹剧形象、动作、情节和精神内核，比之前的研究有方法论和理论框架意义上的突破；并且他从晚清谴责小说的手法和暧昧笑声中追溯老舍闹剧的根源，可见华人汉学家在中西文化模子的融合中探究研究对象跨文化本质的优势。在他的分析中，我们看到了闹剧作为一种技巧加入传统写实小说后产生的震惊效果：极端夸张、极端粗野，也看到它对本体意义表述可能产生的解构危险，所以不禁担忧起来。其实大可不必，不能根据闹剧性而界定它们为闹剧小说，就像不能说它们是滑稽小说一样。老舍曾经声明：滑稽小说这个名词与政治小说、爱情小说等一样不能成立。况且小说的成败，根本不在它的材料是什么。空泛的耍贫嘴是不成的。泪可以不自觉地落下，笑永远是自觉的。② 所以，在老舍看来，闹剧小说、讽刺小说、幽默小说，诸如此类的说法都是片面而不能成立的。他还强调笑的艺术不是肤浅的滑稽剧、闹剧，要谨慎使用圆熟的技法来规范笑并巧妙地将笑引向深入。如果评论时刻意突出喜剧性技术上夸张戏谑的一方面，而没有看到它严肃的另一面（价值层），就会谬误

---

① Sui-ning Prudence Chou. "Lao She: An Intellectual's Role and Dilemma in Modern China", Thesis (Ph. D.), Berkeley: University of California, Berkeley, 1976: 46.

② 老舍，《滑稽小说》，载《老舍全集（17）》，北京：人民文学出版社，2013年，第48-51页。

地将整个喜剧性写作逐出"为人生"的写实主义殿堂。伯格森说,幽默绝不是一种胡闹。① 老舍的幽默也绝不可能在任何情况下发展成一种胡闹,这基于老舍对自己的自信,也考验研究者对老舍的本质认识和信任。老舍的"为人生"具有浓浓的人情味儿的根源就在于老舍式的"笑",这让读者们一眼就能辨认出潜在作者是哪个。夏志清肯定《老张的哲学》:对公理沦丧这一事实的英雄主义的处理,却是老舍后来作品的先声。② 说明老舍的英雄主义、理想主义情结并没有被闹剧性所掩盖,使得作品弥漫古典文人上下求索的氛围。笔者认为,这两部是老舍最放得开的小说,其美学特征是自由自在,绽放老舍幽默品格和灵气天赋最天真的面孔;老舍将笑作为反抗机械化、异化并深入人心的一种手段,在写实的中国文学史上画下迥异的一笔;刚刚出发的老舍便浑身散发着"人道主义"气息,奠定了作为"中国文学史上的老舍"的基调。

第二是王德威等的"喜剧论"既淘沙见金,为老舍鸣了不平,同时也有理论阐释的主观需要和阐释对象之间无法紧密契合的尴尬,容易造成混乱。比如通读王德威对老舍早期小说的理论阐释后不禁仍会产生疑云重重,尤其是学理性问题:老舍早期小说被纳入闹剧框架进行分析比对是否建立在相当细致而不是武断的文本观照基础上,小说本身因与《儒林外史》这类讽刺小说都因具有闹剧的某些风格、技法方面的相似性而被纳入闹剧模式,是否具有沦为理论注脚的嫌疑?原本旨在突出的老舍喜剧性的独特性是否被在某种程度上并不丝丝入扣的西方理论模子所僵化、所遮蔽?如此多的术语层出不穷地被引入阐释,是否会造成对老舍式"笑"的本质在认识论上的混乱而陷入南辕北辙的歧途?可以肯定的是,王德威臆想老舍原本那一气呵成的叙事过程被打断,代之以两个层面的技术插入:闹剧层和悲喜剧层,这个假设不成立。事实上老舍创作时一定不是完全依据西方喜剧理论来进行的,又如何辩证性的自觉受限于尚未证明具有普适性的理论框架来进行"创造性叛逆"?至于分析本身具有一定的有效性。比如拿闹剧理论来看,老舍作品的确具有其中的一些特点:夸张、滑稽、冲撞、变形、戏谑、嘲弄、丑角等。至于悲喜剧理论是否运用恰当还要从古希腊的"萨堤洛斯剧"(satyic drama)这个源头说起,它指悲剧三部曲之后加上来调剂气氛的一个滑稽剧。可见悲喜剧这个概念最初是指悲剧带有喜剧结局,"悲喜交加"从这个意义来说对老舍小说并不符合。如果将悲喜剧

---

① [法]伯格森,《笑》,北京:中国戏剧出版社,1988年,第11页。
② [美]夏志清,《中国现代小说史》,刘绍铭等译,上海:复旦大学出版社,2005年,第117页。

理解为悲剧性与喜剧性的掺和，老舍是否就适合这样的情况？答案为否。因为老舍的小说里面几乎找不到严格意义的悲剧性。悲喜剧的引入其实只取表面的意思，想说明老舍的闹剧是实现社会文化批判的现实主义旨归的手段而非目的；悲喜剧理论的运用从而显得那样随便和无力，恰好成为对试图用某种或某几种类型化理论套解老舍却失败的最好诠释。

"喜剧论"第一个局限性就体现在时时因捉襟见肘需要调动各种理论作为辅助，而不管各种理论是否能够被融入同一个体系而发挥整体效用，概念过多造成的认知混乱就是最大弊病。

接着就回到老舍本人及其小说的独有风格层面来探讨"喜剧论"的第二个局限性：貌似"普适"的西方理论在细致处理老舍喜剧性的"中国气味"或称"民族特色"方面明显无能为力。在以上论及的各学者中，只有周水宁一再强调研究老舍的喜剧特色，并时时不忘他的中国传统特色——中国式言语，中国式幽默，中国式抒情，中国式丑角，中国式画面。其他人一上来就直接拿习以为常的尺子去衡量老舍，这何尝不是一场粗暴的闹剧？把作品草率地挖出来放在西方的天平上称而不顾其生长的土壤，这一行为对老舍这种本土性极强的作家来说是极其野蛮和危险的。

第三，因为以上的理论缺陷，产生了几个有代表性的偏见。第一个，王德威认定老舍的闹剧用巴赫金的话来讲是以放肆下流的想象来搞垮既存的秩序。尽管他多次试图对自己的过度阐释进行纠偏，认为这样对闹剧的定义当然不见得适用于老舍所有的喜剧小说。王德威解释说真正完整的闹剧模式存在于某些短篇小说里，比如《开门大吉》《抱孙》《柳屯的》，事实并非如此：老舍所有的小说都没有彻头彻尾的闹剧。第二个论断是，老舍刻意对修辞进行过犹不及地玩弄，使他游走于形式主义的边缘。这个论断无论何时何地用于老舍都完全像是在说另一个人。闹剧和煽情悲喜剧在叙事模式上都依赖极端渲染与夸张剧场化的规则；老舍并没有刻意去迎合这些规则，所谓渲染和戏剧性都是对生活本身的复现，表明老舍等中国近现代知识分子在"世事洞明、人情练达"之后，如何精准到残忍甚至看似荒诞地把握外界的逼真。若用刻意追求甚至玩弄修辞之类的说法评价老舍，未免显得太不理解他了。可以用形式主义的角度去打量老舍的部分实验性作品，但绝对是小部分。老舍与"形式主义"这个词的结合永远都是个荒诞剧。第三个，王德威认为《赵子曰》的喜剧叙事凸显了《老张的哲学》中已然萌芽的因子：即他对生命非理性部分的迷惑与"迷恋"。这种非理性的力量激起了生命里的暴力与诡谲的笑声，却驱使老舍耽溺其中，甚至失去他自己的（道德）立场亦在所不惜。看到这论断就知道王德威建构了一个"西方人老舍"。非理性因素是有的,这是现代人正常的生命体验。但说失去立场这就不敢苟同了。老舍那代知识分子背负的、追逐不得依然执着的,怎么能简单用一个非理性来解释?何况老舍那么择善固执的人不可能轻易失去立场。"笑"可能来源于主客体的不一致,来源于对机械作用的超越感,来源于贬低客体的优越感。老舍非理性的"笑"是来自对荒诞本身的迷恋吗?王德威竟然从文本细读中塑造了这样一个虚无和低级的老舍,但这不是老舍。就像王德威评论《赵子曰》时说当恐怖主义被描绘为爱国主义或侠义精神,合法性、有序性的界限就模糊了。① 王德威非要忘记中国传统侠文化,将刺杀纳入恐怖主义这个全球化时代的命题,这个就可笑了。以上明显的偏见体现出用所谓现代理论、现代视野解读具有相当传统性质小说的盲目:老舍式的"笑"并不是可以用一堆模子去铸压成奇形怪状的流水线机械零件。老舍作品被填充进完全异化的灵魂变成僵尸也是大家不愿意看到的。西方理论有时显得僵化和模式化,无法凸显研究对象鲜活的个性。

第四,也有像周水宁这样的汉学家恰恰在没有运用西方视野和西方理论的时候接近了两部早期小说更深刻的内涵。周水宁认为《老张的哲学》展示给同时代人民国时期社会改组、重建新社会理想的幻灭现实,具体表现在政治、教育、宗教等领域。② 新式教育实质上胎死腹中,教育成为升官阶梯;通过地方自治会选举和国外宗教的利用及误用等事件影射当时政治;城里人的自大和农民说话内容方式表明自晚清至民国初期社会基本未变。老张一直没有获得具体姓名,作者以其作为所有民国时期投机钻营者的代表,其共同特征是表面利用一切"新事物"以实现私人利益。沃勒也是抓住《老张的哲学》"写实"精髓的学者之一。他结合1921年老舍辞去教育局职务的现实背景,认为老舍熟稔并厌倦新式官员所谓的"爱国",他们具有寄生性,没有民主可言,法庭腐败,剥削下层人民,但在当时的中国掌握权势。这是儒家思想在新形势下丧失其政治内容后的特殊产物,其空白处被填以"民主""地方选举""自由解放""个人主义"等口号。尽管对此深恶痛绝,老舍却无意对始作俑者——政府进行政治分析。他以更传统的方式观照社会,考察关系网如何影响人物命运。地方官员或乡绅是更直接的现实,因此是老舍小说一贯的表现对象;老舍还力图表现社会剧变中混乱的人们。从这方面看老舍比其他同时期作家更接近

---

① [美]王德威,《写实主义小说的虚构:茅盾、老舍、沈从文》,上海:复旦大学出版社,2011年,第126-139页。

② Sui-ning Prudence Chou. "Lao She: An Intellectual's Role and Dilemma in Modern China", Thesis (Ph. D.), Berkeley: University of California, Berkeley, 1976: 27-28.

早期的鲁迅。或许从李应和王德这两个人物而非老张入手更容易理解老舍关于新旧冲突、宗教的思想。沃勒认为，作者没有试图分析混乱和矛盾的原因，也未给出解决方案，困境不是短期个人能解决的。① 沃勒没有从喜剧理论入手，单刀直入分析老舍的"写实"特征；甚至是放弃了任何理论的研究方法反而有助于发掘这部小说的时代和人文价值，特别是最后一点体现出"世远莫见其面，觇文辄见其心"之意。

第二节 "讽刺论"批判：老舍中后期作品中"笑"的含混

老舍早期创作显示了他的幽默天赋。1930年，以《小坡的生日》为分水岭，老舍进入创作中后期。该分期不仅体现出时代环境的剧变，也表明老舍从此走出自在的写作状态，进入"笑"的含混阶段。要评价老舍这阶段作品的"笑"很难。在"风沙扑面，虎狼成群"的30年代，全民抗战的40年代，尊崇红色文艺的五六十年代，老舍显然有意识对"笑"的表现进行过约束，并特意打磨过讽刺手法。"讽刺论"取代了早期的"闹剧论"成为此阶段作品研究的重要方法论。大家习惯将幽默、讽刺混在一起来品评老舍，体现出研究的粗疏：两个概念同源，都属于"喜剧论"体系，但不同质。英语世界的"讽刺论"曾拯救过《猫城记》，论证过老舍作品讽刺性的独特贡献，但也存在很大问题。老舍作品是否应该被归为"讽刺小说"，老舍是否可被视作"讽刺作家"？答案是否定的。解决一切矛盾的前提是搞清楚老舍式"笑"的本质：它的内核只能是幽默，不是悲观；离开这个核心去谈问题都是方向性错误。

一、"讽刺论"对老舍作品价值重估的贡献

西方"讽刺论"在对《猫城记》等作品的文学价值重估方面起到了很大作用。《猫城记》命运多舛：它是中国现代文学中较早以动物为主角的小说，描写因飞机在火星坠毁的飞行员在濒临灭亡的猫国的见闻，揭示出猫人的自私、保守、愚昧、懦弱、残忍等性格特征是造成其亡国的根源。由于无法精确对应某种模式，况且讽刺模式不常在中国叙述形式中被采用，其文学价值常被质疑。老舍自评心情复杂，认为《猫城记》是但丁的游地狱，看见什么说什

---

① Ranbir Vohra. *Lao She and the Chinese Revolution*, MA. Cambridge: Harvard University Press, 1974: 20-29.

么，不过是既没有但丁那样的诗人，又没有但丁那样的诗。可见老舍曾发出创作中国式《神曲》的宏愿，却远未实现。1952年发展到因思想有错误不再印行的地步。外界批评的声音很多：批评集中于过分悲观、政治影射、不够幽默、只讽刺不解决问题等方面。1949年至1979年前的国内浅论寥寥数篇，表面零散的和社会分析的批评方法无法有效解决纷争。不过其传播译介情况却向着反方向行去。1933—1949年间《猫城记》重印7次，仅次于《骆驼祥子》。接受群体的庞大足以说明小说的魅力。新时期《猫城记》被作为讽刺寓言予以肯定，对中国社会现实和人性挖掘的诚意被赞许。英语世界汉学家最早以"细读"方法和"讽刺论"理论对这部小说的艺术性进行了首肯。夏志清将其与沈从文《阿丽思中国游记》的讽刺目标及鲁迅针锋相对的揭露国民劣根性相提并论。[①] 夏志清"感时忧国"论将风向引向了偏离"文学性"的某处：小说因为符合"载道"精神而值得称道。同时夏志清认为老舍的讽刺技巧处理得不均衡，有时表现过于露骨。简单浮露的艺术表现会因精深的"载道"内核而得到宽容吗？是老舍运用讽刺不够成熟，还是自然限制无法达到成熟？兰比尔·沃勒认为既然《猫城记》是一部政治哲理小说，涉及领域较广，那么要概括它是困难的。老舍运用狂野的想象描绘学校的闹剧场面。[②] 他看到被夏志清忽视的老舍式讽刺的复杂性（心态复杂、技巧复杂等），并明确指出《猫城记》是老舍早晚期创作的分水岭，是老舍创作成熟的标志：在讽刺中老舍充分发展了主题并塑造了更令人震惊的典型人物。周水宁也认为尽管结构不均衡，但至少是成功的讽刺：变形和漫画的手法制造了强烈的感染力和表现力。在这方面，《猫城记》是"新文学"中最成功的讽刺小说。[③] 周水宁接近了这部小说受欢迎的关键，即感染力，却弄错了方向：感染力主要源于讲故事人身上散发的人格魅力。比起技巧，张天翼和鲁迅等无论在变形、漫画手法还是其他方面都表现出比老舍更纯熟老练的功力，《华威先生》和《阿Q正传》在这方面比《猫城记》成熟得多。

一些研究者发现《猫城记》中老舍式"笑"的风格和技法比之前大有改变，并论证了改变的积极意义。何官基创造性地认为，离开了幽默的讽刺是反

---

① [美]夏志清，《中国现代小说史》，刘绍铭等译，上海：复旦大学出版社，2005年，第117页。
② Ranbir Vohra. *Lao She and the Chinese Revolution*. Cambridge, MA: Harvard University Press, 1974: 62-69.
③ Sui-ning Prudence Chou. "Lao She: An Intellectual's Role and Dilemma in Modern China", Thesis (Ph.D.), Berkeley: University of California, Berkeley, 1976: 63.

乌托邦的特征之一,用普通小说的标准衡量《猫城记》是不公平的。老舍曾将《猫城记》与威尔思《月亮上的第一个人》比较。何官基认为不能确定它们之间的直接影响关系,结构上《猫城记》比后者简单得多。后者采取了各种叙述方式:喜剧,劝谕小说,异域冒险小说,哥特式恐怖小说,推理、哲理小说和乌托邦小说。[1] 何官基的意思是,该小说具有反讽性,将老舍置于世界文学的现代反乌托邦行列中,直接原因就是老舍刻意采用的讽刺正好与反乌托邦某种形式的路数暗合,从而使这部单纯从讽刺技法的纯熟来看并非完美的小说在主题学的意义上获得了新价值。谁说形式与意义不可通约?王德威认为《猫城记》作为科幻小说不能严格按现实主义小说规范进行评价,并以谐拟(mimicry)理论来解释老舍如何传达陌生化的反讽效果。"谐拟"是后殖民理论中的一个关键词。不同于古希腊传统文论的"模仿",它意在产生出某种与原体相似与不相似之间的"他者"而非忠实复制。模拟的重要性不在于有意对抗而在于它自身天然的解构功能。模拟动物动作是对老舍闹剧一贯表现的继承和改造,猫人的语言能力描写则弱化了闹剧意识,讽刺了转型期社会的脱序状态。[2] 这个术语促使学者们对老舍作品的"现代性"进行全新审视,甚至能够比较微妙地触及过去无法介入的文本缝隙,这说明王德威发现老舍以现代意识甚至后现代意识烛照当时的社会现实,虽然有理论溢出作品的嫌疑,但的确有大胆锐意的革新。王德威说的谐拟与戏仿有相通之处,可以用来解释老舍的转变,依据是戏仿中讽刺作家戴上面具从叙述中撤离。老舍早期小说叙述者总跳出来干预,从《猫城记》开始这种倾向减弱了,不可靠叙述出现,这是老舍跳脱传统说书人模式朝现代小说模式前进的一大步:面具叙述者在同情与讽刺间摇摆,更确认了他的局外人身份和批判视角。Karen Chang 则系统论证了《猫城记》讽刺中的幽默。他把俄国讽刺作家萨尔迪科夫·谢德林作品与《猫城记》的讽刺特征进行比较,认为老舍正是采用了讽刺的天真化和生物化技术塑造猫人,然后使用合冲理论(Syzygy Theory)呈现《猫城记》中讽刺使用的修辞手段(包括反讽、自贬的幽默和戏拟),揭示出《猫城记》具有讽刺性

---

[1] Koon-Ki Tommy Ho. "Why Utopias Fail: A Comparative Study of the Modern Anti-utopian Traditions in Chinese, English, and Japanese Literatures", Thesis (Ph. D.), Chicago: University of Illinois, 1986: 69 – 70.

[2] David Der-Wei Wang. *Fictional Realism in Twentieth-century China: Mao Dun, Lao She, Shen Congwen.* New York: Columbia University Press, 1992: 135 – 144.

幽默和轻松式幽默的两极特征。① 论者认定这部讽刺作品虽然开启了老舍创作的新纪元,但幽默的内核仍在,这是他最了不起的发现。幽默是解决几乎所有关于老舍作品争议的基本问题、打开光亮之门的钥匙,它就是前面所论的决定老舍一切创作感染力的人格魅力。王德威等人分析了在模拟时老舍使用的夸张、扭曲、简化、变形等艺术手法,让之前出现的小丑干脆变为"非人"。这使人联想到张恨水的抗战讽刺文学《八十一梦》等寓言小说,是看似荒唐、稚拙中最严肃、最悲愤者。这类讽刺文学稚拙的主要原因是情节、人物相对单一,因为作者有没有能力四两拨千斤做到入木三分,使扁平化事物如过莫里哀的手那样获得丰富的艺术价值;要说它们危险也有道理,因为文学毕竟不是简单的图式展览。除了《猫城记》,汉学家还利用"讽刺论"对老舍饱受争议的《小坡的生日》及抗战以降的戏剧作品进行过价值重估,与国内抗战文学、文学经典价值重估等研究热潮交汇在一起,挖掘了老舍被冷落一面的闪光点。最具代表性的是乔治·里昂多对老舍从抗战期起以来的话剧进行艺术及思想意义上的全面评论。② 论者认为老舍所有剧本中仅有四部可以归入"讽刺剧"范畴,而最有文学价值的分别是《残雾》《面子问题》《西望长安》《茶馆》;另外独幕剧《火车上的威风》和1933年短篇小说《马裤先生》改编的剧也可以算讽刺剧。《残雾》的讽刺比狄更斯多了一些反讽式的超然,剧作人物则更单一。《西望长安》讽刺的主题可以与果戈理《钦差大臣》进行平行比较。总之,对老舍的争议集中在中后期创作上,主要围绕文学与政治的关系展开。创作受政治影响,这是全世界作家尤其20世纪中国现代作家不可回避的问题,但由此褒贬作品的意义是鲁莽的。

《猫城记》不是一部很成功的讽刺小说,因为老舍并非一个技巧熟练、严肃的讽刺者。从讽刺约定俗成的定义来看,讽刺的目的是矫正,而手段是采取居高临下的超越姿态对客体进行嘲弄。老舍显然没有很好地实现这个目标。讽刺手法没有处理好,小说非常不均衡,作者似乎没有决定好哪部分该恶言谩骂,哪部分该轻松奇想。比如讽刺的苦涩使得公使太太对公使八个妾的死亡幸灾乐祸事件及对悲惨易世的真实诉说被标出,然而当叙述者访问学校时,爱丽丝梦游仙境式的荒诞场面出现了:教师25年没有拿到薪水,学生入学第一天就毕业并拿到最高学位。除了手法处理的失当,主要原因是心软:怎样从一个

---

① Chung-chien Karen Chang. "Evaluating Cat Country: The Humor within Satire", Thesis (Ph. D.), Phoenix: Arizona State University, 2010.

② George Arthur Lloyd. "The Two-storied Teahouse: Art and Politics in Lao She's Plays", Thesis (Ph. D.), Berkeley: University of California, Berkeley, 2000.

对事事都能同情者变为一个横眉冷对者？叙述者再怎么想要冷眼旁观，却发现自己总在他要讽刺的那群人里面。《猫城记》们的不够经典在于老舍刻意追求讽刺而失了幽默，生产了不太"老舍"的述本。《猫城记》虽算不上顶好的讽刺文学，但从对"文学性"的忠诚看来，它称得上是好看的老舍作品：它超越了早期戏谑的表象而表露出老舍幽默里悲剧意识的灰黑底色。

曾经被冷落的《牛天赐传》更是以讽刺小说的名目被发掘出重大价值的。夏志清揭示出小说的里程碑意义：标志着老舍的创作态度转向对个人英雄主义的怀疑及对集体力量的认同。沃勒运用西方遗传学理论对牛天赐性格的形成予以解释；周水宁探讨小说体现的中国章回小说特征；夏志清发现小说对菲尔丁《汤姆·琼斯》的戏仿特点；王德威则指出它在幽默讽刺手法上与《老张的哲学》《赵子曰》的承继关系，并揭出其欺骗主题，认为与《猫城记》的尖锐讽刺相反，《牛天赐传》呈现出毫无分量的华丽，并比较了牛天赐与阿Q。90年代以来，国内学者对《牛天赐传》的研究有所深入。关纪新认为它沿袭早期《老张的哲学》《赵子曰》等对中国国民性和陈旧文化心态的批判意旨，改用历时性叙事检视国民文化心理养成的原因；天赐在学校社会的坎坷经历是老舍作为满人特殊精神世界的折射。[1] 吴小美指出《牛天赐传》理应得到比它业已得到的更多的重视，它表现了老舍对中华民族下一代"如何养成"的严肃思考，具有很强的现实意义。通过弃儿牛天赐在家庭、社会的成长经历，对积淀深厚的教育痼疾及"钱本位""官本位"的社会文化和国民性问题实行讥刺、批判。除此之外，小说讽刺与幽默的传承关系与特征是前述英语世界学者热衷发掘的，也是国内学者认识越来越清楚的。[2] 沐子、赵阳指出《牛天赐传》在老舍创作中具有重要地位，是其创作日趋成熟的标志。老舍以"含泪的幽默"浓郁的个人风格为现代小说的民族化探索开启了新路。[3] 成梅比较了《牛天赐传》与《远大前程》的形式结构与艺术风格[4]；付一春则比较了《牛天赐传》与《大卫·科波菲尔》，探寻老舍对狄更斯的接受与变异[5]；计红芳以西方

---

[1] 关纪新，《老舍评传》，重庆：重庆出版社，1998年，第138-190页。

[2] 吴小美，《论老舍的长篇小说〈牛天赐传〉》，载《贵州社会科学》，2009年第9期，第72-78页。

[3] 沐子、赵阳，《论老舍小说的创作风格——以〈牛天赐传〉为成熟标志的分析》，载《重庆师范大学学报（哲学社会科学版）》，2007年第1期，第14-20页。

[4] 成梅，《〈牛天赐传〉与〈远大前程〉综论》，载《广州师院学报（社会科学版）》，1998年第10期，第25-32页。

[5] 付一春，《论老舍对狄更斯的接受和变异——以〈牛天赐传〉和〈大卫·考坡菲〉为例》，载《湖南医科大学学报（社会科学版）》，2009年第3期，第112-114页。

"成长小说"叙事结构和语法理论观照这部小说[①];王玉宝则认为它是老舍的精神自传[②]。老舍算不上成功的讽刺作家,但他中后期作品(除了《猫城记》,还有《离婚》《牛天赐传》《骆驼祥子》《文博士》等)中含混的幽默更呈现出严肃而伟大的文学史意义,含混的能指远不止"含泪的笑"这个公认的特征。

二、老舍研究"讽刺论"批判

严格地说,老舍即使自觉使用过讽刺技巧,也不能证明他曾创作出了讽刺作品,更不能说明他曾经是讽刺作家。讽刺的突出特征是极端性,讽刺的态度是居高临下的优越感和旁观者的疏离感,目的是抨击、纠正;而幽默则表现为温和与同情,能够洞悉各种琐屑卑微的事物所隐藏着的深刻本质却未必点明。从一开始,他就没有将老张这样的恶棍彻底打入十八层地狱,而是发现他存在的合理性;怒到极致创造了李景纯去刺杀政客也落得个悲剧英雄的结局;对二马的态度就更加感同身受。Karen Chang、王德威对《猫城记》的研究从梳理晚清讽刺小说史开始,想要平行参照世界文学中其他讽刺名家并构建了宏大的讽刺理论框架,然而在论证过程中渐渐产生了困惑,只能不断引入更多范畴来填补讽刺工具造成的裂隙。从最初的以幽默作为讽刺的一个内涵因素,到讽刺反过来成为幽默的一个极性,理论运用的混乱可见一斑。这就是英语世界讽刺研究陷入盲区的明证,无论多宏观多细致的理论都无法支撑起《猫城记》是典型讽刺作品的事实。原因是它并不严格符合讽刺的攻击性、超越性、冷酷性、批判性等特征,溢出的因素只有老舍的幽默。问题远没有结束,汉学家们立志将老舍中后期的几乎所有小说纳入之前构建的喜剧框架中,探索一条持续动态的演变路线。《离婚》成为"讽刺论"分化的开端。1933年写《离婚》时老舍决定适当地返归幽默:"《大明湖》与《猫城记》的双双失败使我不得不这么办。"[③]《离婚》成功的很大因素是开始重视技巧与严密、集中:"这回我下了决心要把人物都拴在一个木桩上。"[④] 小说围绕民国前期北平财政所几个小职员(老李、张大哥、小赵等)离婚故事展开,刻画了北京市民阶层生

---

① 计红芳,《天真 顺从 叛逆 皈依——〈牛天赐传〉小说的叙事语法》,载《名作欣赏》,2010年第8期,第37-39页。
② 王玉宝,《〈牛天赐传〉:作为自传的老舍小说》,载《绵阳师范学院学报》,2009年第10期,第38-41页。
③ 老舍,《离婚》,石家庄:花山文艺出版社,2018年,第278页。
④ 老舍,《离婚》,石家庄:花山文艺出版社,2018年,第278页。

活的琐细无奈，展示小知识分子理想与灰色人生的冲撞及官僚机构的腐败。《离婚》被公认为一部较为成功的现实主义作品，是老舍创作成熟的标志，老舍由早期幽默发展到较圆熟的境界。夏志清指出《离婚》的讽刺对象不是投机者，而是保守、勤劳的小人物和公务员。"离婚"的名称讽刺所有人物都有充足理由离婚却都没有胆量行动。"主人公老李尽管生活枯燥无味，却仍然珍重地、浪漫地梦想着一个有诗情有意义的世界。在这一点上，他像一个较老的、较收敛的马威。"其次，夏志清看出老舍喜剧才情的新面目：灵巧运用对话，俏皮地在很多警句里把一些不调和的概念对立起来。而它和《二马》同样是一本严肃的小说。夏志清显得越发谨慎，他承认了小说的讽刺因素，却认为它是正剧。伯奇指出《猫城记》后老舍回到早期创作轨道上，与亨利·詹姆斯小说《使节》有异曲同工之妙。两部小说都以讽刺模式展开行动，有一种"8"字形结构。斯特瑞赛到欧洲去帮助熟识摆脱堕落的险境，最终自己却被大城市的灯红酒绿所引诱。老李带着乡下老婆到北京城是为使她成为现代女性，最后事与愿违且打消了一直盘踞在脑海的离婚念头，同他一起回乡下的老婆却跟着沾染上城里妇女不受拘束的品性。他还将之与《官场现形记》里的官场世态刻画比较。认为《离婚》"是老舍第一部和最后一部完全成功的喜剧小说"。平行比较是有价值的，但伯奇比夏志清推进了一步，认为小说因整体的讽刺技巧而成功是忽略了人物塑造的复杂性而专注技巧的后果。周水宁、沃勒专注于人物分析而没有刻意挖掘小说的喜剧性。王德威则放弃了讽刺论，认为《离婚》在实验了其他一些模式如儿童故事和斯威夫特式讽刺奇幻小说后，回归早期小说的闹剧风格，但表现出探索心理深度、外在与内在相结合可能性的努力。老李沦为最好笑的人物，是因为他拒绝与其他丑恶者、浑浑噩噩者一起发笑；在礼崩乐坏的世道，他们的道德感显得那样软弱苍白。王德威认为小说的史料价值在于讽刺1930年国民党通过的"亲属法"：其中有男女平等、一夫一妻、离婚自由等规定，但其有个奇怪的漏洞：认定娶妾不违反一夫一妻制。《离婚》就是对这自相矛盾法律的闹剧性阐释及对法治社会下社会伪善现象的嘲弄。从以上看来，学者们肯定了老舍的讽刺手法，并解读出对早期闹剧的回归性质。本书认为正是因为对讽刺手法的进一步探索和对早期幽默回归需要的龃龉，造成《离婚》在"笑"这个层面的失败。《离婚》不是讽刺作品，也不是幽默作品，它可以被看作是老舍向技法上"成熟"的现实主义迈进了一步，却离老舍的幽默更远了一步。老舍对此心知肚明，他承认最突出的优点是匀净，并对早期笑闹有所节制，不使其流于粗野；缺点是太小巧，笑得带点酸味！笑得不够酣畅、拿捏着笑，反映老舍式的"笑"被戕害的开始；即使他之后的创作又攀上怎样的高峰，在喜剧性的整体营造这一点上的确开始走下坡路了。

1934年创作的《牛天赐传》表明老舍似乎向讽刺的路上更进了一步，它的面目模糊和不成功也表明老舍喜剧灵魂的缺失：老舍在直接表达对这个社会的义愤时，因为过于激进而丢失了擅长的天赋——幽默，从而使效果打了折扣。夏志清指出小说很多地方明显模仿菲尔丁的《汤姆·琼斯》，有趣中包含对人生清醒的讥讽。王德威称《牛天赐传》为骗子的成长教育小说，由于延续了之前的漫画手法和闹剧插曲，它几乎能立刻唤起读者对《老张的哲学》和《赵子曰》的联想。老舍采用了比以往更加系统化的方式来归类荒诞并描绘出骗子家族图谱。小说耀眼的幽默最后指向一个苦涩的主题：畸形、善良的牛天赐被金钱的邪恶力量包围着长大，随波逐流带来的富贵实际是悲剧。他从小是玩具，长大过程中沦为世俗的实验品，最后混迹于充满的欺骗、扭曲的江湖。喜剧的各种不一致因素纷至沓来，人多，场面热闹，反而将个人淹没，这也是小说不出彩的原因吧。学者们将牛天赐和猫人甚至阿Q进行比较，到了这个严肃层面，小说的闹剧性质似乎被忘记了。虽有明显的讽刺性，然而这部小说可被看作是早期幽默被压抑而突然爆发的突破口，它虽然是一个偶然事件，但表现出老舍对早期喜剧风格回归抑制不住的渴望，结果是又一次被压抑，续书也遥遥无期。

《骆驼祥子》是老舍自己用力颇多且最满意的作品。安基波夫斯基评价它可以和果戈理的《外套》、格里柯雅奇的中篇《安东-格雷姆戈》相提并论。从这位俄国学者的评价来看，他很自然地将《骆驼祥子》归入讽刺小说了，而包括老舍在内的评论主要指向其现实主义手法的成功。王德威是少数专门挖掘小说喜剧性的，从王德威两篇评论的小标题《〈骆驼祥子〉——作为恐怖戏剧的现实》与《〈骆驼祥子〉——荒谬的闹剧？》能够洞悉他对这部小说研究的切入点和基本方法。他主张对这部小说进行与以往完全不同的解读，颠覆了悲剧论，揭示其喜剧、闹剧意味。作为关键词的"恐怖"（Macabre）其实是受了夏志清"狂暴可怖的人生经验"的启发，将其与戏剧理论视角结合系统论述老舍长篇小说则是王德威的独创。"恐怖"是一种视角、一种思想内容，也是一种艺术技巧。这两篇评论之间有前后相继、互为补充的内在一贯性。王德威认为《骆驼祥子》是一个转折点，至此老舍对其前期小说形成的喜剧式逼真性的态度发生了转变。老舍之前小说里标志性的滑稽情节剧、闹剧式的人物喧哗、低俗的戏剧动作或戏仿式意外介入而扭转局面的英雄人物都没有出现。几乎所有人物都在有限范围内表现出细微的心理差异而免于成为单一角色。老舍在这部小说中的人物塑造进入了现实主义的成熟阶段，逼真性就是按照现实中人物的优点和缺点如实反映，那就和前期漫画式的寥寥数笔白描及夸张手法渐行渐远了。这是不是表示这部被公认为悲剧的小说就没有喜剧性伏脉呢？王德威认为老舍对之前的喜剧手法进行了改造和延续。比如祥子的坏运气使悲剧主题带上闹剧色彩，恐怖荒诞的现实使人联想到《约伯记》。作为大杂院里的"公主"，虎妞的存在（从长相到脾气）本身就具有闹剧的潜质，并在残忍地从柔弱的小福子那里找到乐趣时充分显露，以两人的死为闹剧的最终章。结局开启反讽式的狂欢情绪及颓废风格继承了《阿Q正传》的传统。不得不承认，王德威的喜剧层次理论在这里仍是有效的，他最先将这部现实主义小说的喜剧因素剥离出来，使人更深刻认识到老舍在创作时五味杂陈的心境、错综使用的手法及超越现实主义的主题倾向；一定程度上颠覆了传统的阐释话语，在现实主义框架内发掘出老舍小说同情与恐怖特征的辩证统一关系。Jingyu Gu评论他"虽然详细论证了小说在风格方面和喜剧/闹剧方面的寓意，却迟迟没有运用综合因素对小说进行整体考察"。本书认为这恰恰说明王德威致力弥补以往研究的空缺，方向性非常明确，整个论证体系针对性非常强，避免了泛泛而谈。喜剧性是《骆驼祥子》成功的一个重要因素，这个长期被忽视的因素被王德威挖掘出来并加以初步阐释，这个领域还有更多有意思的研究层次。至于他认为的闹剧话语是老舍一直坚持的，甚至进入叙事最绝望的瞬间，这种闹剧理论似乎如前所述不够妥当。在对祥子、虎妞诸人生活琐事的叙述中，老舍透出浓浓的同情与理解之情，并非讽刺，也非闹剧，而是幽默。这部小说的成功之处正在于老舍回归了最初的自然的幽默，而没有让外界因素过多干扰自己。在这点上，他和鲁迅不同，和现代文学中以张天翼为代表的讽刺文学家也不同，他并没有站在俯视立场来看待笔下的劳苦大众，也没有指导他们、嘲笑他们，只是与他们一起体验生活的酸甜苦辣，正是这种感同身受的复杂情绪感染了万千读者。

三、幽默对老舍的本体论意义

归根结底，老舍为什么不是严格意义上的讽刺作家？这得从讽刺的源头说起。必须承认讽刺与幽默具有同源关系并在内涵上有重叠处，因而经常被混用。艾布拉姆斯《文学术语汇编》将"讽刺"解释为通过制造荒谬感和唤起娱乐、蔑视、嘲弄、愤怒态度以削弱或贬低一件事物的文学艺术。幽默则是一个指向无害、同情的喜剧范畴，"笑"的来源及表现方式比机智更复杂。从词源学角度探究"幽默"的拉丁文本义是"体液"，气质也。《辞海》"幽默"

词条指出幽默首先是天生的素质：发现生活中喜剧性因素和在艺术中创造、表现喜剧因素的能力，其次才是一种艺术手法，以轻松、戏谑但含有深意的"笑"为主要审美特征，表现为有意识地对审美对象所采取的内庄外谐的态度。当幽默变得非常深刻而又不同于讽刺时就会超越滑稽的领域，而达到一种悲怆的境界。[①] 这种解释有助于纠正之前的偏见。幽默在约定俗成中偏向于风格层面，似乎既不指向精神内核，也不是一种具有明确可操作性的喜剧技法，这的确是误解。幽默与讽刺最重要的区别是叙述声音和语气：幽默比讽刺多了温和同情与模棱两可，其意义层则体现为叙述目的不同：讽刺为推翻而幽默则是不参与。不能说哪种更高明，两者归根于气质、观念的不同。幽默内涵的范围不在讽刺之下，它的外延也不比讽刺更少；相反，幽默甚至可以指涉风格（气质、文体两层面）及意义、技巧等诸层面的美学特征。如果将幽默同讽刺一样放在"本体论"而非"方法论"的意义上考察，很多问题就迎刃而解了。比如老舍的精神内核问题，既然幽默就是本体性特征，又何来老舍幽默的内核是悲观一说？

幽默是老舍的天生气质，讽刺是老舍曾尝试的后天手法；老舍形成了完整的幽默观。"幽默"是20世纪20年代由林语堂先生将"humour"翻译到中国的舶来词，本体论上说是西方的东西；中国"笑"的传统中有与之相近的词汇，如滑稽、诙谐、语妙、谐穆等。老舍曾为《宇宙风》等提倡"幽默闲适"的杂志撰稿；与其说受林语堂影响，受"西学东渐"感召，植根于中国"笑"的传统及旗人文化，不如说幽默天然符合老舍的趣味：如果艺术家赋有独特的性格，尽管他有一千个缺点，也可以原谅。[②] 幽默渗透老舍整个的生理和心理机制，无法从其血液或头脑中被分离；它是习惯"幽自己一默"的性子，是雍容气度。老舍对自己的幽默观其实形成了一整套话语体系。《滑稽小说》提出了总纲领：滑稽不是这样固定的材料，而是一种心态。"滑稽"的意义是没有"幽默"那样广的。笑是与情绪隔开的，所以他近乎天真。因为笑有它的定律与逻辑，它不许一切东西有不匀妥的地方，于是写家才会利用它的想象去适应这个定律与逻辑，空泛地讲几句贫话是不成功的。[③] 它表明以下几个观点：第一，笑的艺术需要天分；第二，幽默是比滑稽更高意义和更广的"本体论"范畴，它要讲究技巧，要符合逻辑与规律；第三，幽默的功效要合乎康

[①] 上海辞书出版社,《辞海》, 上海：上海辞书出版社, 1989年, 第891页。
[②] ［英］毛姆,《月亮和六便士》, 傅惟慈译, 上海：上海译文出版社, 2009年, 第2页。
[③] 老舍,《滑稽小说》, 载《老舍全集（17）》, 北京：人民文学出版社, 2013年, 第48-50页。

德说的"无目的的合目的性"这个原则，基于人性而超越世俗的功利目的。最后一点很关键；老舍的幽默首先不是技巧，也不是某种理论体系；而是赤子之心，是朴拙，是自由自在。幽默与伟大不是不能相容的[①]；幽默是老舍智慧、阅历与人情味的综合，与作者深刻的世界观浑然一体而具有厚重的质地。巴赫金认为：诙谐，和严肃性一样，在正宗文学（并且也是提出包罗万象的问题的文学）中是允许的，世界的某些非常重要的方面只有诙谐才力所能及。[②] 鲁迅、郁达夫等"五四"学者曾指出中华民族一向是不懂幽默的民族；幽默不被理解是历史问题，无论在中国还是十七八世纪以来的西方。如此就不难理解老舍如何很早就发现这种独特力量并生出了雄心壮志，应"讽刺危险"的时代环境而发声，及至当"以讽刺为武器"的环境渐渐摧毁这种气质时演变为一种挣扎、扭曲和自我覆灭。老舍认为自己与讽刺无缘，他要笑骂，而又不赶尽杀绝。他失了讽刺，而得到幽默。[③] 在《谈幽默》里更是对讽刺和幽默进行清晰对比：幽默者的心是热的，讽刺家的心是冷的；因此，讽刺多是破坏的。[④] 基于老舍笑别人也笑自己的个性气质和内省力，他只能生出真正的幽默而非辛辣尖锐甚至刻薄的讽刺；激进是老舍反对的风格，幽默到深刻则是一种悲怆的"笑"。也许《"幽默"的危险》一文早就为幽默的结局做了预言吧，"老舍之死"是否证明了对老舍来说幽默与生命的不可剥离？

　　幽默是老舍创作的灵魂和一生想坚持的路线；老舍创作的幽默路线与他获得官方声誉的路线并不重合。老舍多次撰文划分幽默与其他概念的界限恰恰说明了他对这一点的自觉认识。从以上自述性文章可以看出老舍对幽默的清醒态度和中后期被迫尝试讽刺的小心翼翼与无法驾驭的矛盾之情：在谈幽默时，他津津乐道，顾盼有情；在谈讽刺时却透着拘束。《谈幽默》最具自辩性质。通过与其他几个相近的范畴（反语、讽刺、机智、滑稽剧、奇趣）进行逐一比较可知老舍的幽默并非西方汉学家眼里的"反讽"等其他诸多范畴可以替代。反讽暗示冲突而幽默要轻妙冷静些；讽刺包含攻击性的冷嘲甚至笑骂，而幽默者是热心肠且不必一定有道德目的。这一点反映出老舍对幽默的理解既合乎儒家的"温柔敦厚"之风，又超越了儒家的"载道"正统，糅合了道家的无为

---

① 老舍，《怎样写〈牛天赐传〉》，载《老舍全集（16）》，北京：人民文学出版社，2013年，第199页。
② [苏] 巴赫金，《拉伯雷研究》，石家庄：河北教育出版社，1998年，第77页。
③ 老舍，《我怎样写〈老张的哲学〉》，载《老舍全集（16）》，北京：人民文学出版社，2013年，第163页。
④ 老舍，《谈幽默》，载《老舍全集（16）》，北京：人民文学出版社，2013年，第203页。

精神、贵在天真，以及杂家的任意驱驰。反过来说，正是老舍幽默来源的杂，才造成了各执一词的评论者日后对其进行狭隘攻讦的局面。老舍的机智是一针见血的理智，老舍的幽默是看破却不点破的宽容。老舍说的"滑稽戏"就是王德威所说的"闹剧"；老舍对此的态度是轻慢的，因为只为逗笑而没多少意思。由此推测老舍本人在写作时应该会尽量避免创作比较低级的"闹剧"，这是对"闹剧论"最直接的反驳。20世纪30年代还继续幽默的作家危险了，老舍"谈幽默的危险"实质是为自己辩护。他说幽默的写家并非对人生没有郑重的思考，因为领悟到人生是矛盾的所以才用外表的嘻嘻哈哈来引导人乐观；反而他看清了革命是怎么回事，但对于某战士的鼻孔朝天，总免不了发笑。① 老舍认为"危险"的不是真幽默，为自己的正道直行鸣了不平。20世纪50年代老舍先后写了两篇文章——《什么是幽默》和《谈讽刺》，前者与《谈幽默》对应而略显仓促地强调幽默需要天才，呼唤理解幽默的环境；后者则显示出隐藏了幽默专门来谈讽刺的失语尴尬。这两篇文章史料性较强，当时的创作环境仍是提倡严肃的讽刺，而贬抑幽默。在矛盾心态下，文章内容显得通俗、拘束而少了灵魂，但仍可看出老舍想要坚持幽默的努力。《什么是幽默》大致说幽默是天才和智慧的结晶，不会幽默的人不要勉强去创作和品评。这时的老舍不再说幽默无功利的话了，幽默被拘住了就可能失去品格的天真。和幽默不起来的人讨论幽默，确实是对牛弹琴了。历史上对老舍幽默的评论一直受着此种干扰；幽默作为一种意识形态话语曾经一度失语。天性幽默的人被剥夺了话语权，而要强行开启另一种心态机制来创作的话，会有怎样的结果？天性被压抑，如何妙笔生花，如何健康，如何自然？将几篇文章结合老舍幽默的创作历程来看，就会有很深刻的领悟。每当老舍回归最初最自然的幽默，他的创作就容易成功；反之，每当他尝试戴上冷冰冰的面具，去嘲讽、去攻击时，仿佛作品里换了一个不像他的灵魂，结果是经常遭遇滑铁卢。所以，如果一定要为老舍的幽默路线勾勒一个轮廓出来，笔者认为应该是这样的：早期作品技术上稚嫩，在整体幽默精神上却是顶峰，所以应该算作老舍最好的幽默作品；中后期则慢慢走下坡路，尽管之后他在《骆驼祥子》和《茶馆》中取得了举世瞩目的成就，也只表明在这两部作品中老舍将幽默的天赋和写实主义功力融合得比较圆熟。大家重视现实主义而往往忽视了幽默，现实主义的成功在一定程度上是伴随着老舍自在幽默的被修剪而演进的。《猫城记》《牛天赐传》等便

---

① 老舍，《"幽默"的危险》，载《老舍全集（17）》，北京：人民文学出版社，2013年，第108页。

是老舍不擅长讽刺，不能成为优秀讽刺作家的明证。硬要写，只能在艺术上被归为不伦不类。而两部作品受欢迎的原因也正因为有老舍热心肠幽默的精魂。老舍幽默的发展像一场盛大的狂欢，从一开始的烟花四射到很快只剩下流星点点，到最后的余烬未消；狂欢的面具方被摘下，便露出背后的悲剧意味。对于成为一名幽默的写家，老舍从一开始是有雄心壮志的，由于诸多社会历史因素的制约，他那像孩子一样自在写作的童年姿态没能保持多久。就像老舍说滑稽小说这种命名不成立一样，如果后人用幽默小说来定义他的作品想必他也不会赞同。所以何必非要分辨哪个时期、哪部作品整体上是幽默的呢？只要老舍幽默的因子一亮相，大家不是一眼就能分辨出来吗？那语言、动作、人物、情节设置中"笑"的姿态，不论是如大河奔涌还是如繁星点点，都带着老舍独有的味道。

使老舍被"标出"，与中西方讽刺作家区别开来的主客体特征是幽默。菲利普·威廉姆斯认为，老舍在塑造人物时表现出来的鲜有的将同情与喜剧因素调和的爱好，或许可以解释他如何将自己与同时代的讽刺作家拉开距离；他擅长以更消遣而非训导的方式吸引大众读者。[1] 通读老舍的长短篇小说、散文、杂文、戏剧、诗歌甚至文论，人们可以惊奇地发现幽默是无处不在的一种性格与气氛，与汪曾祺的"气氛"性质相同。所以首先老舍的幽默是整体的一块儿，喜剧性贯穿作品始终，悲剧性仿佛永远是飘来荡去的一团，须得人耐着性子去捉。风格是有节制、有温度但含混的"笑"，在本体论意义上与幽默之外的讽刺等作品的喜剧性本质保持疏离。其次，老舍的幽默手法表现在人物塑造、情节铺设、语言锤炼等各领域的各细节里。幽默与伟大不是不能相容的，老舍自信以坚实的底气能写出和塞万提斯、狄更斯、马克·吐温等人一样伟大的作品，他有这个自觉和冲动。人物是老舍作品的灵魂，所有其他要素都是为人物服务的；老舍对各色人物进行了幽默处理，使他们从人格到神态、心理、行动、对话都带着俏皮劲儿。善恶、主次人物被一视同仁，老舍不怕麻烦用各异的形容和画面来展现他们的百态。男人女人、三教九流，只要是老舍熟悉的，都要被生动调侃一番；从着墨浓淡、聚焦远近、幽默笔法的参差中体现作家的用心。这和鲁迅几乎不塑造幽默性格却注重从外部嘲讽众生相的状况完全不同。老舍倾向于丰子恺的粗犷白描，鲁迅则多使用细腻的素描手法。白描是国画的经典技法，也是中国话本惯用的手法。与更犀利的鲁迅式讽刺相比，老

---

[1] Philip F. C. Williams. "Book Review: *Blades of Grass—The Stories of Lao She*", *World Literature Today*, 2000, 74: 354.

舍式幽默是圆滑、传统的。说到情节幽默，老舍应该是最擅长讲故事的，他有化腐朽为神奇的能力，能将一切日常琐事讲得妙趣横生。人物的可笑需要在恰当的故事里慢慢展开，情节研究是叙述学的重要任务。对老舍来说，在保证逼真性的前提下，需要研究更多中西叙事技巧来使行文充满变化的趣味。中国叙事讲究铺垫、草蛇灰线，西方叙事的技巧更多，造成幽默效果的叙事更多需要仰仗误会、黑箱、意外、巧计、巧合等套路。老舍从相声移植的抖包袱手法效果很好，他也善于在细节描绘中运用语言优势制造笑点。老舍最拿手的是创造幽默的语言。他经常使用诗人般有灵性的奇特比喻；他的夸张是热烈而实在的，讲究传神；他的双关语和笑话段子独一无二；他的话语聪慧活泼，仿佛狡黠的中年人还葆有一颗赤子心；他的言语包罗万象，普通话、口语、书面语流畅无比，按照需要有时带点相声腔，说学逗唱信手拈来；有时带点文言、欧化语，完全没有鲁迅等人的晦涩难懂，带点逻辑混乱、讲歪理，制造反讽效果极佳；更招人喜欢的是，老舍擅长用俗语、俚语勾勒出市民生活的浮世绘。语言的平易俗白，对绘画美、音乐美甚至建筑美的诗性追求，语言表现方式的多变，是老舍幽默语言得以雅俗共赏的原因。汉学家威廉强调了老舍在手法上与其他讽刺作家的差异性，但没能意识到这些都是老舍幽默之树上结出的自然之果。王德威说过，自我陶醉式的怒吼和苦涩的激情似乎已是现代中国小说的基调。老舍早期作品欢闹的情节、摇摆不定的叙述姿态，以及成列的小丑人物，都深深打动着读者。真正使老舍区别于其他五四作家（尤其是讽刺作家）的，不是暴露并无情鞭挞社会百病，而是他那苦中作乐的幽默气质与表达。同样苦难的素材在他手下能被渲染成闹剧、悲喜剧。之前很少有人重视和辨别老舍的喜剧天分：笑是老舍与生俱来的习惯，看待世事的方式，也是他质疑一切的方式。他深刻理解笑和泪是一枚硬币的两面，他善于捕捉和聚焦小人物、小事并以幽默赋予他们新生；以比鲁迅们更温和、间接的方式践行启蒙。老舍扬弃了中国传统小说的写作规范：从传统叙述模式继承修辞学态度，从西方喜剧理论那里拿来了各种适用的范畴；一定程度上破坏了传统主流意识形态的权威性，老舍成为王祯和、王文兴等喜剧创作的示范。

万法归宗，探索老舍喜剧性的来源问题具有挑战性和理论必要。王德威认为老舍的喜剧来源有二：19世纪英国以狄更斯领衔的丑怪（grotesque）写实主义与晚清谴责小说的闹剧修辞法。普实克认为老舍为了造成特殊讽刺效果，复活了古典白话小说的说书人技巧。王德威则认为晚清谴责小说为老舍插科打诨式的丑戏（buffoonery）与滑稽剧（burlesque）提供了主要的灵感来源，并认为朱自清早就注意到这一点。他引用俄国学者米列娜观察晚清谴责小说观点：邪能胜正，大奸必胜小恶。前人观点不可完全赞同，尤其是老舍对《儒林外史》类讽刺小说和晚清谴责小说冷嘲热讽地因循借鉴。这实质是将老舍的幽默当作讽刺的误读误判。如果仔细甄别不难发现，老舍小说与它们从风格到技法到主体性都有根本差异。最明显的是老舍永远做不到冷嘲热讽，任何讥刺都使用温和而含混的幽默笔调；风格即人，老舍作品的风格也是他对世事的洞察和呈现方式。与《儒林外史》只有浮世绘图景的相通手法大不相同，"范进中举"及吝啬鬼严监生的故事，那都是要演到极致，塑造典型。幽默是不刻意推出"典型"的，即使是老舍小说中最具讽刺意义的人物都不具备"典型"的严格条件。比如老张、老李、大赤包，它们都相对立体，有自己的明亮与灰色地带，有相对真实的命运遭际。不论对什么人、什么事，老舍总愿意报以最大限度地理解；其性质并未被推向极致，其结局并非被读者或文学史固定为一种符号。无论王德威或普实克都只窥见冰山一角，而没有重视全局。首先，老舍的幽默是中国式幽默。他骨子里的幽默主动汲取了中国幽默文化里的民间因素，又将其转换为能与现代市民的阅读习惯最为贴合的写作经验。老舍的幽默天赋与满人血统有关，关纪新《老舍与满族文化》进行过长篇论述：它确乎是一种天才。近年出版的《哥伦比亚中国文学史》第一编第七章论证中国自己的"幽默"传统。《笑林》《笑府》《笑林广记》《战国策》《论语》《史记》里都有幽默的影子，《南柯太守传》《莺莺传》《十二楼》《镜花缘》是老舍喜爱的幽默故事，《救风尘》《倩女离魂》《西厢记》也是老舍感兴趣的剧目。刘勰认为"空戏滑稽，德音大坏"，幽默因可能破坏严肃而曾被边缘化，也被儒家拿来寓教于乐。老舍的幽默出于儒家的讽喻又有道释的自然通透。古典幽默也聚焦失误和偏差，反映人生龃龉。事实证明，幽默的优劣与社会关联度及语言运用紧密相连。老舍的幽默总是中庸的、适度的，不温不火；也有锋芒，但不过火。矜持与淡泊是中国人的处世态度。老舍接受广泛存在于历史哲学政论集、笑话、幽默故事集、诗歌、戏曲乃至近代以来小说、传统民间曲艺里的中国式幽默，吸取谐隐、滑稽、笑、谑、嘲等幽默的古典形态；深刻理解幽默产生于日常生活细节及复杂性，结合古典与现代相声等笑的艺术。老舍凭着对幽默的兴趣与专注，将幽默传统中优良的因素发挥到淋漓尽致，体现为对社会、对平民生活的绵密呈现，凭着将京味儿语言锤炼到炉火纯青的功夫，对雅俗文化巧妙融合的创作实践。《儒林外史》《镜花缘》等对老舍的影响并不像历来强调的那般大，甚至可以说老舍从《老张的哲学》开始就是有心要偏离纯粹传统的路子：舍弃其过于类型化的弊病，同时又对那说书人的风格语调、白描笔法勤于琢磨；对民间艺术取其抖包袱技巧及民俗特色，而摈弃过于粗俗的部分。

其次，老舍吸取了西方幽默技法和讽刺手法。他喜欢《神曲》《坎特伯雷故事集》《巨人传》《匹克威克外传》等小说中呈现的更丰富、更成熟的表现技法，因而从开始就打算进行文学实验，尤其是借鉴英美幽默文学。老舍曾多次提到英国文艺对自己创作小说起到了激发的作用，并希望能用世界名著启发对社会生活的认识和表现。梳理研究老舍幽默的西方借鉴都是从狄更斯开始的。20世纪40至80年代，国内研究集中关注二者相似处，暗示老舍受到狄更斯影响。常风在1934年9月12日《大公报》第4版《论老舍的〈离婚〉》一文中提到国人从狄更斯那里学到讲故事的艺术和幽默。成梅、郝长海等人考察阿里斯托芬、狄更斯、莎士比亚、康拉德、斯威夫特、威尔斯、贝尔弗雷德等对老舍幽默的影响。佟家桓的《老舍小说研究》认为老舍与英国文学的关系比他国文学紧密。狄更斯对传统习俗的刻画和人道主义激起老舍类似的经验。如前所引所述，20世纪60年代，夏志清、伯奇、斯乌普斯基等汉学家率先指出《老张的哲学》在结构、幽默风格上模仿了狄更斯《尼古拉斯·尼克尔贝》《匹克威克外传》等早期作品的人物、故事，并因它是一个中西艺术的大杂烩而推定其实验性。夏志清提到老舍还受菲尔丁的影响但未做详细对比。后来沃勒和周水宁循斯乌普斯基的方式（结合生平传记研究、社会分析与文本分析）继续前进，肯定外国因素的影响。沃勒赞赏老舍对詹姆斯小说结构整饬标准的有意偏离是因为受狄更斯影响。周水宁质疑夏志清们的论调而细数老舍糅合中西幽默技法的好处（尤其是京味儿幽默）。王德威更是认为《老张的哲学》是对狄更斯小说情节剧的戏拟，它囊括了老舍喜剧体系的几乎所有技巧和主题，这类闹剧有狄更斯和奎普两个西方来源。狄更斯的人物、结构和老练的修辞是老舍学习的对象，还可以从其富有生命力的语言、情节剧布局和怪异风格中找到端倪，但又因为对闹剧的颠覆性不习惯而加入了悲喜剧因素，从而接近老舍习惯的生活写实和道德评判，练就自成一家的喜剧体系。王德威使用不同于前人的研究方法，较少关注自传及外界信息，构建理论框架并进行双向阐释。其实，沃勒曾认为将老舍称为"中国的狄更斯"是误导，这个反向思路值得重视。后来，韩国人梁耀南在名为《狄更斯和老舍——文学影响和平行研究》的英文博士论文中专门探索老舍对狄更斯结构与人物设置的借鉴与改造，更侧重平行研究并致力辨别相异处，以技巧剖析而非主观臆测推出老舍更多吸收、转化而非简单模仿狄更斯技巧。汉学家对《老张的哲学》这类早期幽默作品的批评集中于其缺乏圆形人物和有机结构；但亲缘性研究源于狄更斯早期小说同质性的说法并不严谨，因为狄更斯早期结构上的欠缺根源可能是西方流浪汉小说、感伤文学、通俗文学等的影响，而老舍作品则在根子上受到中国传统白话小说（明清章回小说、暴露小说）的影响。二者最初创作时都采取了各国小说的原始形式和技法，从平行研究的意义来说属于不谋而合。另外，二人早期小说的连载形式可能促生结构松散等问题。现今的网络小说更是存在类似的问题，边写边改，缺乏预设结构，导致故事枝蔓颇多。后来，狄更斯以《董贝父子》、老舍以《离婚》为标志开始走向严谨之路。避免流浪汉式结局，聚焦特定主题、主人公及意象，节制对闹剧、幽默、讽刺的过分运用，通过制造神秘的叙事线索、反转时序等创造复杂情节。老舍应该会认识到狄更斯早期作品的结构问题，他看似犯了同样毛病。细加分析不难发现，老舍即使是第一部写着玩的小说也是尽量以严肃写实的理念落到实处，这与狄更斯理想主义的写实不同。尽管在人物类型、小人物反抗、逼婚情节等方面有所借鉴，但老舍有更强的组织生活资料并真实表现的自觉和能力。他的小说事件全部围绕中心人物展开，人物对看似游离的各段插曲具有辐射联结作用。《老张的哲学》两条叙述主线（老张追逐物质欲望及其造成四个青年的困境）中穿插数条支线，故事朴实并无长篇大论，从形式到精神层面都未发现流浪汉小说的影子和狄更斯神话式结局。好人受难、坏人得志是生活的常态，也是老舍小说一贯的结局形式。可见二人创作观有一些本质差异：狄更斯认为运用传统喜剧、情节剧是愿望实现机制，人类普通经验需要经过奇迹实现升华；老舍对以"爱的哲学"解决社会问题显然持怀疑态度，笔下社会环境也不是迷宫式的虚构空间，而是真实的混乱空间。虽然老舍相信人性的善并对此保持温暖的乐观情绪，但他看到由无所忌惮的自私者建立的新秩序和传统道德价值观江河日下的文化现实，启蒙的道路漫长而曲折。

老舍的人物系列不是狄更斯的翻版，也不是西方经典讽刺作家的同类。包括老张在内的所有人物都不是扁平人物。有人批评狄更斯的人物静止、呆板，但不能否认其扁平人物的符号魅力。斯乌普斯基评价老舍早期倾向于描绘人物的套路是：年龄、身材（高矮胖瘦）、面部表情、细节（尤其眼睛、鼻子）描绘，最后是着装。[1] 这分析算是有依据，但以偏概全。巴尔扎克何尝不是运用这种套路来塑造19世纪的法国人，但这素描式写法不是老舍的全部。老舍穷其一生练习观察人、写人，他的手法很多变，他笔下的人物形态活泼丰富。在素描之外，主要继承国画工笔、写意和兼工带写的方法，用了点漫画手法。他

---

[1] 转引自 Yiu-Nam Leung. "Charles Dickens and Lao She: A Study of Literary Influence and Parallels", Thesis (Ph. D.), Urbana-Champaign: University of Illinois at Urbana-Champaign, 1987: 60–61.

反对以人物个性分析来代替个性表现,反对将人性表现符号化、简单化,反对重事实轻人物;主张人物塑造首先要有趣,推崇荷马和莎士比亚笔下人物的感染力;对人物做细节刻画要精妙,烘托重要人格,目的是让人物活跃,能立得起来,能代表人物自己的个性;而且他会在浅的背景色之上重点描出几笔,或分步点染让人格次第发展起来。狄更斯喜欢将人物分为善恶两类,老舍并不这样。斯乌普斯基承认老舍的人物更复杂。老舍认为狄更斯式的口头禅易流于肤浅,而勾轮廓式大而化之的外貌描写容易使读者迷茫。他对人物起名也尽量避免使用谐音,而经常随便给个大众化的名儿,甚至就是老张、老李这样信口叫来。这源于他对人物个性的自信。景物、事件、动作都同人物不着痕迹地融为一体,人物来源于生活,是自然有变动有缺陷的,个性是趣味的保证。老舍对人物的描写手法有一点相通,那就是运用现实主义的惯例从外部而不是借助大量的心理描写来表现人物。李应、王德、李景纯、丁二爷的反抗都表现出单薄的原因,大约是老舍因为各种原因没想聚焦他们,这与狄更斯对完美人物(可能也是次要人物)的聚焦形成反差。解救人物的设置也不同,老舍不会创造一个解决所有问题的神。老舍一方面模仿西方幽默或讽刺技法,比如用狄更斯小说为框架组织情节,注重风俗描写;借鉴了悲喜剧的渲染方法和一些人物类型。另一方面,正如王德威所言却是创新、戏仿或颠覆,到头来仍是吸取并更新中国叙述传统。要理解老舍,就有必要记住这点:尽管他一生都在以文学的形式暴露社会弊病,并不遗余力地抨击官僚的罪恶,但他与社会改革者狄更斯仍有极大不同。狄更斯在一个更为狭小的框架内抨击社会弊病,希望引起对实际生活层面的关注,那是改革所要实施的领域,它们可以通过国会实施法令及增强社会责任感实实在在地加以改进、补救。老舍担忧的是整个国家,关注的是政府,缺乏落实的具体性。

  以上"闹剧论""讽刺论"者都从适用性角度针对老舍局部使用的各色喜剧手法进行剖析,体现出西方喜剧理论宏大构架及巨细靡遗的众多理论范畴之威力;但都有一个致命缺陷——打破了对老舍作品"笑"的整体性研究,专注文本细读,造成概念混乱、重叠,而未能从根子上把研究对象解释清楚,总是顾此失彼。根本原因就在于重"技"轻"道",没有抓住老舍作品"笑"的本质。弄清老舍作品"笑"的本质(对其进行概念层面的界定)是研究的前提,之后才是探究"笑"的主客体特征、"笑"的来源和"笑"的文学史意义等。汉学家以西方"笑论"的理论框架和各种范畴参与对老舍作品"笑"的系统研究,本章对此进行了批判性研究,分析其利弊,指出只有抓住老舍作品"笑"的本质——幽默,才能避免本末倒置式的理论运用。对"笑"的本体论研究，有助于弥补中国传统"笑论"将主客观层面分离的不足。王德威等以喜剧论的本体论为老舍早期小说"翻案"，肯定其闹剧、悲喜剧的悲怆实质和艺术表现力，梳理其喜剧手法的演变及成熟过程；传统研究对老舍作品"笑中含泪"、似喜实悲的风格界定，运用西方"喜剧"概念就能得以解释。如果说中国传统喜剧建立在"乐感文化"基础上，西方喜剧则囊括了美与丑、喜与悲、反秩序与非理性等因子。"喜剧论"既淘沙见金，同时也存在理论阐释的主观需要和阐释对象之间无法紧密契合的尴尬，容易造成混乱。第一个局限性就体现在，时时因捉襟见肘需要调动各种理论作为辅助，且不论各种理论是否能够被融入同一个体系而发生整体效用，概念过多造成的认知混乱就是最大弊病。第二个局限性：貌似"普适"的西方理论在细致处理老舍喜剧性的"中国气味"或称"民族特色"方面，明显无能为力。另外，"讽刺论"对老舍中后期作品价值重估做出过贡献，但它显然在解释老舍中后期创作中"含混的笑"时捉襟见肘。以词源学分析为起点，可以发现老舍并非严格意义上的讽刺作家，也没有写出严格意义的讽刺作品。在这点上，他和鲁迅不同，和现代文学中以张天翼为代表的讽刺文学家也不同。汉学家专注文本细读，造成概念混乱、重叠，而未能从根子上把研究对象解释清楚，总是顾此失彼。"幽默"对老舍的本体论意义引导批评者应将老舍作品的"笑"作为一个整体而不是随时随地切割的物来看待。

第三章　英语世界的老舍现实主义特征研究

在现实主义文学思潮从西方传入之前，中国文学就有深远的"写实"传统。《诗经》《离骚》被认为是中国现实主义和浪漫主义文学的源头，史传传统和春秋笔法则是中国写实文学的表与里。西方现实主义文学概念的中国化进程在20世纪之交自是进行得十分顺利，催生出一大批有影响力的作家。"现实主义"激发了大批文学作品的产生，它们一直被中国批评家以及普实克、夏志清等西方学者认作是20世纪中国文学最辉煌的成就，没有其他任何术语如此决定性地影响了中国的小说和批评。[①] 老舍等"为人生而艺术"的作家站在传统与现代的交界点处，对中国"写实"传统与西方现实主义手法进行适度融合，将西方现实主义改造为适合中国国情的"现实主义"。鲁迅是引进西方现实主义写作的第一人，形成严肃冷峻的国民性批判路数；而现实主义的"老舍化"是一个动态发展的过程，既表现出对鲁迅国民性批判的启蒙传统的继承、对中西写实方法的借鉴，又带有明显的老舍个性。英语世界学者的探索集中起来有以下几个关键问题：老舍对西方现实主义加以改造的领域和特征，老舍的民族主义与文化想象，老舍的都市典型书写与疗救文学等。

第一节　老舍对现实主义的改造

西方"现实主义"有两层主要含义：一为理论话语，二为文学创作手法。现实主义起源于亚里士多德的"模仿说"，在19世纪的西方文学界达到高潮，并产生出自然主义、社会主义现实主义等分支，在20世纪被现代主义盖过。雷内·韦勒克将"现实主义"定义为当代现实的客观再现。它要求在题材上无所不包，方法上则力求客观，即使这种客观性在实践中难以完全实现。现实

[①] ［美］安敏成，《现实主义的限制：革命时代的中国小说》，姜涛译，南京：江苏人民出版社，2001年，第4页。

主义就意味着说教、道德主义和改革主义。现实主义并不总是认识到描写与"开出药方"之间的冲突，而是试图在"典型"概念下将两者调和起来。①"典型"和"逼真性"是现实主义理论的基本点。巴尔扎克、狄更斯、托尔斯泰、陀思妥耶夫斯基、契诃夫等皆是文学界公认且颇为老舍欣赏的现实主义大师。现实主义在中西方都有其被推崇的理由，而将其原则和功用强调到某种程度则会显出弊端。老舍很早就认识到现实主义创作的优缺点：写实的好处是抛开幻想直接看社会；缺点在于用力过猛，而破坏了调和之美。② 不论是中国传统"载道"的文学还是19世纪西欧"批判现实主义"都突出文学对生活的忠实记录和干预作用，本质上不利于文学的创造。正是因为清楚现实主义扎根于西方和易于刻板的局限，以及时移世易的多变外延，老舍融入对中国雅俗文化"美"的诠释及个体生命体验，对西方现实主义进行了自觉改造。英语世界学者试图摆脱关于"反映论"的狭隘论辩，将现实主义理解为一种美学形式的实践，探索其特有的美学经验，发现老舍以雅俗结合的笔触描绘了老北京底层芜杂的市民社会，以俗白有味儿的北京方言再现了20世纪上半叶社会转型期的风俗民情和都市灰色生活史，以独有的幽默风格表达正直、善思而文弱的知识分子对现代民族国家的文化想象和自我诉求。

一、"逼真性"、喜剧化与真实悖论

王德威认为，作为几乎同时代的人，老舍、茅盾、沈从文对鲁迅开创的现代"写实主义"传统有所继承并别有开创，形成与大师的对话。③ 现实主义"逼真性"要求如实"再现"外部世界，它往往将细节、客观、批判紧密联系在一起，具有严肃的美学风格。鲁迅在这方面的奠基作用甚至已经突破了文学，波到中国现代美术、音乐等其他艺术领域；他代表着最清醒的现实主义，极大程度接近西方的批判现实主义。他对"瞒和骗"的文艺深恶痛绝，要求文学承担批判社会人生缺陷的启蒙功能。从《中国小说史略》对中国古代写实传统的梳理到对西欧现实主义作品及文论的译介，体现出中国学人将现实主义中国化的决心。20世纪20年代，鲁迅在客观真实的基础上加入了写灵魂这

---

① 雷内·韦勒克，《文学研究中的现实主义概念》，载张今言译，《批评的概念》，杭州：中国美术学院出版社，1999年，第243页。

② 老舍，《文学概论讲义》，载《老舍全集（16）》，北京：人民文学出版社，2013年，第163页。

③ ［美］王德威，《写实主义小说的虚构：茅盾、老舍、沈从文》，上海：复旦大学出版社，2011年，第2页。

个因素,强调作家的主体性,并反感自然主义有时不加筛选的琐屑真实。关于现实主义文学的风格,鲁迅认为,悲剧将人生有价值的东西毁灭给人看,喜剧将那无价值的撕破给人看。① 可见,鲁迅更认同悲剧才是写实主义的主要风格和有效载体。老舍的创作表现出对这一点的不认同,他自觉地将喜剧因素作为其写实的主要手段和风格追求,这是对鲁迅甚至西方从古典主义到现实主义对喜剧性持贬低态度的超越。老舍证明了喜剧和悲剧一样有价值,喜剧甚至对曲折地表现"逼真性"大有贡献。

王德威指出,老舍内里的忧郁性往往让他展示出浪漫或讥讽的情怀;而他嬉笑怒骂的冲动则每每突破社会常规。老舍因此走出了刘绍铭所谓的五四文学"涕泪飘零"的局限,这是老舍对中国现代写实主义最重要的贡献。② 老舍对现实主义改造的初衷是用幽默的情怀和讲故事的天赋去化解对"逼真性"的过度追求而可能造成的刻板和沉重,老舍式叙述则为灰扑扑的市民生活画卷点染出轻松活泼的人情味儿。鲁迅小说是悲愤尖锐的,是战斗的现实主义;郁达夫则敏感沉郁;五四时期的"问题小说"或者文研会为中心的"为人生"派多少带有革命小将气质,发誓要将社会不合理的现象一一揭发,或为穷人搵一把人道主义的热泪,其创作多少带有主题先行的意思(茅盾此倾向明显),对典型的强调使形象扁平化起来,叙事则缺少说书人该有的生动,比如冰心的《超人》《两个家庭》、叶绍钧《这也是一个人?》等。文研会对"逼真性"提出很高要求,强调材料的精密严肃和描写的严谨忠实,以致不自觉掺杂了自然主义。正当大家或慷慨悲歌或痛哭流涕地忧生忧世时,老舍发表了他的第一部长篇小说《老张的哲学》。这部小说以老北京旗人天生的玩世不恭和插科打诨宣告了老舍式写实主义的诞生。鲁迅的现实主义是对20世纪初中国农村生活和拥有农民灵魂国民的真实写照,老舍则将真实的笔触伸向中国城市市民阶层,细细勾勒他们平凡普通而云波诡谲的灵魂;鲁迅早期作品有浪漫派的影子,老舍的第一部小说却已经是瓜熟蒂落的真实;鲁迅的写实手法体现出鲜明的先锋和精英意识,而老舍则有个冒天下之大不韪的想法:将写实通俗化、大众化,做老百姓都能看懂的文学。老舍现实主义小说通俗化的内核就是幽默;老舍以温和的现实主义委婉地进行启蒙。

---

① 鲁迅,《坟·再论雷峰塔的倒掉》,载《鲁迅全集(1)》,北京:人民文学出版社,2005年,第193页。

② [美]王德威,《写实主义小说的虚构:茅盾、老舍、沈从文》,上海:复旦大学出版社,2011年,第17页。

老舍很清楚一点：严格地说，完全写实是做不到的事。① 老舍对现实主义改造的哲学是辩证的，要避免激进造成的威胁。真实和虚构，往往没有合理的界限，关键是掌握一个度。逼真性，过则呆板，不及则流于浪漫的想象，二者都不是老舍这位严肃的现实主义作家希望造成的，他小心拿捏着分寸。正如鲁迅要为写实添上"曲笔"，老舍则更为大胆地加入喜剧元素。王德威归纳老舍写实主义小说的虚构特征为煽情悲喜剧和闹剧的叙事模式，两种模式都以不患"过"，而患"不及"取胜，并大胆地认为鲁迅和老舍都运用写实来探索非理性与非真实的境界。② 王德威此文的前半部分是关于老舍写实主义的喜剧性技巧的论述，他用文本细读和西方"笑论"的众范畴来长篇大论以推行自己的观点。事实表明，老舍以喜剧手法来曲折地接近写实的"逼真性"而不是背离它。但王德威的观点会使人产生这样的疑惑：既然老舍的中庸哲学使他追求相对不偏不倚的写实态度，技法上的"过"之说能否站得住脚？《老张的哲学》等早期作品看似笑闹，但从人物性格及结局设置来看，并未与"逼真性"原则偏离分毫。比如《老张的哲学》的结局：好人受难，坏人继续逍遥法外，坚持背弃"大团圆"结局。《二马》《离婚》《骆驼祥子》等更是将人物复杂化，且尽量避免主观单一的情感和道德评判。尽管一些学者认为老舍的喜剧性可能会损害严肃性，还有人刻意发掘其喜剧的悲剧内核来辩护，但这些行为都只能是对老舍写实主义的不自信。好的文学首先应该是富有感染力的，这就是老舍改造现实主义的出发点。王文的后半部分是关于所有小说的虚构本质与现实主义逼真性要求之间的冲突。所有的写实主义小说都脱不了虚构的成分，小说世界是可能世界。现实主义小说的黑洞是人们最近才关注的话题，因为它的功用指向明确的社会干预而掩盖了其背后可能存在的怀疑和含混，直到最近的现实主义渐渐褪去了它看似永恒"逼真"的坚硬外壳。这个事实本身就颇具喜剧色彩。自从现实主义横空出世，它就与浪漫主义、古典主义扯上关系，后来又与现代、后现代主义结成联盟，乃至最后自己原本的面目都模糊起来。老舍深知这种悖论：现实主义从颠覆了前辈的话语场中崛起，又被自己制造的繁荣所颠覆。他也深知自己这一辈人和后来的人无法解决现实主义自身的悖论：写实不能反映和解决现实存在和可能出现的一切问题。人们喜爱它，觉得它好用或者可信赖，但最好能从内部不断地质疑和突破它。

---

① 老舍，《文学概论讲义》，载《老舍全集（16）》，北京：人民文学出版社，2013 年，第 107 页。

② ［美］王德威，《写实主义小说的虚构：茅盾、老舍、沈从文》，上海：复旦大学出版社，2011 年，第 18 - 19 页。

Quach 提出中国现代文学有能力检验现实主义的局限性。对现实主义有意颠覆，引入闹剧和情节剧因素，打破狭隘的现实主义标准，老舍与后继者钱锺书都是这样的作家。老舍对现实主义抱着一种激进的焦虑态度，其说教也值得警惕，它们常包含歇斯底里的注解，会破坏严肃的内容。只需联系贝托尔德·布莱希特（Bertold Brecht）的作品（不太感兴趣于保持现实的幻觉，而是通过疏离效果暴露其创作技巧），就能意识到老舍的现代主义敏感度。[①] 由此，只有接受了老舍拓展的"现实主义"视野，接受由此造成的对传统现实主义效果经常性的挑战而带来的不和谐、不平衡，才能明确老舍处理现实主义作品的方向：老舍建立了一种新的现实主义模式。从老舍引入喜剧性手法出发，将其与布莱希特制造间离效果的"陌生化"现代主义原则连接起来，将老舍现实主义手法中的现代因素剥离出来，这是论者赋予老舍时代性的新阐释。

二、自然主义对于中国人文主义的适应与局限

王汝杰在《中国现实主义的透明度——对鲁迅、巴金、茅盾和老舍的文本分析》中考察五四以来现代作家用文学文本思考中国新文学启蒙过程中现实主义的透明度，认为这几位作家有意识地选择并确立了自己典型的话语及文学符号来实现启蒙的现实主义。中国现实主义创作在现实与历史的关系中经历了失败的挣扎，主要原因是作家们对西方概念的过度依赖。巴金、鲁迅、茅盾的启蒙主旨限制了中国写实主义创作，按照单一的历史结构原则选材和组材。如此所选的素材未必是普遍的，但具有代表性、典型性。阿Q代表传统文化如何非人性；巴金的《家》代表儒教下家庭体系如何使人无谓牺牲；茅盾的人物代表不同经济阶层，反映政治意识形态。他们很少反映普通人的日常生活。作家们常公开表明自己对于反映现实的不同话语的偏爱，他们都需要将现实还原为一个符号以便表现它。老舍的《骆驼祥子》因为故意选择了普通、琐碎、丑陋、肮脏来表现而显得独树一帜。[②] 王汝杰强调老舍在单一的选材、组材及典型化的大背景下表现出适度我行我素的相异性。Yoon Wah Wong 论证祥子生活的北平底层社会，就如同康拉德小说中的南洋原始丛林。想征服环境的祥子最后被环境征服，就如康拉德有时把南洋写成白人的毒物，白人征服不

---

① Gianna Canh-Ty Quach. "The Myth of the Chinese in the Literature of the Late Nineteenth and Twentieth Centuries", Thesis (Ph. D.), New York: The Columbia University, 1993: 217-232.

② Rujie Wang. "The Transparency of Chinese Realism: A Study of Texts by Lu Xun, Ba Jin, Mao Dun, and Lao She", Thesis (Ph. D.), The University of New Jersey, 1993: 152-158.

了自然反被自然吞噬。① 自然主义是 19 世纪左拉、福楼拜等作家在批判现实主义基础上发展起来的一种写实理论和手法，将"逼真性"原则推到极致。要求作家更忠实、更琐细甚至不带感情地记录日常生活，并引进生物学和实验理论。老舍曾自觉实验过自然主义的写作手法，表现比较突出的是《骆驼祥子》《四世同堂》等长篇小说。首先，老舍以自然主义突破启蒙现实主义的局限。在引入现实主义的那一刻，鲁迅等人已经为其定下了写作宗旨——启蒙，并用"写实主义"这一称呼与欧洲的批判现实主义划界限，使其如欧洲 18 世纪启蒙文学般从一开始就带有浓厚的社会政治性。《骆驼祥子》标志老舍现实主义风格的成熟，汉学家发现了其自然主义的倾向并撕开了老舍与主流写实主义的裂隙。不能说老舍的小说里没有启蒙和批判的意图，没有作者干预和道德宣讲的痕迹，但不得不细致分辨其冷静疏离的笔法。《骆驼祥子》没有表现出对某种文化视角或政治话语的赞许，应用了自然主义科学决定论的原则。作者对人类生存的生理和物质状况的关注，显示出自然主义美学和哲学的基本原则。② 原版本的《骆驼祥子》就是原生态描写新中国成立前农民进城后的悲惨遭际和身份错位问题，写环境如何塑造和局限人，没有表现出明显的政治倾向和价值判断。"环境决定论"是自然主义的重要原则，认为环境可以影响和塑造人，可以限制人的行动和命运；但人很难反过来去影响和改造环境。自然主义者甚至将人作为生物的本能与他所处的自然、社会环境紧密联系在一起，将社会看作一个弱肉强食的丛林。如果说鲁迅的写实主义关注人的灵魂，老舍的自然主义则全神贯注于外界的自然法则。无论是祥子买车的三成三败，还是老李离婚的雄心壮志与离不成婚的外部环境的限制，或者对解放了却被社会围剿的女性无一例外悲剧命运的揭示，都仿佛是一种刻意安排，又体现出细思极恐的真实。老舍就是用这些琐碎世俗的底层图像碎片拼起了市民生活的一幅全景图，带有浓浓的烟火气。他自己是观察者，也是参与者，是芸芸众生的一员，所以他发现以启蒙者高高在上的姿态来俯视这群可爱可悲可叹的小人儿越来越难。他真正在讲故事，而不是用过于浪漫的眼睛过滤掉浮渣。自然主义的确提供了一个全新的观察向度，尤其在研究现实主义的表现技巧方面。自然主义通常提出可靠的、非个人化的观察，客观表现现实等标准。关注人物的生理和物质状况，关注人的动物性。"骆驼祥子"的名称来自动物，正如自然主义者将

---

① 王润华，《从康拉德的热带雨林到老舍的北平社会：论老舍小说人物"被环境锁住不得不堕落"的主题结构》，载《老舍小说新论》，学林出版社，1995 年，第 64—70 页。

② Rujie Wang. "The Transparency of Chinese realism: A Study of Texts by Lu Xun, Ba Jin, Mao Dun, and Lao She", Thesis（Ph. D.）, The University of New Jersey, 1993：153.

人与动物联系起来。刚来到城里的祥子是树一般生机勃勃的小伙,与虎妞的结合却如动物般被俘虏,老舍用粘在蛛网上的小虫、眼红红笨拙的兔子这类动物类意象形容祥子的困兽处境,虎妞则被形容为凶恶的走兽。祥子在烈日暴雨下拉车的片段更通过具体的生理和心理描写将他与环境的冲突推向极致,最后祥子沦为佝偻的骆驼。在环境的逼迫下,人沦为动物,甚至毫无生气的物。老舍能细致地描绘出这种物的属性,造成与人应有的社会属性的反差,反思人的异化主题。可以说,自然主义手法的运用,使小说超越了传统现实主义的范畴而获得一种现代性。"自然主义"要求实事求是的态度,实验的方法认为科学是唯一有效的认知方式,强调直接观察事实。老舍事实上是想向中国人介绍一种新的文化假设,即对现实的测量是可能的。理解一个事物最好的方式就是测量它。自然主义文学创作使得人格和努力不再被强调,因此老舍注定要放空中国伦理层面人文主义的道德观和智性内容。

其次,王汝杰认为老舍的自然主义较清晰地反映出在西方人本主义思潮冲击下,传统文化语境中的"个人"内涵发生着怎样的变化,道德人文主义怎样被冲击。祥子标志着古典道德理想时代的终结,让读者注意人自身;提出自由与必然、自我决定与责任等命题,探讨人类自由的程度及行为自由受无法控制的因素影响的程度。[①] 传统的个人是可教育、可完善的:道德仁义,非礼不成。自上而下,这观念内化为集体无意识一代代流淌在中国人的血液里。它凌驾于祥子的内心压力和外界环境之上,却由于祥子根本无法践行而显出天真。最初祥子的形象体现了传统道德观念:中国传统的个人修养强调孔孟式的仁义礼智信、温良恭俭让、忠孝勇恭廉。老舍小说中受生存本能驱使的人物不具备孟子那种所谓"富贵不能淫,贫贱不能移,威武不能屈"的圣人素质;祥子们生活在道德含混的灰色区域。老舍笔下的许多人物渐渐从儒家教化要求的理想人格中刻意将自己剥离出来,这是封建时代面临土崩瓦解的结果,也体现出五四运动对国民启蒙的影响及抛却旧文化时矫枉过正的决心。这个过程充斥着西方文明的理性、民主、自由与传统"克己复礼"等道德伦理的交锋,人格的混乱及异化现象的确值得重视。人变为"非人",突破道德底线而生存,甚至连那层温情脉脉的外衣也撕去了,这是否正体现出观念革命的偏狭与某种程度的失败?在切除封建毒瘤、呼唤人性解放的同时,失落了珍视人的尊严的人文传统,也未能建立有效的信仰替代体系,这正是老舍所忧虑的问题。他用自

---

① Gianna Canh-Ty Quach. "The Myth of the Chinese in the Literature of the Late Nineteenth and Twentieth Centuries", Thesis (Ph. D.), New York:The Columbia University, 1993:164.

然主义的生物学手法将失去灵魂和信仰的国民形象生动展现出来，并深切感受到所处时代的现代化进程可能会使人性光明面蒙尘。在物质文化语境中，固守传统道德戒律的人被视为傻子、古董。通过《骆驼祥子》《离婚》《四世同堂》等作品，老舍对传统文化在现代中国的效用进行了反思，提出了质疑。

在剜肉成疮的革命背景下，传统文化中对人性向善提出的要求哪些应当被提倡和保留下来？这是自学衡派、新儒学以来包括老舍在内比较清醒的知识分子都在反思的命题。在民族性格的建设中，中国不能照搬西方（事实证明要走样），而是从中国传统文化的综合体中提取适应当代社会的因素加以改造并弘扬。不论是采用社会信用监督机制还是信仰机制，连祥子这类最蒙昧的农民都具备的礼义廉耻之心务必要继续保持并落实到行动中。至于王汝杰所讨论的祥子的生存取决于他的自由意志还是环境决定论这个问题，或许主观性大于现实性。"自由意志"这个术语来自西方，在中国并没有广泛的群众基础和心理积淀。老舍笔下的许多底层人物都是被环境紧紧束缚而不能自发自觉地选择，更谈不上自由意志。像《离婚》中的老李和《大悲寺外》中的黄先生这样的知识分子，一旦想要行使所谓的"自由意志"，都是失败的下场：被家人、学生、好友甚至全社会围剿。结果是要么死，要么逃，要么是老舍也逃避的结局（《恋》）。更何况知识分子们的独立意识同样是掺和着迷茫和无力感的，局限性很大。按照自然主义原则，理想、希望、道德激励往往是一个人无法负担的奢侈品。老舍在自然主义的哲学和美学原则中发现了对表现这种现状最佳的方式。恶劣环境与个人崇高感的冲突往往造就悲剧的氛围，在老舍的大多数作品里这种冲突因"世俗化"和幽默处理而得到了缓冲。圣人不出，大家都是受制于各种条件的小人物。在物质社会中，人被物化，使用价值和交换价值得到强调，这是事实。老舍刻意地将社会写成了"丛林"，社会则被表现为"动物世界"。同情动物的祥子与对同胞毫无怜悯之心的车厂老板刘四爷形成了对比，老舍以反讽的方式表达对"人比动物高等"观念的质疑。自然主义是以琐细而残酷的写实来夸张而深刻地传达作家对人情世故的洞察，尽管常有极端的表现。

卢梭认为现代社会通过将弱肉强食的丛林法则理想化而显得罪恶，文化使人们偏离本性。这种观点同阿诺德等人文主义者的观点相反，后者认为文化是获得善与人性的途径。王汝杰显然认同前者。他像考古文物一般耐心发掘着老舍小说中的底层文化。底层和上层的人一样受个体利益驱动：老舍对祥子与虎妞、刘四爷关系的刻画剥去了中国世俗人文主义的神圣外衣。刘四爷与虎妞父女俩之间只剩下经济财产关系。虎妞和祥子之间是猎人与猎物的关系。虎妞又是祥子的女性对应物和影子,使后者意识到自己的动物性(在生理与道德层面)。《了不起的盖茨比》《高老头》等作品反映了同样主旨。经济利益主导的文化使人成为野兽,人们消费的不再是温情和人道,而是赤裸裸的金钱关系。祥子倒霉透顶,不仅三次买车拉车的微薄理想遭受屡屡打击,而且他遇到的人不是道德败坏就是理想主义的傻瓜。这种写法既体现出现实主义的典型性、普遍性原则,又显示出现实主义发展到自然主义阶段的致命缺陷——因为用力过猛而使效果失真、文学性削弱。然而王汝杰忽略了祥子们的堕落正是现代中国文化式微的结果,儒家文化的阶级基础正在消逝,何况祥子这样的农民,甚至老张这样的市民也未必能够代表中国人的文化。卢梭或阿诺德的文化理论都有其特定的视角和理论假设前提。王汝杰似乎认识到了这个问题,他进一步指出,通过自然主义,老舍将中国社会问题引导出传统的道德话语,惨剧不是出于特定文化的残酷野蛮,而是出于人性本身的问题:在老舍将经典人文主义自然主义化的努力中,人的动物性成为他的人性。祥子不是典型的中国式人物,他是社会的弃儿,类似左拉《小酒店》里的绮尔维丝,其他许多认为感官享乐和经济生存需要远比道德信念重要的小说人物都是他们的同道,任由外部力量和内在驱力摆布。祥子在暴风雨中拉车的场景和意志力使人联想到梅尔维尔的《白鲸》。但祥子这类人物是愚蠢的而非悲剧的。

老舍的自然主义小说强调生命中缺少选择,沿着左拉人类世界同自然界的其余部分一样,都顺着于同一种决定论的思路向前发展。自然主义者对决定论的强调并不使人类接近本性或者比以前获得更多的精神自由,它为人性的堕落找到一个科学依据,改变了人文主义强调人性完善的观念。[①] 按照自然主义对科学数据和生理证据的倚重,老舍仿佛化身为注重实验的心理学家:既继承了传统批判现实主义对环境制约人的强调,又将技巧向前推进一步,尽量达到全然客观的叙述。而在老舍使用自然主义技巧之外的许多作品中,作者的干预性比较明显。老舍塑造了符合传统道德理想的人格,也塑造了错乱的人格,且两种人格可能共存在一个躯体中,如实反映出社会转型期人们精神世界和行为的乱象。无论描绘怎样群魔乱舞的社会图景,个人受环境制约的自然主义原则是不变的。这是老舍的社会阅历和持续反思所得到的从经验论层面上升到形而上层面的结论。老舍以无所不用其极的自然主义方式,成为中国现代文学史上少有的对传统伦理道德评判失序予以反讽表现的经典作家。研究者将中国人在社

[①] Rujie Wang. "The Transparency of Chinese Realism: A Study of Texts by Lu Xun, Ba Jin, Mao Dun, and Lao She", Thesis (Ph.D.), The University of New Jersey. 1993: 168-177.

会环境剧变时期的传统人文主义失落这个命题拓展为在环境压迫下人性堕落为动物甚至呆板的物，使老舍在这方面的艺术表现获得了普遍的人类学意义。老舍集中描写祥子的动物性甚至物性，使他被紧紧束缚在现实生活最底层、最逼仄的时空中动弹不得；写黑白李共用一个媳妇的人伦扭曲来源于经济条件的限制；写庄亦雅因对收藏艺术品的极端痴迷和日本人逼迫这双重压力而陷入两难处境，死倒成为次一等的事儿了。不管是什么道德、文化层次的人，只要放入自然主义的语境，他们都极有可能成为被环境玩弄的木偶。极简的自然主义在有境界的作者那里能够上升到一种哲学境界，启发读者去探索问题的本质。自然主义也可能提供一个反证，证明人文主义者对伦理道德的强调是避免人滑入动物界的必要之路，从而引起启蒙者反思传统的重大意义。

　　第三，自然主义作为一种思想理论强调人的局限和科学决定论，反对更多的主观参与，所以它有局限性。托尔斯泰和亨利·詹姆斯等人都反感它强调实验性和动物性而忽视了精神性的特征。《骆驼祥子》等小说体现出人被环境束缚和打败的悲剧和曾被诟病为机械的悲剧观。新中国成立后，从梁晓声的《李顺大造屋》到余华的《活着》等作品更表现出注重人沦为物的外部描写的尴尬。对环境力量的过分强调，对人沦为丛林法则里的一头动物的描绘，语言技巧上稍微处理不当，就容易造成文学性的流失。文学首先是人学，而不是机械的可以随规律摆动的科学。在文学、历史甚至文化的视野里，现实能否成为一种完全可以测量、可以把握的客体？科学亦不能完成全然把握世界的任务。自然主义在将现实主义推到极端时暴露出自己的致命缺陷。祥子的理想是那么卑微，却一次次受到打击直至遭遇灭顶之灾；抗战中祁瑞宣、钱默吟们的受难，冠晓荷、大赤包们的遭报应，李威、赵子曰、李景纯这些新青年们的找不到出路，其实都以近乎机械的方式反映出老舍对这个世界把握的不确定和有时武断的处理方式。《骆驼祥子》是对传统文化在现代中国的质疑。祥子标志着道德理想时代的终结，吸引读者注意人自身的局限。可以说这个观点发现了西方自然主义与中国传统人文主义在探索和表现人的意义领域的断层。从"性相近，习相远"的"性善论"到孟子"富贵不能淫，贫贱不能移，威武不能屈"的圣人理想，都对各个阶层的个体提出了致力向上的人文要求。五四启蒙推崇的是西方的科学理性主义，传统的人文价值观更随着古老封建王朝的覆灭渐渐失去了根性。从某个角度说，自然主义的确不利于表现儒家理想的人格气质，会使小说的整体风格趋于僵化和形而下。

　　但王汝杰的局限在于：并非老舍要放空人物形象的传统道德观和智性内涵，而是他敏锐捕捉到转型期的中国人在总体上有此类的外在表现。老舍感受到现代化进程中被异化的人的本质,所以用机械的异化方式来表现他们:脱离了宗法制自足的社会生态环境的现代人,呈现出一种在现代工业文明压迫下的迷茫与无所适从,甚至退化为更原始的人或兽。祥子这个形象是中国现代文学史上农民进城谱系中的鼻祖,为后来的陈奂生、金狗、刘高兴、蓝解放们进城后的命运及异化书写提供了一个可以参照的原型。在这一系列人物的身上,老舍和梁晓声、贾平凹、莫言等作家都或多或少运用了自然主义的表现手法,以更琐细、逼真的日常细节描绘,还原生活现场,制造灰色生命符号,释放对其两难处境的理解和无奈之情。这些农民身上刻着几千年来愚昧、落后、本我的集体无意识烙印,带着改变命运的一贯冲动,受着城乡差异的精神压迫,在道德含混和身份含混的悖论中寻找出路。《骆驼祥子》不完全是对传统文化如何在现代中国传承的质疑,因为老舍清楚它在知识分子而非农民上得到了最大的传承,并在许多小说中以知识分子为原型讨论了这个命题。至于自由与必然、自我决定与责任等命题,探讨人类自由的程度及行为自由受无法控制的因素影响的程度,这是汉学家的发挥。祥子的生存与其说是以自由意志突破环境决定论还不如说是为了个人尊严。

三、老舍现实主义小说的"乌托邦"与"反乌托邦"色彩

日本留美学者何官基的《为什么乌托邦失败了——中国文学、英语文学和日本文学中的反乌托邦传统比较研究》别出心裁,指出老舍《猫城记》等作品是带有"反乌托邦"(anti-utopian)色彩的现实主义。《猫城记》被认定是一篇寓言,也是运用了讽刺、科幻手法的现实主义作品。何官基认为老舍在实验一种新型讽刺乌托邦时无意中向恶托邦[①](dystopia)方向迈进了,这是他本人都不曾认识到的潜在倾向和能力。[②] 论者重点以奥威尔《动物庄园》(1945)、老舍《猫城记》(1933)和芥川龙之介《河童》(1927)为例进行平行比较,分析中国、日本、西方相近时期反乌托邦文学样式之异同。与许多学者不同,何官基认为反乌托邦作为一种与乌托邦(utopia)相对的文学倾向,它的历史与乌托邦一样久远。何官基在中国、日本等东方文学中发现了乌托邦和反乌托邦的影子,论者将反乌托邦传统追溯到希腊柏拉图、亚里士多德时

---

① 关于反乌托邦(anti-utopian)和恶托邦(dystopia)的意义及翻译区别可参考哈斯恰克著作《乌托邦/恶托邦文学:文学评参考索引》、论文《文学乌托邦定义探讨》等,"dystopia"内涵更宽泛,包括"anti-utopian"。恶托邦可能并不针对乌托邦图景予以戏拟和推演。

② Koon-Ki Tommy Ho. "Why Utopias Fail: A Comparative Study of the Modern Anti-utopian Traditions in Chinese, English, and Japanese Literatures", Thesis (Ph. D.), Chicago: University of Illinois, 1986: 171.

期，宣告该题阈中的恶托邦溢出主流反乌托邦文学对 20 世纪以来科技理性造成的完美的、凝定的、社会工程式的乌托邦噩梦的反抗这类解释，而将其能指和所指在扩展了的东方文学的版图上泛化了。他企图从更多层次来审视这类同形异构现象。老舍坦承写《猫城记》的头一个起因就是对国事的失望，军事与外交种种的失败使老舍生出由愤恨而失望之情，并想要规劝："我之揭露他们的坏处原是出于爱他们也是无可否认的。"[1] 在愤懑与无奈之下，老舍采用讽刺的形式，写存于火星的猫国的种种弊病及亡国之危，这在后来或许被称为具有讽刺性的"魔幻现实主义"。脱离了老舍最喜爱的幽默风格，这是《猫城记》饱受诟病的主因。而在何官基的阐释里，它属于讽刺乌托邦项下的恶托邦 X（dystopia X）。当《猫城记》被置于世界反乌托邦文学序列中加以观照时，它获得了一种超越性从而使人暂时忽略其艺术表现的缺陷。何官基认为作为恶托邦 X 的第一个特征是，猫国被塑造为一个文明发展速度很快但潜伏动荡、亡国缺陷的国度。因为人的本性、德性而导致乌托邦计划失败是恶托邦 X 的一个基本主题。莫尔的《乌托邦》确立的法则是防止腐败；猫国新法的实施在杜绝腐败方面的失败（禁食迷叶但结果将迷叶定为国食），又如赫胥黎的《美丽新世界》《岛》利用迷药来维持社会稳定。滥用法律主题与《河童》中哲学家马咯的表述如出一辙：使一个人承认自己的罪恶，那罪恶自己就会消失。乌托邦国家可以单独存在，但它在被许多非乌托邦国家包围时显得那样脆弱，贝拉米的《向后看》也有类似问题。芥川龙之介和老舍都担心如果法律机构落到一个腐败政府手里会发生什么：法律实际上用来证明抢劫和谋杀的合理性。[2] 表面的稳定繁荣与读者接收到的危险信号形成一种反讽。猫国曾有过辉煌而悠久（两万年）的古老文明，曾经成为火星第一大国，而这种文明因为内外交困正在消亡；猫国人性灰暗，道德败坏，阶级分化严重，自我毁灭是亡国的主要原因；最后想要大换血的革命失败更加速了猫国的衰败。猫国不发展本国产业而依赖进口，利用本地人对外国人的恐惧与奴性崇拜，让外国人管理本地人，使人联想到 20 世纪初期的中国。关于迷叶的新法令加剧了社会矛盾，催生了盗贼（偷迷叶不犯法）。老舍想要说明，如果人性罪恶一直得不到约束或教化，单靠法律是无法维持和平的社会的。一旦滥用法律的事发生，就再也没法恢复法律最初的尊严，滥用事件将会重复发生，对社会产生越来越坏

---

[1] 老舍，《我怎样写〈猫城记〉》，载《老舍全集（16）》，北京：人民文学出版社，2013 年，第 215 页。

[2] Koon-Ki Tommy Ho. "Why Utopias Fail：A Comparative Study of the Modern Anti-utopian Traditions in Chinese, English, and Japanese Literatures", Thesis (Ph. D.), Chicago: University of Illinois, 1986：184.

的影响。由此加剧读者对《猫城记》反映的老舍洞察力和预言性的震惊，这种超能力和倾向在《小坡的生日》《老张的哲学》《离婚》《骆驼祥子》等多篇小说中都有体现，成为促成老舍"经典化"的一大因素。

第二个恶托邦特征是关于教育的：教育体系被认为有助于猫人利益的最大化。在猫国，教育不只是一种谎言，更是一种恐怖。在一些反乌托邦作品中，返祖现象与原始主义常被用来反抗政府赋予他们的人为状态。Gildo Masso 总结乌托邦教育的目的：教育是乌托邦得以建立的坚强基础。没有它乌托邦不可能成为现实，成为创建者头脑中设想的那个样子。[①] 教育改革的确是乌托邦设计者的主命题。猫国的教育改革似乎达到了一个高度：学生不交费用（具有讽刺意义的是不付教师薪水），入学毕业一条龙，是利益均沾的谎言式乌托邦，经过叙述者不着痕迹的嘲弄呈现为反乌托邦。教育鼓励残忍野性，学生可以肆无忌惮地打老师，师生互斗，这是一种人性倒退。教育要为猫人的冷漠、猫国的灾难负责。老舍似乎对教育界投以更多心痛的目光，不恤隐藏了所有幽默，而表现出张牙舞爪的讽刺，可谓爱之深、责之切。"救救孩子"这个鲁迅开创的启蒙主题，在老舍这里得到了深化和拓展。教育要从孩子抓起，教育要对塑造人性负责，而不是教会人自私冷漠、霸道残忍。乌托邦文学中的教育范式很多并不合用，清醒的老舍没有进行一种理想模式实验，而是呼吁教育者和政府部门从现实和国情出发，培养健全的人格。

第三个特征，猫国最大的乌托邦尝试的失败是新近的改革：所有措施都是为了保障全体利益的乌托邦，直到覆灭才使人意识到是反乌托邦。

第四个反乌托邦特征是高层和底层阶级的差别。猫人的本性要求一种残酷的压迫，最有效的方法是打他们，这使人联想到乌托邦的极权主义。[②] 改革目标是把独裁统治替换为"大家夫司基"，是人人为人人活着的一种政治主义。[③] 这是试图一劳永逸解决猫国整个社会结构问题的乌托邦设想。由于没有经验、不知道如何实践，革命后来被贿赂破坏了。姑且不论哪种对号入座的猜测，老舍这么写体现出他的人道主义倾向，对任何形式乌托邦的怀疑，对切实为人民

[①] 见 Gorman Beauchamp. "Cultural primitivism as Norm in the Dystopian Novel", *Extrapolation*, 1977 (19): 88-96; Eric Rabkin. "Atavism and Utopia", Eric Rabkin et al. Eds., *No Place Else: Extrapolations in Utopian and Dystopian Fiction*, Carbondale: Southern Illinois University Press, 1983: 1-10.

[②] Koon-Ki Tommy Ho. "Why Utopias Fail: A Comparative Study of the Modern Anti-utopian Traditions in Chinese, English, and Japanese Literatures", Thesis (Ph. D.), Chicago: University of Illinois, 1986:: 170-219.

[③] 老舍，《猫城记》，载《老舍全集（2）》，人民文学出版社，2013年，第247页。

办实事的政府的希冀。可能西方反乌托邦者也具有类似的怀疑主义，认为乌托邦的蓝图带有太多不可操作性和幻想性，而要求回归现实。反乌托邦是曲线救国式的写实，就像老舍不论怎么写都离不开写实一样。小蝎认为上层理应统治下层、压迫下层。叙述者经验表明向底层猫人抱怨不但无济于事反而会被瞧不起。他们自我本位、懒惰、肮脏、自私、懦弱、没有羞耻心。既然猫人可以用压迫来控制，叙述者就此产生了类似传统儒家学者的乌托邦想象：这样的人民还不好管理？假如有好的领袖，他们必定是最和平、最守法的公民。叙述者的致命错误是认为猫人驯良好对付，这是一种误导。这种对于权威的极度妥协在一个乌托邦国家是极端危险的事，极易导致腐败。这个主题在奥威尔的《动物庄园》中被戏剧化。对猫人来说自由是生活的最高理想，但猫语意思是欺侮别人、不合作、捣乱。因此，自由实际上是将自私推向极致，每个人都乐于阻挡别人的路。猫人性格使得任何政策在他们身上实施时都会成为灾难。自由其实是个人自私和本位主义的正当借口，与允许互相偷窃的法令类似，只是猫人的一种错误的理想。除了热爱"自由"，老舍还为猫人自私的本性找到许多例子：士兵不敢参战，还要求受到尊重；祈求上帝，希望使外国人自己打自己；没人愿意牺牲自己。另一个自私的表现是缺少友谊。当国家危难时利己主义表现得最明显。牺牲社会利益而最大限度保障个人利益的方式揭露了相似的精神与教育政策。所有政策借自外国，结果是猫国没能成功实施乌托邦计划。猫人没有共同御敌的品德，擅长杀害自己族类。个人满足快乐，国家垮了。乌托邦的蓝图最初也是从外国拷贝过来的，然后稍做改动以适应猫人的天性。结果却是灾难。通过这种方式，老舍展示出他作为反乌托邦者的立场。他不反对乌托邦计划，也许相信它们有可行之处。他的焦虑是人性的黑暗可以使任何乌托邦构想变味。不同于何官基的理解，特征二、三、四看来却是反乌托邦色彩多些，关键体现在老舍力图以相对激进的态度和手法勾勒一个乌托邦画面，达到最集中的讽刺效果，讽刺教育、社会公平失败的背后是极权。这倒是最接近反乌托邦主题，掀起了对于冲动构想的警惕风暴。

第五个恶托邦特征体现为"猫语"。在名为《政治与英语语言》的论文中，奥威尔争论道：很明显语言的衰落有政治经济原因。因为我们的思想愚蠢，英语变得丑陋。反过来语言的懒散使我们更轻易地拥有愚蠢的思想。[1] 猫语就是最好的例证，它十分简单：如果要表达的东西很复杂，猫人宁愿不去想

---

[1] Koon-Ki Tommy Ho. "Why Utopias Fail: A Comparative Study of the Modern Anti-utopian Traditions in Chinese, English, and Japanese Literatures", Thesis (Ph. D.), Chicago: University of Illinois, 1986: 199.

它；将相似事物冠以相同名称以避免记忆更多单词；发展出身体语言；新潮学者将外来语使用得颇为奇怪。语言退化是种族乃至国家衰退的标志，这点正是恶托邦要展现的。猫语的退化不同于《格利弗游记》的慧骃国和奥威尔《一九八四》的大洋洲的语言规定。慧骃国不断更新出版的新话辞典规定人们只能说什么话。在大洋洲，新话是世界上唯一词汇量在逐年减少的语言，其全部目的就是缩小思想的范围。无论哪种情况，语言都被控制，任何异端思想都不被允许。这是政府行为，而猫人无意识控制自己的语言方向。猫语可以解释猫人的自私，因为内心自私，语言和思维习惯也狭隘，所以不可能思考超出自己以外的东西，或看到自己的真实困境。猫语的退化是自然而然人的思想退化的产物。如果何官基这样来解释而不是将猫语放到放乌托邦序列中解释，会更加合理。

第六个特征，猫人的另一大问题是对性的执着，这挫败了任何社会改革的企图；猫人虽获得性的自由，但其反乌托邦处境使这种自由毫无用处。根据讽刺乌托邦的两个标志，《猫城记》已经比《河童》进一步接近了恶托邦 X，后者没有明显的反叛角色。小蝎的命运同反乌托邦的反叛角色颇近似：或者被彻底打倒或者被杀，加上叙述者称猫城为地狱，因此老舍最初无疑想写一部反乌托邦小说，即使他可能根本没有听说过这个术语。① 何官基将小蝎理解为彻底的反叛角色有些失当：从全文来看，小蝎只是比大众稍微清醒点而失去行动能力的平庸知识分子，并非英雄或超人。叙述者对这个形象是俯视的。同反乌托邦小说里规定"性"而压抑交流情感的爱的描述还是有些差异，差异仍然在人性是主动选择而非被动规定这一点。《猫城记》旨在发掘人性的低劣是由内外两方面因素造成的，还是现实主义的路数。老舍对猫城的终极形态进行了想象，加上之前的颠覆性讽刺，整体上说它具有反乌托邦色彩更为合理。何官基根据恶托邦 X 的症候，以《猫城记》文本为例逐条对应，并适时进行中西比较，提出了使人信服的观点。但何官基认为《猫城记》是中国现代小说史上最杰出、最有意义的反乌托邦小说这个观点值得商榷，还有老舍隐晦地传达出以某种传统道德来改善人性的建议，虽然有迹可循，但都有些令人迷茫。

何官基论证过为何《猫城记》接近恶托邦 X。首先，与正统的反乌托邦 Y 不同，它并不建构一个富裕、慈善的乌托邦社会再去揭示其不可能实现的原因（如扎米亚京《我们》），而是直接描绘一个丑恶的、不幸的社会，从人性摸索

---

① Koon-Ki Tommy Ho. "Why Utopias Fail: A Comparative Study of the Modern Anti-utopian Traditions in Chinese, English, and Japanese Literatures", Thesis (Ph. D.), Chicago: University of Illinois, 1986: 171.

建构美好社会的可能性，人物一般不可教化、有邪恶的倾向，结局悲观，更接近乔治·奥威尔的《一九八四》。Y 的乐园与 X 的地狱形成鲜明对比。其次，反乌托邦 X 与讽刺乌托邦的区别在于前者突破现实探索未来，而后者总关注现在；后者含有大量幽默而前者少见。在这个层面上，《猫城记》不同于讽刺乌托邦作品《格列弗游记》和《镜花缘》。[1] 何官基指出，作为恶托邦，《猫城记》和《一九八四》一样特别，同典型的反乌托邦小说不一样。这是有道理的。两部小说都描绘了一个接近现实且并不美好的社会，并非针对乌托邦图景；而且与《我们》《美丽新世界》等相比，超越现实的想象程度不同，人物的"进化"程度不同而分出层次。后者对未来世界的表现要更夸张、更激进，前者则更现实和保守。历来对这类所谓恶托邦 X 是否属于反乌托邦有所争议，恐怕就是这个原因。但它们其实具有前后相继的同一性；读者阅读时感觉这些世界是相通的：在越来越严苛的秩序压迫下，无人可以逃脱，只是相比"新世界"来说"旧世界"的人仍清醒，故都划入反乌托邦不成问题。然而《猫城记》具有异质性：表现的是中国的世界而非西方的世界，且现实比未来更多一些，人性比机械性更多一些，风格上也轻浅、跳脱得多。20 世纪的西方是哈贝马斯称为乌托邦力量穷竭的时代，中国的情况却远非如此。20 世纪乃至 21 世纪初期的中国文学因为不具备反乌托邦的物质及文化环境而暂时触及不了这类命题。即使是《猫城记》这类科幻作品，老舍想象的成分都不多，更多是立足现实的影射与讽刺；即使是老舍反思过文明发展程度极高的猫国可能在精神人格方面的沦丧，其背景和深广度都与反乌托邦小说有较大差距。既然挖掘人性，就是美丑并现；既然要表现人性的桎梏与变形，社会富裕和文明程度也并非关键。老舍习惯从作为个体的国民而不是作为集体的机器入手，反思中国人该怎样承担社会责任而并不是追求个人自由，更未以僵化的集体机械化图景来反对现代文明，这点又与《一九八四》不同。论者分层可能是为了更细致地解剖一篇东方作品，效果和意义却并不明显。这样归类是否会使老舍作品陷入另一个僵局，如同被套上一个硬硬的壳子而遮蔽跳动的肌理？第二个问题，《猫城记》究竟是讽刺乌托邦还是恶托邦 X？何官基认为《猫城记》没有包含与现实世界有直接关联的一切，另两部作品则有对时下风俗、政治和社会行为的直接批评。真的是这样吗？猫国是作者生活世界的延续，而非建立在

---

[1] Koon-Ki Tommy Ho. "Why Utopias Fail: A Comparative Study of the Modern Anti-utopian Traditions in Chinese, English, and Japanese Literatures", Thesis (Ph. D.), Chicago: University of Illinois, 1986: 69 – 70.

科幻基础上建设的一个新世界；猫国人、猫国正在发生的一切不正是中国大地上发生着和未来可能发生事情的真实写照？探索未来的成分很少，讽刺的使用则是为了进行战时严肃反思，但幽默的气息总是掩不住。真要论起来，老舍的讽刺乌托邦成分多一些，或者就干脆说属于传统的讽刺寓言更合适。一部成功的寓言最后成为预言和现实历史，这足以说明讽刺类寓言与现实主义在动态时间中的实质关联。至于所述故事究竟处于历史的哪个节点上，并没有定规，这使寓言与现实主义的界限变得模糊起来。当代的现实处于《一九八四》和《美丽新世界》之间，那么未来的现实呢？从这个角度看，《猫城记》在当代完全可以被视为一部高度逼真的现实主义的小说了。

何官基追溯中国乌托邦母题传统至唐代李公佐的《南柯太守传》，这使人联系到汉学家黄碧端在《中国传统小说的乌托邦想象》中对《桃花源记》乌托邦主题的演变研究。黄碧端认为《猫城记》同时体现乌托邦和反乌托邦特征。误入桃花源者第一眼看到的桑田美竹与没有房子、没有树、没有田地的火星形成对比。《猫城记》将道家的"无"发挥到一种梦魇般的极致，而促使老舍将猫国描绘为文化沙漠的是他对于中国传统文化的幸福感。[①] 何官基认为在《猫城记》里，通篇看不出道家乌托邦的关联性暗示；中国传统乌托邦文学的自然、无为理想成为被攻击的目标，因而纯属反乌托邦小说。[②] 汉学家抛开西方乌托邦产生于科技理性的背景，追寻东方道家文化的乌托邦传统，与国内研究不谋而合。无论是南柯太守之梦还是黄粱一梦，或者是桃源的出世之象，都体现出中国道家文化挣脱现实束缚、回归自然的诉求。"桃源"意象已经作为中国文化中的乌托邦想象的对应物被固定下来。反乌托邦小说呈现对文化传统的去幻想倾向这一点可以帮助反思现代作家对传统文化的取舍。猫国政府并非道家理想中"无为"的政府，猫国也不是无政府的无为社会，这点与桃源意境完全相反。如果说沈从文的边城是桃源，那么老舍的猫国就是人间地狱。猫国是鲁迅的未庄、塞先艾的贵州、莫言的高密、贾平凹的西京，是故乡也是他乡，在现代与传统之间做着两难选择而莫名堕落。尽管如此，可以看出现代作家在现实主义小说中的文化批判主题，其背后的价值判断和情绪寄托因人而异。斯乌普斯基提示：当老舍为我们描绘猫国的严峻图景时，在现实中他希望

[①] Pi-Twan Huang. "Utopian Imagination in Traditional Chinese Fiction", Thesis (Ph.D.), Madison: University of Wisconsin-Madison, 1981: 11 - 12.

[②] Koon-Ki Tommy Ho. "Why Utopias Fail: A Comparative Study of the Modern Anti-utopian Traditions in Chinese, English, and Japanese Literatures", Thesis (Ph.D.), Chicago: University of Illinois, 1986: 178 - 180.

预知中国的命运。① 无论使用什么样的技巧，表现出怎样的面貌，《猫城记》从根本上说是一篇现实主义作品。老舍虽然虚构了一个可能世界——猫国——但这个世界背后的世界是真实的，而非世外桃源及《乌托邦》里美好、理想的虚拟世界，也未来得及细细描绘一个更圆满的未来世界。猫人身上有各种国人的相似点，他们的生存处境和当时的中国那么接近。老舍的态度似乎介于乌托邦与反乌托邦之间，而汉学家们因为推行观点的需要而努力将小说嵌入乌托邦或反乌托邦模式中。严格来说，反乌托邦指向乌托邦理想的幻灭，论者主观地想要在《猫城记》中发现乌托邦理想被嘲讽的迹象，但恐怕老舍此时未来得及对这种理想进行一个全盘的设计，更不用说嘲讽和颠覆了。

四、老舍的民族主义与文化想象

老舍的现实主义创作较多涉及中国现代文学的一个重大主题——爱国。不论是最初的"为人生"，还是之后的"为战争"，都体现出老舍爱人民、爱国家的热忱。在"民族主义"视域里，老舍的"爱国"创作被解读出更具现代性的意味。它承载着作者对国之过去和将来的反思与希冀，既与儒家传统的忠孝仁义相联系，又折射出现代民族国家的新内涵。老舍试图超越传统手法去表现自己对"爱国"的想法。Gianna Canh-Ty Quach 认为，《二马》《猫城记》集中体现了老舍的民族主义主题。老舍在借鉴西方的基础上改造传统放逐者形象，开了中国现代文学流放者形象的先河。《二马》保留流放者的传统现实主义手法，暗示流放概念允许从中国外部来加以审视，开启挑战帝国主义话语和自我批判的可能性。对喜剧和情节剧的穿插运用暴露了老舍现实主义话语的欺骗性和虚构性质。围绕《二马》的帝国主义框架和参照系是作为一种反话语被组织的。故事所谓开头的倒叙强调现实被感知的多样化、碎片式。马则仁的行为典型呈现出周蕾所谓复杂的民族化进程：一个种族旁观者如何经常倾向于在西方文化产品电影般的形象中获得认同［如纳尔多·贝托鲁奇（Bertolucci）的《末代皇帝》］。② 论者感兴趣于老舍在探讨爱国主义和革命时如何维持虚构与现实间的张力。这正体现出老舍对五四文学作者干预倾向的反思与纠偏。在需要说教的地方，老舍代之以喜剧手法给予嘲弄、讽刺或是善意幽默的同情，

---

① Zbigniew Slupski. "The Works of Lao She During the First Phase of His Career (1924-1932)", in *Studies in Modern Chinese Literature*, Jaroslav Prusek ed. Berlin: Akademie-Verlag, 1964: 92.

② Gianna Canh-Ty Quach. "The Myth of the Chinese in the Literature of the Late Nineteenth and Twentieth Centuries", Thesis (Ph.D.), New York: The Columbia University, 1993: 217-231.

甚至不惜以歇斯底里的变形、扭曲和闹剧打破中规中矩写实的套路，制造陌生化效果。马威的自我放逐既是外在和内心环境的背离所致，也是对他无根爱国主义的无情嘲弄。老舍在严肃的写实模式与喜剧模式之间频繁切换，仿佛是在隐喻现实世界的混乱和失序，直指人物的身份危机和内心的焦虑。

一方面，二马在伦敦很不幸地被对他民族的成见所困扰，甚至被迫装成偏见中的"他者"和模仿英国人行为来博取好感。另一方面，二马获得身份认同的行为屡遭挫败同时内心仍抱持一套本民族的评价标准。内在自傲与外在谦卑是马则仁的人格特征。将自己不自觉地表演为他人眼中不是自己的样子，这正好反讽地表现出在种族歧视中"被看者"的两难困境。马则仁的自傲有对本民族过去辉煌的盲目梦境和爱国姿态，自谦甚至自毁则是对异国逼仄形势下角色转换的迫切需要。二马的爱情受挫是性政治的文化表达。尽管马威对玛力的求爱表面上很传统，他的几乎不说奉承话复制了支配与从属①主题。如果说征服西方女性是对中西权力体系的颠覆，马威这类人的"权力"就暴露出其民族主义的欺骗性。老舍小说的想象表露了隐藏在爱国和文化需求背后的身份焦虑。这还体现在李子荣这一形象上，他的自信、坚定、正直、坦率、有力等综合了中国传统和现代理想人格的要求。论者一度怀疑这个人格的可靠性：假如李子荣和二马这些爱国者会遭遇不同程度的失败，也许爱国主义就无法成为衡量某种行为的清晰标尺。②

如果使英国人偏见夸大的做法看起来像是一种误导的民族主义，民族偏见和民族主义的对立就显得太绝对了。既然民族主义本质上是一种合法化、神话化过程，其效果如语言和现实主义依赖一层假面，其阶段性成果和对文化原型过程的接近在动摇其神圣不可侵犯的地位，并暗示这是另一种形式的超越与模拟。比如，当伦敦中国学生以"爱国主义"为名要惩罚出演诋毁中国人电影的老马时，其偏狭和暴力性质就凸显出来。爱国与不爱国实际上难以分清，并且当英国警方介入时，爱国示威的人群惊慌散开，成为一群乌合之众，更确证了对中国人的偏见。

---

① 马克斯·韦伯（Max Weber）在《经济与社会》里提出两性之间是一种支配与从属的关系。全书的中心思想是"在权力最普遍的意义（即某人将自己的意志强加到他人的行为中去的可能性）上，支配能以无数不同的形式出现。"汉娜·阿伦特（Hannah Arendt）的《暴力的思考》认为性政治通过两性的"交往"获得对气质、角色、地位这些男权制的基本手段的认同。凯特·米利特在《性政治》中提到"无论性支配在目前显得多么沉寂，它也许是我们文化中最普遍的思想意识、最根本的权力概念"。

② Gianna Canh-Ty Quach. "The Myth of the Chinese in the Literature of the Late Nineteenth and Twentieth Centuries", Thesis (Ph. D.), New York: The Columbia University, 1993: 233.

如果说现代民族国家是一个"想象的共同体"的话，这对于被迫学习转变为一个民族国家的中国则尤其是，而且必须首先是想象的。[①] Quach 指出《猫城记》是对传统冒险故事的戏仿，同时关注文化形象和民族主义问题，尽管采取帝国主义者视角，叙述者带着轻蔑与同情交错的眼光观察其社会和道德堕落。小说是对中国的讽刺，并提供"双重东方主义"的范例，一种对东方主义话语出发点的自我批评。通过叙述者在猫国的经历中对自我灵魂和隐秘愿望的发现，小说重现传统冒险故事并将其变形，将文化忧思转化为一种主观事件。在此过程中，主观注视被去中心化，暴露作者和叙述者之间的距离，叙述者是情节及作者反讽目标的一部分。任何对中国的观察都不可避免地被置于对叙述者行为和自以为是姿态的反讽中。同时，帝国主义面具叙述者在同情与讽刺间的摇摆更确认了他的局外人身份和批判视角，揭露了叙述者和老舍本人伪善的一面。

"二马"的流亡经历被描述为一种基本的不安全感及与其缠绕在一起的羞耻感、自怨自艾、对某种或另种文化完全认同的无力感。与此相反，《猫城记》中"我"的异国身份从一开始就与高尚的人类忧思和怀旧感联系在一起，其冒险的侵略性立即转化为一种人道主义体验。"我"因飞机坠毁滞留在猫国，遭受了失去朋友和被放逐的痛苦，强调"他者"知觉和自我知觉的调停性质。同样，东方主义视野或理论知识的过时观念也作为一种帝国主义自我形成功能与之相关，它们或多或少决定着任何与"他者"遭遇者的方向。

"我"首次与猫人相遇以一种内化方式出场，冒险故事的主人公引发对人道主义抽象观念和英雄主义情感的关注。作为冒险小说的另一种修辞手法，对浪漫的自我表达和自由选择的揭示将重点从情节转移至文本生产结构、文化意义和政治合法化。道德教化是虚构作品创作公式之一，以程式化的故作姿态引起关注。"我"的道德优越感和猫人品质的低劣形成鲜明对比。作为经典帝国主义母题，这种两极分化是交互作用展开的基本条件而非结果。比如"我"总是以英雄主义标准严厉地衡量猫人。另一个借来并被颠覆的帝国主义母题是"我"的中立宣言。"我"的面具是一个传统人类学家式的回忆者，宣称其客观观察是建立在自己无形、不干预事件的假设基础上的。实际上却是破坏因素，要求当地人的回应，而不是谨慎的观察者，只对当地社会进行静观和暗讽。

当叙述者对自己出场的节制渐渐无力时，他的伪善性就暴露出来。比如，

[①] 李音，《晚清至五四：文学中的疾病言说》，上海：华东师范大学博士论文，2009 年，第 2 页。

当他发现大蝎派人监视他时很气愤，被公平对待的要求很奇怪，因为他自己承认猫人占据人类价值观中最消极的一极，他也从未使自己追随大蝎的自利目的成为秘密。他指责的部分原因是大蝎未能察觉他能容忍的真正原因：帝国主义式地求知和冒险要求。在叙述者假定的消极立场和他对自己高级的科学任务之间存在张力，对猫人非人性的发现使得叙述者的出场被合法化。他又是被动的观察者，被强行纳入剥削体系，被迫参与各种暴力事件，这既是生存需要又是求知的必要牺牲。另两个伪善的例子是叙述者对猫人惩罚仆人论述中宣布不干预、做大神的代表帮大蝎监视摘迷叶。

小蝎出现时，叙述者性格发生突变。当发现了自己心仪的英雄，他的态度开始在同情和冷漠之间摇摆。一方面，自我与"他者"的界限开始模糊，开始在更复杂的层面上探索道德立场和人道主义问题。恰好通过"我"的道德游移，帝国主义人格获得了最强大、最有魅力的地位。与早期书呆子气的形象戏仿不同，这里的人道主义是对帝国主义人格的心理困境的一种探索，不可能在当地获得身份认同与要求认同之间拉扯的两难处境。另一方面，激烈的摇摆和未解决的张力标志着叙述者变形为一种作者式人物。"我"的分裂人格如今与猫人一致，开始以临时的客观性观察他们，意味作者主观参与的增强。

大鹰和小蝎这两个本土人物透露老舍对自己在中国民族主义使命中的复杂想象。尽管二人的出场是猫国唯一的道德救赎，但很快他们就与叙述者及其他猫国人无异。首先，他们同样以自我为中心、过分担忧自我形象，有道德优越性。叙述者虽然流露出对小蝎的喜爱，但对他也不无讽刺。他没能在社会中获得身份认同，而是选择保持疏离。其次，他们自欺。大鹰自杀的救国方式更多是制造效果而不起实际作用，显示出他道德观的神话特质。他的所谓"计谋"与自欺的理想主义相关，并非真能救国，这在最后得到了证明：大鹰的头被病态猫人围观欣赏；小蝎带父亲兵去前线，也挽回不了他们逃跑的形势，他还被兵们憎恨。牺牲大众利益去追逐理想也是自我本位心理的反映，不给兵们正常待遇还逼他们去打仗的做法与军阀无异。在某种程度上，"我"的英雄崇拜充实了浪漫、英雄主义和新生活痛苦的主题。他愿意误读大鹰，坚持认为大鹰的错误是一种真实的英雄主义。比起实际的英雄，他找到了与自己相似的热爱英雄主义想法的英雄。

Quach 认为老舍的消极现实主义暂时为不可避免的道德僵局指了一条出路：既然恪守沉默的真理，民族主义任务或者革命就不是他真正要选择的。在老舍小说中，革命的非理性和破坏性主题与爱国主义主题并重。这并不意味着老舍不爱国，虽然他不像康拉德走得那么远，但似乎同康拉德一样设想世界的堕落与腐败。老舍的消极现实主义使其自身处于虚构、现实和虚空之间，作为自我意识建构和去神话的起点。讽刺和解构倾向构成老舍消极现实主义的基础。消极现实主义用在老舍身上并不恰当，反而会引起对老舍保守的现实主义这个范畴的反思。与同时期的鲁迅、茅盾、巴金、郭沫若等人激进的革命倾向相比，老舍的批判现实主义多了些温情和看破世事的苍凉感，与其说他是非理性或者消极的，不如说他有传统士人的中年心态，多了一份深沉少了一份躁动，多了一份中庸少了一份凌厉之气。

第二节　老舍现实主义小说的男性气质建构

男性气质研究，伴随20世纪初期女权运动强调的女性研究一同兴起，只是长期以来因"女性"标出而被淹没了声音。男性气质研究与性别政治、身份认同等勾连，20世纪七八十年代逐步形成精细的研究门类。雷金庆（Cam Louie）的英文长文《现代世界的中国男性化建构——以老舍小说〈二马〉为例》及专著《男性特质论——中国的社会与性别》与陈慧敏（Wei-ming Chen）英语学位论文《"笔"或"剑"：短篇小说中的"文""武"理想冲突》可以组成一个封闭的文本系列。它们各自梳理中国传统文化及西方文化对男性气质的阐释与想象性建构，互证老舍小说对传统男性气质的解构、追溯及重构的想象。尽管20世纪之交产生过许多不同的男性气质想象，西方文化对男性身份的影响稳定而持久。东西文化碰撞是否实质性改变了中国传统意义上的男性气质想象？如果是，这种新想象是如何整合传统与西方性别架构的？老舍在建构诸如此类的形象时表现出怎样的复杂心态，做过哪些艰苦的探索？老舍的男性气质书写在中国现代写实文学乃至整个文学中都贡献了什么？这是研究者要探究的问题。

一、"文武双全"：老舍对男性气质的界定

康奈尔、梅瑟施米特提出"支配性男性气质"概念（hegemonic masculinity），它提供了社会学层面的理论支撑。男性气质在特定社会文化机制下形成。男性群体对自己的主流定位在文化史、文学史上的发展演变复杂多样，但并不妨碍总有某种或几种主要特质被不断强调并固定下来。老舍小说最特殊的文化价值之一，就是重现中国传统文化的诸种人情风俗，比如对男性气

质最原始、最精准的理解。雷金庆将"文武"解释为文化修养和勇武之气。①陈慧敏将"文"和"武"对应"笔"和"剑":"笔"指代"文人",它与民间文学相联系,具有体弱、多思少行、理论重于实践等特点;"武"指代用"剑"的英雄,与军营文学相联系,拥有体格健硕、勇力过人、实践重于理论等特征。② 英语世界学者概括老舍对中国男性气质的理想形象为"文武双全",并大胆将其作为中国男性气质理论基础之一。"文武"被看作中国男性特有的气质结构。"文"与"武"是男权社会对男性群体的政治、伦理要求,也寄寓着一种至高人文理想。从孔子开始,教育中对"文治""武功"的要求日渐分离。"文武双全"是最高理想,能将其一充分发展都不失为真汉子。尽管因气质和从文之路决定老舍作品"文"的形象具有压倒性,但事情却远非如此简单。老舍小说既有文化批判及对文人命运的忧思,如《牺牲》《大悲寺外》《离婚》《新韩穆烈德》等,又关注武艺、武魂的没落以及英雄人格,如《黑白李》《老字号》《断魂枪》《八太爷》等。诸般事实揭示了老舍以"文"为主、对"文武双全"的重视和追求。

"文武"与种族、阶级有千丝万缕之联系。雷金庆关注"文武"怎样成为现代中国男性气质建构的引导力量,以及它如何在西方文化汇入时被转换、被丰富。证据之一,《二马》花大篇幅描绘英国华工和中国留学生的差异。20世纪初的中国,受教育男性身份曾受到威胁,不仅被西方价值观袭击,更被逐渐夺得话语权的女性及劳动阶层男性威胁。雷金庆英文论文少有地深入剖析马则仁形象。带着少有的同理心,论者挖掘其类似孔乙己的迂阔文人质素,但他却忽略马则仁曾接受英语教育的背景。马则仁与传统"学而优则仕"的孔乙己不同,他厌烦读书,没能培养出读书的品位;他的品位就是做官,想用娶政府官员女儿等任何手段达到目的;他看不起商人,却在李子荣请辞时觉得丢脸;他刻意按照英国人对中国人的刻板印象行动,以示挑衅。马则仁在伦敦的所有行为实质是对中国世俗哲学的着意张扬。王德威等多数评论家认为马威是爱国的、悲剧的。马威同父亲意识的冲突,确证了李欧梵关于这一代人的经典研究。李欧梵认为到20世纪20年代,"新"文人开始与旧文人决裂,甚至列举

---

① [澳]雷金庆,《男性特质论:中国的社会与性别》,刘婷译,南京:江苏人民出版社,2012年,第6页。

② Wei-ming Chen. "Pen or Sword: the Wen-Wu Conflict in the Short Stories of Lao She (1899–1966)", Thesis (Ph. D.), Stanford: Stanford University, 1984: 2.

了八种与现代有关的流行思想。① 雷金庆反对马威就是老舍心目中理想的男性的说法。② 李子荣们将文武理想的迂腐远远抛开，踏实从事体力劳动，博取商业学位。同对待空想又激情的马威们一样，老舍没有给他们划定阶级，并对他们持保留态度：惋惜马威们丧失根性的统一脸孔，也欣赏他们是务实的行动派。老舍理想的青年是不逃跑的浪漫马威和有头脑有行动的李子荣的结合体。20 世纪之交，中国知识分子要求重塑身份的强烈渴望，来自对士大夫时代终结残酷现实的体认和对公共知识分子自由意志的向往。文武之道已然破碎，年轻学者却怀着尽力一搏的心态想将其拼贴起来，并利用达尔文"进化论"作为今胜昔的理论依据，以积极学习西方知识、理念作为重塑的手段。雷金庆独辟蹊径，分析老舍小说里文盲华工、普通女性与留洋知识分子的对话与冲突，想从这个罅隙考察转型期中国男性的复杂气质，以及男性知识分子精神的尴尬困境。在异国，精英男性率先察觉由阶级、种族差异造成的处境转变，自发调试身份、建构新气质的反思与挣扎、得意与失败，都被老舍捕捉并生动描绘出来，并以冷静的怀疑主义予以审视和批判。"文"与"武"是中国传统文化赋予男性气质的底色，它通常有所偏重；然而在 20 世纪之交的知识分子头脑里，涌动着兼备二者的雄心壮志；尽管这个想象和实践的过程沉浮不定。

二、"文武"消长：老舍对男性气质的探求过程

陈慧敏通过梳理老舍 68 部中短篇小说，系统分析他在更加复杂多变的短篇小说世界里，对"文武"理想的寄托，勾勒出老舍一生对男性气质探求的曲折过程，发现这部分探求在老舍建构民族精神探索中的分量以及两者存在的冲突。陈慧敏认为正是探求中的冲突、受挫及调适交织生成老舍小说的精神魅力；《小铃儿》标志老舍"武"情结萌芽，抗战短篇小说则是投笔从戎理想的发展，《恋》则对"文"重新肯定。③ 老舍潜意识曾渴望（尤其是抗战时期）弃"文"从"武"，"文武"冲突构成其小说的一种张力。幽默则是调节紧张感的解脱之道。老舍痛恨文人身份的原因是深切了解乱世中文人的脆弱特质，以及英雄无用武之地的气闷；无论对刺杀政客失败的李景纯来说，还是对一身

---

① Leo Oufan Lee. *The Romantic Generation of Modern Chinese Writers*, Cambridge, MA: Harvard University Press, 1973: 38.

② Cam Louie. "Constructing Chinese Masculinity for the Modern World: With Particular Reference to Lao She's *the Two Mas*", *The China Quarterly*, 2000, No. 164: 1062 - 1078.

③ Wei-ming Chen. "Pen or Wword: the Wen-Wu Conflict in the Short Stories of Lao She (1899 - 1966)", Thesis (Ph. D.), Stanford: Stanford University, 1984: 3.

好武艺的拳师沙子龙来说，"武"时代已经成为过去。童年时的为父报仇情结，抗战时演变为抵御外敌的激愤，老舍爱国抗战小说将"武"思想升到主要序列，甚至亲自以民间艺人身份宣传抗战，实践"武"理想。陈慧敏为重估老舍抗战文艺提供了新突破口：假设老舍齐头并进的"文武"理想在战时产生了向"武"的自然倾斜，其创作现象和小说特征的激变就更易于理解。陈的大部分论点站得住脚。比如对老舍"侠"思想的理解，因为那些强烈的爱憎与除暴安良的理想，使他有别于弱质的士大夫文人，呈现出男性气质中阳刚的一面。任何创作行为都不可能受一种力量驱使，这种多元冲突思维模式的引入，有助于梳理老舍各阶段创作思想演变路线，尽管它尚不成熟。顺着这条线，可以对老舍从新中国成立后至去世这段时间的心理进行大胆假设及取证。比如，老舍之死是否与"文武"理想覆灭有关联？因为这理想已经内化为他的骨血。又如老舍与中国革命，老舍爱国主义的演变路线，老舍创作生涯的几次转变，老舍式幽默的演变过程，等等。深究起来，"文武"观的演进追索同其他动态研究一样，只是一个粗略框架，它仅为解剖老舍创作思想的肌理提供了一个起步的助力。

老舍"文武"思想的消长是转型期文化环境变动的一部分。雷金庆论证了中国男性气质建构发轫于"阴阳"论，后来孔孟学派推崇"文"，科举制度使文人"学而优则仕"，元明时期"文"处于边缘地位，五四及新时期"文"被重视，勾勒了中国社会"文武观"发展曲线。老舍男性气质观在这条线索中处于什么位置？横向比较，老舍自觉对民国男性尤其是男性文人的角色转变进行了反复思考，并结合全球化语境予以观照；对男性气质的反思是启蒙的现实主义传统的一部分。类似文本有《孤独者》《沉沦》《围城》《活动变人形》等；老舍更希望知识分子前进一步，突破传统"文人"的柔弱，摆脱"重文轻武"及"重文轻商"观念，追求"文武双全"的境界，使自己硬朗起来。从纵向看，老舍"文武观"整体仍倾向于强调"文人"传统，带着明显的儒家印记。对于具体如何实现"文武"结合，建设民族气质的强大力量，则如沈从文、莫言等人一样还处在理论探索阶段，在理想与现实的矛盾中反思。

三、"文武"视野：老舍对两性关系中男性气质的理解

老舍认为，社会转型期的男性气质还主要体现在两性关系中；他对两性关系的独特反思贯穿于整个小说创作生涯。民国时期，儒家价值观崩塌、男女平等观念出现，对男女关系及男性气质形成剧烈冲击。首先，爱情是文人颠覆旧秩序、展现男性气质的重要场域。正如李欧梵所说，对文人来说爱情已成为新

式道德的一个象征，冲破传统礼仪中外界的约束。[1] 老舍在《离婚》《二马》《骆驼祥子》等小说里逐步建设男性在两性关系中的行为规范。他既看到男性是新式爱情的自觉追求者，又要求男性（尤其是青年男性）从小情小爱中超脱出来，在革命时期勤奋务实成为栋梁以报效祖国。自《老张的哲学》起，他探讨不合规矩的爱情是否是男性气质自我强化的表现，而爱情并非男性气质建构的必要条件，有时甚至成为消极因素。他如同质疑盲目的学生运动那般质疑所谓的"自由恋爱"。老舍很少细腻地描摹恋爱，鲜少塑造为爱不顾一切的男性形象，而喜欢塑造硬汉。其次，老舍逐渐意识到，男性气质在与女性气质这个新参照物的对比中折射出另种意义。到民国时期，以往属于男人的"文武"话语突然被新女性接手和挑战。女性在传统社会被阻隔在"文武"场域之外，新时代为他们进入"文武"的话语场进行权力角逐提供了观念的准备。老舍笔下敢于挑战男性气质的女性是虎妞、温都母女等人。虎妞代表男女关系主动权的互换，而温都母女则代表跨种族罗曼史对中国男性的诱惑以及对男性身份的压迫。二马父子是受过中式教育的文人，而温都太太和女儿只是英国中下层，却质疑抛弃了二马。在批判固守传统男性气质造成悲剧的同时，《猫城记》刻画了一类受过教育的女性：她们肤浅，爱打扮，媚外，失去持家能力未获得新的美德。老舍认为，无论是男性气质中过时的一面，还是刚建构的女性气质中不理智的一面都有必要抛弃，这实质是老舍对儒家文化采取的"扬弃"态度。

　　陈慧敏认为老舍对男女关系的思考常以幽默方式表达出来，如《爱的小鬼》《同盟》常就是写来揶揄那永远无法理解女性而成为失败情人的男性。论者发现了传统男性气质中自私、自我、粗糙一面的呈现，也猜测老舍男性气质中缺失的一块。基于骨子里的传统意识，老舍很少表现浪漫爱情甚至将爱情理想化，习惯从性、经济关系、两性战争、性别政治等角度来刻画，叙述者则采用男性声音和视角。[2] 王德威却认为阶级、种族论可能导致草率肤浅的结论，特别在使用爱情和性作为小说的工具来呈现时。[3] 这很有些道理。外国男性与女性气质常被排除在传统国人对男性气质建构的考量之外。老舍将小说里的英国人塑造成空洞如伊牧师，大嗓门如醉汉亚历山大，自私如恶霸保罗等人。种

---

[1] Leo Oufan Lee. *The Romantic Generation of Modern Chinese Writers*, Cambridge, MA: Harvard University Press, 1973: 265.

[2] Wei-ming Chen. "Pen or Sword: The Wen-Wu Conflict in the Short stories of Lao She (1899－1966)", Thesis (Ph. D.), Stanford: Stanford University, 1984: 247.

[3] David Der-Wei Wang. *Fictional Realism in Twentieth-century China: Mao Dun, Lao She, Shen Congwen*. New York: Columbia University Press, 1992: 131.

种迹象表明，老舍不太认同照着西方男性的样子来重构中国男性气质，他没能找到现成理想的参照物。老舍对女性的塑造流于简单的二分而缺乏饱满细腻的魅力；传统和现代女性被刻意区分，作者更青睐前者。《二马》异国男性和温都母女因突出的种族命题而被粗暴处理了。老舍的两性书写在五四作家中是个案，他反对无头脑的男女解放，表现出一种托尔斯泰式的退守；欣赏贤妻良母式的女性，而对新女性有一种隐性怀疑。这说明老舍并没有做好准备，让男性也在家庭关系中开展一场大变革；而家庭中的男性言说远非《离婚》之类打擦边球的讨论能穷尽的；一接触到新式爱情、婚姻中的男性等话题，老舍的反应不是回避就是相对潦草的处理，这说明老舍不擅长以女性为参照物来反思和表现男性。

综上，老舍对中国男性气质重构的现代性反思，是与性别、种族、阶级、民族国家相联系的宏大命题；男性气质是一种社会文化建构，同样，文学作品中的男性气质观念也是一种建构，与具体的文化语境密切相关。① 老舍心中一直有"文武双全"的自我要求和崇高理想，导致他在一生创作与社会实践中不断进行身份试错，造成他对自己及小说"文武"气质的交替强调，体现转型期知识分子的启蒙自觉与身份焦虑。他在小说中实践对中国现代男性气质的构造，认为既要继承传统文化赋予的道德伦理内涵又要勇于突破，避开诸如过于文质、脱离实际、避世或不中不西的误区才是最理想的。他不认为西方的男性气质是中国男性学习的榜样，尤其反感取其皮毛的虚荣做派；认为对待西方的男性气质、女性气质这类参照物，还是持慎重的态度为好。对男性气质的忧虑从民国时期就已开始，老舍及"新儒学"家都在立足传统文化为民族性格的现代建构方面探索；而精英知识分子如何发声并影响大众，则是一个沉重的历史命题。汉学家对老舍男性气质观研究作出了很大贡献，但仍可商榷。比如，将对男性气质的追求与"厌女症"等现代术语臆想性地联系起来，可能会陷入过度阐释的误区。

第三节 老舍的都市书写与疗救文学

在 20 世纪，随着现代都市的崛起，中国都市文学繁荣起来，最具代表性的有"京派"与"海派"。老舍的创作溢出了"京派"，却具有同"京派"对

---

① 黄邦福，《男性气质理论与经典重释》，载《求索》，2011 年第 9 期，第 215－217 页。

都市审视和表达相似的诸多特质。老舍笔下的市民社会既有"京派"文化叙事对风俗人情、传统文化的剖析与品味，又从更"摩登"的角度进行现代都市的个性书写，包含更犀利冷静的文化批判和现代性反思。作为传统的都市写家，老舍对他所生活过的城市既爱又恨，一如他对传统与现代文化的矛盾感情，对传统与现代人格的复杂感情，对传统与现代民族国家的复杂感情。汉学家着重挖掘老舍都市书写的当代意义：东方西方，北京伦敦，都市个性、人的生存状态及相互关系被刻画得惊人相似；中国都市繁华的背后同西方都市一样充满罪恶与堕落；都市疾病与疗救文学的兴起是一种世界文学图景。

一、老舍小说建构的都市形象

老舍和狄更斯等现实主义作家一样喜欢发掘都市里人与城、人与人的关系，而且为这类错综关系精心设置了一幅幅地理和文化地图。梁耀南（Leung Yiu-Nam）曾引用《雾都孤儿》和《骆驼祥子》的两段对伦敦和北平城市景观的特写，以表明二人都市生活书写惊人的相似性。《骆驼祥子》译者让·M.詹姆斯（Jean M. James）在序言中提到：正是这些描述北京生活的段落明显体现出狄更斯对老舍的影响。[①] 老舍对中国城市性质的表述的确同狄更斯有相似之处，其途径不是新感觉派式对都市生活奢靡与五光十色的铺陈，也不是茅盾式主题先行的阶级分析设计，更多的是一种尊重现实人性的立体建构。老舍笔下的北京和狄更斯笔下的伦敦，着墨点在市井，记录了更多并不摩登的里巷世俗气和市民日常，见证着工业化过程中普通人的命运遭际和关系变动。加速的都市化究竟带给匆忙中从农业社会里脱胎出来的大部分中国国民什么？这是老舍要重点考察的命题。宗法社会的精华与糟粕，在遇到现代文明冲击的时候是否被大家清醒地予以辨别并妥善处理？现代文明的表象下，有多少正在被汲取的东西是真正有益的？在混乱中，老舍捕捉到了这些尚且自顾不暇的市民群像及其生活图景，它是那样无序和荒谬。都市化进程碾压和粉碎着市民们的传统伦理道德观，磨灭着传统知识分子的古典式理想，威胁着失去了土地的最底层民众及弱势群体的生存。狄更斯集中关注伦敦，正如老舍集中描绘北京。中国现代作家中如此钟爱和熟悉某一个都市的作家不多，张爱玲对上海，白先勇对台北，池莉对武汉，都有着相似的个性书写。新感觉派笔下香风艳艳的都市内里却是一幅吃人的图景，都市既是天堂也是地狱。何妨将这种对比用更夸张

---

① She Lao. "Introduction", *Rickshaw-the Novel Lo-t'o Hsiang Tzu*, Translated by Jean M. James, Honolulu: University of Hawaii Press, 1979: 2.

的方式加以表现呢？

老舍和狄更斯不约而同地使用了戏剧性的夸张、讽刺手法来建构现代都市的艺术形象。作为艺术观照对象的都市具有自己独特的人格和特征，并且见证着某个时代发展裂变的印记。研究者通过平行比较认为，《雾都孤儿》中伦敦被描绘成一个无序的迷宫，拥塞着疯狂的城市人群。而《骆驼祥子》中北京被视为地狱，在这个地狱里祥子丢掉了洋车、钱、美德、力量、老婆、爱情、尊严甚至灵魂。狄更斯戏剧化地对照了城市和乡村。①迷宫和地狱没有实质差别，在底层市民看来。城市庞大复杂的交通网络和人际等级关系正是造成淳朴的小市民"迷路"和迷茫的关键。老舍如狄更斯一般用刘姥姥进大观园的写法，表现出都市对人性的压迫和限制。小奥利弗眼中的伦敦城区比不上他曾生活了九年的贫民习艺所，贫民窟里有爱的牺牲和恶的阴谋；祥子生活的大杂院是底层人民的仁爱与残忍。小奥利弗一直想逃离恐怖的红花山，逃离黑暗、嘈杂、阴郁、贫穷、悲惨、孤独的噩梦场景；祥子则想逃离被都市文明变成兽的虎妞和刘四爷，逃离都市扭曲人性的血盆大口。迷宫式的街道是狄更斯小说中不断重复出现的象征意象，而老舍则更多以各种人物们的生活轨迹来铭刻北京真实的地名，写活了在这座地狱中的人生百态。斯密斯菲尔德肉市场是都市最喧闹、混乱的缩影，是狄更斯重点渲染的场景；大杂院和北京的街道则是老舍着意描绘的画面，它们都是藏污纳垢的代名词。在这些地理标志上，两位作家采用狂欢化的手法来烘托环境对人的压迫。都市与乡村，前者代表邪恶，后者代表美德，狄更斯创造了城市中的田园——布朗劳和梅里住宅，那是奥利弗两次受到伤害后休养身心的地方。乡村是梦中的乐园也是城市人可以暂时逃避现实的地方。而论者似乎没有注意到，老舍并未刻意营造如此鲜明的对照和文化理想，而是采用自然主义手法将城乡文化的差别、地域古今差别逼真地呈现在读者面前；尽管他侧重描写都市丑陋的一面，但也没有明确表示怀念乡村、追怀宗法制文化的迹象。在这方面，他比狄更斯式的文化想象更加客观。这说明老舍正在挣扎中反思都市与乡村文明内部更复杂多层的运行机制问题，既肯定宗法制对人际关系中伦理道德部分的约束作用，也发现工业文明下人的自由意志得到了释放。他花了很多时间去论证和探讨在自由意志下通过何种途径去规约人的行为，防止在行使个人权利时肆无忌惮地伤害他人。得出的结论是《四世同堂》，老舍找到的方法不是法治而是回到传统，用中国传统中卓有成

---

① Yiu-Nam Leung. "Charles Dickens and Lao She: A Study of Literary Influence and Parallels", Thesis (Ph. D.), Urbana-Champaign: University of Illinois at Urbana-Champaign, 1987: 163-166.

效的礼仪、习俗来规范现代人横冲直撞的个性，用西方的自由意志和中国儒道释文化中的生命意识来化解都市化过程中人性异化的僵局。与这种深思熟虑的工程式建构相比，狄更斯早期作品的理想就显得草率了些。中国现代作家中进行过这种庞大而细致探索的还有沈从文、莫言等。北京或伦敦在作家笔下已经超越了一般的地理意义，成为一个三维实体。读者们通过追寻作家描绘的城市地图，在真实地理的旅行中一步步接近了作家的灵魂地图，那是为了现代都市和人性的更加健全而展开探索的思想之旅。这才是作家们费力还原都市现场的旨归。

写都市的目的还是写人。伯顿·派克将城市视为对作家尤其是小说家最理想的机构，为其将各种极端不同的人物、情境和行动安置在一个貌似合理的网络中提供了可能。[①] 梁耀南认为老舍同狄更斯一样对"人群"有极大的兴趣。蜂拥而出观看阮明被处死的狂欢人群与监狱门口等待费根被处死的人们十分似。人群由不同职业、年龄、性别、身份的人组成，证明着人性的冷漠与残忍，城市里充斥着邪恶。老舍和狄更斯一样都擅长刻画对城市被剥削贫民的义愤、同情和厌恶。[②] 奥利弗、祥子、老李、赵子曰、老张这些主人公都是在都市里碰运气的普通人，而非城市的主宰者。不同的是，有的人主动想逃离，有的却立志要跻身于都市人群中。城市有一种特殊的诱惑，即使混乱、嘈杂、拥挤也并不使人恐惧，而使人亲切、愉悦。在老舍的小说世界里，都市面目狰狞，都市人已经永远失去了可以退回去的桃花源的空间和心理庇护。所以他将这两种人混在一起来写，多了些一视同仁的残忍。上帝视角的残酷使叙述获得更超脱的旁观者立场，而狂欢化的手法需要制造人群效果。《茶馆》的成功更说明老舍十分擅长处理群像的塑造、分层、着墨、出场节奏频率问题。老舍继承了狄更斯等人开创的批判现实主义塑造"典型环境的典型人物"这个宗旨，聚焦点放在底层民众中的典型分子，围绕这个中心编织了一张张社会关系网。这张网里就是社会分析派作家精心布置的社会各阶层的各色人等，交织出一幕幕人生悲喜剧。研究者认为狄更斯和老舍对环境和人物关系的处理十分不同。也就是说同为对都市人际网的再现式编织，老舍的做法与狄更斯等作家不同。一方面，老舍接受了关于环境影响的现代心理学理论并将之通过故事人物呈现出来。他赞同康拉德和哈代的观点，认为在这二人的作品中，景物与人物的相

---

① Burton Pike. *The Image of the City in Modern Literature*, New York: Barnes and Noble, 1979: 76.
② Yiu-Nam Leung. "Charles Dickens and Lao She: A Study of Literary Influence and Parallels", Thesis (Ph. D.), Urbana-Champaign: University of Illinois at Urbana-Champaign, 1987: 169-170.

关是一种心理的、生理的与哲理的解析,在某种地方与社会便非发生某种事实不可;人始终逃不出景物的毒手,正如蝇不能逃出蛛网。① 由此便有了老舍式被周围社会环境感染的人物。比如曾经体面、要强、好梦想的祥子在城市生活中堕落成病胎里的产儿,《离婚》的李太太在北平从一个淳朴安分的家庭妇女变得和其他太太一样享乐虚荣并兴风作浪。而狄更斯早期创作总有奥利弗、南茜等人对环境的免疫与抗拒力:奥利弗即使从小就成为弃儿,即使生活在贼窝,他的语言、行为举止都透出完全有别于费根等人的教养与礼貌。这是更浪漫的写法,狄更斯并未对其合理性做出解释,这也是老舍认为现实主义创作需要警惕之处。《雾都孤儿》主人公在伦敦街道和郊外经历了一场奇特的冒险,《骆驼祥子》的主角祥子以农村人的新奇视角观看都市。后者更体现出老舍有技巧但严谨的写实原则。祥子一次次被看不见的毁灭性环境力量烙上伤疤,他并没有像奥利弗因时不时得到庇护和温情而幸运地抵制住了邪恶的引诱,而是完全要靠自己拥有的有限资源挣扎以致最终不可避免地堕落。另一方面,老舍对人物及人群关系的洞察与刻画更接近哈代,有时又像巴尔扎克那样通过夸大主人公的苦难来制造令人震惊的艺术效果。正如弗雷德里克·詹姆斯(Fredric Jameson)注意到的:洋车的最终失去因此成为一种身心的双重灾难,书写祥子所有的决心、自律、意志力的崩溃,生命志向的破灭,决定了他最终沉溺于酗酒、享乐和寄生式的乞讨流浪。② 城市无疑是狄更斯和老舍早期创作的灵魂所寄。虽然二人分别勾勒了两幅图景,但都不仅成功丰富了其存在意义,而且使用艺术手段使它们以更配合创作意图的形式呈现在读者面前:在虚构的可能世界中比较悲惨、混乱的一类。像祥子、老李、马威这样客居在某个城市的现实人物很多,生存状况并不见得总是那么坏,而老舍一定要用戏剧手段展示其物质或精神生活遭到都市及都市人群挤压的状态。因为只有这样,才能揭示都市梦背后的诸多问题。

  汉学家基本站在现代立场上审视一两个世纪前的作家对都市的现实主义书写,这么做虽可能为古老作品注入新鲜血液,却有脱离语境舍本逐末的危险。汉学家经常触及不到老舍这样深受传统文化影响的老北平作家对都市的特殊情感。"京派"和老舍对北平这座城市的书写完全不同于新感觉派和左翼对上海的表现,这促使研究者思考一个常常被忽略的问题:在现代化进程中的都市,

---

  ① 老舍,《景物的描写》,载《老舍全集(16)》,北京:人民文学出版社,2013年,第208页。
  ② Fredric Jameson. "Literary Innovation and Modes of Production: A Commentary", *Modern Chinese Literature*, 1984, 1(1): 68.

传统文化与现代消费文化、农耕文明和工业文明究竟在进行着怎样的博弈？深受传统文化影响的作家在看到破碎的商业图景时，会以怎样的方式来感知、反思并传达这种五味杂陈的生命体验？究竟如何看待中国现代都市文化？老舍的伟大之处就在于他较早地想要进行这方面的探索，将都市中人们的丑陋与病态揭示出来，引起疗救者的注意，他对市民善恶相杂的灵魂刻画经常入木三分。对骨子里仍相当传统有点自傲的老北京市民来说，对决心舍弃旧文化而没能有效融合西方文化的浮躁上海市民来说，西方文明所描绘的都市图景就是一件爬满了虱子的华丽外袍。对新市民的空虚和躁动，老舍是焦虑的，想要寻找出路；即使最后没能做成宏大的规划，但他找到了国人灵魂的自我救赎之路：不论带着怎样的背景和动机来到都市，都市人要立足自己的根而不是盲目效仿西方文明的花哨表象，青年人应踏实工作，在报效祖国的同时实现个人的价值。老舍早期创作受过包括狄更斯在内的许多中西作家影响，但撇开老舍特色去谈问题是极其不明智的。

二、老舍都市书写的"乡土性"

京派作家几乎无一例外地显示出对都市文明的拒斥和讥刺：作为京派"乡村世界"的"他者"，都市于他们而言是难以融入的异己，是被严苛审视、批判的对象——尽管他们都在都市生活和写作。[①] 老舍站在"乡土"立场，用温和的批判来书写市民。孙宏《城乡世界中的神话与现实：美国与中国地方文学景观纵览》将美国地方作家微拉·凯瑟（Willa Cather）、西奥多·德莱塞（Theodore Dreiser）、舍伍德·安德森（Sherwood Anderson）和中国作家沈从文、老舍、黄春明的创作在主题的地域性层面进行比较，挖掘老舍将乡土生活理想化、表达对城镇化促成的物质主义和利己主义的强烈厌恶的倾向：与农村人简单的利他主义相反，城里人面临严峻的竞争，成败都用金钱衡量。孙宏专门比较德莱塞《嘉莉妹妹》和老舍《骆驼祥子》的现代都市描绘，剖析二者对商业文明对农耕文明的冲击及对人性扭曲的刻画之异同。他简单梳理了作为两篇小说创作背景的20世纪美国和中国城市化历程：人口迁移，农村人流入城市。美国出现描写以高耸入云的摩天大楼为标志的大都市为特征的小说，《嘉莉妹妹》就是其中之一，反映了边疆和内陆观念的冲突。老舍、沈从文则是鲁迅开创的"乡土小说"的后继者，并达到了相当高度。孙宏认为沈从文《边

---

① 赵学勇、崔荣，《20世纪30年代中国的都市叙事与想象》，载《陕西师范大学学报》（哲社版），2004年第6期，第40—45页。

城》、老舍《骆驼祥子》、黄春明短篇系列"看海的日子"代表中国乡土小说的三座高峰,分别包括湖南乡村、北京城市和台湾工业化商业化景观。尽管中国乡土小说的崛起出现在美国中西部文学之后并被抗战打断,但上面三位作家的本土小说显示出与美国中西部小说相似的模式。《嘉莉妹妹》和《骆驼祥子》都提供了对都市生活的一种冷酷洞悉。① 在具体的文本比较之前分析其宏阔的历史背景,是寻求其写实前提可比性的表现。利用"乡土文学"这个谱系将风格不同的三位中国作家并置考察,而不是将老舍的都市描写直接放入中国都市文学的平台上加以考察,是对主流研究路数的颠覆。如此一来,论者可以找到老舍不属于"京派"的证据;在他看来,老舍本就立足于民间和乡土,思想上不存在乡村与城市的争夺,表现出来更无龃龉。论者为了在"乡土性"层面上与德莱塞进行比较,刻意强调了这一点。尽管之后的论证过程充满说服力,然而老舍创作究竟属于都市还是乡土? 更合理的说法还是都市,比起沈从文、黄春明等植根乡土的作家,老舍从一开始就植根于城市贫民阶层,也一生都在描写平民。他的作品没有沈从文、贾平凹那种城乡情结矛盾的根源,就出身来说老舍是个更彻底的城市市民。骨子里农耕文化的渗透不能改变他最熟悉市民文化和对自己市民身份认知的事实。

在孙宏看来,老舍在祥子的塑造中对北京倾注了同德莱塞对芝加哥一样的特殊情感和主旨:都市及商业文明是罪恶的,可以使进城时单纯的农村人堕落。不能否认,这的确是老舍都市写作的一个批判意向,尽管在这方面德莱塞的针对性和猛烈性更强。德莱塞发现穷人和弱者缺少受教育或继承财产的机会,不得不在富人和特权者的淫威下过活,而现代城市就是这种不平等的化身。对于芝加哥的都市文化来说,德莱塞以局外人的身份长大。女主角原型是德莱塞的二姐爱玛,小说底本就是爱玛在芝加哥的经历,不同之处就是爱玛失败而嘉莉妹妹"成功",反映了德莱塞及其所有兄弟姐妹当时对于大都市及其提供的五光十色机会的向往。其城市边缘人(贫民、满族)的出身,使老舍对北京的描写时时会带有局外人的眼光。贫穷使老舍和德莱塞深深明白金钱是一种决定个人与环境关系的残忍力量,也使他们获得对劳动群众的人道主义视角。由于两位作家对乡村生活都没有深入的体验,小说人物活动空间基本被固定在大城市。《嘉莉妹妹》使德莱塞成为第一位没有设置乡村背景而专门刻画

---

① Hong Sun. "Myth and Reality in the Rural and Urban Worlds: A Survey of the Literary Land Scape in American and Chinese Regional Literatures", Thesis (Ph. D.), Washington: Washington University, 1995: 2, 67.

新起大都市的美国作家。嘉莉妹妹和祥子都是从农村走出来的人物,前者不似《我的安东尼亚》里主人公对故乡保持着精神维系,后者看到的北京河水也不似《边城》中那么澄澈,然而不论都市有多肮脏、拥挤,给人挫败感,都维持着城市人的身份认同,打算在城市寻找上升的机会,从这点看他们都是个人主义的。对祥子和嘉莉妹妹来说,城市是一个残酷的原始丛林,充满了欲望与厮杀。嘉莉是引诱者,祥子既是牺牲品也是作恶者。不管你来自何方,都会被吸进一个追逐欲望的黑洞,这就是都市的罪恶。论者发现"墙"是二位作者在描绘现代都市过程中或清晰或隐晦的意象之一,它隐喻性地代表被坚固无比物理屏障阻拒的感受。围墙隔开了贫富两个阶层,也隔开了穷人往上走的机会。归根结底,金钱是现代都市衡量一切的标准,因为它能够实现商品的使用价值而与欲望紧紧相连。德莱塞被认为是美国第一位站在道德高度上肯定城市劳动阶级女性物质追求的作家,对金钱在日常生活中的作用进行不厌其烦的描述。同样,老舍对金钱在城市生活中的关键作用也有独到的认识。小说一开始就把北京的洋车夫分为四类,分类的一个重要标准就是他们挣钱的多少。城市劳动阶级的地位被老舍比喻为一盘机器上的某种钉子。论者认为祥子不够随遇而安,而是将钱看得很重,这点值得商榷。细读文本后可以发现,祥子和嘉莉妹妹的堕落本质还是不同的。嘉莉走过的路线反映出德莱塞对现代城市生活的认识:一场为了物质消费而不是以道德取胜的挣扎与战争。祥子的几次买车都是出于生存需要而非对都市诱惑的主动妥协,堕落的直接原因是他失去了一切生存资料。老舍在处理这类题材的时候并没有刻意将农村和城市对立起来加以批判,而是从复杂人性的角度辩证地看待,从文化关怀来看失去根的农民如何在城市艰难求生。可能是二位作者描写都市文化和市民处境的阶段并不吻合。如果说嘉莉的一路夸张描写更能凸显都市引诱人变坏的恶魔本质,从而体现作者"反都市"的意图,祥子的形象则更多是对都市分层及底层艰辛生活的纪实性再现。老舍在同情他们的同时,在让老李(《离婚》)自我放逐的同时,很清楚乡村是回不去了。这体现出中国文化中的实际精神而非理想主义情怀。西方人表现得则并非如此保守。

弗洛伊德指出,我们称之为文明的东西是我们不幸的主要根源;如果我们放弃文明,退回到原始状态,我们会更加幸福。[①] 弗莱说过,神话是对以愿望

---

① [奥] 弗洛伊德,《文明与缺憾》,傅雅芳、郝冬瑾译,合肥:安徽文艺出版社,1996年,第26页。

为限度的行动，或近乎愿望的可想象的限度的行动之模仿。① 服饰成为嘉莉衡量他人和自己成功与否的一个标准，这标准促使她很快接受了城市的新价值观。城市是罪恶的、丑陋的、引诱人堕落犯罪的场所，因此要逃离城市，逃到乡村去。于是出现了乌托邦与反乌托邦倾向的都市神话。两篇小说的价值在于它们没有选择逃避而是选择让人物在都市里沉沦。孙宏找到了更多相似点。《嘉莉妹妹》曾被评价为美国文学最悲观主义的代表作之一。老舍抗战前小说同样由于其悲观感被评论者诟病，无论是祥子的个人奋斗还是群众的集体行动最后都被比喻为徒劳的蚱蜢。在这种遵循丛林法则的社会里，两部小说主人公除了拼命努力挣扎别无他途。两部小说出版时都遭受了不怎么乐观的际遇，但两位作者都不愿意向世俗妥协。他们写这些小说的目的就是尽力按城市的原貌去表现它们。小说中人物都具有二元性，一方面仍然因为动物性对生活产生本能反应，另一方面他们懂得理智地选择，这体现出作者具备记者的精准性和经济学家的洞察力。孙宏将《骆驼祥子》与《嘉莉妹妹》放在批判都市商业文明对人性堕落的决定性作用这个命题中加以比较，本身是具有创见的，有助于突破祥子被毁于万恶的旧社会之类的陈词滥调，挖掘老舍写实作品的现代品格。但论述的重点放在《嘉莉妹妹》和美国地方文化、文学发展上，对《骆驼祥子》的分析显然依附于对《嘉莉妹妹》之类的美国"乡土神话"的研究，从而刻意忽略了老舍都市小说整体上与德莱塞小说在风格、内涵上的巨大差异。

"孤独者"是现代文明的产物，是 20 世纪现代主义文学着力塑造的形象。陀思妥耶夫斯基、马尔克斯、麦克尤恩、芥川龙之介、鲁迅等都擅长描写"孤独者"。兰比尔·沃勒认为，在处理孤独者题材时老舍不仅比鲁迅走得更远，还增添了许多新的维度，表现出追寻人类精神家园的自觉。② 鲁迅是中国现代文学中最先塑造"孤独者"形象的作家，魏连殳（《孤独者》）、吕纬甫（《在酒楼上》）等都被刻画得入木三分。"孤独者"常与"拜伦式英雄""堂吉诃德""哈姆雷特""叛逆者""零余者"这类称呼联系起来，狭义上是对超越时代先觉醒并抱有理想主义的知识分子的概括，常因自己解放人类的理想实现不了而产生悲怆感。他们中有的积极行动而殉理想，有的则是沦为软弱的空想者；因为与浑噩的大多数不同，他们的灵魂是孤独的，与外在世界格格不

---

① [加]诺斯罗普·弗莱，《批评的剖析》，陈慧、袁宪军、吴伟仁译，天津：百花文艺出版社，1998 年，第 150 页。

② Ranbir Vohra. *Lao She and the Chinese Revolution*, Cambridge：Harvard University Press，1974：97.

入：立意在反抗，旨归在动作。老舍究竟怎样发展了鲁迅开创的"孤独者"题材？这理想有时可以是宏大的革命理想，有时则是着意塑造灵魂的文化诉求。对老舍来说，人性往往在革命之上，在阶级之上；文化反思远多于革命体验。"孤独者"的精神高蹈与现实挫败形成一种张力，在撕裂的痛楚中促生高尚感。《大悲寺外》劝诫学生"走正道"而被学生打死的黄先生就是这种高尚的代表。《离婚》中老李负有知识分子的敏感和使命感，却终不能像张大哥那样在京城公务员舒适的位子上一直做下去。因为渴求内心充盈而得不到呼应的孤独感、疏离感挥之不去。物质满足不了他，对问题的敏感和批判力使他越发失望。老李一直在业已破碎的旧价值废墟上寻找能赋予其存在意义的新价值，构筑外在于现实北京的理想世界。老李带有道家色彩的乌托邦想象，在脑海中建构了一个世外桃源，同时马上意识到其不可实现。老李恨去衙门上班，但又被无力摧毁的现实力量攫住，不得不养家糊口；工作勤劳但得不到尊重。新旧冲突对老李来说绝不抽象，他能明显感觉到两种力量的撕扯、角逐。老李是个平凡的好人，但对自己和别人来说又是陌生人。他缺乏任何变革的勇气，过于软弱而无法找到解脱之路。他一半代表这个社会，另一半则在社会之外。值得深思的是，老李的囚笼是自己设置的还是社会外加给他的？被自己的理想打败，是"孤独者"的生活状态；因为铁屋子的万难破毁，先锋们不得不承受烈火焚身之苦。如果说在鲁迅那里，勇士们的先驱被雕刻成轰轰烈烈的战斗姿态，那么在老舍这里，"孤独者"的悲哀则是深沉而琐细的，理想、荣耀与忧伤都渐渐被生活吞没，不被允许发出一点声音。《赵子曰》的李景纯、《二马》的马威和李子荣都在前往孤独沉默的路上，有刹那间的绽放随后便凋零。到老李这个阶段，理想不再是可以实现的目标，而只能是个精神避难所。老李们浪漫、敏感、内向、孤独、有英雄理想而怯懦，是打算向生活妥协的中年孤独者。《新韩穆烈德》里的田烈德虽青春正盛却有暮年心态的孤独者。因为老李的"成熟"，《离婚》被看作是老舍创作成熟的标志。老舍用依旧幽默但苍凉的笔触表达对单打独斗的知识分子的理解与同情。就算老李自我放逐式的返乡有罗曼蒂克色彩，其留白却真实得残忍：无路可走，无处可避。老舍抓住了小人物的小问题，这是老舍获得文学独立性的表现。

与鲁迅冷峻地描写"孤独者"处境不同，老舍常常给人物接近理想的机会。沃勒指出，《离婚》中有两件事成为老李性格转变的标志，第一是张天真被捕，第二是爱上马家媳妇。这有可能反映出老舍 30 年代归国后的个人体验。① 鲁迅吝惜地使用"曲笔",而老舍则因个性差异更倾向于在严酷的现实中加入一点传奇。"好人"张大哥的劫难给老李一个接近自己高尚理想的机会,使他得以做点有益的事。老李以浮士德的方式同小赵做了交易。然后由传奇堕入现实:天真被释放却不是因为老李,老李没有去张家赴宴,似乎意识到他的自我牺牲毫无意义,甚至是个悲剧;他心目中真正的英雄是丁二爷(李景纯的刺杀行为也是"侠"理想的释放)。老李常想遇到理想的女性也许能使自己重生,年轻漂亮且受过教育的马家媳妇是老李理想的一部分,但她最后与归来丈夫的和好标志着老李理想的破灭,并直接导致他的归乡。学者常常用老舍这种"出轨"来贬低他,认为是一种幼稚的理想主义,其实这正是老舍对写实的化用,他给读者一个动态的、诗与真混淆的生命体验。在加剧情节的跌宕之余,结局仍回归真实;和自始至终严苛的真实相比,效果也许不差。孤独者是都市催生出的病态人格,老舍对疾病的书写有自觉的社会担当,形成都市文学中一道独特的风景。

三、老舍的疾病言说与疗救文学

苏珊·桑塔格(Susan Sontag)曾说:每个降临世间的公民都拥有双重公民身份,其中之一属于健康王国,另一个则属于疾病王国。② 安德鲁·大卫·肖内鲍姆(Andrew David Schonebaum)的英文专著《小说的疗救——中国小说中的疾病、医者与疗救》从现代病理学角度观照老舍等作家对疾病(传染病)的书写,审视知识分子的医者身份嬗变,以文本细读剖析文学疗救的途径和效果。论者认为,老舍等人从欧洲文学那里借来病理观念,开创了中国医学叙事的新文类。有观点认为疾病可增强感悟,而且伟大艺术家大多罹患疾病。病患个体与他所处的环境成为现代文学施药的范围。文学研究和反映对待传染疾病的不断变化的态度。这种新病理学世俗的、可传染的和区域性的效果比较显著地通过老舍、丁玲、王祯和及朱天文等作家的作品体现了出来。③ 对疾病的隐喻性和象征性思考实质是对日常生活某种体验的形而上阐释,应在病理学基础上建构一个具有超越性的意义世界:对疾病隐喻的表述是神话、宗教,或是政治修辞。尽管传染病书写一直在世界文学中占据一定位置,但作为

---

① Ranbir Vohra. *Lao She and the Chinese Revolution*, Cambridge: Harvard University Press, 1974: 72.
② [美]苏珊·桑塔格,《疾病的隐喻》,上海:上海译文出版社,2003年,第5页。
③ Andrew David Schonebaum. "Fictional Medicine: Diseases, Doctors and the Curative Properties of Chinese Fiction", Thesis (Ph. D.), New York: Columbia University, 2004: 383-392.

一种修辞它经常被忽视。西方文学对疾病的隐喻自古有之，疾病可能是天罚、魔鬼附体，可能是贵族风雅地位的象征，可能是一种人格失衡，甚或暗示国家失序。现代人认识到健康与疾病是人格的两面；陀思妥耶夫斯基被看作现代小说自觉塑造病态人格的鼻祖，鲁迅开了中国疗救文学的先河。疾病言说是中国文学传统里不曾有的门类，因西学东渐而被文人所用。中国传统写实注重人物与外界环境之间的关系描写，表现人受制于环境是写实，超越环境则成为神话、传奇等，很少挖掘内部心理和生理疾病对人性产生的影响，直到现代病理学兴起和西方现实主义的传入。随之而起的是对中国社会病体及国民病体的反思及革命（改良）雄心，疾病与疗救遂成为关键词。本着启蒙的宗旨，鲁迅等人用白话小说作为疗救的手段，疗救中国国民的劣根性和转型期社会混乱的急症，拯救正在走向衰落的人文传统。都市的商业化进程及由社会混乱中人的病态，也是老舍疾病书写的内核。这个命题主要在都市场景展开，聚焦各阶层人物的病态人生。关于"疾病增强感悟"的说法，引出作家疾病与疾病书写之间的关系话题，这方面的研究较少且有意义。从司马迁"愤而著书"开启的带疾写作的文人传统将怎样被写入疾病话语系统？老舍的"病"（身心）怎样影响其写作？因为疾病书写，老舍和不同时空、流派、风格的作家产生出更广泛的联系，可谓殊途同归。老舍在吸收西方观点和技巧的同时，保留了更多传统中国文化对疾病的看法和表述方式。

中国传统不从生物化学的角度看待疾病，而是认为其与外界环境有关，是人类行为的破坏方式。祥子故事的叙述者对疾病的态度清楚地表明了传统向现代观念的转换：传统观念认为自然因素引发疾病，新观念则认为疾病是与其他身体接触传染的结果。任何疾病对其身体和人格自信将有直接攻击力。[①] 传染病常被用来象征社会内部的肮脏混乱，社会和人一样成为患病之躯。瘟疫、中毒、痨病、癌症、梅毒、霍乱、家族遗传病、精神错乱、肢体残缺为外象。无可救药的人要让它死去，否则应予以积极疗救。治疗有时需要下一剂猛药，或改变病患的环境，放逐人们离弃都市至接近自然的地域以隔绝继续传染的可能。对祥子来说，疾病是极度个人化的，同时也是社会化的。现代疾病反映出环境对病人影响的变化。叙述者将经济地位与暴露联系起来。贫穷不是祥子缺乏营养和卫生条件的主要原因，而是应该归咎于将原本的不够幸运暴露在自然界的风雨中，这是传统观念认为引发疾病的原因。然而，贫穷是罪魁祸首，因

---

① Andrew David Schonebaum. "Fictional Medicine: Diseases, Doctors and the Curative Properties of Chinese Fiction", Thesis (Ph. D.), New York: Columbia University, 2004: 388.

为贫穷而易得病且无钱医治。最典型的例子是虎妞难产而死。由难产不去医院而找神婆可见疾病的根源往往来自传统的观念。《骆驼祥子》中几乎所有穷人治病的方式都是从发病的根子上找原因并力图避免。这么做的原因不是直接害怕死亡或疼痛或困窘，而是害怕更窘迫的处境。与维持艰难的生活相比，疾病对穷人造成的后果是社会地位的低微。妓女和小贼的经济状况不见得比拉洋车的差，但一定更不光彩。祥子将疾病看作羞辱的前兆，并不是因为它迫使虎妞从事道德败坏的营生，而是因为它对于能确立其自信的健康是直接打击。事实上，他对虎妞的最终命运并不是特别关心，只有疾病才能打击他的自信、道德观和社会地位。羞耻感是一种负面的高层次的自我意识，祥子得了性病他感到孤独无助；其对性病的感受同卡夫卡对肺结核的感受类似，认为是自己全面破产的标志。然而这病也在某种程度上终结了他罗曼蒂克的梦，避免他进一步犯错，并使他进入一个更人性的社会圈子。造成祥子疾病的另一个因素是他的经济状况，因为拉包月才有被女主人引诱的机会。一旦他停止疯狂追逐金钱，或许可以静下心来考虑真正相爱的小福子。祥子的性别决定了他看问题的角度，他的羞耻感可以在男性同伴那里得到宽慰，对男性来说这是并不危及生命的个人现象，而如果女性染性病那就是一种群体现象了；对男性来说只是麻烦事，但在女性那里就成了关乎生命乃至交易、群体、国家的大事。不过，老舍作品中对性病的说法是隐晦的。

　　夏志清觉察到1933年的《离婚》是老舍小说不断进步的证明。夏志清认为老舍的手法日趋成熟，而且，就进一步在不同背景下探讨中国国民性的软弱和中国社会的病态这一点来说，《离婚》是老舍先前两部小说的续书。[①] 老舍认定中国软弱的根源在于中国人怯懦因循，缺乏行动的勇气。老舍有时显出点刚强的侠气，比如《离婚》《赵子曰》中的刺杀情节充满革命的浪漫主义情怀。具有讽刺意味的是《离婚》中丁二爷杀死坏人小赵，他孑然一身，毫无挂碍。相形之下主人公老李羁绊重重，显得怯懦。《离婚》的讽刺对象不是投机者，而是保守、勤劳的小人物和公务员。《离婚》一名即在讽刺所有人物都有充足理由离婚却都没有胆量行动。主人公老李尽管生活枯燥无味，却仍然浪漫地梦想一个有诗情有意义的世界。在这一点上，他像一个较老的、较收敛的马威。不论老李、老马还是马威，或者地位卑微的城市无产者祥子，或者《月牙儿》《微神》里的城市女性，他们或者因为独善其身或者因为被感染而

---

① ［美］夏志清，《中国现代小说史》，刘绍铭等译，上海：复旦大学出版社，2005年，第124页。

不同程度地患上现代病。在对待这些病态人格时，老舍并非如"新感觉派"那般只是渲染病患的堕落和消极麻木，而是在暴露时留有余地，采取简笔直击流脓的疮疤，更多则采用对比、夸张、隐喻、象征、喜剧化处理及梦幻表现等技巧，将血淋淋的现实宕开去，并适当用开放式结局来延迟"死亡"时间，制造逼真的现场感。老舍在疗救的时候不像鲁迅那般杀伐决断，他要渗透更多的温情在病患身上（甚至制造某种特别的美感），但又不是"爱的哲学"那种肤浅的解决方案。他深深明白经济地位对病人的决定性影响，呼吁治病要从人文关怀着手。他对病态人格描写细致，他们可鄙、可笑，也可爱；他对社会病象描摹得生动而深广，令人触目惊心，又充满同情。揭开伤疤是写实，需要技巧；疗救则体现一种理想主义和浪漫主义的灵魂追求，更需要拿捏好分寸。在这点上，老舍做得很好。没有人会因为他的宽恕和温情而否认其"歌诗合为事而作"的风骨。英语世界学者对老舍都市文学的研究易有致命缺陷：对都市取其片面及相对静止的某种特质，而非以全景式及发展的眼光去看待。都市现象与文化伴随现代化进程而来，是人类必然要达到的历史阶段。张爱玲、王安忆表达都市体验是立体而辩证的。老舍在一定程度上突破了"京派"向往田园牧歌式自然生活的文化理想，《离婚》中老李从北平这个大城市撤退到乡村的前景堪忧，祥子也是回不去乡村的城市边缘人，究竟如何处置来到都市而不见容于都市的市民？老舍一直在反思这个问题，诸多开放式结局显示出作者深思熟虑之后仍存的保留态度。这也是现代国家在城镇化过程中必定会出现的传统与现代、保守与开放、留与舍等价值观念冲突的反映，不是哪一个人于一时一地可以解决的。贾平凹塑造了老舍笔下那般不太摩登的都市，不管是《高兴》中的刘高兴这帮进城农民，还是《浮躁》里已然在城里混得风生水起的金狗，甚或《废都》中颓废的士大夫文人庄之蝶，他们骨子里根本就不属于这座城市。由于作者对都市性的感受、把握和传达不像新感觉派那么刻意渲染，而且作者站在他们笔下的人物立场来感受都市和表述都市，所以作者不擅长甚至刻意回避描写都市的摩天大楼、十里洋场的喧嚣热闹。都市是多面立体的，不只有摩登的表象，作者对其世态人情和文化精神的深入洞察和批判才是对这种复杂性的尊重。中国都市市民文化一直并且仍然呈现出传统农业文化的一般特征，紧扣这一点才算是找到了描绘和观照中国都市的关键。

综合本章所论，英语世界较早对老舍的现实主义风格和手法进行了系统研究，形成了本体论研究的一些理论基础。首先，老舍现实主义的来源有两支，一是中国写实传统，二是西方 19 世纪批判现实主义文学传统。这是自鲁迅《中国小说史略》以来中国现代写实主义奉为圭臬的实践和理论依据。现代写实文学沿袭"文以载道"传统，提倡"为人生"的宗旨，与五四启蒙传统合流，具有较强的社会功利色彩。老舍根据个人气质和创作实际改造了五四意义上的现实主义。之前的研究多分析老舍作品的气质和个人风格，但很少从其写作本质——写实——的流脉来系统观照老舍在整个现代文学写实理论建构中的位置和贡献。不论是王德威认为的闹剧与悲喜剧的现实主义（突出其喜剧性），Quach 等从民族主义、现代国家想象等宏大层面解读老舍创造性转化儒家政治理想以探求中国的现代出路（突出其功利性），王汝杰等对老舍将自然主义这类西方现实主义手法创造性融入中国人文主义的历程分析（突出其技法），还是如黄碧端、何官基那般搜寻老舍写实创作中的乌托邦、反乌托邦题材或要素甚至反乌托邦思想禀赋（突出其文化意义），老舍现实主义的眉目就像一幅写意画被一笔笔渲染开来。老舍的现实主义写作完全按照五四路线展开，一路走来又逐渐添加个性化的风景，最终接近成熟。吴小美等学者总结，老舍现实主义有两条流脉[①]：一条底层叙事从《微神》等小说起，经《月牙儿》到《骆驼祥子》成熟，另一条文化批判和国民启蒙始自《老张的哲学》，经《二马》到《离婚》成熟。抗战小说标志《四世同堂》和《鼓书艺人》是汇集两条流脉的现实主义最高峰，《正红旗下》则趋向尽善尽美。这个总结对时间线索的梳理较为清晰。

其次，老舍对现实主义的逼真性追求渗透了幽默与浪漫的艺术表现。尽管老舍在一开始发表小说，走上文坛时就表明要警惕浪漫主义的现实主义，尽管他在 20 世纪 30 年代以后就宣告由幽默转向严肃的讽刺，汉学家还是抓住了老舍写实外衣下的两个与生俱来的特质。幽默是老舍生命里不能割舍的血脉，老舍习惯以幽默来观察世界，传达自己对世界的认识、思考。对老舍写实中浪漫因素的提取是个大发现，以往研究不大关注这个方面。汉学家尚未系统展开这个领域的研究，他们主要从以下几个方面发表过意见：第一，普实克认为老舍笔下的人物有浪漫性，特别是侠客和冒险家，启示研究者老舍的"侠"精神支撑起另一个理想主义的世界，这个世界在老舍作品中一直是一股潜流。第二，王德威认为老舍对两性关系乃至婚姻的表现具有浪漫性，这是老舍少有的朦胧地带。第三，王德威、Quach 等认为老舍将浪漫想象与喜剧手法结合在一起，建构着现代中国的文化理想；并且康拉德影响使老舍曾追求过对异国情调的描摹。不论如何，除了早期夸张的闹剧手法和偶尔的神插曲，老舍对幽默和

[①] 吴小美、古世仓、李阳，《开创"老舍世界"诠释与研究的新局面》，载《中国现代文学研究丛刊》，1995 年第 2 期，第 68-92 页。

浪漫的处理都十分谨慎。第四，汉学家认为老舍在表达对政治问题的理解时，常表现出天真的浪漫，一如他描写战争场景那般不老练。

  英语世界对老舍现实主义涉及的诸多问题进行了系统论证，包括主题、艺术手法、区域特色、形象建构、雅俗处理等。这些问题相互纠缠、渗透，以现代性的面貌出现在老舍学视域中。最近的研究视野中，20世纪上半叶的中国文学与"现代"产生了紧密联系。日常生活、性别、种族、家国、流散等命题使老舍研究罩上新奇的面纱。雷金庆的老舍作品男性气质研究，周水宁、威廉·莱尔等对老舍日常叙事的讨论，王德威、Quach、王汝杰等对老舍家国情结、民族主义和爱国主义的探讨，对种族与他者的投射，对老舍"北京"都市图景的强调，时间与空间的现代重构，都呈现出新的研究镜像。传统的内部更新与外来异质性因素的加入，使评论显得光怪陆离。地域性与全球性视角的结合最考验话语权的平衡，其尺度常难把握。王德威大开大合的评论中，注入了自己关于晚清对现代性孕育关键作用的凝视，着力挖掘"被压抑的现代性"，释放出五四话语外被压抑的文学现象，为老舍现实主义研究打开了五四传统之外的另一扇大门。

第四章　英语世界的老舍短篇小说研究

老舍在短篇小说上的技巧实验及其多方面创新一直没有引起足够的重视，实际上这个领域是极其精彩的；英语世界学者较早发掘老舍短篇小说宝藏，发现了它们与长篇小说迥异的风景。老舍的短篇小说创作始于20世纪20年代的处女作《小铃儿》，集中爆发于20世纪30年代的山东时期，以《赶集》《樱海集》《蛤藻集》为代表；抗战时期带病写作的《火车集》和《贫血集》发出了老舍爱国主义的时代最强音；还有26篇由舒乙编纂为《老舍小说集外集》于1982年出版，另有两篇《病夫》《小人物自述》是抗战爆发前夕未完成的作品。短篇小说考验作家的布局谋篇、人物设置和遣词造句，要求"巧劲儿"，这对20世纪30年代正处于广采博纳中西写作技法、促使小说创作逐渐成熟的老舍来说是个极佳的实验领域，也是极大的挑战。之前因《老张的哲学》一夜成名的长篇小说作家、幽默作家老舍，在短篇小说园地悄悄体会着当"写家"的乐趣，不断尝试技法创新。抗战爆发后，他发现短篇小说因其短小精悍的形式非常适合对战时文艺的要求，针砭时弊，可以快速发挥宣传效力。老舍最后把几乎所有的短篇小说分成三组，并认为它们分别代表三个渐进（日渐严肃）的创作阶段：第一阶段，《五九》《马裤先生》《同盟》《抱孙》《牺牲》《热包子》《爱的小鬼》；第二阶段，《眼镜》《柳家大院》《上任》《善人》《也是三角》《黑白李》《大悲寺外》《老年的浪漫》《歪毛儿》《微神》《毛毛虫》《开市大吉》《铁牛和病鸭》《柳屯的》《末一块钱》《邻居们》；第三阶段，《断魂枪》《阳光》《月牙儿》《新时代的旧悲剧》等。老舍认为第二和第三组做得几乎都比长篇扎实。[①] 由最初的兴趣所至到后来的从戎志向，从"写着玩"到渐渐品味出短篇小说的价值，老舍经过了从洒脱随性到严肃实验的过程。

---

① 老舍，《我怎样写短篇小说》，载《老舍全集（16）》，北京：人民文学出版社，2013年，第192-196页。

第一节　老舍短篇小说专题研究

国内学界对该领域研究相对冷寂可能有老舍自谦及文体本身被轻视等原因。经过创作实践，老舍发现如果在写作长篇小说之前自己就有丰富的短篇创作经验，就不会吃亏走弯路。他认为短篇甚至比长篇更难：短篇想要见好，非拼命去作不可。长篇有偷手，长篇要匀调，短篇要集中，老舍自知没有多么高的才力。① 菲利普·F. C. 威廉（Philip F. C. Williams）也说，比起短篇小说，老舍在长篇小说的写作上明显表现出更强的驾驭能力。② 可见老舍在创作短篇小说时的确感到来自更严谨要求的挑战。樊骏则认为老舍的短篇小说更丰富。他的短篇，从取材到表现手法，都比长篇创作有更多的尝试和开拓——如除了严格的现实主义，还有一些采用象征、意识流等手法写成的作品。③ 可惜这个声音并未引起足够重视。英语世界的汉学家因学术传统关系很容易将老舍的短篇小说置于现代小说创作和叙述学理论背景下加以观照，以前卫和动态的理论视野寻求着它们的时代生命，其研究成果具有鲜明的比较诗学烙印。

一、从女性书写发掘老舍的两性观

前文提到，雷金庆从男性气质角度发掘了老舍自己作为男性作家的理想和对中国男性的要求——"文武双全"。男子汉大丈夫就要顶天立地，堂堂正正，不论从文还是习武，都要做一个符合儒家文化理想建构的忠孝仁义之人。除了男性书写，老舍作品同样呈现出一个丰富的女性世界，以及男女交织的两性世界。老舍对两性关系的复杂性深有洞见，对其描绘也体现出独有的理解和风格。其他汉学家从老舍对婚恋生活的精描细写，尤其是短篇小说对生活各个侧面的写真，发现老舍与众不同的两性观。首先，相较于男性，老舍笔下的女性更生动、丰满，各具情态。兰比尔·沃勒发现老舍笔下几乎所有重要男性角色都没有家庭维系，如《老张的哲学》中的李应和《骆驼祥子》中的祥子都

---

① 老舍，《我怎样写短篇小说》，载《老舍全集（16）》，北京：人民文学出版社，2013 年，第 191 页。

② Philip F. C. Williams. "Book Review: Blades of Grass—The Stories of Lao She", *World Literature Today*, 2000, Spring 74: 353.

③ 樊骏，《老舍的文学道路》，载舒济编，《中国现代作家选集——老舍》，台北：书林出版有限公司，1992 年，第 253 页。

是孤儿；《赵子曰》中的李景纯和《二马》中的马威都没有兄弟姐妹，父母亲只剩一位；《离婚》中的老李也是家里唯一的孩子且离开父母居住。老舍自己也是早年丧父，也许这是他的多数故事不以大家庭为背景的一个原因。[1] 除了《四世同堂》，老舍的确很少正面描写大家庭纷繁复杂的人际关系，大家族、大宅门的恩怨恐怕不是老舍熟悉和擅长的题材。老舍特殊的家庭背景（孤儿寡母）决定他写不出曹雪芹的《红楼梦》和巴金的《家》《春》《秋》那样反映封建大家族内部生活情状的小说。他塑造的男性形象因带有太多理想色彩而更加形而上，其生活环境和两性关系相对简单，主要着墨于男性角色的类型、志趣和作为。女性就不同了，她们的形象像散布在无垠天际的点点星斗，似微弱实生动多变。老舍接触到的第一位女性是母亲，研究母亲对老舍影响的不在少数。老舍母亲马氏出身农家不识字，但研究者从老舍的文字中发现了这位伟大母亲对老舍性格气质和为人处世的深刻影响。这位母亲勤俭诚实，培养老舍养成良好的生活习惯：爱花、爱清洁、守秩序。她热情待客、能吃亏但并不软弱的性格烙印在老舍的生命中。老舍对母亲这种特殊女性群体的感情是相当深厚的，母亲是心灵的根，是内心安定的来源。周水宁认为除了孝顺或恋母情结之外，老舍揭示了当时农村妇女地位低，里外活计都要做，以丈夫、儿子为天的社会状况。[2] 将女性性别置于男女关系和家庭关系中去考察，这是对老舍流露出对母亲一生悲怆情感的社会学分析。在老舍眼中，母亲那样的传统女性是可爱、可敬、可悲、可叹的。她们劳作一生，被动等待一生，同时她们身上凝聚着美好的儒家道德理想。母亲成为老舍偏爱传统女性的根源。老舍对传统、保守女性的热爱就像列夫·托尔斯泰一样，主动、性欲强的虎妞在柔弱被动的小福子面前被描绘成一个怪物也就不难理解了。研究者认为，老舍使用对照手法表现"新""旧"女性，认同传统价值观和传统女性。传统女性被刻画为强壮、正派并忠实于丈夫和家庭；新式女性则被刻画为放纵、自负甚至背叛丈夫、家庭、国家。乔治·里昂多认为老舍小说中的女主角比男主角更纯洁和正直，是照着老舍小说一路沿袭下来的简单"二分"：圣女或妓女。[3] 新旧女性是新旧市民的缩影，依照老舍的性子，对新的人和事总要用打量、怀疑的眼光

---

[1] Ranbir Vohra. *Lao She and the Chinese Revolution*. Cambridge, MA: Harvard University Press, 1974: 5-14.

[2] Sui-ning Prudence Chou. "Lao She: An Intellectual's Role and Dilemma in Modern China", Thesis (Ph. D.), Berkeley: University of California, Berkeley, 1976: 3.

[3] George Arthur Lloyd. "The Two-storied Teahouse: Art and Politics in Lao She's Plays", Thesis (Ph. D.), Berkeley: University of California, Berkeley. 2000: 124.

去审视。所以就出现了《阳光》《微神》《月牙儿》《猫城记》《离婚》里对新式女性的或悲剧或反讽的刻画。然而论者的观点也不全合理：老舍笔下的女性系列并不能够进行简单二分，其中有一些是复杂的；老舍对僵化保守的女性也有所批判，传统女性的结局也往往是悲剧性的。这反映出作者对当时女性处境和命运的深深忧虑和矛盾心理。

老舍考察儒家价值观崩塌如何影响了女性地位和男女关系，同情女性命运。沃勒认为老舍1934至1936年间的短篇小说重点关注了这个命题，并重点剖析比较了《柳家大院》的小媳妇、《月牙儿》的"我"和《骆驼祥子》的小福子形象。小媳妇是被传统习俗的合力毁灭的；《月牙儿》里的"我"是个女"祥子"，比"祥子"有文化，机会多点；老舍通过《骆驼祥子》的小福子处理，扩大了在《柳家大院》发表的言论影响。老舍对中国女性处境的悲观态度不仅限于贫穷阶级，各个阶层的女性都囊括在内，比如《离婚》中的中产阶级主妇们。[①] 旧式女性大多生活于农村，以老舍母亲、姐姐等为原型。她们除了照顾家庭，也常常要像男人一样下地干活。理想的传统女性身体健康、勤俭耐劳、富有牺牲精神，也正是这些素质造成了她们的悲剧。《柳家大院》里没有名字的小媳妇，被丈夫、小姑、公婆随意虐待而无还手之力，最后走投无路，上吊自杀，王家竟又想在丧事上捞一笔。这使人联想到刘恒反映20世纪五六十年代婚姻生活的短篇小说《狗日的粮食》。以勤劳精明苦苦操持一家老小衣食的杨杏花竟因为丢掉一叠粮票而被丈夫毒打，含恨自尽，她死后人们还在没心没肺地狂欢。善良美好的小福子被亲生父亲卖了多次最后看不到希望而自杀。老舍紧紧抓住旧女性的命运这个命题，为她们的朴实和低贱地位而忧心。以上所有女人皆以自杀的方式获得对现世苦命的解脱，这种形式的背后往往是无意识，而并非立意反抗；可悲的是这种家庭悲剧是女性们的亲人造成的。贫穷、饥饿会直接摧毁人的尊严及家庭的温情，摧残弱小的女性群体，这既是社会悲剧也是人性悲剧的话题一直持续着。老舍与刘恒俭省的新写实不同，他会渗透更多的感情在里面而不是遵从冷眼旁观的暴力美学不分善恶。老舍对小说中所有因无爱的婚姻而成为牺牲品的女性抱有深深的同情，她们的悲剧是传统"礼教"的包办婚姻制度造成的。[②] 比如与冠晓荷更像姐弟关系的大赤包在感情上终究输给年轻貌美的小妾尤桐芳，韵梅与瑞宣的感情也是以太多

---

① Ranbir Vohra. *Lao She and the Chinese Revolution*. Cambridge：Harvard University Press，1974：116-122.

② Yan Yan. "Chinese Traditional Propriety (*Li*) thought in Lao She's *Four Generations Under One Roof*", Thesis (Ph. D.)，Toronto：University of Toronto，2005：142.

的牺牲换来的。在大家庭里,女性要扮演好儿媳、妻子和母亲多重角色。女性看似久居深闺,却从最深刻的角度介入了社会。旧女性的悲剧和封建家庭、封建礼教、封建思想的残余紧密联系。

老舍还将同情和忧虑的眼光投向所谓的"新"女性。她们接受了新思想、新文化,女性意识开始觉醒,但老舍多数时候仍聚焦她们的命运悲剧(《女售货员》《红大院》等少数作品是正面关注新女性的新生活)。新女性的悲剧更多走出了封建家庭,而与生存、恋爱及新式家庭的领域相关。《月牙儿》《阳光》《微神》中的女主人公都是新社会孕育出来的女性,受教育程度不同,都对爱情和新生活带着或多或少的憧憬,最后都因为社会因素堕落甚至沦为妓女。这是鲁迅对"娜拉出走之后"命题的一个呼应,说明老舍也在深刻反思新女性的在当时的尴尬处境,并委婉指出和鲁迅一样的女性解放之路:掌握经济权!对新女性来说,致命的是社会往往没能提供平等的就业和生存机会。张爱玲《沉香屑·第一炉香》《金锁记》《倾城之恋》等小说则以不同角度反映了类似问题。沃勒认为老舍对虎妞这位新女性刻画最成功,叙述者试图将虎妞的个人挣扎和失败升华到全人类生存的道德高度。它反映出老舍对待两性关系深刻的洞察与关注,与英格玛·伯格曼(Ingmar Bergman)电影《婚姻生活》(*Scenes from a Marriage*)传达了相同的主旨。受陀思妥耶夫斯基影响,老舍倾向于将最纯洁的灵魂灌注于最卑微的角色,刻画妓女群体中的天使形象。但小福子缺少同类形象应有的复杂性格而显得扁平和孱弱,似乎有生命力的性格描写都给了虎妞,小福子则成为一个传达高尚浪漫理想的与虎妞对立的影子人物。[1] 有不少学者注意到老舍塑造的一系列妓女形象,她们承载着作者的理解和同情,并被挖掘出良家妇女身上所没有的圣女或者天使特质。这是一个有趣的现象,不少男作家拥有同样的视角,比如郁达夫和后来的川端康成、苏童等。老舍对虎妞这样的强势女性是又敬又怕,对小福子这样的柔弱女子则是又怜又恨。这些带有男权烙印的男性作家在审视女性时,经常还是觉得女性不能失掉男性赋予她们的一些美德:美丽、善良、天真、柔弱;有时妓女的艺术特质和思想火花则让男作家们欣赏。老舍写妓女主要是从同情的角度出发,揭示当时社会女性解放的局限和自由恋爱带来的社会乱象及人性堕落,反思这些才算是真正的女性解放。他像批判张天真们一样批判了只会做表面功夫的新女性。何官基认为老舍将小蝎周围的女性描绘得空洞和苍白,从而将小蝎置于聚

---

[1] Ranbir Vohra. *Lao She and the Chinese Revolution*. Cambridge: Harvard University Press, 1974: 119–120.

光灯下。老舍对公使太太这种不吃迷叶、只想体面庸庸碌碌的老式妇女并不友善。如果将叙述者对女性的印象看作老舍自己态度的映射，可以看出他甚至对异性存有偏见。但老舍对女性比对芥川龙之介仍抱持着更多的同情。[1] 老舍在《猫城记》里讽刺解放了的新女性除喜爱涂脂抹粉、爱慕虚荣外并无特色，她们仍只是性工具，没有觉察被男性对待的不合理。公使的八个情妇为争宠害死孩子这类事实表明新女性在人性自私方面毫无改进，没能强大到使自己从前辈的困境中解脱出来。不结婚、不做妾或是"自由联合"的结果仍是成为男人的性对象。老舍短篇小说《阳光》塑造了新知识女性的失败，根源是邪恶的社会：女性在婚姻中没有独立性，男性却有双重标准。金钱可以成就有尊严的美好生活，也可以毁灭它。《阳光》和《月牙儿》就是两个极端。

包括何官基在内的一些学者从老舍自称不擅长刻画女性出发，认为老舍对女性的刻画暴露出某种程度的偏见甚至厌女情绪，至少没有达到同类男性角色的道德高度和复杂程度。这个问题有价值，结论则未免草率。其中涉及老舍对社会工作及婚恋中两性关系的理解，它可以由散布于字里行间的叙述聚焦、语气及方式推测出来，但要做到客观并不容易。老舍对于女性，对于恋爱和婚姻究竟是什么态度呢？可以确定的是，老舍的理解的确有与众不同之处。从讽刺为爱狂热而置国家命运于不顾的青年可以看出，老舍对自由恋爱持保留态度，这使得老舍与徐志摩这样的言情言志相融派和梁实秋那样的闲适派拉开了距离。沃勒指出，老舍质疑"自由恋爱"，爱情不是空中楼阁，要有物质基础，青年应以报效祖国为要事。《赵子曰》关于妇女问题的探讨在《老张的哲学》基础上更进一步，有些妇女有解放的自觉却没有能力。[2] 妇女问题，如同当时"为人生"派的问题小说提出的劳工问题、教育问题、儿童问题、家庭问题等诸多问题一样，不是写写文章、喊喊口号就可以解决的。老舍因为看见中国人缺乏民族自豪感，因军阀混战、政府腐败、国难当头而想要变革，也认识到变革的重任理应交给新青年。青年最重要和最神圣的使命，是学好知识、办好实业，理智地去为建立新国家开疆拓土做点实事。革命时期的爱情需要向理想事业妥协，出发点没有错，老舍这么提自有其时代针对性，比如针对盲目冲动的同居现象和学生暴力运动。老舍小说对青年的期待中女性是缺席的，这种使命由男性承担。可以发现这种理想男性的代表李子荣对家庭婚姻的展望仍是传统

---

[1] Koon-Ki Tommy Ho. "Why Utopias Fail: A Comparative Study of the Modern Anti-utopian Traditions in Chinese, English, and Japanese Literatures", Thesis (Ph. D.), Chicago: University of Illinois, 1986: 173.

[2] Ranbir Vohra. *Lao She and the Chinese Revolution*. Cambridge, MA: Harvard University Press, 1974: 37.

的、男主外女主内的模式。而且老舍对这段独白的描写显得守旧和苍白，原因是作者性格和社会历史条件的局限。老舍头脑里"大男人"的思想根深蒂固，而且新女性也几乎没能做出独特且有效的实践，这都使老舍对解放产生了怀疑。经济尚不能独立，新旧思想交战，混乱不已。正如鲁迅在唯一婚恋小说《伤逝》中所表现的爱情悲剧那样，很多青年对男女关系的认知处在一种暂时的真空状态里，遭受挫折。基于老舍并不拥有如其他一些作家（如曹雪芹、苏童等）般对女性感情及特质非常细腻的把握禀赋，他并不擅长从女性角度来关注女性本身，许多观察和推演都是通过外部关系来进行的。老舍的这种能力甚至比一般的作家还要弱一些，即使描写女性的细节，仍多是从人性的角度来挖掘。这可能与老舍成长过程中的兴趣点及两性关系相对单纯有关。从老舍相关随笔和传记看来，他的婚恋状况比较简单，婚姻关系并不是特别美满，从他自杀前后的家庭关系可以推测出这点。居家不是老舍活动的重心，为国为民的事业才是，这使他在抗战爆发初期抛弃妻子奔赴前线。所以婚恋问题和女性问题多是作为一种社会问题受到老舍关注，其刻画的细腻程度和深度都远不及很多其他作家。因为传统，老舍的男女偏见肯定能被读者发现，至于厌女这种潜意识的东西，则很难做出定论。一些学者运用同性恋学说的厌女及同性恋者对女性的两极划分——圣女和妓女——来说明老舍对女性的态度，太过激进。如果说老舍不擅长刻画女性，也可以这么说他笔下的男性。老舍不是不擅长刻画人物，而是与长篇累牍将人物外貌内心用 X 光照个透彻的写法不同，他着力在人物动作和人物关系中表现人性。

　　老舍擅长把握看似简单的男女关系中最微妙之处，以探讨知识分子的灰色人生和人性。王德威挖掘老舍对灰色社会知识分子灰色人生的表达，析出爱情、婚姻与性欲，对于恶的界定两个子题。① 陈慧敏认为老舍早期短篇小说中关于女性及男女关系的思考经常以某种幽默方式表达出来。《热包子》严肃探讨夫妻关系问题，它是老舍所有小说里篇幅最短但最微妙、传神的故事之一，孩童视角和语调使叙述内容被陌生化而显得有趣。老舍独特之处在于没有将爱情理想化，除《微神》外几乎没有小说专门描绘罗曼蒂克的爱情，而是从性、经济现实、两性战争角度表现，且多采用男性人物或男性叙述者视角。老舍刻画女性的弱点是黑白简单二分，或牺牲者或欺压者。其实不少男性人物也是如

---

　　① David Der-Wei Wang. *Fictional Realism in Twentieth-century China: Mao Dun, Lao She, Shen Congwen*. New York: Columbia University Press, 1992: 131-134.

此，成为代表某个问题的符号。① 《爱的小鬼》《同盟》揶揄永远无法理解喜欢的女性、成为失败情人的男性。性与经济是《生灭》中小夫妻问题的根源，文因由于经济拮据令梅打掉二胎而产生负罪感。《一封家信》讽刺模范丈夫老范在抗战前线也省钱，寄钱给爱享受、爱抱怨的太太，最后因收读家信被炸死。《一筒炮台烟》讲述某位"好"男人于战时生活用度无法与太太沟通而经常争吵的故事。这两个故事也可解读为两性战争，好意但缺乏经验的男人无法获得女人的理解。老舍对现代女性的书写仍不够乐观：女性解放是20世纪中国社会最重要的变革之一，女人宣称和男人一样有受教育权、就业权、继承权、离婚权等，实际却无法实现。《老张的哲学》中的李静与王德相爱，却被逼着做老张的小妾，李静的姑母也劝她嫁给老张。李静接受了新思想，但发现在旧体系外无立锥之地。《赵子曰》中老舍对"解放"了的女性进行了更生动描绘。王灵石和谭玉娥都为爱私奔，虽独立了却没有经济保障。当爱情失意，她们发现自己已经无路可退。在《猫城记》中老舍刻画了一类受过教育的女性：肤浅，爱打扮，模仿外国潮流，丢失了持家能力也并未获得新的美德。《离婚》展现了新旧冲突、城乡冲突如何对中产阶级家庭及家庭主妇造成扭曲。离婚权是女性独立平等的标志，但却几乎没人真正行使离婚权。现代教育使女性获得现代思想但并不意味着能付诸实践。老舍认为真正幸福的婚姻生活不能仅靠着吻和一些温柔的言语实现。女性必须在经济上独立并有健康的文化观念。变革中的她们许多都是一脚迈入新时代，另一脚仍陷在旧时代；还有一些像老张那样的恶棍趁混乱之际威逼利诱、逼良为娼。梳理老舍所有小说中的女性应该知道，老舍对男女关系的态度是"现实主义"的，并常进行非判断式的复杂描绘。尽管有二分的现象，但老舍塑造了许多"中间人物"，比如《离婚》中的李太太、《骆驼祥子》中的虎妞、《四世同堂》中的祁老太太等，老舍短篇小说中的女性形象，更加丰富、生动。

总之，老舍的女性书写指向新旧女性的形象塑造，思考社会转型期女性解放的可能性和必要途径，以短篇小说中形形色色的女性刻画和男女关系描绘最为出色。其中既有一些典型的扁平人物，也有一些灰色的圆形人物，还有一些影影绰绰的背景人物。这些人物的塑造绝大多数是成功的。英语世界学者提出的黑白、新旧"二分"不无道理，但概括不够全面。老舍遵循的现实主义原则使他不可能在人物塑造方面走非此即彼的浪漫主义道路，而是以中间地带的

---

① Wei-ming Chen. "Pen or Sword: The Wen-Wu Conflict in the Short stories of Lao She (1899 – 1966)", Thesis (Ph. D.), Stanford: Stanford University, 1984: 47 – 60.

灰色系人物为主。老舍既同情和悲悯旧女性，又赞赏和不屑"新"女性，还常常理解那些在时代旋涡中失去立场的尴尬女性。因为他始终对接触到的事物存有质疑，对这件事物的发展和前景采取看看再说的超然态度。老舍不喜欢直接剖析某个人物，而是擅长在行动和关系中展现这个人物的反应，所以，老舍对女性的表现常常通过两性关系、婚恋关系和悲喜剧的情节叙述来实现。

二、探寻短篇小说中的多组主题冲突

虽然学者归纳过许多老舍恒定的创作规律和思想特质，但它们并非一成不变而是动态发展的，在分析不同时期的老舍时并非普适的。汉学家们发现老舍的短篇小说是对他内心冲突的集中表现。受到内外环境影响，老舍在抗战前后思想和创作呈现出矛盾复杂的图景，表现为不同层面的多组冲突。这种冲突很可能在早期已经埋下伏笔，在重大历史事件中被激发、被更努力地去调解而显露出来。老舍或者将其中的一极推向极致，或者保留一种暧昧态度。冲突调解的过程可能是无序和不均衡的，产生了独特的现象景观。

（一）"为战争"或"为人生"：王德威论老舍抗战短篇小说

王德威论证老舍抗战期短篇小说是对当时建立起来的"为战争"文学和之前"为人生"文学的二元冲突场，它们因作者潜意识里向后者回归的潜流而显得与众不同。尽管"为战争"是对"为人生"写实传统的继承性变形，但经过了一段时间强调文学的宣传功能后老舍可能意识到文学性失落的危险而想纠偏。王德威将老舍抗战时期创作的两个短篇小说集（《火车集》《贫血集》）称为爱国短篇小说来加以研究。虽然将其划入爱国小说，他却明确指出其"所投射出的战争形象却大不相同"，"呈现了老舍对民族主义、对抗战文学的不同态度"。意即在老舍所有战时小说中这两个集子无论在艺术形象塑造还是文学意蕴方面算是异类。它们创作于老舍投入抗战宣传一段时间之后，引起研究者推测老舍可能在思考和酝酿对文学性的回归。王德威以"不成问题的问题"（老舍某短篇小说名）形象说明老舍当时创作的微妙变化：与为战争的文学理论渐渐背离的实践。[①] 论者首先将1939年《火车集》的九个短篇分成两组，有三篇与战争无关的是第一组，其余六篇是战时题材，以观察抗战文学概念如何逐渐影响了老舍。第一组的中篇小说《我这一辈子》是对《骆驼

---

① David Der-Wei Wang. *Fictional Realism in Twentieth-century China: Mao Dun, Lao She, Shen Congwen*. New York: Columbia University Press, 1992: 174.

祥子》弱势群体生活的续作，亦是对底层悲惨生活的生动同情，不同的是叙述者从第三人称的冷眼旁观改为了第一人称的独白："巡警和洋车是大城里头给苦人们安好的两条火车道。"①叙述声音疲累、苦乐尽尝，有着内省的敏感，怀旧与玩世、回忆与绝望交错，透出北平老巡警的世俗智慧。《兔》讲述为了前程陷入同性恋交易的京剧旦角跌宕起伏的一生，呈现了狄更斯式讽刺风格和巴尔扎克式金钱邪恶主题。《"火"车》是老舍短篇小说精品，是对老舍乘火车去武汉抗日的预演。大年夜回家乘坐的火车二等车厢是一个由官僚、投机者、公务员、中级军官、士兵组成的小社会。老舍毫不留情地讽刺他们的趋炎附势、虚假猥琐。语言的碎片化和节奏的急促构成了印象派图画，加上情节转折后对着火车厢的轰轰烈烈的场面描写，都像是一场狂欢。论者很欣赏这种技巧，认为老舍在这篇小说里将戏剧形象和奇观的毁灭描绘到了极致。精准捕捉到一个灾难一触即发的社会里，那种不安易变的情绪。其他六个抗日故事显现出老舍急于写出刺激的情节，不像以往一样深入事物的底层。老舍以多变的叙述模式泄露了自己的改变。一开始，老舍认为战争有助于唤醒中国人的道德意识，这在《人同此心》《杀狗》《一块猪肝》《一封家信》《东西》《浴奴》和未完成的《蜕》中都有体现。尽管这些故事充斥着爱国修辞，但每当现实因素切入，一种不确定感便油然而生，尤其体现在老舍处理知识青年和学生时。他们是一群眼高手低、心有余力不足的家伙，演出了因爱国而错乱的悲喜剧，是典型的老舍式哈姆雷特人物，如同之前的马威和老李。论者不能完全理解《东西》《浴奴》延续了老舍《老张的哲学》以来一贯错乱的"报应观"，制造了匪夷所思的错位和狂欢，并认为这种犬儒的想法就是他战前小说的特征，更追溯到非理性暗流。战争短篇集《贫血集》1944年才出版，在主题与风格上较前一部有明显的转折。老舍减弱了爱国高调的声音，代之以理想和现实冲突的矛盾认知：不成问题的问题。《小木头人》写得很失败不是因为木偶脆弱无法担负重大抗日任务，而是因为它被写成了战争机器。《八太爷》中王二铁冲动盲目的牺牲遭到叙述者的嘲弄表明老舍价值的混乱。《不成问题的问题》以寓言讽刺农场腐败和官僚主义。农场前主任丁务源是老舍恶棍系列中新的一个，他同农场一样表面看起来非常美好。不像《铁牛与病鸭》农场事件的胜利属于邪恶一方，老舍描写邪恶像无法看清、灰扑扑的一团浓雾，更添了类似《猫城记》的悲观和荒谬感。除了恶棍，一同作恶的还有被愚弄的大众和明哲保身的官员。论者还将认为《恋》的沉重笔触对《东西》对汉奸轻侮夸大的

---

① 老舍，《我这一辈子》，载《老舍全集（7）》，北京：人民文学出版社，2013年，第511页。

语气进行了颠覆,表明作者写实姿态的改变。

王德威的"抗战爱国短篇小说论"是他分析老舍抗战爱国小说的一个组成部分,突出发掘老舍的"爱国"主旨和战时小说的特征。同时它又是独立甚至特立独行的一节:论者发现老舍使用了更丰富的叙述技巧而使其短篇小说与其他同时期的小说有所不同。无论在形式或意蕴方面老舍都对战前小说创作的初衷有所回归,但又呈现为战争和为文学两者之间的矛盾拉扯,使文本显示出含混的艺术特色。事实表明,老舍不擅长直接描写战争,即使是战争题材也要处理为战争背景下的市民生活才能有用武之地。短篇小说这种篇幅短小而要求精巧的文学样式,使老舍的文学情结可以暂时寄托。老舍的战时短篇超脱了一般宣传文艺的粗糙、僵化,体现出匠心独运的构思和不落窠臼的表现力。

(二)"笔"或"剑":老舍短篇小说的"文""武"冲突

陈慧敏着意以老舍的全部短篇小说作为一个系列文本,力求在集合效应中探寻作家或隐或现的一种人格冲突,或者称作理想冲突——"笔"("文")和"剑"("武")的冲突,并反思老舍如何在抗战后力图调和这种冲突。在厘清两个概念的基础上,论者追踪老舍在各个创作时期的思想变化,剖析老舍怎样运用幽默的特质来调和这种矛盾,反思以老舍为代表的中国知识分子在20世纪上半叶那个动荡的历史时期如何决心超越传统士大夫柔弱的文人气质,努力使自己成为真正的先驱和勇士,为国家解放的前途做些实事。他分别开辟"笔"和"剑"专章,分析文人和武将两类人才,证明老舍在两者的冲突中始终十分清醒地认识到各自的优劣势,希望在救亡图存的关键时期文人能够加强武的特质,并将"文武双全"作为鞭策自己奋斗的目标。陈慧敏为大家揭示了一个理想主义的老舍,尽管这个形象常被现实主义的老舍所遮蔽。老舍的一生都在调适内心与外在环境要求的冲突,捕捉并展示其动态发展的过程是一件很有意义的工作。陈慧敏的研究思路如下:第一章"笔或剑",界定"文""武",二者冲突造成老舍短篇小说的张力;第二章"幽默作为出路",论证老舍试图运用幽默的本领找出化解冲突之道;第三章"文人的懦弱:暴力官僚和消极知识分子",揭示老舍小说如何暴露"文"的弊病;第四章"女性:欺压者与牺牲者",认为多数女性可归入"文"的类型,在老舍小说中呈现两分态势;第五章"传统'武'者和'武'理想的挽歌";第六章"对'武'的肯定:抗战小说",重点挖掘"武"的利弊以及老舍对"武"态度的转变;第七章"对'文'的肯定:艺术和艺术家的故事",论证抗战小说如何集中体现出老舍急于调和"文""武"矛盾的倾向;最后三章则在叙述风格(谈话风)

与叙述角度等组成的叙述学层面加以分析，探讨老舍短篇小说的妙处。从结构来看，第四章和最后三章稍微溢出论证主题，但又抓住了老舍短篇小说的特色，对过于单一的核心内容起到补充作用。第七章是对第三章的补充和呼应，但又是整个研究的总结和升华。从"文"到"武"，又回到"文"，这是对老舍基于文人身份追求文武结合理想的真实道路的暗示。

论者界定"文""武"："文人"，用"笔"的人，民间文学性质，体弱，少行多思，理论重于实践；"武"，武将，用"剑"的人，行动的人，军营文学性质，体格健硕，勇力过人，实践重于理论。老舍自小有弃"文"从"武"情结。处女作《小铃儿》寄托了老舍为父报仇的"武"情结。第二篇短篇小说《旅行》中"老舍"的闲散、幽默与另两人的顽固、自我中心形成对比性的反讽。这种幽默与老舍向往的"武"精神并不相合。前两篇短篇小说已经奠定了冲突基调。①《小铃儿》发表于1923年，写孩童小铃儿立志成为父亲那样的抗日英雄在学校打架被劝退的故事。这个故事的表述走向显然与一般的儿童文学不同。研究者抓住这一点，找到了老舍是写给自己看的，或者说他是为自己写了儿时自传这个隐晦的事实。野孩子形象和文质彬彬的成人老舍形象都是由老舍内在的多重人格引发，故事结局表明成为有力量的野孩子的冲动在现实中总是容易碰壁。老舍认为盲目地追求武力是不对的，如当时学生盲目的暴力运动。理性虽然如此，在"武"的冲动遭受打压时叙述者似乎又有那么一丝伤情。《旅行》的结局一样充满复杂的情绪，但试图找到解脱之路。故事讲述三个中国人从伦敦去巴兹和布里斯托尔旅途中的见闻和争论，如同《波斯人信札》描绘了一幅国民性格漫画：科学家老方和外交家老辛代表顽固、自我中心、混乱、好辩的一面，老舍则代表懦弱、淡漠、消极被动的一面。从叙述来看作者倾向于"老舍"这边，"老舍"的清净与另二人的精明、"老舍"的智慧从容与另二人的自取其辱形成反讽性对比。代表"文"的美德是对现实保持幽默、务实且随遇而安的态度，这是对儒家中庸思想的认同。在精进、入世的程度上老舍是反对咄咄逼人、唯我独尊的。然而，老舍毕竟熟悉文人生活。除20世纪20年代的两篇小说，老舍多数（60篇）中短篇小说创作于30年代，五篇写于40年代，《电话》写于1958年，故事中多数角色是官僚和知识分子。陈慧敏统计出讲述"文人"的故事占多数，共同特征是懦弱。老舍在表现官僚时更频繁地使用了幽默和讽刺手法，而知识分子刻画更尖锐地反映

---

① Wei-ming Chen. "Pen or Sword: The Wen-Wu Conflict in the Short Stories of Lao She (1899 – 1966)", Thesis (Ph. D.), Stanford: Stanford University, 1984: 2.

了"文""武"冲突。① 论者首先分析包括政府官员、警察、银行职员、士兵等的官僚集团，其特点是色厉内荏。既不能胜任工作，又欺软怕硬。《马裤先生》《牛老爷的痰盂》《番表》《取钱》《电话》和《不远千里而来》讽刺了欺凌弱小、色厉内荏者；《狗之晨》《讨论》《毛毛虫》《听来的故事》《上任》和《哀启》讽刺懦弱无能者；《且说屋里》《东西》则描写汉奸，并分析缺乏行动力而陷于绝望的知识分子，深具优越感和不安全感。《新韩穆烈德》《末一块钱》《杀狗》写大学生无法融入现实，父子关系紧张；《铁牛和病鸭》《大悲寺外》《牺牲》《歪毛儿》《邻居们》等对勇敢与怯懦两类知识分子进行了对比。从黄先生被无知学生戕害到歪毛儿被世俗人群排斥，再到杨先生表达义愤后的被尊重，论者发现了老舍在描写具有"武"特质、敢说敢做的知识分子时渐渐从压抑中走向希冀的思想历程。这个发现难能可贵，表明老舍对鲁迅万难破毁的"铁屋子"理论的呼应与发展。当鲁迅们因革命失败枯坐于寒冷的黑屋里百思不得其解而看到勇士们不惮于前驱之后，得到的是继续奋斗的信心和勇气。老舍虽然对国家前途看得不很真切，但对于该批判什么、塑造什么人格却十分清醒。如同沈从文、莫言等所倡导的，文人们呼唤一种充满血性的男子汉品格撑起中华民族的脊梁，老舍则希望自己首先成为这样的人。论者认为《老字号》《断魂枪》和《黑白李》是老舍对传统"武者"以及"武"理想的挽歌。前两篇小说几乎摒弃了幽默，哀婉的语调或许源自老舍对好友白涤洲之死的悲伤。黑白李的性格代表老舍性格中"文""武"的两面。从旧观念看，代弟弟赴死的黑李应当是英雄，但从现代观念看，黑李成为一个旧式的感情用事的傻瓜。② 通过这类解释，论者想要表明老舍很清楚士大夫的时代已逝去，传统"武"的某些理念也已过时。他还应看到老舍剧本《神拳》和冯骥才小说《神鞭》都体现了相同主题。老舍既认识到过去的"文武"观念并不适用于现代社会，却还没能清楚表述如何将中国传统的东西转化为对现代有益的，这正是当代知识分子仍感头疼却致力解决的问题。新儒学就是其中一支。在论证过程中，论者展示出对老舍全部短篇小说的细读功力：老舍笔下的知识分子有的沦为了失意的零余者，有的则成为精致的利己主义官僚；少数理想的人却成为社会斗争的牺牲品。老舍想要扭转这种局面并不惜用了一点曲笔，这是化犀利讽刺为幽默同情的必然结果。接着论者分析老舍抗战期间完成

---

① Wei-ming Chen. "Pen or Sword: The Wen-Wu Conflict in the Short stories of Lao She (1899 - 1966)", Thesis (Ph. D.), Stanford: Stanford University, 1984: 1 - 5.

② Wei-ming Chen. "Pen or Sword: The Wen-Wu Conflict in the Short stories of Lao She (1899 - 1966)", Thesis (Ph. D.), Stanford: Stanford University, 1984: 70.

的10个短篇，老舍的爱国主义思想想要通过对"武"的强调实现。这些小说再也看不到幽默，老舍甚至抑制了北京方言的挥洒，某种形式上投笔从戎了。故事中出现许多男女英雄人物，以其情节剧激发读者的爱国情绪。《小木头人》标志老舍已经解决了心中的"文""武"矛盾。[①] 很多学者都发现抗战期间老舍创作风格和旨趣转变了，他呼吁抛弃个人主义、共赴国难。《一块猪肝》讽刺知识分子林磊纸上谈兵，护士尚能为伤员买一块猪肝而行动；《一封家信》《一筒炮台烟》《不成问题的问题》从小处入口，讲战时百姓和官员的自私自利。凸显"武"英雄精神、集体主义精神的价值则有《八太爷》《浴奴》《敌与友》《人同此心》。通过批判一心成为"八太爷第二"的王二铁，为悲壮而傻气的个人英雄主义付出生命，老舍强调了集体力量。论者选取1934年、1937年发表的《抓药》《画像》《新爱弥儿》与1943年发表的《恋》进行了比照。前三篇以漫画方式讽刺艺术家同艺术、现实的关系：《抓药》讲述汝殷（虚荣的作家）和青燕（功利的批评家）的争斗，《画像》讽刺脱离社会的方二哥；《新爱弥儿》通过讽刺荒唐教育揭示所谓"客观"艺术的不可能性。直到创作《恋》时老舍才对"文"进行了肯定。石谿真品对主人公庄亦雅来说已超越本身艺术价值，升华为唯一体现自己生命价值的象征。论者认为结尾"恋什么就死在什么上"为老舍之死提供了理论根据。这就涉及抗战期间老舍对文学的社会功用和文学本来的艺术性矛盾进行过反思的问题。他并非如批评者所说一直埋头搞宣传而忽视了文学性，老舍最熟悉也最关注的，是文学写家自身的操守问题，无时无刻不警惕着。论者认为老舍的短篇小说与同类小说的相异处不在人物或主题，而在于表现方式——叙述风格与技巧，论者在最后三章论述了这个问题。老舍短篇小说反映的"武"理想来源于童年的为父报仇情结，这个情结在抗战时化为团结抗敌的愿望。老舍既肯定团结武力抗敌的重要性，也接纳了以"文"的方式抗战的自己和其他文人，通过行动多少协调着早已有之的"文""武"冲突。

　　陈慧敏的老舍短篇小说研究和雷金庆的老舍男性气质研究形成某种程度的呼应，二者都重视分析老舍的"文武"观。陈慧敏扎根文本，对老舍文武观的矛盾及发展演变过程进行动态考察；雷金庆则从文本宕开去，将眼光投向更广阔的社会学领域，论证老舍小说以"文武"为核心的男性气质建构，挖掘其背后的社会历史诉求和性别政治寓意。"文武"这个古老的伦理话题如今与

[①] Wei-ming Chen. "Pen or Sword: The Wen-Wu Conflict in the Short stories of Lao She (1899 - 1966)", Thesis (Ph. D.), Stanford: Stanford University, 1984: 72.

性别、阶级、种族研究为代表的社会历史研究紧密结合在一起，在中国这个深受儒家思想影响的国度颇有被肯定、被继承的意义。无论如何，儒家"文武"观念和人格理想在现代社会都面临着一场整合和新生，过去的界定和适用范围已经不适应新形势了。老舍很清楚不能指望拿西方的价值观来指导中国的事情，而是要从中国已有规范的内部去发展出新的质素。"文武"特质代表刚柔相济、刚健坚韧、勇于开拓的气质，它突破了男性领域，成为一代代作家对中华民族整体性格建构的追求。健全的民族性格是中国的脊梁，"文武双全"终将成为民族性格建设中重要的工作，对文化治国和稳健的大国形象的塑造提出更高要求。

　　王德威梳理的爱国与爱艺术冲突也好，陈慧敏所谓"文""武"冲突也罢，都是挖掘以往研究界容易忽略的曲折"心事"。无论对于以老舍后期创作的瑕疵来质疑其整体建树的观点，还是对于以政治立场出发来划定"鲁郭茅巴老曹"文学史地位的社会分析派，对于他们各自由于思维定式、剖析方法不够而产生的粗疏武断，以上研究都提供了弥补的工具和方法。再结合之前提到的观点，满族平民出身与精英知识分子身份，"写家"和"艺匠"，热心革命事业与适度旁观的立场，从"人民艺术家"到"人民的敌人"这类历史遭遇，都注定老舍这个人的思想和创作是复杂多变、一言难尽的。王德威等汉学家甚至提出了老舍的理性和非理性冲突这个概念，以逃避他们仍然解释不清楚的那些"事实"。非理性用在老舍身上可能是一种幽默，作为一个来自西方的范畴它显得那样不得体。几乎所有他们认为的非理性表现其实是被老舍内化了的现实，无论它看起来多么荒诞。老舍与川端康成这类在骨子里受西方思想影响的作家相比真是传统太多了，遍读老舍的作品就能体会到，老舍多么热爱和相信现实世界、现实生活，每一笔都落到实处。对于不能解释的事实，他会持保留态度以示尊重。如果他没能明确表态，那就是暂时不能解释，不能解决，暂且不表，仅此而已。想要在老舍身上寻到一丝一毫的虚无主义，那是没有的。所以，老舍的自杀也完全不是川端康成或芥川龙之介式的，它本质上是一个现实主义事件。回到短篇小说，因为模式、构思、人物设置、看问题角度的纷繁多样，它们同老舍的随笔一样，却更艺术化地体现出老舍在不同时期的关注点、他思想的各个隐秘角落、他写作技法的微小变化，因此在信息量的提供方面比长篇小说更多。老舍短篇小说反映出很多如王德威所说的"不成问题的问题"，一向温厚的思想在这里交锋，一向稳重的写法在这里受挑战，揭开多层文本之后"悟"的愉悦是对研究者最好的回报。

三、双向阐发《恋》与本雅明"收藏"理论

美国华裔汉学家周蕾的论文《预言性的〈恋〉——论收藏、忠诚和老舍》[①]对老舍抗战题材短篇小说《恋》进行了别出心裁的解读。他运用本雅明及"西马"学者"物"的理论来阐释看似十分传统的中国小说,这是比较诗学"双向阐发法"的成功案例。《恋》这篇短篇小说发表于1943年,一直以来并不被研究者关注。汉学家如此大费周章旁征博引互证的行为,说明这篇小说值得细读。

(一)"收藏"与"忠诚"

在《打开我的藏书》这篇随笔中,本雅明表达了自己作为收藏家的热情与幸福:"他端详手中的物品,而目光像是能窥见它遥远的过去,仿佛心驰神往。……更新旧世界,这是收藏家寻求新事物时最深刻的愿望。……收藏家即物象世界的相面师。"[②] 在本雅明看来,收藏是一件创造性活动,收藏家与物的关系不是简单占有它的使用价值,而是将其作为它们命运的场景、舞台来研究和爱抚。在最高的意义上说,收藏者的态度是一种继承人的态度。所有权是一个人所能拥有的对物品最亲密的关系。这些物品并非因收藏者而存在,而是收藏者因这些藏品证明了自己的存在。将收藏上升到本体论的地位,使它成为以开启回忆而获得新生的一种努力,这是本雅明的创见。藏品是本雅明以"回忆"碎片拒绝现在的力量,体现出把握历史的愿望。本雅明强调收藏行为是对童年稚趣的延续,是使物和人获得自由的方式,是将现在与回忆联系起来的艺术行为。在收藏家的生活中存在着混乱和有序两种辩证的张力,通过所有权关系收藏家和物的命运结为一体。这看起来是既理性又有些神秘论的观点。《恋》写了一个简单的小故事:抗战时期,济南收藏家庄亦雅陷入是否该做日本人治下的教育局局长的痛苦中——是则成为汉奸可保留藏品,否则失去藏品和性命。其结局是庄亦雅选择忠于"物"成为汉奸,最后可能仍难逃厄运,"恋什么就死在什么上"[③]。周蕾从本雅明关于收集行为中的矛盾运动出发,分析《恋》的主人公收藏家庄亦雅的人格混乱;同时分析收藏家面临比藏品更

---

① Rew Chow. "Fateful Attachments: On Collecting, Fidelity, and Lao She", *Critical Inquiry*, 2001, Autumn: 286-304.
② [德]本雅明,《打开我的藏书》,载汉娜·阿伦特编《启迪:本雅明文选》,北京:生活·读书·新知三联书店,2014年,第71-80页。
③ 老舍,《恋》,载《老舍全集(8)》,北京:人民文学出版社,2013年,第15页。

复杂的外部世界的压力时的复杂的困境。在必须要对心爱但看起来无生命的藏品和爱国的要求之间选择一项时，收藏行为带来的麻烦就像一堆乱蓬蓬的隐喻。对"物"的痴迷崇拜与捍卫国家共同利益的集体需要做出"忠诚"选择其实是一种两难的困局。与其说周蕾使用某个理论阐释这篇小说，不如说将收藏理论和《恋》看作两个互文性的文本互相阐发。依据如下：其一，收藏态度的可比性。本雅明喜欢收藏稀奇书籍，看重物带给自己的想象和自由空间而非使用价值。老舍对收藏的理解有相似性：老舍收藏小珍宝很有个性。收与不收，全凭自己的喜好，并不管它们的文物价值。[①]《骆驼祥子》的曹先生、《恋》的庄亦雅以及《四世同堂》的钱默吟都体现出这种感情的投射。这种人是有规矩的文化人而非二道贩子。其二，《恋》反映出老舍写作中的双关意图。[②] 本雅明收藏的是物，同时也是历史和文化，还是选择了某种身份（更多时候是闲适者）。《恋》则通过对中年知识分子收藏态度被外来力量干涉的描绘，隐喻了"身份政治"的严肃命题。"物"不仅是被审视和把玩的对象，而且折射着人对自己身份的定位以及对历史文化的态度。选择对藏品忠诚是忠于自己，忠于自己业已确立的阶级地位和社会身份；抛弃藏品和性命则是忠于儒家文化要求的"舍身成仁"这种爱国主义的道德规范，庄亦雅选择了前者，表现出现代社会中人们混乱的精神状态。

讽喻者是被忧郁束缚的收藏家，讽喻的意义经常变化。将物收藏、排列，而后即有意义。[③] 周蕾也认为与本雅明将散乱的藏品图书归类、排序行为相同，老舍精心将这个简单的小故事排列为三个相异的叙述环节，各传达一个渐变的意义。庄亦雅在第一环节对用余钱购置的小玩意儿倾注着仪式性关注，物在被凝视中被人格化；抗日战争爆发是第二环节，庄亦雅走运买到石豀真迹、奚落者杨可昌认输道歉事件象征主人公进一步确立了自己的收藏专家身份。前两个环节呈现出本雅明收藏理论中所有权和回忆的命题，第三环节个人抉择是个刺点，凸显出另一个主题——忠诚。收藏理论里对物的忠诚正受到社会学中对国家的忠诚法则挑战："他并非完全没有爱国的心，……可是，为了自己的东西，仿佛投降也未为不可。"[④] 收藏家单独面对物时的崇拜复杂化为一种不

[①] 舒乙，《老舍的关坎和爱好》，北京：中国建设出版社，1988 年，第 108 页。
[②] David Der-Wei Wang. *Fictional Realism in Twentieth-century China*：*Mao Dun, Lao She, Shen Congwen*. New York：Columbia University Press, 1992：183.
[③] [日]三岛宪一，《本雅明：破坏、收集、记忆》，石家庄：河北教育出版社，2001 年，第 252－254 页。
[④] 老舍，《恋》，载《老舍全集（8）》，北京：人民文学出版社，2013 年，第 13 页。

可调和的矛盾。这种矛盾构成了小说的张力，是作者要极力表现的微妙处境。个体与集体的需要发生冲突时，按照国家利益的要求，舍个人而顾大局，这是理性而高尚的选择。中西许多英雄的史诗和剧作对这个主题都曾大加渲染和倡导。"忠诚"与"愚忠"也相应而生，所以人们思索了对谁忠诚的问题，即忠诚的前提。如果忠诚的对象是真理、正义，值得坚持的有价值之物，那就跳出了个体与集体的简单分野。然而，收藏者的"恋物"正如本雅明所说，并非形而下的拜金和世俗占有，更多是另一种境界的高尚，也是一种源于自由的精神追求："收藏者的真正的、被极大地误解了的热情总是无政府主义的、破坏性的。因为这就是它的辩证法：与他对被自己精心保护的对象、物件和物品的忠诚同时并存的，是一种对模式性和可分类性的不懈的颠覆性反抗。"① 理解了本雅明对收藏家精神状态的解释，理解了老舍在抗战中对散轶藏品的释然，才能理解老舍倾注在《恋》里对庄亦雅的冷眼旁观和热心同情两种矛盾情绪；作为一个已经进入状态的收藏者，一定是保留了对藏品的私心，这才是对人性的尊重。他想在小说里理想化地协调这种矛盾而最终不得不面对现实，读者可以在这篇短文中感受到内心撕裂的苦楚。周蕾三环节论的层层递进最后归纳到"忠诚"这个命题的升华，揭示出老舍悲怆的戏剧美学在一个小人物身上的精彩演绎经过了作者相当的苦心营造，两难困境直接引发读者的崇高感。不得不说，这种细读，这种理论与作品的互证是奏效的，将看似简单的作品一层层剥开后才发现作者构思的精巧、情节设置的微妙，以及创作时内心的风雨飘摇。

（二）"恋物"：怀旧或"爱国主义"

"像许多处在后帝国主义时代的国家一样，中国人在 20 世纪初要摆脱最终会遭到毁灭命运的唯一选择就是'走向集体'，生产出一个'民族文化'来。"② 周蕾在另一部汉学研究著作中这样理解国仇家恨交织的中国人之"爱国主义"。由被压迫而催生的集体主义和同仇敌忾、忠诚于国家的民族文化，是救亡图存的重要依傍。所以，老舍并没有停留在本雅明对"物"的迷恋、把玩，借助物沉迷于过去悠远的时光以与资本主义时代过度发达而死寂的机械文明相抗上；而是像大多数中国人一样，将眼光投向"忠诚""爱国"的话题，尽管那是无法用一个标准衡量，甚至无法理清、无法表述清楚的庞杂命题。现实语境使老舍处理与本雅明迥异的选项。庄亦雅面临着恋物情结与爱国

---

① 刘北成，《本雅明思想肖像》，上海：上海人民出版社，1998 年，第 299 页。
② ［美］周蕾，《写在家国以外》，香港：牛津大学出版社，1995 年，第 78 页。

主义情怀双重强烈情绪驱使下二选一的难题，放弃任何一个都是相当痛苦的。这使人联想到抗战时周作人等选择保护北大图书馆的图书资料当了"伪馆长"而沦为"汉奸"的真实事件。在保存中华文化和为日本人效力之间，"忠诚"当如何定义？正是在这一点上，《恋》的主题意义不仅不单一，反而显得深沉。老舍不是要简单批判某群汉奸，而是促人反思"忠奸莫辨"的境况，使人明白将"爱国主义"推到极致、搞"一刀切"的害处。所以周蕾说《恋》提出的是怎样看待"爱国主义"的话题。至于其他的，如老舍的身份焦虑，反讽意味，甚至存在主义主题、政治主张：老舍创作出了中国第一部真正意义的无产阶级小说《骆驼祥子》，而《恋》则提供给读者解决如何在一个现代政治国家实现共同目标难题的新线索。① 老舍创作时就是想展示抗战现场的出现的各种现实问题以及抉择的复杂性，未必有机会顾虑到全人类的精神危机及未来国家建设的诸多命题。《恋》首先是一篇现实主义小说。

关于现代人对"物"的痴迷这种状况，马克思《资本论》出版以来，卢卡奇、本雅明、鲍德里亚、齐泽克等学者都对拜物教的隐喻性批判发展有自己独特的贡献。人的异化伴随劳动的异化而生，商品拜物教是拜物教最早最集中被论述的一种。一旦我们逃到其他的生产形式中去，商品世界的全部神秘性质、在商品生产的基础上笼罩着劳动产品的一切魔法妖术，就立刻消失了。② 人生产的商品反过来支配人，人的物化、异化就产生了。卢卡奇的"物化"理论认为人和人、人和世界的物化关系导致了对历史颠倒的理解，应以无产阶级革命来颠覆它。罗兰·巴特试图用符号学理论来承续这个传统，对"物"不信任甚至批判。诸多理论持续不断对"物"表达着疑虑和批判，而本雅明的态度则是模棱两可。在他眼中，并非所有商品都是罪恶的。他用"光晕""震惊""藏品""机械复制品"这些词来区别有价值和无价值的商品。在本雅明的收藏理论里，"藏品"不必非要是珍贵的古董字画或散轶失传的家珍，它可以是承载非凡意义的任何事物，并以此种姿态来反抗流水线上千篇一律的死物。物有时是值得去占有、把玩、赏评的，端看它是否有独一无二的价值；通过对这种价值的发掘鉴赏者与物产生精神上的实质联系。本雅明是少有并未严苛批判拜物教的人之一，他起到一种纠偏作用。从批判的角度看，庄亦雅对名家字画的执着实质上是被"物"奴役后发生的异化，人随物走。命和名节

---

① Rew Chow. "Fateful Attachments: On Collecting, Fidelity, and Lao She", *Critical Inquiry*, 2001, Autumn: 286-304.

② [德] 卡尔·马克思，《资本论》（第一卷），北京：人民出版社，2001 年，第 93 页。

都可以不要,"藏品"不能舍弃。这是一种人格扭曲。不管是物摧毁人(人迷恋物),还是人摧毁物(人厌弃物),人与物的关系都在某一刻变得极端,不死不休,周蕾认为,都起到西马所秉持的对"物"的批判作用。这个角度也蛮新颖,人与物关系的恶化起源于人役于物的可能性。

周蕾使用拉康的镜像理论来剖析庄亦雅的心路历程。第一环节可以用拉康的"想象界"来解释:庄亦雅通过对古董的搜寻和把玩来寻找自己的身份认同,视物如视己。第二环节则以庄亦雅买到石谿真迹作为进入下一个境界"象征界"入口的标志。第三环节的两难处境代表主人公终于遭遇了"真实界"。[1] 周蕾用这个理论来探索庄亦雅拒绝放弃藏品的实质是物所折射的自我,很多时候它是让人陶然自醉的幻象,有时又化作印证阶级地位的世俗表征;但当来自现实的外界力量造成致命打击时,这些肥皂泡迟早会破灭。而庄亦雅没有理性地认清现实,仍然选择活在亲手制造的幻境中,最后的他已经与"为艺术"的初衷渐行渐远。镜像理论催生哲学的模糊地带,用于进行文化批评的心理分析却具有大的适应性。第一个镜像阶段的关键词是自我建构,着重发掘人在认识自我过程中的潜意识:对自我的认知有赖"他者"成全,自我是想象性投射甚至是自欺的结果。因此比起本雅明自由性质的恋物,庄亦雅最终流俗了,被异化了。从这个角度来看,《恋》的意义是展示一个清高的文艺爱好者如何一步步被他所收藏的物奴役的心路历程。这个更具现代性的主题也许是老舍朦胧感觉到而并非主动要体现的,但其发现过程是令人激动的。也许老舍在"恋物"而产生人的异化的主题领域不只《恋》,与庄亦雅同类的形象还有《四世同堂》的钱默吟、《骆驼祥子》的曹先生等。周蕾认为《恋》的主题指向爱国主义,这使它与本雅明或西马的拜物理论讨论的怀旧或人役于物的命题有很大差异。根据齐泽克的理论,意识形态的运作机制是为了避免自由阐释带来的人们的认同混乱。比起庄亦雅,杨可昌更可能是一个表面投降而内心清醒的人。在这个主人公拒绝履行爱国主义责任的故事里,他表面做出了保留藏品和性命的最佳选择,但由于意识形态机制的强制作用,他终将被以汉奸之名宣判死刑。这是战时爱国主义对牺牲自己以成全集体的绝对要求,也体现了儒家文化经常讲的"杀身成仁""舍生取义"的道德规范。说杨可昌内心并未投降是周蕾认为他没有像庄亦雅那样沉迷于物;如果不从恋物的角度看则不见得合理。老舍明知道主人公没有选择爱国主义会走向自我毁灭,结局却听任其

---

[1] Rew Chow. "Fateful Attachments: On Collecting, Fidelity, and Lao She", *Critical Inquiry*, 2001, Autumn: 286-304.

走向歧途，是不是为了在文学里寻找一种理想？这是学者们感兴趣的。王德威则在其英文著作中将这种关注表述得更加清晰，揭示老舍对极端爱国主义即狭隘民族主义的怀疑精神，它潜伏着老舍的自毁倾向。[①] 从西方个人主义的角度来看，无论何时国家利益都不可以绑架个人利益，个人有自由意志。然而从西方文化的英雄崇拜及悲剧意识来看，个人意志在文学中贯彻得都不彻底；更不要说现实。因此，撇开具体语境和潜意识机制来谈爱国主义和绝对的个人自由是草率的，任何行动都是综合环境下内心积淀的迸发。不管看起来结果怎样偶然，其实质是必然的。"汉奸"被用来笼统地指称所有做出背叛国家行动的人，而没有对其处境和动机进行甄别，这也是不对的。庄亦雅对藏品的狂热超过了他所受过的一切爱国教育和理性认知，钱默吟则代表了为了爱国主义可以放弃一切自我的另一种理想类型。从沈从文的观点看来，后者是苍白的，因为他被儒家思想禁锢着；从悲剧崇高的角度看，他的人格和行动都是合情合理的，因为他完美的内心驱使他做出了正义的选择。陈慧敏则认为庄亦雅拒绝放弃的不是物而是艺术：艺术提供了人类生存的意义，战争强化了老舍对文人身份的认知。[②] 如果说庄亦雅是因为艺术品就是生命本身而不忍割舍，倒显出些许悲壮的味道了。从叙述者与语气来看是否如此单纯呢？周蕾综合了几家观点，认为庄亦雅起初追求艺术，后来迷上社会地位甚至金钱，产生极大的占有欲，沉迷影响了他的判断力从而作茧自缚。艺术与现实、世俗与非世俗仿佛有时就是辩证地共存于一炉。从多位学者的观点来看，老舍确实对文人保持自由独立的个性和艺术追求有坚持，只是不同时期有不同的外在表现，因为爱国爱民和爱艺术之间无法时常保持步调一致；而他对两者的热爱竟是同样热烈。没有必要去争论爱国主义命题的孰是孰非，也不存在无时无刻都不偏不倚的事物，观察人物内心的矛盾与挣扎，以巧而实的方式表现他们怎样做出人生选择，这是对写实作家操守和功力的考验。

（三）对周蕾研究的反思

周蕾成功运用了比较文学研究中的双向阐发法，以老舍的短篇小说《恋》阐发本雅明的收藏理论及西方马克思主义的拜物批判论，同时以后者代表的现代理论来挖掘《恋》在其他层面的内涵，赋予作品新生命，这是一件很有意

[①] David Der-Wei Wang. *Fictional Realism in Twentieth-century China: Mao Dun, Lao She, Shen Congwen*. New York: Columbia University Press, 1992: 144.

[②] Wei-ming Chen. "Pen or Sword: The Wen-Wu Conflict in the Short stories of Lao She (1899 – 1966)", Thesis (Ph. D.), Stanford: Stanford University, 1984: 2.

义的工作。双向阐发法指站在某种文化体系的立场上，运用该文化体系中的文学观念来理解、解释、阐发或研究另一种或几种异质性的文学（文学作品、文学现象和文学理论）。① 异质文化中的文学作品、文学现象和文学理论之间可以互相阐释，在对话中推动被释对象的传播和接受，产生新的文学景观。周蕾个别观点虽不失偏激，但假设无疑很大胆，求证过程基本严谨。首先，她选取了多数人不容易联系到的理论、作品和现象圈成一组，以学术眼光发现它们的可比性，发现它们互相阐发的可能。本雅明热衷收藏珍稀图书和小物件，而老舍收藏小珍宝很有个性。收与不收，全凭自己的喜好，并不在于它们的文物价值。② 以"恋物"为纽带，周蕾布局了一盘好棋。谁恋物？老舍、庄亦雅、本雅明及拜物教描绘的对象们。为何恋物？为艺术，为自由，为历史的真相，或因为拜金享乐，攫取世俗的身份地位。当如何恋物？恋物本无罪，关键是把握一个度。如果过于沉迷，便是役于物，走入歧途了。老舍为了抗战可以舍弃他的收藏，但在《恋》之类的艺术作品中却给予主人公理想主义的同情，正说明他是个理性和感情同样丰富的写家。恋物行为折射出许多人性和社会问题，比如周蕾探讨物与爱国主义、"身份政治"的象征性关系。《恋》对知识分子着迷于收藏珍玩的表现，是对"身份政治"命题的隐喻性揭示。这么多的意义用"物"的符号来影射关联，体现研究者在"大文本"研究中操作调配的能力。

其次，周蕾的双向阐发力求避免牵强附会、生拉硬扯，而是力求使自己对《恋》的解读起于本雅明，发展于西马的拜物理论，但落脚于中国现实的土壤。在西方理论和历史文化不能触及的领域，则尽量融入中国文化、文论的视角，结合老舍创作背景及其文论、随笔等作品，从拜物到厌物再到毁物，从中国抗战以来对传统文化的态度说起，对小说的"爱国主义"主题进行发掘。比如，在剖析庄亦雅面临两难选择的潜意识时承认西方"要钱还是要命"的选择命题失效，并将其转化为中国传统文化背景下的新命题"要正义还是要命"。《孟子·滕文公下》说"富贵不能淫，贫贱不能移，威武不能屈，此之谓大丈夫"。儒家要求真男人应该"舍生取义""舍己成仁"。于西方的自由意志之上加了一层道德约束，就使问题变得更加复杂。论者捕捉到了老舍对主人公暧昧复杂的态度，并对此进行过各种推测，最后甚至找到老舍非理性思想那里去。王德威也有相似观点。这就值得商榷。因为老舍身处受西方20世纪现

---

① 曹顺庆，《比较文学论》，成都：四川教育出版社，2002年，第343页。
② 舒乙，《老舍的关坎和爱好》，北京：中国建设出版社，1988年，第38页。

代主义思潮和文学观念影响并不透彻的中国，骨子里是传统的儒家式文人，对写实有着正统的崇拜，基本与非理性无缘。如果他的作品曾经透露出相似的表征，那也只是对现实的变形、扭曲甚至就是对现实的逼真再现。周蕾的其他一些论证细节和小观点也存在过度阐释的嫌疑，如对中国式"爱国主义"的主观阐释，对集体主义、民族主义的还原则显出亲身经验的隔膜，对某些历史事件的评判带有明显意识形态影响下的偏见。无怪乎有学者甚至批评周蕾将中国文本当作佐证西方理论的实验场。[①]

四、以"世界主义"阐释《牺牲》等留学生作品

在既成的中国现代文学史里，老舍的留学身份及其创作的"世界主义"因素往往被忽略。近年来，亚历山大·黄[②]等结合中国 20 世纪初期的现代化历史及"世界主义"理论，剖析老舍在《牺牲》《文博士》等小说中塑造的"留学生"形象，揭示文化迁移可能造成的身份混乱及各种冲突，指出试图以"物质主义"消弭异质文化差异的行为并不是彻底的"世界主义"，最终揭示老舍对国内全盘"西化"和文化"保守主义"的双重怀疑及其不偏不倚处理中西文化关系的立场。在这一点上，他超越了同时期一些同样有留学背景的五四学者。

（一）"世界主义"源流与中西文化之争

"世界主义"（Cosmopolitanism）作为一种社会乌托邦理想，在当代与"全球化"这个热点命题紧密结合。从词源学来看，"世界主义"源于希腊文，将"世界"与"市民""城邦"两词融为一体。在启蒙运动中被歌德、席勒、康德、费希特等人所倡导。后两次复兴于 19 世纪的民族国家理论和 21 世纪的全球化思潮。对世界主义本质的论述，分化出"文化认同"论、"主权"论、"公平正义"论等。乌尔希里·贝克（Ulrich Beck）认为：世界主义的概念将

---

① 孙桂荣，《经验的匮乏与阐释的过剩：评周蕾〈妇女与中国现代性——西方与东方之间的阅读政治〉》，载《中国现代文学研究丛刊》，2010 年第 4 期，第 138 - 145 页。

② 亚历山大·黄（Alexander C. Y. Huang），华裔旅美学者，美国宾夕法尼亚州立大学助理教授，协助从事中国文学研究项目工作。他主要研究莎士比亚、视觉文化、现代中国电影、文学的他异性。有德文、英文和中文著作出版，并有多篇论文发表在 *Shakespeare Bulletin*，*The Shakespeare International Yearbook*，*Asian Theatre Journal*，*Comparative Literature Studies*，*China Review International* 等杂志。代表著作《中国的莎士比亚——两个世纪的文化交流》（*Chinese Shakespeares: Two Centuries of Cultural Exchange*, New York: Columbia University Press, 2009）2010 年获得美国比较文学研究奖。

以一种理想的形态区别于同他性进行社会交往的任何其他形式，尤其是那种等级化的隶属形式、那种普世主义和民族主义的同化形式、那种后现代的地方主义形式。在我们的理解中，世界主义的概念——其关键在于全球与地方、民族与国际的二元对立被扬弃——在空间上是不确定的，它并不同世界或全球相联系。世界主义的原则无处不在，无处不被实践、不被运用。① 从广义来说，儒家设想的"大道之行也，天下为公"的大同社会就是一种"世界主义"图景。亚历山大·黄以萨尔曼·拉什迪（Salman Rushdie）的言论为起点，论述了艾皮亚（Kwame Anthony Appiah）和沃尔德伦（Jeremy Waldron）对"社群主义"的批判及其世界主义理论，并引出20世纪初期中西文化之争这个具体语境。沃尔德伦认为，世界主义观念曾被用来指涉一系列跨文化身份，包括移民（如萨尔曼·拉什迪），流亡者（如让·雅克·卢梭），资本主义社会后期的游荡者、漫游者，能够塑造和消费全球文化资本的精英阶层的一分子，一个庆祝他被察觉地相对于想象的外省人的世界主义优越性的人或者任何这些模式的组合。② 世界主义还意味着消弭实体国家之间的文化差异性，期待认同断裂又重新融合的新世界形成。公民应当超越种族、民族、国家甚至性别等身份限制，以"他者"眼光重新发现自己，摆脱偏狭并承担世界范围的全人类义务。可见，"世界主义"应当被正确地理解为一种实质上而非表面的融合，首要的是文化融合，关键是求同存异。不搞小圈子，但也不能不分眉眼地煮成一锅粥。理清"世界主义"的概念是为研究现代中国文化变革正本清源。亚历山大·黄认为老舍20世纪初在全球化冲击中国的背景下揭露了中国文化和社会问题，老舍客观上拒绝被归类的倾向则呼唤更为敞开的学术视野。

与"世界主义"相对的概念之一是"民族主义"：民族主义强调"历史"的概念，强调文化的个性，偏重"集体理性"。而"世界主义"则与一种具有普遍意义的"理性"概念相维系，强调人类在"理性"旗帜下的普世同一性，偏重个人意志和权利。③ 五四时期学界发起了中西文化之争。新青年为了解放思想，下定决心抛弃旧文化而打算大力引进西方文化，这种行为是矫枉过正。同期"国粹派"的建言并非全无道理，却被淹没在轰轰烈烈的运动洪流中。文化革命与政治革命紧密结合，冲决一切旧文化的决心伴随着救亡图存的使命

---

① ［德］乌尔希里·贝克，《什么是世界主义？》，章国锋译，载《马克思主义与现实》，2008年第2期，第54页。

② Jeremy Waldron. "Minority Cultures and the Cosmopolitan Alternative", in Will Kymlicka, *The Rights of Minority Cultures*, Oxford: Oxford University Press, 1995: 95.

③ 河清，《民族主义与世界主义》，载《读书》，1996年第9期，第72页。

感一路发展下去。这场论争表面看来以西方文化的被推崇告终,成为老舍创作《牺牲》这个留学生归国短篇小说的创作背景。故事里的人们已经剪掉了象征封建残余的辫子,学西洋人做派。在一个混乱世界里"解放"了自己。在20世纪初期,强调跨国界语境的趋势与向民族传统文化回归的趋势并存,无条件接受西方价值观与彻底拒绝西方文化的观点并存,形成影响西方现代性中国化的抗衡力量。世界主义与民族主义、全球化与地方性的矛盾在现代中国猛地凸显出来,作为一种意识形态基础深刻影响了现代文学的书写。研究者格外关注这种张力,比如亚历山大·黄称那些照搬西方文化皮毛的留学生为"无根的世界主义者"。

(二) 老舍的怀疑论——全球化与本土性的辩证法

亚历山大·黄作品中的一个标题是"话语赤字和城市异国景观"。他认为,老舍的"留学生小说"逼真呈现中国以上海为代表的国际化都市消费主义横行的伪世界主义图景。老舍既怀疑妖魔化的东方主义者,也怀疑全盘西化者和物质主义者;这种怀疑精神以闹剧情节及夸张扭曲的小丑形象来传达。全球化理想实践的初期伴随着第三世界话语权的丧失,并催生"话语赤字""文化赤字"等术语。这个现象正与世界主义者的初衷相背离。在"欧洲中心主义"的历史背景暂时无可改变的前提下,第三世界国家在"对话"中面临的处境很可能是"失语",是输入远大于输出,是逆差。除对西学这股新鲜血液的急迫需要外,政治地位的弱势成为文化输入的一个关键原因。因为各种原因,起初输入的只是这个庞大文化体系的冰山一角,甚至是最微不足道但光鲜亮丽的皮毛。将以五四知识青年为代表的舍本逐末者称为"无根的世界主义者"真是再恰切不过了。短篇小说《牺牲》讲述一个认为留学后回国对自己才情和履历是种牺牲的知识分子毛博士及其因此在国内屡屡碰壁的故事。在美国镀了一层金,他感觉自己成为知识界的精英,实际他的美式做派和思想在中国就是空中楼阁,最后被家人、同事、领导嫌弃和排挤,失意潦倒。毛博士还有个同类,就是老舍长篇小说《文博士》里的文博士。他们有个很大的共性,那就是消费的世界主义。比如家里都爱用美国装饰品,都醉心于美国物质符号:地毯、沙发、澡盆。20世纪初期的口岸开放和洋务运动为此提供了物质条件,这似乎因符合刚刚从封闭的小农经济脱胎出来的国人的现实而可以被暂时地理解了。作为写家的老舍则能超前地去怀疑和讽刺,并对中国文化的走向产生了深深的忧虑。对于消费主义的世界主义,老舍在许多小说里有所批判,希望引起国人的警醒。比如《老张的哲学》里老张的土洋结合显得像个不伦不类的跳梁小丑；《离婚》里张天真的西式打扮做派和糊涂脑袋透露出他遭受牢狱之灾的原因；《赵子曰》里赵子曰懒惰地随波逐流，盲目参加学生运动，都说明那时所谓的"新潮"极其危险。可以说中国社会在现代化初期的消费主义图景是海市蜃楼，没有根基，没有理会全球化的要义，就掀起了浮华的文化狂欢。当光怪陆离的肥皂泡破灭后，几乎没有丝毫有价值的东西留下来。老舍等人就是这场盛宴里少数清醒的观察者和预言者，很庆幸他们发出并流传了异端的声音。

亚历山大·黄认同汉学家周蕾的观点：自我牺牲嘲笑了与收藏者的恋物相联系的一系列行为。他认为这个主题隐晦地揭示出老舍对两种极端文化身份的不满，并通过制造诡谲多变的矛盾冲突来体现。《牺牲》可以被看作讨论世界主义各种可能性的专论。这类作品显示作者对公民的本土性及相反立场——否定对本土的忠诚——抱持一种模棱两可的态度。[1] 毛博士悲剧的本质用一个词来形容就是"身份错乱"，这也是老舍小说不断重复的情节之一。毛博士回国后拿自己在美国的身份来观察和要求中国人，炫耀美国经历（实际在美国混得也就那样），厌恶农村人，厌恶旧做派。其实他的西方身份也是假的（否则他怎么一直好面子坚持别人称他毛博士呢?），充其量就是一种视角。用西方视角来衡量国人的一切，在自己也具有民族身份的环境中，自然处处不妥。文博士也是一样，只是运气稍好娶到有钱太太。看来美国在国人关于西方的现代性想象中占据特殊位置，但因历史阶段和体制不同等因素，许多内在质素不能被理解和实践。因此，老舍笔下的博士们以美国市民生活衡量中国城市文明是盲目的。不仅留过洋的博士们，普通市民们很可能在现实中也追求类似的想象中的现代生活。毛博士强化了"新"文化身份与传统文化身份之间的冲突，后者往往可以被还原为有形实体（传统习俗、饮食等）。中国文化身份被老梅以激烈的姿态捍卫着，叙述者经常以批判的口吻报道毛博士如何痴迷所有"美国"的事物，既有夸张又有嘲讽。按老舍的忧虑，留学生们往往既没能靠西方知识活着，也没法重新适应中国的新现实。同时，作者也不偏袒毛博士的对立面——名副其实的当地人。这些人主张向传统文化复归，屏蔽一切非中国因素。在聚餐情节中，所有人都挣扎着想要清晰界定自己的文化身份，有极少处在两极的，大多数是混合型的。不仅在《牺牲》《文博士》中，老舍对多重身份的矛盾表现和反思在早期小说创作中已经初露端倪。老张明里装模作样为

---

[1] Alexander C. Y. Huang. "Cosmopolitanism and Its Discontents: The Dialectic between the Global and the Local in Lao She's Fiction", *Modern Language Quarterly*, 2008（3）: 98 - 118.

大众谋福利推广新式学校，私下里暗中牟取暴利不择手段；高大上的大学生赵子曰实际上就是冲动、浮夸的蠢学生；绅士、文明的英国人在中国人面前就变成了自私懒惰、歧视黄种人的小丑；富裕、讲究、集五千年文明于一身的老马其实是旧中国腐朽、颓败的象征，一旦意识到这种矛盾并想要调适它，极大地痛苦便随之而来。以五四标准来衡量，老舍笔下的一系列处在中外文化冲突风暴中心的人物无疑具有异质性，混合传统民族主义者的文化逻辑和改革者的世界主义逻辑。老舍对绝对的民族主义和世界主义都抱持怀疑，并且对自己的双重身份——异文化传播者和本土讲述者有着一种清醒的自觉。使老舍与同代人区别开来的，不仅是王德威所说的喜剧天分，更是老舍对"东方"或"西方"简单划分的警惕，在社会和文化批判中表现出的那种渐进式的矛盾的怀疑主义。

更进一步，亚历山大·黄对以消费主义作为世界主义的支撑予以否定。他认为即使文化碎片能够被整合进个人生活，物质消费并不能代表这些物呈现的生活方式甚或思想。① 这个观点是严谨而合理的。毛博士迷信西方文化只是沉醉于物质，本质上是拜物。既不属于本雅明所说的"怀旧"，也不是对真正世界主义者的生活感兴趣（觉悟达不到）。老舍在《牺牲》里讽刺了这类人的肤浅。理想的中产阶级生活却打上了中国传统意识的烙印，中国知识分子注定陷于全球化身份与本土性身份选择的双重困境。毛博士并没有能够按照自己设想的美国中产阶级家庭的方式去生活，因为他生在中国，依旧生活在中国。物质的理想尚不能完全实现，更何况它不能代表思想甚至文化。因此，它是伪世界主义。亚历山大的研究促使大家反思：中国学习西方的弊端，就在于流于肤浅，而未费尽心力转化为适合国情的东西，老舍早已认识到并担忧这一点会继续发展下去。学习西方，不能停留在照搬他们的消费和价值观，而是应当结合中国传统文化去沉思什么文化模式是适合中国人自己去建设、去一代代传承下去的。对西方，中国话语和文化存在着赤字；对中国，消费的世界主义是一种异国景观，中国人理解的西方大多对西方人来说也是一种异国景观。可见，被扭曲的、表面化的西化离世界主义的理想还差得很远。老舍早已领悟到：抓住中国文化的根，深刻理解和有辨别地借鉴西方文化才是明智之举。

(三) 老舍"留学生小说"的"世界主义"色彩

亚历山大·黄将老舍的《牺牲》《毛博士》等小说归入"留学生文学"

---

① Alexander C. Y. Huang. "Cosmopolitanism and Its Discontents: The Dialectic between the Global and the Local in Lao She's fiction", *Modern Language Quarterly*, 2008 (3): 98–118.

范畴，考察它们的位置和价值，并认为留学生是"世界主义"的实现者之一。在这方面，一些英语世界学者的研究与他形成呼应。中国现代的"留学生文学"可以看作"游记"文学的一个子类。出现于中国 19 世纪晚期，繁荣于 20 世纪 30 年代，应中国留学生井喷式增长的潮流而生。中国作家以文献式（梁启超）或小说式（老舍）写作生动记录旅行经历，以此作为穿越文化时空的记录。留学生试图以物的借鉴弥合文化差距，但根深蒂固的中国式思维阻止了他们成为彻底世界主义者的梦。这些文化的中间人暂时既不能做到将西方文化和思维方式本土化。黄认为《牺牲》的逼真性不因其闹剧性而被削弱，它既是报告文学又是戏仿。老舍能确保戏剧化表现的问题都是现实中亟待解决的问题，人物和事件都来源于真人真事。留学生小说的真实性来源于他海外留学生活中获取的第一手资料。《牺牲》也未必像老舍所谓的"它摇动，……它破碎"那样失败。找到破碎的症结是研究的关键，旨归的模糊恰恰表现出老舍等在新旧交替时代浪潮里的上下求索，一如老舍的自白："牺牲里的人与事是千真万确的。"[1] 老舍既是一位热情的幽默作家，又是一位愤世嫉俗的说笑话的人，因为他令人捧腹的叙述中包含了一种对中国现代社会的荒诞生活的辛辣、深刻的探究。[2] 毛博士形象并不孤立、虚幻，老舍小说里的蓝小山（《老张的哲学》）、张天真（《离婚》）、欧阳天风（《赵子曰》）、小蝎（《猫城记》）是它的"孪生兄弟"。亚历山大·黄还发现鲁迅《阿Q正传》里的"假洋鬼子"、钱锺书《围城》里的张吉民、谷崎润一郎短篇小说《青花》中的冈田、森鸥外短篇小说《舞姬》中的太田丰太郎等都与之灵魂相通。史晓玲运用形象学理论，将老舍《二马》与其他中国留学生如王韬的《淞隐漫录》、白先勇的《芝加哥之死》、周励的《曼哈顿的中国女人》等具有较大时间跨度的作品置于一套话语体系中相烛照，分析他者形象，系统论证关于整个 20 世纪中国留学生文学产生的历史文化环境问题。她认为尽管许多五四作家都在欧美留学过相当长的时间，只有老舍最终建构起了关于自己留洋经历的一部有美学意义的长篇小说——《二马》，向国内读者描述中国人海外生活的细节和目标。凯萨琳的形象体现出"老舍模糊的世界主义理想"。史晓玲对亚历山大·黄提出建议：考察老舍世界主义观念时不应该观照那些拒绝消化、领悟西方思维模式的文学人物，相反那些对本土文化和其他文化都持批判态度的人物，如《二

---

[1] 老舍，《我怎样写短篇小说》，载《老舍全集（16）》，北京：人民文学出版社，2013 年，第 193 页。

[2] Alexander C. Y. Huang. "Cosmopolitanism and its Discontents: The Dialectic between the Global and the Local in Lao She's fiction", *Modern language quarterly*, 2008（3）: 109.

马》中的凯萨琳和李子荣应该成为主要考察对象。① 李子荣也是留洋博士，也想以西方技术救中国。但他具备毛文两位博士所缺乏的热情、务实和进取心。论者倾向于从正面发掘老舍对留学生形象的塑造。

菲利普·威廉姆斯（Philip Williams）这样评价作为留学生的老舍："尽管老舍作为伦敦大学的讲师自1924年至1930年旅居国外，但他的创作令人耳目一新，没有同时期所谓典型'归国留学生'常有的那种自命不凡和故作姿态。"② 正因为老舍自己不是那种肤浅的留学生，他才能清醒地去观察和描写留学生的人生和前途，为他们指明出路。通过戏剧化地传达自己对全球化与本土性辩证关系的理解，老舍在追问：究竟能否圆满地实现歌德所说的"世界文学"理想？如何去实现中外文学、文化的有效融合和对话？国内对《牺牲》曾有种普遍的解读，认为它是对毛博士"洋奴"性格的讽刺③，批判他丧失了起码的民族尊严，是一个崇洋媚外的典型④。这种评论受到僵化的社会阶级分析派影响，代表过激的民族主义立场。亚历山大·黄则站在世界主义立场，敏锐捕捉到老舍在《牺牲》这类留学生题材小说矛盾性的一种可能原因：全球化与本土性的悖论。至于老舍是否自觉秉持世界主义的视野或者思想在写作，那是值得怀疑的事。老舍的另一个短篇《铁牛和病鸭》是人们常常忽略的留学生题材。留学回国的铁牛务实，立志搞农业改革，看不出洋做派，有典型的"武"特征。因为他是农场唯一干事的人，场长换了几任照例不撤换铁牛。铁牛把农业试验看成命一般重要，比别人辛劳，没名没利都不改初衷。同学病鸭则官本位，色厉内荏，有些江湖本事。最后铁牛说话得罪了病鸭被撤职，和和平平做件大事的理想告吹。老舍认为将铁牛的正直和病鸭的圆滑中和一点就是理想的人才了。铁牛的毛病是不懂中国国情，只顾埋头苦干，病鸭则正好相反。这两人的问题在知识分子中间具有代表性，而老舍重视的是铁牛，最后的反讽是痛惜。痛惜这个心眼儿实诚要做点实事的青年翻车在不谙世事的天真里，翻车在自己熟识的人手里。这个形象使人联想到许地山《铁鱼底鳃》里壮志难酬的雷教授。中国现代文学的留学生形象有两种类型，一类是有抱负因

---

① Xiaoling Shi. "The Return of the Westward Look Overseas Chinese Student Literature in the Twentieth Century", Thesis (Ph. D.), Phoenix: The University of Arizona, 2009: 85.

② Philip F. C. Williams. "Book Review: Blades of Grass—The Stories of Lao She", World Literature Today, 2000, Spring 74: 353.

③ 方白，《旧时代的葬歌——读〈老舍短篇小说选〉》，载曾广灿、吴怀斌编，《老舍研究资料》，北京：知识产权出版社，2010年，第661页。

④ 陈震文，《独特·浑厚·卓异——论老舍的短篇小说》，载《辽宁大学学报》，1984年第5期，第89页。

社会环境遭受挫败的青年（《去国》里的英士、《沉沦》里的"我"），另一类是官本位或得过且过的假留学生（《头发的故事》里的N、《三博士》里的甄辅仁）。老舍同情的留学生同郁达夫、鲁迅一样，都是孤独者，或是清高、不通人情世故的书呆子，或在固有的官场制度、社会风气面前四处碰壁。老舍这个阅历颇深的作家用了各种生动的描绘来解释，在中国要想施展拳脚仅凭一腔热血和满腹知识是远远不够的；留学归国混得好的可能不做事，想做事的又得不到机会。多余人的产生与社会历史文化、与个人修养都有关系。老舍的留学生文学除《二马》描绘了留学生在国外的处境，其余都是刻画留学生归国后的际遇和表现，严格来说不属于现在所说的"海外华文文学"。他们的关键词有焦虑、炫耀、野心、挫败、谎言等。老舍带着怀疑的眼光打量这群他熟知的知识精英，背后有深广的历史文化因由。假设亚历山大·黄能将各类正反对照的形象及其生活背景都纳入研究视野，能站在更高处比较论证老舍与其他留学生文学的异同，点明老舍留学生文学的地位，相信他会得到与老舍的"世界主义"相关的更全面结论。

第二节　英语世界老舍短篇小说研究反思

老舍的中短篇小说同其长篇小说创作紧密缠绕在一起，共同构成其文学创作的靓丽风景。或许如一些学者所说老舍在短篇小说创作中表现出不及长篇的驾驭能力，但前者自有其特殊韵味。英语世界学者的这方面研究可以归纳总结为以下几个关键词。

一、"经典"与"时代"：批评的视野

20世纪末，"经典"及"经典化"开始成为热点问题。文学经典因为其跨越时空的审美和文化价值被一代代读者所认可、追慕，完成它的经典化过程。经典被不断阐释和重构，生成新的文本。不论是从一开始就声名鹊起还是曾经被压抑忽略的作品，都有可能经历漫长的时间淘洗后成为经典。横向来看，经典也是与每个时代特质相契合的文本。老舍的长篇小说较迅速地完成了经典化过程，评论界毫无疑义地将语言、立意、人物、风俗、构架等方面的精彩评价郑重地授予其长篇小说。但是，老舍的中短篇小说至今被过于忽视了。是它们够不上经典的标准？还是因为文体高下之分？抑或是老舍短篇小说溢出了既有的理论体系？即使是世界文学最高奖项诺贝尔文学奖，授予短篇小说作

家的例子也是凤毛麟角。短篇小说的经典化过程何其艰难，一般理论似乎有鞭长莫及之嫌。写出好的短篇小说其难度不亚于甚至高于长篇。由于短篇小说对构思、叙述和布局谋篇技巧、平衡的要求很高，它更考验作家的才华积累和写作功力。对老舍短篇小说地关注在其长篇的经典化之后，或许与现代叙述学的发展有关，更可能因为其中许多作品在时代的冲刷中熠熠发光。比如《断魂枪》《月牙儿》《马裤先生》《抱孙》《牺牲》《也是三角》《黑白李》《开市大吉》等作品陆续受到推崇。21世纪生活节奏的加快，使得读者更愿意选择能在短时间读完的作品，文化热更将汪曾祺这样的短篇小说和散文作家推上了历史舞台。短篇小说麻雀虽小，五脏俱全。各异的故事包罗万象，因其精巧的形式赢得读者的审美关注。英语世界的老舍短篇小说研究以创新性拓展着老舍"经典化"的疆域。威廉·莱尔发现老舍短篇小说聚焦日常生活，营造亲切平等的叙述氛围，同五四说教式的启蒙拉开距离；王德威将老舍与沈从文、茅盾等作家置于20世纪上半叶的同一背景中进行平行比较，认定老舍是中国现代小说文体的奠基者之一。研究者或对老舍被忽视的短篇小说予以重新发现，或以一系列作品为对象进行专题研究，做出了许多有时代特色的成果，推动了老舍中短篇小说的经典化过程。

学者从鲁迅开创的中国现实主义传统入手，认为老舍个性的继承、发展了这一传统，这是老舍小说"现代性"的集中体现。Quach论证老舍如何运用变形的写作技法，通过将逼真的写实与闹剧、悲喜剧因素熔于一炉，开创个性化的现实主义话语，从而越过最初写实的边界，颠覆狭隘的写实定义，改良西方的现实主义为中国特色的写实手法。王德威的老舍"爱国短篇小说论"专门研究老舍抗战时期的两个短篇小说集。发现老舍对抗战文学的不同态度，对战争体验和社会文化批判的多种艺术表现形式，对老舍综合运用自己喜剧天赋达到了成熟阶段，发现老舍战时思想的转变和矛盾。[1] 梁耀南比较论证老舍曾经对狄更斯现实主义创作技巧和风格进行借鉴和变革。[2] 可见老舍对发源于西方的19世纪批判现实主义进行过细致的观察和思考，并在伦敦时期的创作中明显体现出这种西方影响。派瑞·林克发现在对底层民众的现实刻画方面，老舍和印度作家R. K. 纳拉扬（R. K. Narayan）存在异曲同工之妙。[3] 也就是说

---

[1] David Der-Wei Wang. *Fictional Realism in Twentieth-century China: Mao Dun, Lao She, Shen Congwen*. New York: Columbia University Press, 1992: 160-168.

[2] Yiu-Nam Leung. "Charles Dickens and Lao She: A Study of Literary Influence and Parallels", Thesis (Ph. D.), Urbana-Champaign: University of Illinois at Urbana-Champaign, 1987.

[3] Perry Link. "Rebels, Victims and Apologists", *New York Times Book Review*, 1986 (7/6): 1-4.

老舍在现实主义创作风格、主题甚至技法方面与另一东方作家竟然有颇多不谋而合之处，他们在化西方为东方的过程中与经典更近了一步。研究表明，老舍熔中西方写实技法于一炉，在"现实主义"创作原则的基础上加入了自己的理解，融入幽默、闹剧、悲喜剧、讽刺等多种喜剧手段来避免现实主义要求细节逼真可能造成的僵化、刻板现象，以亲切话家常的叙述语调来拉近与普通读者的心理距离，以浅近俗白但规范的京味儿白话提升读者的阅读兴趣。老舍式现实主义既有鲜明个性，又创造忠于历史、忠于人性本质的真实。短篇小说往往成为老舍对叙述技巧的"实验场"。

学者发现短篇小说的方寸之地就像时代的万花筒，能多角度传达老舍对中西文化差异、古今社会变迁的微妙体验和明锐洞察。经典既是民族的，更是世界的。兰比尔·沃勒观察老舍的两性观，认为老舍对新女性的态度不乐观，男女关系的描写也有许多复杂滋味；重要男性角色几乎都没有家庭维系。[1] 和鲁迅一样，老舍尤其在短篇小说中塑造了许多个性迥异的女性。有文化的新女性多数是新旧影响集于一身；旧女性既值得同情和称道，也同新女性一样有致命缺陷。老舍从底层妓女、劳动妇女写到阔太太，各个阶层都有。通过对饮食男女琐事的描绘来揭示许多社会问题：新旧交替中的人心混乱、金钱关系对传统伦理道观念的冲击、新式教育与社会现实的脱节、女性解放的途径等等。沃勒采取最传统的实证研究和社会历史分析，视野宏阔，高屋建瓴，通过文本细读形成一个阐释体系。周水宁认为老舍受陀思妥耶夫斯基影响，倾向于将最纯洁的灵魂灌注于最卑微的角色，刻画妓女中的天使形象。[2] 这算抓住了老舍刻画女性的特色。老舍比较擅长将美与丑、善与恶、肮脏与洁净等两种对立的性质糅合进一个女性角色的身体里，制造其天使与魔鬼的戏剧冲突。老舍很多短篇小说的戏剧冲突都具有鲜明的现代性质。

英语世界学者还发现，老舍中短篇小说呈现更明显的实验性质。长篇小说可能写的相对保守和冗长，对小说技法的要求没那么严苛。短篇小说的瑕疵是很难被掩盖的，所以更需要用心打磨，老舍认为这正适合自己练笔。英语世界对老舍短篇小说甚至长篇小说的叙述学研究，深刻影响到国内这方面的研究。20世纪90年代以来，从性别政治、意识流、心理分析、叙述学等理论角度介入的成果多起来。如以叙述学理论分析《丁》《开市大吉》，还有框架传统但

---

[1] Ranbir Vohra. *Lao She and the Chinese Revolution*. Cambridge：Harvard University Press，1974：116－126.

[2] Sui-ning Prudence Chou. "Lao She：An Intellectual's Role and Dilemma in Modern China"，Thesis (Ph. D.)，Berkeley：University of California，Berkeley，1976：91.

理论多样的《老舍短篇小说论》等。由于文体简洁、叙述节制、技巧多变及语言精练,老舍短篇小说于方寸见大千,见微知著,体现作者对时时创新境界的追求,具备成为经典的潜质。经典还需要更多伯乐的赏识与发现,先还原再更新,这是面对经典应有的态度。在老舍的短篇小说中,有数个更真实的老舍等待后来人去发现。

二、叙述学方法与跨文化研究:批评的路数

埃德加·爱伦·坡(Edger Allen Poe)指出,短篇小说是相对完美的叙事形式,能一次读完从而获得长篇不能传达的效果或印象的统一。[1] 短篇之于长篇小说,就像现在的人们爱看的电影之于过于冗长的电视剧。短篇的崛起,如同电影的兴起,都是生活节奏加快的时代要求。英语世界学者也倾向于运用当代叙述学理论来评论老舍的短篇小说。不少研究者曾经认为:鲁迅是中国最早运用不可靠叙述的,那时更少有人实验意识流手法。菲利普·威廉姆斯等却经实证指出,当时进行过此类实验的中国现代作家不在少数,其中就包括老舍。[2] 一般来说,用叙述学理论阐释传统小说是难的,除非这小说吸纳了一些新颖的叙述技巧。老舍正是如此。一些学者甚至认为短篇小说是老舍实验西方现代叙述技巧的实验场。陈慧敏在系统梳理老舍 68 个中短篇小说的基础上,在分析其叙述技巧演变的过程中,洞见老舍大脑里"文""武"理想的冲突与协调轨迹。[3] 体现出叙述学从结构出发,蔓延到意义的学科优势。对老舍抗战短篇小说价值的发掘因此受益。学者发现老舍实际创作与"爱国"宣传目标存在矛盾,途径是剖析多样叙述技巧底下的暗流。王德威以对老舍抗战短篇小说的叙述分析为基础,肯定了老舍抗战文学的价值:尽管态度含混,但头脑清醒,尽可能追求文学性。[4] 论者认为《火车集》和《贫血集》完成了迥异的战时形象建构,这就是最大意义所在。其中《不成问题的问题》以寓言形式讽刺重庆国统区社会问题,从丁务源的不可靠叙述识别和蔼背后的伪装。结局为丁务和源叙述者都必须退场,嘲讽退去,荒谬感主导整个故事:国难之时内

---

[1] [美]华莱士·马丁,《当代叙事学》,北京:北京大学出版社,2006 年,第 145 页。

[2] Philip F. C. Williams. "Book Review: *Blades of Grass—The Stories of Lao She*", *World Literature Today*, 2000, Spring 74: 353 – 354.

[3] Wei-ming Chen. "Pen or sword: The Wen-Wu Conflict in the Short Stories of Lao She (1899 – 1966)", Thesis (Ph. D.), Stanford: Stanford University, 1984.

[4] David Der-Wei Wang. *Fictional Realism in Twentieth-century China: Mao Dun, Lao She, Shen Congwen*. New York: Columbia University Press, 1992: 159 – 200.

部最不该出问题的地方偏出问题。不可靠叙述是老舍惯用的,比如《恋》的结尾,《八太爷》叙述王二铁之死时表现出的价值混乱、《月牙儿》描写少女时的恋爱。叙述者以优越的语气"表扬"王二铁之英雄主义,到底是英雄还是阿Q,留给读者去思考。王德威发现了老舍几个未受战争影响的抗战小说。如《我这一辈子》突出叙述声音,用第一人称回忆,疲惫中夹杂着悲喜的调子,充满敏感与自省,以此来避免落入自然主义或社会控诉的窠臼。《兔》的叙述者冷眼旁观一个年轻人如何由满怀雄心壮志到一步步被诱入陷阱,结局对剧场失败和主人公死亡的交代简单有力,引起恐怖与宣泄感。叙述学研究激发学者对抗战期老舍的思想矛盾和转变产生继续探索的兴趣。老舍对抗战宣传文艺内心产生过怎样的矛盾?如何在作品中去化解这些矛盾?他对中国和革命文学创作的态度产生过哪些转变?叙述技巧如何设置开关隐形文本的按钮?陈慧敏认为老舍虽然以刻画"文"人为主,十个抗战短篇是对"武"的肯定:多采用男性视角及男性叙述者,不乏英雄侠士,表达了作者投笔从戎、共赴国难的理想。幽默隐退,甚至北京方言的挥洒被刻意抑制;在一定程度上摈弃文人的闲适、白日梦和闹剧。如果说老舍在处女作《小铃儿》中以小铃儿因打架被校方退学的不可靠叙述颠覆了童年为父报仇的"武"情结,抗战短篇《小木头人》则通过孩童视角和语调对叙述内容进行陌生化处理,赞赏"文武双全"的理想。[①] 抗战短篇小说对老舍"亦文亦武"的理想的冲突和欠缺起到一种象征性的代偿作用。王德威、周蕾等人推测老舍的爱国心无可置疑,但其对"爱国主义"和中国革命的认识却有所变化。从反对盲目爱国的学生暴力运动到理解了战时两难处境的困窘,充分体现出老舍在复杂政治形势下的作为文人的历史担当和一丝清醒。

英语世界学者习惯在老舍短篇和长篇小说、杂文之间,小文本和大文本之间发现互文性。"互文性"强调文本的断裂性和不确定性。横向轴(作者—读者)和纵向轴(文本—背景)重合后揭示这样一个事实:一个词(或一篇文本)是另一些词(或文本)的再现,我们从中至少可以读到另一个词(或一篇文本)。比如结合《恋》《骆驼祥子》《正红旗下》和杂文《四大皆空》《八方风雨》考察老舍的生活和思想变化。周蕾发现老舍短篇小说《恋》与本雅明收藏理论可以构成一个互文文本,论证时将拉康镜像理论、"拜物教"理论、中国"舍生取义"命题和西方戏剧"要钱还是要命"的命题都纳入互文

[①] Wei-ming Chen. "Pen or Sword: The Wen-Wu Conflict in the Short Stories of Lao She (1899 - 1966)", Thesis (Ph. D.), Stanford: Stanford University, 1984: 12 - 14.

圈。通过对叙述环节乃至情节素的逐层剖析,剥离出另一层文本:老舍或许存在一种认同混乱,在"爱国""爱艺术"与"恋物"之间。叙述学的结构分析在以往研究的基础上使问题变得更生动、复杂起来。《草叶集》是海外很有影响的老舍短篇小说译文集。译者威廉·莱尔的后记[1]模仿了老舍的叙述风格:平实、亲切而幽默。莱尔认为老舍创作的平民化倾向与众不同,舍弃了政治化的"主义"和口号,不热衷创造看世界的新方式;老舍假设自己和读者拥有共同的视野和聚焦,对人性的展示如万花筒般使读者着迷,叙述者则是亲民的。莱尔认为,老舍善于并热情细致地表现小人物(结合《小人物自传》),叙述者以幽默的理解与宽容代替所谓客观断语,不厌其烦地在关系中表现人性。兰比尔·沃勒从政治角度分析老舍,威廉·莱尔则通过短篇小说还原老舍为普通人代言的立场。《草叶集》中除了《黑白李》,还选取了和之前短篇小说英译本截然不同的其他作品。老舍的特别在于:将同情与喜剧因素调和的爱好以及有意识运用西方叙述技法,这使他与同时代讽刺作家拉开距离。《开市大吉》设置了不可靠叙述者,《丁》则有意识流的段落。短篇小说成为"隐而显"地揭示老舍动态发展和微妙想法的一把金钥匙,揭示老舍如何由传统的"说书人"向世界意义的现代小说作家转变,如何调适文学性与功利性、文与武、文学与革命的关系,如何辨析爱国主义与狭隘的民族主义,如何调适先天气质与后天环境的关系。自叶维廉先生提出两套"文化模子"起,自汉学研究兴起,汉学家们相对自觉地跨国别、跨文化、跨学科,叙述学和文化批评都是最热门的老舍研究路数。

三、"他国化":批评的变异

跨文化研究有利有弊,集中体现在"他国化"特征上。文学"他国化"是指一国文学传播到他国,经译介、文化过滤和接受之后的一种深层次变异。[2] 老舍短篇小说比较繁杂,其研究也相对困难。作品漂洋过海后的翻译和研究"他国化"色彩比较浓,打上了异质文化的烙印。夏志清对老舍中后期小说的批判出发点是对老舍共产党员身份的谬见;王德威对老舍"爱国主义"的执着叩问暗含他对集体主义理解的偏颇。某些大胆推论缺乏严谨的学理性。

---

[1] William Lyell. "The Translator's Postscript: The Man and the Stories", in William A. Lyell and Sa. *Blades of Grass*: *The stories of Lao She*, Honolulu: University of Hawaii Press, 1999: 353 – 354.
[2] 曹顺庆、郑宇,《翻译文学与文学的"他国化"》,载《外国文学研究》,2011 年第 6 期,第 111 – 117 页。

例如，亚历山大·黄以"世界主义"视野烛照《牺牲》《文博士》等老舍留学生小说，揭示老舍对全盘西化和全盘本土化两种观点的批判精神，其角度新颖，眼界开阔，论证也颇能令人信服。然而他认为20世纪初的中国是"消费主义"的"世界主义"这个论点不够严谨。"消费主义"和"消费社会"在当今中国尚不可论，老舍更不可能是一个西方意义上的世界主义者。周蕾对《恋》的双向阐发颇有新意，然而分论点未免有牵强附会之处，存在以作品诠释理论的危险。由一个短篇、一套西方理论引发对中国政治弊病的评价，史料方面若没有严格的实证材料加以辅佐，未免草率。

由于立场、方法、看问题角度的差异性，创新极容易产生。黄碧端对老舍小说乌托邦倾向的解读可以和何官基对老舍小说的反乌托邦阐释对照起来分析，"桃源"和乌托邦，乌托邦和反乌托邦的"对话"实有精彩之处。[①] 比如何官基指出《猫城记》与芥川龙之介的《河童》存在有趣的表面相似：最初发表于文学杂志后出版，以第一人称叙述；基本情节都是一个人类去类人的动物世界拜访，源自作者对现实社会的厌恶。后者比前者连载早5年出版，没有证据可以给两部作品建立直接的联系，因为据论者所知老舍不懂日语或没有读过日本小说译本。王德威从类似旧版《断魂枪》题记、《黑白李》的心理结构分析得到启示，论证老舍小说闹剧性质和悲喜剧风格：老舍笔下的现实不仅可怖而且荒诞。[②] 王德威将西方戏剧理论框架和大小范畴用于解读老舍小说，形成了体系化的研究成果。在讨论讽刺手法时，汉学家还倾向于将老舍小说与《儒林外史》《官场现形记》等谴责小说及西方小说进行对照（如阿里斯托芬的《黄蜂》和《蛙》、欧·亨利的《麦琪的礼物》、果戈理的《外套》、陀思妥耶夫斯基的《穷人》《双重人格》）。[③] 用于平行比较的文本都是西方短篇小说史乃至世界文学史上的精品，这说明学者们在老舍作品中发现了同质性。老舍的小说无论是从主题、原型、情节、人物或是艺术手法的运用都具有一些名篇的风范。这就是对老舍短篇的极大肯定了。

[①] 参考以下资料：Pi-Twan Huang, "Utopian Imagination in Traditional Chinese Fiction". Thesis (Ph. D.), Wisconsin-Madison: University of Wisconsin-Madison, 1981; Koon-Ki Tommy Ho. "Why Utopias Fail: A Comparative Study of the Modern Anti-utopian Traditions in Chinese, English, and Japanese Literatures", Thesis (Ph. D.), Chicago: University of Illinois, 1986.

[②] David Der-Wei Wang. *Fictional Realism in Twentieth-century China: Mao Dun, Lao She, Shen Congwen*. New York: Columbia University Press, 1992.

[③] 参考以下资料：Emil Draitser. *Techniques of Satire: The Case of Saltykov-scedrin*. Berlin/New York: Mouton de Gruyter, 1994; Frank J. Humor MacHove. *Theory, History, Applications*. Springfield, Il1., USA: C. C. Thomas, 1988.

中短篇小说是老舍进行文学实验的领域，他试图将中国和西方小说写作技巧交融，经历了由传统讲故事向现代小说创作的转变，吸引一些学者剖析其叙述特征；并且这个领域更微妙而直观地表露出老舍思想和创作技巧的发展演变过程。老舍短篇小说的题材、形态更灵活多变，包罗万象，阅读体验及价值与其长篇相比自有其妙处。爱丽丝·门罗在短篇小说领域的造诣体现在故事令人难忘，语言精确而有独到之处，朴实而优美，读后令人回味无穷。拿这些评语来描述老舍的短篇创作也较为恰当。英语学者的研究提供了新的视野、新的路数、新的理论方法，和国内研究形成了一定程度的互补、对话。随着时代变迁，短篇小说的魅力正通过这些经典作家、作品的传播越来越被人们所认识。相信在世界文学互动的背景下，文学史将给出新的评判：老舍确实在短篇小说领域更投射了艺术技法的多重探索和更复杂的人文思考。

第五章　英语世界的老舍抗战长篇小说研究

抗战改变了一切。老舍在抗战期间仅创作了三部长篇小说〔《火葬》（1943）、《四世同堂》（1945—1950）、《鼓书艺人》（1949）〕和两个残篇〔《蜕》（1938）、《民主世界》（1945）〕。1941年老舍打算回归小说，直到1943年才付诸行动：以《火葬》宣告自己最终认可小说尤其是长篇小说是自己最擅长处理的体裁。《四世同堂》是老舍对战争、对中国人、对中国传统文化的反思，也是对早期创作精髓的一次包罗式的总结。战时老舍创作的长篇从数量来看远远不及早期，与其见缝插针式的短篇小说创作最终汇聚成的两个集子（《火车集》和《贫血集》）比起来也显得势单力薄。创作时间主要集中于抗战后期，不像短篇那样随着战争形势的变化顺手拈来，匀质渗透进战争生活的各个层面，展现各种样态，运用各种新潮的叙述技巧，形成轻重缓急的各种风格，制造令人眼花缭乱的景观。长篇小说更像是用一种很传统很平缓深沉的方式对战争和战争暴露出的社会文化问题做反思和总结，与其早期长篇比起来更多了一份沉淀和忧患，少了一点插科打诨和灵动之气。老舍的中年阅历、中年心态与战争创伤造就了最终的《四世同堂》，有人说这标志老舍小说创作的成熟。成熟的意思可能是，语言表达炉火纯青，人物塑造丰满老练，线索复杂结构精巧，风格趋于稳定，并能实现超越，但成熟也暗示终结。在那之后另一个总结性质的长篇《正红旗下》写了多年无结尾，使得《四世同堂》多少带上终结者的意味。尽管对老舍战时长篇小说的评价远冷于之前，《四世同堂》更少有读者全部读完，但是国内外持续不断地阅读、改编、翻拍和研究表明它值得被挖掘。对老舍来说，长篇小说就是最好的，是他的活招牌。在窘迫的战争年代，它也是最好的。汉学家们多关注同国内一样的话题，比如战争反思与文化批判；同时也会出现特立独行的，比如用当代叙述学的理论框架和方法来阐释旧小说，实现新的文本建构；也有人高屋建瓴描绘老舍小说文本背后的思想冲突和演变轨迹。老舍抗战长篇小说不论放到坐标的哪个维度来对比衡量，都是独特的存在。

第一节　从《火葬》到《四世同堂》：
　　　　探寻小说回归的意义

1941年起，写家老舍对自己几年来的作品静下心来衡量发现了许多问题，同仁中也有怂恿老舍回归小说者。① 1943年夏老舍开始写的《火葬》成为其抗战时期创作思想转变（回归小说）的转捩点。英语世界研究者以捕捉抗战时期老舍小说创作与创作思想转变之间千丝万缕的联系为红线，进行了各种专题研究。

一、夏志清等的早期批判和论争

20世纪60年代，夏志清就抓住《火葬》的节点对老舍抗战长篇小说进行了批判式研究。《火葬》创作于1943年，至此老舍五年多没有创作过长篇小说了。文坛曹禺、田汉、洪深等一大批优秀抗战剧作涌现，某种程度上促成老舍从剧本创作隐退。抗战期间老舍完成的唯一长篇小说是《火葬》，一生中唯一直接描写战争的小说也是它。这部本来想写成类似《不成问题的问题》的中篇很迅速被老舍发展为一部接近十万字的长篇，所以老舍被推动着继续写了下去，最终在四个月后形成了一部11万字的大部头。《火葬》主要写河北文城沦陷区的武装反抗运动中我军趁敌人不防备派出便衣队奇袭文城而牺牲的英勇故事，揭示城内大小人物的各异面目。在完成之际老舍立马宣告书稿要不得，致命伤是要写得方面虽多，但任何一点都没有入骨。从战争主题来看，它同《战争与和平》一样又无可厚非：战争中敷衍与怯懦怎么恰好是自取灭亡，犯了游击队浪漫主义的毛病。老舍分析了主要原因：多年未写手生心慌，热、病交加，缺乏沦陷区经历，没亲历战争。② 这篇小说究竟该如何评价？夏志清认为《火葬》的致命伤是天真的爱国主义。③ 这个结论是在比较了这篇作品同老舍前期爱国主题作品后得出的，他认为早期几部爱国主题作品如《赵子曰》

---

① 老舍，《三年写作自述》，载《老舍全集（17）》，北京：人民文学出版社，2013年，第281页。
② 老舍，《〈火葬〉序》，载《老舍全集（3）》，北京：人民文学出版社，2013年，第326－328页。
③ ［美］夏志清，《中国现代小说史》，刘绍铭等译，上海：复旦大学出版社，2005年，第239页。

《离婚》《二马》都是体现创作智慧的成功作品。《火葬》有关勇气和懦弱、正义和投机主义的对比太肤浅了。沃勒则认为看似剧变后的老舍仍是《赵子曰》时期的老舍，创作上没有发生质的变化，改变的只是写作态度。① 事实证明，老舍在处理《不成问题的问题》这类不直面战争的题材时都很像是以前的自己，几乎同时期写成的《火葬》更多是取材问题。可能老舍想做一个以前从未触碰过的题材出来，因为一定要以直接的战争场面为主，造成了以不熟悉的内容挤占本该充分展开的文城百态图。《火葬》的问题出在立意偏差，而不是失去了创作技巧和智慧。

《四世同堂》第一、二部《惶惑》《偷生》写于1944至1945年，第三部《饥荒》于1948年在美国写成。小说主要写沦陷区北平市民的生活史。围绕小羊圈胡同祁、钱、冠家及周围居民的抗战和日常生活展开故事，呈现个人选择与国家时代命运紧紧相连、善与恶力量的争锋，是老舍在战争后期对战争的一次全面总结。基本实现老舍当初一百段、一百万字严谨而宏大的计划。这使人联想到《神曲》强调"十"的神学结构及《战争与和平》的编年体史诗结构。它的成功是老舍对《火葬》问题清醒反思之后更加深刻地向过去小说经验回归和总结、超越的结果。当回到熟悉的领域，老舍展示出创作优秀战争题材小说的实力。对他来说，写战争、写政治小说的诀窍就是打擦边球。以小见大、以侧面影射所不熟悉的重大题材。北平风物、北平市民、北平胡同、北平风俗和语言才是老舍信手拈来的资源。最终，《四世同堂》成为老舍小说里最长、人物最多、主题最庞杂、思想艺术最成熟的作品。《四世同堂》几乎囊括了他所有早期小说的母题和写作技法，体现出战争文学多重话语背后情感表现、人性挖掘、文化反思与宣传传达之间的冲突。从夏志清批评《四世同堂》非但没有符合众望，反而可以说是一本大大失败之作，使用因果报应式悲喜剧手法来叙述中国如何在抗战中再生主题显得甚为滑稽来看，他对这个大部头基本持否定态度。② 斯乌普斯基、周水宁同样认为老舍缺乏北平沦陷区实地生活经验，试图囊括太多人物、事件，文学性优势不强。③ Yan Yan 是持夏志清对

---

① Ranbir Vohra. *Lao She and the Chinese Revolution*. Cambridge, MA: Harvard University Press, 1974: 130.

② [美]夏志清,《中国现代小说史》, 刘绍铭等译, 复旦大学出版社, 2005年, 第240-242页。

③ Zbigniew Slupski. *The Evolution of a Modern Chinese Writer*. Prague: Publishing House of the Czechoslovak Academy, 1966: 95; Sui-ning Prudence Chou. "Lao She: An Intellectual's Role and Dilemma in Modern China", Thesis (Ph. D.), Berkeley: University of California, Berkeley, 1976: 100.

立观点的代表，从三方面进行反驳：针对政治宣传论，论证老舍并未自觉刻画两党冲突，主题是"礼"传统中的爱国主义；针对人物过于乐观、毫无真实感观点，提出多数角色处于忠孝不能两全的矛盾旋涡中没能履行对民族的责任是因为他们选择了传统观念的对家庭尽孝；针对将小说界定为善恶报应，她指出细读文本会发现并非所有叛徒都得到惩罚，如高亦陀、丁约翰，好人没好报的情况也很多。① 因此 Yan Yan 认为老舍的人物塑造恰是现实主义的，但第一点走偏了，小说宣传的可能不是某党派的主张，但一定是以呼吁抗战为主要目的；第二、三点在王德威等学者那里得到进一步论证，说明有其道理。汉学家的质疑对准作者经历的缺乏和爱国视野的狭隘，善恶有报的传统观念损害了小说的逼真性。老舍曾言尽量避免的浪漫的现实主义在这里出现，因为浪漫手法介入而使小说呈现理想化色彩，并非对战时生活场景的如实描绘，甚至有些情节背离了事物发展的自然逻辑。也有从整体问题中看出局部颠覆性倾向的观点，但这不能掩盖老舍以爱国主义为出发点制造了很多人为巧合、主题先行的致命伤。但是与巴金等感情表达太过强烈的抗战小说比起来，老舍的叙述语调基本保持了早期的平稳，叙述者也相对静观。《四世同堂》在国民性批判层面沿袭了老舍早期一贯的传统，并对中国传统文化的精髓和腐朽面进行了总结式呈现，老舍天赋和早期创作经验时隐时现，这大约是小说的成功之处。

二、王德威对老舍爱国小说复杂性的剖析

王德威在论证老舍抗战爱国小说方面同研究老舍小说写实逼真性与喜剧手法的运用一样有建树。他认为由于老舍这阶段的爱国小说极容易打上宣传烙印而被诟病，即便《四世同堂》亦是如此。王德威在专著②第五章"'我爱咱们的国呀，可是谁爱我呢?'——老舍的民族主义与爱国小说"中热衷于撑开老舍创作意图与创作结果之间的罅隙，质询其爱国小说表达的复杂性。标题恰切地表达出研究结论，以《茶馆》常四爷独白暗示老舍的爱国主义热情与小说文本之间产生过矛盾，这一切仿佛是新中国成立后老舍爱国热情与悲惨际遇之间巨大反差的预演。王德威在思索作者、隐含作者与叙述文本之间无所不在的龃龉与错位究竟带有怎样的文化批评意义，他把研究限定在特殊的抗战文学场

---

① Yan Yan. "Chinese Traditional Propriety (*li*) Thought in Lao She's *Four generations Under One Roof*", Thesis (Ph. D.), Toronto: University of Toronto, 2005: 43 - 44.

② David Der-Wei Wang. "Verisimilitude in Realist Narrative: Mao Tun's and Lao She's Early Novels", Thesis (Ph. D.), Wisconsin-Madison: University of Wisconsin-Madison, 1982: 157 - 200.

域内。得出结论：老舍抗战小说的爱国主义表达时时掺杂焦虑与怀疑，它由民族主义做支撑，并受到传统忠孝道德观的影响。抗战文学更强调文学的意识形态和历史使命功能，而不是强调更深入探索文学本身的艺术性和创作技巧。如何处理个人愿望、文学性和战争要求、意识形态效果之间的关系，这个问题困扰着包括老舍在内的一批作家。既抗战又文学似乎是一个悖论式命题，爱国文学内容与形式之间经常无法协调。抗战初期梁实秋与左翼作家的论战其实质就是对这个问题展开辩论。老舍参与并表明凸显战争这一态度，同时在写作长篇小说时尽力去超越单一主题和价值判断，回归其前期小说创作的闪光点，而不是像夏志清、王德威等作家所说的因爱国修辞而声嘶力竭地败坏作品的价值，尽管不能否认这些作品内部偶尔会出现一些生硬的宣传性声音。

王德威最突出的贡献是细致入微地探寻了两部长篇小说表达的老舍感情变化。在此之前，他先梳理了20世纪40年代老舍小说风格由最初的戏谑、急切紧张，变为深沉甚至犬儒；并且老舍在新的战争经验如"放逐、饥饿、屠杀及对骤然降临的虚无的恐惧"中投注了他一贯的主题思想，但战火其实照亮了老舍小说潜在的惶惑与执迷。[①] 王德威认为战争叙述加深了曾经没来得及论清楚的社会文化批判主题，表明老舍抗战小说的总结性质，这是扬；接着他通过一系列早中晚期爱国书写来强调老舍不断涌现的存在主义式焦虑，这是抑。王德威以爱国作为一种问题的引子来奠定他对两部小说论证的基调，这个出发点建立在他对老舍写作态度、情感甚至思想转变把握的自信之上。假设老舍怀疑过，后来者也可能会怀疑这种爱国书写宗旨与写作过程、效果之间扑朔迷离的关系。即使假设本身合理，求证的过程及结论也多少会有些出入。或许可以带着这些问题进入他对于两个长篇的阐释中去：可否用"犬儒"思想或风格界定老舍及其作品？王德威指出《赵子曰》表现出的老舍愤恨学生爱国非理性暴力行为与赞成非理性刺杀之间的思维混乱，《二马》中马威延宕的爱国与老舍写完《二马》即刻回国的行动，以及《猫城记》里小蝎矜持与放纵、悲剧精英主义与犬儒主义的奇异矛盾，老舍后来对"猫国"的失望的矛盾心理，都将在之后战时小说里一再出现。这表明老舍始终在无条件爱国与寻求值得自我牺牲的理由之间来回求索，并以最终的死亡终结了他存在主义式的混乱。这种解释有多少合理的成分？接下来将以王德威三万字的论证与其他国内外学者的相关论述对这些问题做出回答。

---

① [美]王德威，《写实主义小说的虚构：茅盾、老舍、沈从文》，上海：复旦大学出版社，2011年，第183-184页。

王德威认为，从老舍的自我批判/辩护来看，《火葬》提供了一个文学与政治互动的范例，结尾为之前不能忘情的"自毁"主题找到了延续的出路。①他首先关注老舍怎样写这篇小说的问题，剖析过程中慢慢发现实验的冲动促成作品在叙事方面的漏洞。老舍过早扼杀了有发展潜力的男主之一丁一山，而在不擅长的女性刻画方面，塑造了女英雄梦莲，对恶棍的描写也失去了早期信心和力度，对战争场面的描写显示其缺乏实战经验。和夏志清一样，王德威揭示了老舍由于天真的爱国主义而导致的致命伤。爱国主义书写完全不能成就优秀的作品吗？沃勒认为《火葬》表明老舍在创作思想上发生了两个转变：英雄塑造和对爱情的态度。②《火葬》承续了老舍早期爱国小说的主题，创造了他人物序列里第一个严格意义上的英雄而不是日常意义上的小市民乃至反英雄。此前，老舍塑造过老李、马威、李景纯这类"失意英雄"，还有祥子这类反英雄。抗战背景增加了他的英雄序列，在文字宣泄中解开了他自小以来的反帝和英雄主义情结。对爱情的看法也比早期小说有了转变。从《赵子曰》《二马》《离婚》甚至《骆驼祥子》里对爱情持保留、轻视态度转变为接受互相扶持共同御敌的爱情，从告诫青年人学习第一、恋爱第二，到承认革命、恋爱两不误，从愚忠愚孝到可以大义灭亲。王德威以抗战不能解决老舍之前社会和私人冲突为由抨击了这个论点，而他可能将沃勒谈老舍对忠孝、爱情的处理发生变化的论点做了过度阐释。根据老舍自述，这部小说的创作动机应该同《战争与和平》一致：呼吁消弭战争，呼唤人类和平。这也是大多数战争小说的价值所在，既有其社会意义，又是发自作者的情感召唤。《火葬》被诟病的原因是只描写了战争的轮廓而不能驾驭战争场面，人物扁平。③但它作为老舍的文学实验之一，在男女英雄塑造方面有所突破，人物描写保留老舍一贯白描的写法，对刘二狗、王举人则延续了老张式恶棍的写法；在对待革命与亲情、友情、爱情的关系上比早期显得更加深思熟虑；文城上下冷漠、懦弱的群像描写则是延续了国民性批判的命题，极俭省的语言反倒能营造压抑闭塞的氛围，使人辨识出自然主义的写作手法。《火葬》最出色的部分是文城内部从麻木到觉醒的转变，可惜没能充分展开。所以这篇小说如果处理成回避正面战争，而以文城沦陷区生活作为写作焦点会更成功些，但题目就要再斟酌。从创作序列

---

① ［美］王德威，《写实主义小说的虚构：茅盾、老舍、沈从文》，上海：复旦大学出版社，2011年，第190－194页。

② Ranbir Vohra. *Lao She and the Chinese Revolution*. Cambridge：Harvard University Press，1974：138－139.

③ 尹雪曼，《抗战时期的现代小说》，台北：成文出版社，1980年，第45页。

看,《火葬》成为《四世同堂》的序和老舍战争文学成功之前的预演。

王德威认为《四世同堂》达不到史诗层次,尚可称为成功的历史通俗悲喜剧。① 这种说法让人联想到巴尔扎克《人间喜剧》的设定。老舍和巴尔扎克、托尔斯泰一样记录着各自的社会风俗史。王德威认为在《四世同堂》中三种重现现实的叙述模式交互为用:爱国小说、半自传小说、谴责黑幕小说。三种模式分别对应三种叙述话语:煽情悲喜剧话语、抒情话语和闹剧话语。王德威认为老舍描写家庭内部关系时采用了爱国小说套路导致他没能深刻表现更复杂关系的传统家庭:几乎所有矛盾都以黑白二元冲突方式呈现,三个家庭分别代表三种政治和道德立场,与对家国取舍的痛苦思辨(以祁瑞宣为代表)形成矛盾。由此王德威认为老舍塑造的中国式哈姆雷特恰恰精彩。无疑,延宕式爱国的知识分子构成了老舍笔下一个充满魅力的人物系列,从《二马》的马威、《新韩穆烈德》的田烈德、《杀狗》的杜亦甫、《一封家信》的老范、《归去来兮》的乔仁山到《四世同堂》的瑞宣。与其说老舍的抗战小说回归了这类人物不如说是延续,即老舍断断续续的创作中有些一直未断的传统,这就是老舍小说创作的自得之处。他们又归属于抗战小说力不从心人物系列,类似人物有七月派丘东平《茅山下》的周俊、彭柏山《怀念新华》的蒋祖纯等。至于延宕本质是犬儒式的不相信、非理性,还是老舍尚未找到出路的大忧患意识,笔者认为后者更合理些。既然老舍的幽默以感时忧国为内核,他就不可能抛下自己所处的当下,放弃寻找出路,放任怀疑精神发展到彻底否定。王德威所说三种话语应该是交织在整个故事进程中,他认为爱国主义思维和话语一定程度危害到小说艺术,半自传抒情话语则泄露了老舍战时激愤与文人无用武之地愧意的冲突,煽情悲喜剧甚至闹剧话语则用来延续小丑恶棍的叙述传统,罗列种种恶形恶状,冷眼旁观他们兴旺发达。北平城最不快乐组合冠先生和祁瑞宣形成一种反讽式的荒谬感。王德威感兴趣于老舍业已熟练的三种话语怎样被纳入新的互相冲突的语境,并与家庭爱国主义的故事情节融合在一起。这种解读方法实质上是对当代叙述学的延伸运用,从文本各技术层面的要素分析到意义的发现环环相扣。有时王德威也完全宕开去分析,如小说家庭化叙述的意图有二:借家庭互动描写国际战争,更强调外部斗争时内部敌人才最可怕;又如老舍如何在小说中全面探索死亡的各种样貌。除了呈现战争的残酷混乱,王德威认为死亡对老舍来说是终极诱惑。王德威梳理了老舍小说中的自杀主题,从

---

① [美]王德威,《写实主义小说的虚构:茅盾、老舍、沈从文》,上海:复旦大学出版社,2011年,第206页。

《月牙儿》《骆驼祥子》《猫城记》《火葬》到《四世同堂》，人物或自杀抗议或为保留最后的自尊，而对祁天佑自杀的描写以自由、干净、快乐的抒情性文字荡除了之前的悲怆。这引导后来者思考老舍对于死亡和死亡的自我完成有一套自己的哲学和结论，并持续在相关小说里完成整个过程。老舍在作品中预设了死亡的各种可能，并思考在怎样的情境下自发冲破生存底线达到死亡，至于是怀疑否定、保持尊严还是表达抗议，是无法区分清楚的。

老舍的抗战创作是比文本文身更有趣的现象，汉学家发掘着这份宝藏。正如王德威指出的，从《蜕》到《民主世界》，从狂热投入爱国战争到反思民族内部腐朽和矛盾之处，老舍以小说完成了对战争和人性的反思，完成了从简单粗暴到怀疑辩证的心路历程。研究者尽力去理解老舍这个五四后作家如何在民族灾难时首当其冲履行国家义务，同时又能清醒认识到不足而努力向早期的社会批判回归的复杂心路，以及在此过程中留下的难以全部弄清的心理现实。也许当时老舍的心声正是瑞宣所宣告的："他的心中乱成了一窝蜂。生与死，爱与恨，笑与泪，爱国与战争，都像一对对的双生的婴儿，他认不清哪个是哪个，和到底哪个好，哪个坏！"[①] 老舍慢慢意识到自己在战争年代正是被自己批判过的中国式"哈姆雷特"。比起夏志清、沃勒等人来，王德威有更完整的理论框架和更复杂的理论工具，各种专业术语顺手拈来，论证过程逻辑清晰，各论点基本巧妙地自圆其说。他使老舍成为立体的"人"，老舍爱国也爱家，爱人民也对敌人有人道主义的同情；老舍坚决抗日却保持知识分子应有的警惕和反省。Yan Yan 则认为王德威同夏志清一样刻意简化小说意蕴为爱国主义小说而贬抑其价值，并指出正相反，小说中人物性格都很复杂，没有非黑即白的英雄或叛徒。[②] 这个论争使人想到对老舍小说的评判标准问题：能否用衡量一切的标准来看待老舍小说尤其是战时小说？从《老张的哲学》起，老舍塑造人物的方式就是模式化、类型化的，与狄更斯相仿。是否模式化的、带有明显标记的人物都是扁平人物？是否扁平人物就不能成为流传千古的世界文学人物？答案是否定的。人物塑造习惯与作家天赋气质、三观及后天创作路数都有关系。文学史证明，莫里哀、狄更斯、简·奥斯汀同托尔斯泰一样创造了永垂不朽的人物。再回到之前的几个问题，用"犬儒"界定老舍及其作品并不合适。王德威发现的老舍抗战时期小说与早期小说一脉相承的几处细节基本合

---

① 老舍,《四世同堂》，载《老舍全集（6）》，北京：人民文学出版社，2013 年，第 968 页。
② Yan Yan. "Chinese Traditional Propriety (*li*) Thought in Lao She's *Four Generations Under One Roof*", Thesis (Ph. D.), Toronto：University of Toronto, 2005：45–46.

理，反暴力与暴力革命的矛盾在抗战中得到了暂时实际解决所以没有凸显出来，爱国与怨国的复杂心情被深入探索并在《四世同堂》中实现了集中清算；延宕的爱国人物系列被继续书写，小蝎类悲剧英雄或称"零余者"身上的矛盾被以各种样态呈现和挖掘。这些都成为抗战没有打断老舍早期创作传统的明证。至于老舍是否始终在坚持或怀疑无条件爱国之间拉扯而未果，这种假设和阐释的方向并不合理。老舍一直是在无条件爱国的前提下塑造尽可能丰富的人物，表现更深、更细、更广阔的人性世界；在小说世界里，他无须做出是或非的二元选择。以小说来探测他个人的内心世界更是一个无限接近真实答案，却又无法获得准确答案的闲趣了。

三、Yan Yan 等对战争与传统文化的反思

老舍同其他从五四时期走过来的小说家一样，写作战时小说时都会表现出国民性启蒙与战争焦灼呼告意图的交织。《四世同堂》最突出的价值就是在抗战这个严峻的大背景下考察传统文化的表现和利弊，在抗战沦陷区的日常生活中继续启蒙，以人性挖掘拓展了功利性压倒真实性战争小说的内蕴。从研究数量来看，国内在 1949 年前只有 4 篇评论文章对此进行探讨，1978 年"文化大革命"结束后重新受到注意，历史因素多于文学本身。1988 年以后，董炳月提纲挈领地指出《四世同堂》的核心问题是文化问题，老舍理想中的文化形态是传统文化通过创造性转换与原始文化达成的和谐统一。[①] 专著方面，宋永毅《老舍与中国文化观念》、关纪新的《老舍评传》、谢昭新的《老舍小说艺术心理研究》、石兴泽的《东西方文化影响与老舍文学世界的建构及其研究》都论及小说的文化意义。新时期以来，国内对《四世同堂》文化方面的研究在质和量两方面都很出色。沃勒、周水宁、Yan Yan 等英语世界研究者将《四世同堂》与《骆驼祥子》（20 世纪 30 年代）、《茶馆》（20 世纪 50 年代）相提并论，肯定它在老舍 40 年代创作中的峰顶地位。而国内吴小美[②]、董炳月等学者则认为，因其人物繁多而丰满、熔老舍多种写作手法于一炉并有超越、力行文化批判的缘故，《四世同堂》是老舍最具超越性的小说。毋庸置疑，写作这部长篇时老舍具备自觉的文化意识，他想要通过战时人性来透视千年来的中国文化特质和文化走向，甚至用大量笔墨来探讨这类问题。这使得这部小说

[①] 董炳月，《论四世同堂的文化忧思》，载《海南师范学院学报》，1993 年第 2 期，第 45–48 页。
[②] 吴小美，《一部优秀的现实主义作品——评老舍的〈四世同堂〉》，载《文学评论》，1981 年第 6 期，第 89–101 页。

成为抗战期、老舍创作生涯乃至整个现代文学的特例。Yan Yan 的《老舍〈四世同堂〉里的中国传统"礼"观念》弥补了夏志清、王德威等没来得及展开的重要缺憾。这篇中国留学生的英语学位论文吸取了国内此类重点研究的精髓，又有创见，在国内外研究的对话中将这个问题分专题逐步引向深入。

汉学家首先研究《四世同堂》的家庭文化。整部小说以祁家作为辐辏中心，以祁、钱、冠三家作为基本单位展开放射式叙述。家是国最小的集体单元，国破家亡与家国叙事、家国文化与文化批判、精神重建的目标紧密联系在一起。北平的底层贫民家庭生活是老舍最为熟悉的素材，为典型人物、典型环境的塑造提供了必要条件。Yan Yan 从一个内涵、四个主题出发总结了小说对家庭体系描写的特点。[1] 中国传统家庭观念内涵包括家的利益超越个人和民族需要、家是礼文化的重要组成部分、家是道德伦理和社会信用的保障单位等。能用一本书的篇幅从中国礼教文化和家庭关系特征出发，对传统家庭描写及其实质问题作追根溯源式探析，这是单篇论文或专著某一章容量无法穷尽的。论文中主题一、三强调对北平百姓来说家庭利益高于一切，即使面对国家被侵略之时。主题二、四强调每个家庭都设置了掌舵人，而家庭声誉靠每个成员来维系，老舍对旧式家庭观念有所欣赏。只要没有家亡，就先忽视国破，先守好自己的小日子。祁老爷子在日本人打到北平城外时还要求过七十大寿，以为让媳妇把门顶上就可以安心过四世同堂的安心日子；儿子祁天佑开始也是只想顾好自家的铺子；长孙瑞宣有文化有抱负，却压抑牺牲自己和媳妇韵梅一起撑住家业；冠晓荷、白巡长、陈野求为了养家做了汉奸；尤桐芳和马寡妇的愿望都是有个温暖安顿的家。论者可以进一步论证，在中国修身是知识分子第一要务，齐家是小老百姓第一要务，治国平天下又排在了后面，但老舍没有做整齐划一的处理。钱默吟的二儿子愤然出走将一车日本人送上黄泉路，祁瑞全偷跑出北平参加了抗日。这都有事实依据也有适当艺术处理，在抗战小说里这种真实的描写显得弥足珍贵。祁瑞宣类似觉新但更坚韧，心里更敞亮，让读者相信一有机会他会马上采取行动改变人生。自古以来就是以家庭为单位一荣俱荣，一损俱损。冠家大女儿高弟和小妾尤桐芳好心没好报、二女招弟被李空山诱奸却被邻居说成报应、瑞丰老婆胖菊子改嫁蓝东阳被鄙视，都出于小羊圈胡同对冠家勾结蓝东阳贪不义之财、通敌卖国的义愤，而祁瑞丰各种投机行为、瑞宣为英国人做事被宽恕、钱家出事邻里帮忙，都出于大家对祁家、钱家作风的推崇。

---

[1] Yan Yan. "Chinese Traditional Propriety (*li*) Thought in Lao She's *Four Generations Under One Roof*", Thesis (Ph. D.), Toronto: University of Toronto, 2005: 121.

家的兴衰荣辱是由每一位成员的行为支撑的，因此才需要谨慎戒惧。这是老舍的意思，他看到冠家这类为了家族私利而走向堕落的例子，感慨宗法制流弊深远。论者还可以进一步分析，小说里流露出对传统家庭的眷恋之情和批判之意是老舍对传统家庭伦理反思的一体两面，忍辱偷生与奋起反抗也是当时北平市民生活中并存的两种形态。四世同堂寄寓着儒家宗法家长制文化求家族圆满繁盛的最高理想，祁老太爷就充当家族最具权威者的角色，老舍赋予他比高老太爷、周朴园等家长更让人崇敬的美德：克己复礼，重义轻利，温柔敦厚。老舍让祁老太爷、祁天佑等保守市民在战争中受到洗礼，经历精神上从家到国的成长。父慈子孝是传统儒家家庭恪守的规范，老舍塑造了被理想和现实挤压的祁瑞宣形象来承载这一切，并通过帮助瑞全抗日、痛斥规劝当汉奸的瑞丰变相实现一些理想这些情节来细腻传达老舍对忠孝不能两全的心境。对中国人来说，家与国不是像汉学家看到的那样可以割裂的，集体主义思想的熏陶使每个个体都有舍己成仁的心理准备。老舍在挖掘传统家族美德的同时，也不留情地批判因战争而更加尖锐显露的文化落后因素，批判抗战初期的因循苟且和麻木不仁，引导家族、人物往超越自我的方向走去。老舍描写家族的成功有赖于对北平人格妙笔生花的刻画，北平人、北平家庭都充满浓郁的人情味儿。

　　汉学家还关注老舍对传统礼教文化价值体系的反思。不论战前还是战时，不论古代还是现代，小羊圈胡同所代表的中国文化内核没有发生根本改变，更在战时将其进行放大式体现。老舍抓住了这个探索的好时机。首先，老舍探索传统知识分子在家国巨变时的痛苦和抉择。Yan Yan认为，祁瑞宣、陈野求和钱默吟都可以归入传统意义的知识分子[①]，之前的研究很少这样归类。论者将他们置于同一个进退两难的序列进行观照，分析他们在忠孝之间面临更大力量拉扯的痛苦，并最终做出不同选择的原因。瑞宣选择了对家庭尽孝而摆脱不了失败感，钱默吟从沉默顾家变为选择为国尽忠，陈野求则是选择尽孝顾家成为汉奸而被杀。忠与孝仿佛两道紧箍咒，造成知识分子的人格分裂，两个声音经常谁也无法说服谁；即使达成了暂时的妥协，选择了任何一方，都会被现实告知选择错了，必须为此罪承受精神或身体的罚。这或许在西方文化中构不成悖论问题。其次，老舍探讨忍、自尊和礼仪。"忍"的确是中国人的特殊伦理文化品德。为了保证宗法制家族和社会的人际和谐，人们常被要求在身心方面做出极大程度忍让。小说主人公对家庭内部、对邻里、对汉奸败类、对日本人的

---

　　① Yan Yan. "Chinese Traditional Propriety (*li*) Thought in Lao She's *Four Generations Under One Roof*", Thesis (Ph. D.), Toronto: University of Toronto, 2005: 154.

"忍"都被做了多方面描绘。"忍"很多时候也是为了面子，面子问题是国人的突出问题。正如老舍在话剧《面子问题》里表现的，它已经超越了家的层面，上升到国家政治层面，涉及官员腐败问题。处处要面子是自尊过了度，祁天佑是代表。他可以在生意失败时坚强却为了面子受辱而自杀。面子问题渗透在中国社会的各个层面，追求尊严感、荣誉感这是好事，老舍对过分追求而产生的很多弊端进行了批判。最后，老舍探索传统礼教在战争背景下的余晖和危机。北平文化融合了满汉文化，即使在民族灾难时期，礼不可废。老舍笔下的红白喜事、寿宴等场面描写都很有仪式感。韵梅"说不上来什么是文化，和人们只有照着自己的文化方式——象（像）端阳节必须吃粽子，樱桃，与桑葚——生活着才有乐趣"[①] 表明仪式就是每个小百姓的文化。礼仪、仪式对国家社稷、对个人幸福都有非凡的意义。中国人更看重礼，更会运用礼，从礼中也会滋生腐败。老舍对此痛心疾首，并将之在战争的背景下加以展示、讽刺。对于天塌下来都要先讲人情关系的北平人，老舍太熟悉也太想改变，因此发出了类似"……因为臭肉才会招来苍蝇！反之，你若能看清冠家的存在是我们的一个污点，你才会晓得我们要反抗日本，也要扫除我们内部的污浊"[②] 的呼号。传统文化中的糟粕阻碍了中华民族精神上焕发新的活力。而冠晓荷、冠家这样的败类则是作为错综复杂的社会关系网中一个扭结而存在，其污浊是整张网的合力造成的。北京胡同文化、四合院文化更能体现这种相对闭合又交互频繁的关系，这里面几乎每个人都与传统文化的美丑成分苟合，而显出反英雄、庸俗的图景。老舍没能找出更复杂的社会因素并探索解决。Yan Yan 尽管对文本进行了详细剖析，却没能跳出来对小说进行批判式分析，也没能从中国式市侩的角度对市民进行分类分析。而这部小说最迷人的地方是老舍对传统文化价值及其在现代民族国家建设期转型的迷惘与思索。很多论者虽然看到了，但没能跳脱战争这条线，单纯就事论事地谈文化。有的论者即使涉及了相关研究也不够细致，如没能剥离出老舍认为应当扬弃的传统文化因素，并结合同时期作家的思考进行深入探索。因为老舍常用生动的喜剧手法来表现结论，很多复杂的想法都是藏在幕后的。老舍在不遗余力通过戏谑、讽刺手法履行国民性批判的义务的同时，更可贵地表现出个人情感，对于传统文化中优雅敦厚的因素正在消逝的留恋、怅惘与沈从文、贾平凹、哈代等人如出一辙。

[①] 老舍，《四世同堂》，载《老舍全集（4）》，北京：人民文学出版社，2013年，第446页。
[②] 老舍，《四世同堂》，载《老舍全集（4）》，北京：人民文学出版社，2013年，第538页。

第二节　以叙述学阐释老舍抗战前后的传统长篇小说

20世纪90年代，英语世界研究者开始尝试使用符号学、叙述学理论对老舍小说进行创造性研究，突破了之前社会分析、文化批评、接受学研究的领域，每次尝试都属于创造性叛逆。对老舍抗战前后作品的研究集中于《骆驼祥子》和《四世同堂》这两篇传统写实的长篇小说。尽管技术层面的解剖及机械式阐释对老舍小说的完整意义生成存在一定威胁，但不失为一种有益的冒险。

一、陈国球对《骆驼祥子》的分子结构分析

陈国球是中国香港的教授，曾在北京大学、台湾清华大学、哈佛大学、哥伦比亚大学、东京大学访学，著作以《文学史的书写形态与文化政治》（2004）为代表。于20世纪90年代初发表了论文《故事的分子结构：老舍〈骆驼祥子〉与弗·司各特·菲茨杰拉德〈了不起的盖茨比〉》[1]，用叙述模型理论平行比较了两篇同样写实的"旧"小说。其出发点是，叙述模型利于对虚构小说的外延结构进行最充分的研究，而叙述模型概念已经在多次分析虚构故事结构时卓有成效，可以在新批评文本细读的基础上展开工作。论者打算采用并拓展多尔泽尔的语义学思路：虚构语义学模式被看作可以被各种形式结构表达的外延语义因素及原子故事（单一模型生成的故事）、分子故事（几个原子故事组成的复合故事）。[2] 首先他比较了四种叙述模型：（1）真性（alethic）；（2）道义（deontic）；（3）价值（axiological）；（4）认识（epistemic）。他还论证了四种模型在生产故事时约束力和推动力的等级差别。接着他聚焦故事分子结构，通过剥离出最小意义单位（原子故事）来生成新的叙述模式。根据叙述学原理，叙述模型体系规定和制约人类行为的强弱程度、动静形态各异。上述四种模型中模型（1）相对静止、约束力强，指向一些在超自然界可能的行为；模型（4）施动者的认识、无知和信念促使产生行为的力量则较弱。模型（2）清晰或含蓄地阐明行动规范，对行动施以积极性

---

[1] K. K. Leonard Chan. "Molecular Story Structures: Lao She's *Rickshaw* and F. Scott Fitzgerald's *The Great Gatsby*", *Style*, 1991（Summer）：240-250.

[2] Lumbomir Dolezel. "Extensional and Intentional Narrative Worlds", *Poetics*, 1979（8）：193-211.

的奖惩；模型（3）对推动故事情节最活跃，以价值的有无判定为其他模型提供驱动力。由此看来模型（2）和（3）对结构和情节推动起着相对活跃的作用。可以看到陈国球使用的理论框架和所有概念工具都来自多尔泽尔的语义学，其适用性如何？两篇内涵类似容量不同的小说如何在结构分析的技术层面进行对话？分子结构分析能否将两部作品在整体上解释清楚？

长篇小说《骆驼祥子》和中篇小说《了不起的盖茨比》的结构线被概括为：缺乏—获得—失去（原子故事），代表20世纪上半叶中国和美国青年的梦。差别在追求物质（洋车）或者情感（爱）。阐释中起主要作用的是价值模型，以认识模型为辅助。《骆驼祥子》以三次循环（没车—得车—失车）构成价值模型骨架，认识模型叠加于其上形成意义：旧社会像祥子这样的青年要实现一丁点儿梦想都很难。《了不起的盖茨比》则由盖茨比完成价值线索（推动情节），尼克完成认识线索（生成意义），两个原子故事交织在一起共同成就小说的深层宏观结构。对祥子来说洋车象征着独立生存甚至自由的生活状态，祥子第一次被抢车后，儒家保守的道德认识被冲破，他开始不择手段地抢客甚至乱性；第二次攒钱买车理想主义堕落为拜物主义，钱是一切；第三次得车过程中道德理想主义彻底崩坏，为买车依附于虎妞而丧失了尊严、自由和快乐。认识模型被价值模型推动着发生改变，意义加强，两股力量的合力促使整个故事走向高潮，得出结论。盖茨比在经济上比祥子好得多，但他追求的不是金钱而是爱情。富有后的盖茨比重新拥有了初恋黛西的爱但很快失去（黛西回到丈夫汤姆身边），原价值拥有者汤姆在战争中取得胜利（发现盖茨比致富不合法）。叙述者尼克则受到认识模型支配，叙述时间和事件时间不一致，受限的叙述模式建构了一个神话与现实交织的迷离世界。起初盖茨比是认识拥有者，而尼克、汤姆等想解开其神秘身份的人是追求者；在价值层面盖茨比是追求者，而汤姆是拥有者。这秩序将随着叙述时间推移而发生反转。尼克的叙述连缀整合了所有原子故事、片段信息，许多细节描述来自不为人察觉的精密观察和推演，以最初理想化到最后反讽的语调将盖茨比的理想与人类最后也是最伟大的梦想并置，反思盖茨比梦想的意义和失败原因。[1] 叙述者与盖茨比的价值求索汇集在一起拧成一股绳，认识和价值模型合作完成。通过分析两种原子故事构成一个分子故事，论者似乎用自然科学家的解剖刀进行小说叙述要素的剥离和重新整合，由此将两个跨文化文本置于一个层面进行比较，竟验证了从形

---

[1] ［美］菲茨杰拉德,《了不起的盖茨比》, 鹿金、王晋华、汤永宽译, 北京：中国书籍出版社, 2005年, 第240页。

式到意义的可比性。更使人联想到，尼克这个时间叙述者的设置比老舍的第三人称叙述要高明，从梦幻的不可靠叙述到最后超越性的上帝视角，作者引导隐含读者一波三折认识全过程，加强了小说的戏剧色彩和哲学意味。许多西方现代小说适合被这样分析，但陈国球偏偏选取了两篇产生于 20 世纪初期的小说作为研究对象，具有以西方理论阐发中国小说、以新理论阐发旧小说的勇气。整个论证过程细致、清晰，有理有据，似乎在单一的技术和意义层面完成了自我建构，但从整体来看则只见树木不见森林的片面性。分子故事的结构分析对小说整体意义的衍生没能提供有价值的帮助。

二、Jingyu Gu 对《骆驼祥子》《四世同堂》的叙述策略研究

Jingyu Gu 的英语博士论文《动荡世界中的个人命运——老舍两部小说的声音和视角》早在 20 世纪 90 年代就运用现代叙述学理论重新阐释老舍两部最有影响的抗战前后小说，研究它们的叙述视角、声音、聚焦及对话策略，并由此实现对之前主题研究成果的突破。在整个老舍研究的时空领域代表形式研究的全新尝试，在陈国球实验性短文的基础上向系统性推进了一大步。叙述学不全然是形式研究，其目的是借由形式到达最终的意义生成。

（一）对《骆驼祥子》的聚焦策略研究

《骆驼祥子》的成功很大程度上归功于其艺术结构。夏志清甚至认为：故事结构紧凑，也使人想到是受了哈代的影响。[①] 之前英语世界关注老舍小说艺术形式层面就比较多，但都没能进行条分缕析的技术分析。英语世界对《骆驼祥子》的主题研究存在两种主流路径：社会环境决定论（刘绍铭、王德威、王汝杰等）和性格决定论（简·詹姆斯等）。Jingyu Gu 在"《骆驼祥子》——自然主义环境对抗个人失败"一章[②]论证后认为，老舍综合两者以探究在崩坏的社会中个人的生命承担。论者习惯采用故事叙述结构简表归类分列出需要考察的叙述要素。《骆驼祥子》故事叙述表包括各章（24 章）叙述行为及人物行为，以追踪情节发展、叙述者叙述和人物互动关系，以此作为展开叙述策略分析的数据统计基础（如表 2 所示）。

---

① ［美］夏志清，《中国现代小说史》，刘绍铭等译，上海：复旦大学出版社，2005 年，第 128 页。

② Jingyu Gu. "Individual Destinies in a Turbulent World: Voice and Vision in Two of Lao She's Novels", Thesis（Ph. D.），Austin: The University of Texas at Austin, 1995: 34 - 115.

表2 《骆驼祥子》故事叙述表

章节编号	叙述者叙述行为	祥子	其他人物
1	四类洋车夫；祥子小传	买第一辆车	/
2	城外战争传言	不相信传言—自信—拉洋车出城—被抓—洋车被抢—拉三头骆驼逃跑	遇到年轻光头；其他车夫拒绝拉车出城；遇到军队
3	/	卖骆驼—病倒—康复	与乡下财主对话
4	刘四爷生平	回到车厂	为刘四爷效力，虎妞算计祥子
5	更多虎妞、刘四爷信息；大家叫祥子"骆驼祥子"	无视职业道德去赚钱—拉洋车	为杨先生家拉包月
6	/	丢包月工作—被虎妞诱奸	与杨宅一家人；与虎妞关系；遇到曹先生
7	曹先生介绍	拉包月—撞坏曹先生洋车	为曹先生拉车；曹先生女仆高妈安慰祥子
8	/	盘算攒钱方式—买小绿夜壶送曹先生儿子小文—在北平寒冬狂风中拉车	高妈与祥子谈攒钱之道；为小文买礼物
9	/	被虎妞找—被虎妞骗怀孩子—被迫去刘四爷祝寿—破酒戒	与虎妞关系
10	/	听车夫们抱怨艰难生活—感觉孤独、脆弱	小马儿爷孙有洋车但受穷挨饿
11	/	与道德投降进行抗争—被抢走所有积蓄	曹先生被孙侦探追踪；孙侦探抢祥子钱
12	曹先生及其叛逆学生阮明的更多信息	回到曹宅—不想拿走曹先生财产	曹先生邻居家车夫老程收留祥子过夜
13	/	回到车厂—准备庆祝刘四爷生辰	刘四爷体面的寿宴
14	/	被嫉恨—被逼结婚	其他车夫嫉恨祥子；虎妞逼婚，虎妞和父亲为婚事争吵
15	/	结婚—感觉自己是猫嘴里叼着的小鼠—感觉有个能持家的妻子	虎妞与祥子结为夫妻

175

续表2

章节编号	叙述者叙述行为	祥子	其他人物
16	/	租车拉—感觉虚弱—听其他车夫谈成家的危害—感觉自己像虎妞欲望的玩意	虎妞对婚姻生活很得意；与其他车夫谈话
17	/	买第二辆洋车	刘四爷带着钱消失了；二强子打死老婆并卖掉小福子；小福子为养家成为妓女
18	大杂院贫民的悲惨生活	被迫在烈日暴雨下拉车—病倒	虎妞怀孕；她监视小福子在自己屋里接客
19	/	放缓拉车进度	小福子当妓女养活两个弟弟；虎妞吃太多不运动；虎妞难产请陈二奶奶作法助产；虎妞难产而死
20	/	卖掉第二辆洋车支付虎妞丧葬费用—对小福子产生感情—因为害怕小福子的家庭负担而逃离—成为典型的坏车夫—拉车	小福子帮忙处理丧葬事；夏家雇祥子拉包月
21	/	又一次被诱奸—染上性病—离开夏家—对顾客粗鲁—与刘四爷偶遇、发泄愤怒	夏太太解雇女仆，诱奸祥子；刘四爷听说女儿死讯
22	/	感觉精神、道德上的优越感—有信心地开始寻找体面活—找不到小福子—又开始抽烟喝酒	刘四爷让祥子看到自己的优越；曹先生愿意让祥子回来拉车并接受小福子
23	/	遇见小马儿的祖父—明白没有简单的善恶报应—发现小福子自杀—成为卑鄙的骗子—放弃拉车，打零工	小马儿祖父诉说小马儿的死；白房子妓女"白面口袋"诉说小福子的死；高妈被祥子骗钱
24	北平群众观看执行死刑的狂欢叙事	为钱出卖朋友—被叫作"骆驼"—在丧葬婚礼上赚点钱	阮明被朋友祥子出卖处死

Jingyu Gu 统计出主次要人物的出现频率：祥子是唯一每章都出现的人物，虎妞在11章中有事件，曹先生出现在7章中，小福子出现在5章中，其余小人物出场不超过3章。小说结构可比作松树，祥子是树干，次要人物是树枝（负责引发更多行动和事件），几乎没有独立的故事线索。从宏观结构来看，祥子的人生、称呼、道德状况都可分为三个阶段：一流洋车夫——一般车夫——完

全毁灭;"祥子"—"骆驼祥子"—"骆驼";人—半人—动物。祥子不仅是受害者也是施害者。每个阶段都包含环境和个人因素的推动和冲突。Jingyu Gu 补充说,用统计学的方法制作和分析表格非常费时,此表是片面和有缺陷的,但它走出了用叙述要素结构图来分析复杂的长篇小说的较早尝试。研究者普遍重视社会环境因素对祥子悲剧的现实促成作用,并多将主题定位社会批判。Jingyu Gu 则通过分析小说深层叙述解读出小说对人性弱点设置得明确或隐藏的意旨,甚至生成新的意义层。论者认为,坚守道德理想的祥子的失败与卑鄙刘四爷的地位稳固形成反讽性对照,而祥子与高妈两个地位相近的贫民的结局形成对照。祥子被孙侦探抢走所有积蓄是没听高妈建议把钱存银行的结果。虎妞难产死后叙述者声音表述:所以愚蠢,所以残忍,却另有原因,就是在表明个人性格和认识缺陷的致命影响。由此可见,论者文本细读的工作做得足够细致,通过叙述视角(内外)、声音的分析,着重找出祥子个人因素对其悲剧的主导作用,发现了一些以往被忽略的蛛丝马迹。

叙述学家认为,叙述角度问题实际上是一个叙述者自我限制的问题。[①] 围绕视角层面的问题有:谁在看?他在多大范围局限内看到了什么?一个特定观察者一般看到哪种事物,这种视角在故事进程中持续多久?看到什么反过来规定着聚焦者的种类,当不同的聚焦者被对比考察时就形成了视角类型。聚焦就是视觉与被看见、被感知的东西之间的关系。[②] Jingyu Gu 设定从静态和动态角度[③]观照《骆驼祥子》的聚焦类型,并以此界定叙述者身份。动态事件序列主要指向社会批判,而静态事件序列则引发性格批判。所有聚焦者和聚焦对象都将被从静态和动态角度进行考察。静态角度着眼于挑选出动态人物的一个聚焦类型,动态角度则描画出不同聚焦的一条轨迹或轮廓。这两种角度将分别呈现、弥补人物叙述者祥子内视角的局限。论者按照人物聚焦功能递增的顺序将故事聚焦者分为主要、中等、次要聚焦者。最高层次聚焦者通常同时就是叙述者,他不参与故事事件进程。各种聚焦形式形成视角上由近到远或由意识中心到边缘的分层结构。最远的叙述层是叙述者的"外聚焦":在《骆驼祥子》里是"我们",更接近 18 或 20 世纪的西方小说,而非传统中国小说的说书人视

---

① 赵毅衡,《当说者被说的时候——比较叙述学导论》,北京:中国人民大学出版社,1998 年,第 119 页。

② [德]米克·巴尔,《叙述学——叙事理论导论》,谭君强译,北京:中国社会科学出版社,2015 年,第 137 页。

③ Jingyu Gu. "Individual Destinies in a Turbulent World: Voice and Vision in Two of Lao She's Novels", Thesis (Ph. D.), Austin: The University of Texas at Austin, 1995: 54.

角。米克·巴尔《叙述学》和里蒙－凯南《叙事虚构作品》都提到叙述者层次问题，第一层次聚焦者指的就是全知全能式叙述者。论者认为这样有序的分层在理论上是可行的，并且比仅仅讨论特定人物的限制性和非限制性视角的传统路数更有效。论者在第一章找出叙述者20处"儿化音"和9处北京方言，并指出这种有节制地叙述语言与故事内人物语言区别开来。Jingyu Gu 分析了叙述者与主聚焦者的互动关系。叙述者全知视角贯穿始终，与福楼拜《包法利夫人》不同。福楼拜使用有限内视角（迟钝而残忍的学校男孩视角）描写小包法利的学校生活，用外视角叙述包法利毕业后的生活。《骆驼祥子》叙述者的全知全能与主聚焦者有限的人物叙述合力构成对称的合抱结构。小说开头将北平车夫分为四类预设了祥子的发展路数，继承且突破了传统小说"伏笔"技巧；结尾全景叙述使读者仿佛在穿过主体长而幽深的隧道来到明亮的太阳下，运用狂欢节式叙述表达出北平及北平人生活得多彩、强健和琐碎、冷酷。在中间的主体部分叙述者聚焦时不时有简短插话，提供全知信息和直接评论。叙述者占权威立场，他是一位北平男性市民并与所有人物保持亲密、感性的关系，富有同情心而同时凌驾于人物之上，表现出对祥子等严重缺陷的讽刺和坚定的道德立场。Jingyu Gu 指出可以从不同角度看待夏志清抱怨叙述者声音前后不一致问题。叙述者在小说开头和结尾的不和谐声音恰恰体现了老舍的技巧。例如，祥子买第一辆新车正产生对美好生活的希望时，叙述者插入希望多半落空的尖锐评论；又如，祥子因为害怕承担小福子沉重的家庭重担而选择逃避对小福子的喜欢时，叙述者又发出评论：穷人的爱得在金钱上决定。这些评论个性色彩浓厚，亲切、慷慨，见缝插针式道德训诫包含着生活智慧：弱小者在恶劣环境中要坚韧有力而不是感伤短视、愚蠢简单。为了生存，个人只能努力使自己具备实际、开明、有勇气有决断、自足、智慧等优秀品质。前期叙述者评论同主聚焦者聚焦区域有重合处，随故事发展二者渐行渐远，叙述声音由同情支持祥子转向讽刺其堕落，整个论证过程及最终观点颇有令人信服之处。无须怀疑的是，小说前后叙述者声音不一致是老舍刻意为之，该叙述策略对小说结构、人物、情节线和深层意义呈波浪状发展都起到重要辅助作用，并为小说的写实性贡献了一笔。没有哪个人物十恶不赦，也没有哪个人物拥有完美的人格。无论夏志清还是 Jingyu Gu 等后来的论者都没有辨明的一点是，叙述者尤其是未删改版中的叙述者从头至尾对包括祥子在内的所有人物都给予了充分理解、同情和批判，而不是像表面看上去那样有太大的情感变化。也可以理解为《骆驼祥子》其实和《包法利夫人》叙述意图一致：无论是前者叙述者和主聚焦者前后声音的不一致，还是后者外聚焦的前后不一致，都将一切人物置于被审视、被批判的眼光下。这就是老舍看人、看事的态度,永远是好的坏的、光明的阴暗的掺和着看,掺杂着表现,因为他相信世界、人性本就如此,这种矛盾性在动荡的社会转型期表现得更为鲜明。

接下来,Jingyu Gu 分别解读了《骆驼祥子》里主聚焦者和中等、次要聚焦者的功能及其作用点。各层次聚焦划分标准是使用内聚焦的权限。祥子是第二层次主聚焦者,中等聚焦者(曹先生、虎妞、刘四爷、二强子和小福子)在有限视野内使用直接引语和叙述聚焦,次要聚焦者(年轻光头车夫、杨太太、高妈、孙侦探、夏太太)只能聚焦外部事物。祥子独白式叙述功能(虎妞有时也具备类似功能)有直接聚焦外环境并做出心理反应,可以聚焦自己至他人内心声音。下段将主聚焦者叙述变为第三人称叙述的译文传达效果明显不同:

> Starving in the city would be dearer than going back to the country. Here were things to look at, to listen to. Everywhere was color and light, everywhere was sound and noise. As long as I was working, there would be countless money and inexhaustible thousands of good things.[1]

而原文是"这座城给了他一切,就是在这里饿着也比乡下可爱,这里有得看,有得听,到处是光色,到处是声音;自己只要卖力气,这里还有数不清的钱,吃不尽穿不完的万样好东西"[2]的人物聚焦。论者以此例来表明语言对叙述效果产生的重要作用,这个中英译本的对照为译介过程中产生的误译乃至是误读现象提供了范例。[3] 祥子叙述而不是第三人称叙述的意义在于传达出更丰富的人物内心感情,并强化了祥子性格中愚昧、好奇的特征。这是叙述学才能发现的问题。祥子聚焦高妈"所以每逢遇上她,他会傻傻忽忽的一笑,使她明白他是佩服她的话,她也就觉到点得意,即使没有工夫,也得扯上几句"和虎妞"第二,更使他难堪的,是他琢磨出点意思来:她不许他去拉车,而每天好菜好饭的养着他,正好像养肥了牛好往外挤牛奶!"[4]的例子很难被英文文法理解,因为同句话主语却暗地产生更换。论者没能继续论证老舍自觉通过"跳角"展现祥子思考时内心的挣扎。论者认为聚焦者分层体现各类人物重要

---

[1] She Lao. *Rickshaw—the Novel Lo-t'o Hsiang Tzu*, Translated by Jean M. James, Honolulu: University Press of Hawaii, 1979: 34.
[2] 老舍,《骆驼祥子》,载《老舍全集(3)》,北京:人民文学出版社,2013年,第31页。
[3] Jingyu Gu. "Individual Destinies in a Turbulent World: Voice and Vision in Two of Lao She's Novels", Thesis (Ph. D.), Austin: The University of Texas at Austin, 1995: 65.
[4] 老舍,《骆驼祥子》,载《老舍全集(3)》,北京:人民文学出版社,2013年,第135页。

性等级，但恶人们被赋予极度限制聚焦甚至零聚焦，比如开头夺走祥子第一辆洋车的大兵；这一判断过于简单。老舍的确多从外部视角、他人视角塑造恶人，但也有多处"跳角"。所谓"跳角"就是指视角越界。在第三人称加人物视角叙述的小说中，经常会出现有目的、有安排的跳出主聚焦人物视角的情况。"跳角"理论还可以更好地解释为何虎妞甚至刘四爷有时会充当内聚焦者，因为单纯的祥子视角无法进入别人更复杂的内心世界。刘四爷过生日和虎妞的别扭、吵闹都是通过他们二人的视角来写的，因为他们的心理动机是推动情节进一步发展的关键点，必须交代清楚。虎妞追祥子的行为是通过祥子的眼光来叙述和判断的，但叙述时常混着叙述者更灵动的语言。老舍的这种叙述策略既有效塑造了祥子的木讷、蒙昧，也产生了适时超越文本的画外音。老舍叙述语言的杂糅性为英文翻译带来困难，这恰恰考验译者对作者叙述技巧和意图的准确把握。

叙述视角设置对《骆驼祥子》人物塑造、情节发展、主旨传达和读者接受都是举足轻重的一环。Jingyu Gu 以第二章为例，解释"内化"和"外化"这两种叙述策略的功效。主聚焦者内化策略的渲染作用很明显。一个例子是祥子被抓、洋车被大兵抢走以及祥子逃生。如果考虑到叙述技巧，就不能简单解读为对社会现实的批判。行动不是重头戏，反而是祥子对谣言所闻所感以及决定拉车出城的心路历程占了大部分篇幅。祥子看到身上破烂、恶臭的军服，傍晚军营中士兵及其牵骆驼逃跑时的夜景，混合着所有对过去体面生活的回忆及各种情绪（不安、不满、委屈、算计）。内聚焦的心理描写延长了叙述时间，缩短了行动时间；以反讽开头祥子的积极乐观与拥有新车后的美好感受暗示祥子的愚蠢。同时年轻光头、军队里所有的兵们被"外化"了，不具个性甚至没被分配任何视角，在叙述中几乎没和主角发生密切关系。说明叙述者此刻重心不在暴露社会问题。另一个例子是祥子被诱惑（被虎妞和夏太太）的场景描写。内聚焦者祥子对这两段放荡性爱的事后感受都是邪恶，而事件发生当时感受却截然不同，这就引导读者产生不同的理解。祥子对聚焦对象的心理变化和道德反应像过山车一般被表现了出来，生动而真实，勾勒出他道德堕落、自欺欺人的心路历程。这里提到的一点很有价值，作者如何通过调整聚焦者内化心理来引导读者进入不同的语境，理解不同的意旨，获得不同的审美体验。电影《星球大战》(*War of Worlds*) 中父亲在由于害怕被外星人发现而杀掉疯狂主人时使用小女孩视角（躲起来唱摇篮曲），就是为躲开由主聚焦者父亲视角可能带来的血腥叙述而采取的委婉策略。可见叙述视角绝不仅在于形式，而更关乎意义。值得商榷的是，和虎妞的性爱过程已经被老舍删掉了，论者指出的在这一部分虎妞的心理和姿态没有被清晰叙述也就值得怀疑。按照老舍对虎妞这个人物的重视程度，未删减原本中应该有相关刻画，能更生动支撑起这个人物。虎妞和祥子性爱时的心理、姿态和场面描写应该是二者博弈的一场重头戏，可惜被删后读者只能从婚后争吵中窥见两人关系的冰山一角。论者总结祥子聚焦推动情节发展的功能为"连接"和"引导"，意义功能为讽刺并突出其内心孤独感。情节上形成结构关联，主题上引出其他人物视角。有意识"连接"的例子有：丢失首辆洋车前祥子聚焦谣言与其他车夫的反应而采取行动，祥子聚焦"人和厂"及刘家人情况，祥子聚焦引出高妈及其对赚钱、攒钱的建议。无意识"连接"的例子有：祥子无意中发现孙侦探跟踪曹先生而将二人连结起来。此处运用祥子视角而非孙侦探视角符合祥子隐秘跟踪的心态，也伏笔后面孙侦探掠夺祥子钱的偶然性。"连接"功能实质是每一步情节都先由主聚焦者看到，使情节一致、结构紧凑，也利于不着痕迹融合叙述者和主聚焦者视角。所有人物、事件在主题层面同时也在主角视角层面紧密联系在一起。"连接"的另一个功能是对主角的无意识预见和愚蠢的讽刺。祥子在丢第一辆车，与虎妞、夏太太偷情之前被抢钱，都体现出对灾难的预感但又没有避开，盲目自信而判断力有限、曾经乐观而又自甘堕落是其性格缺陷。聚焦视角的转换融合突出祥子内心的疏离感。祥子和次要聚焦者身上存在认识悖论。祥子聚焦局限性很大，经常显出他的莽撞无知。相反，光头青年、孙侦探、夏太太等人说服他、敲诈他、引诱他，造成祥子内心类似"他不回头，低着头飞跑，心里说：'我要不是为买车，决不能这么不要脸！'他好像是用这句话求大家的原谅，可是不肯对大家这么直说"①的孤独感形成自他智力、见识的缺陷和生活空间、人际关系的局限。同时，主聚焦者视角多少破坏了读者对祥子的同情感，尤其是这些缺陷被置于生死攸关而被夸张表现的事件中。这论述使人联想到格林小说《问题的核心》再版时加入主人公斯考比太太与其朋友威尔森会面时以威尔森为主聚焦者的场景（初稿删去是因为这部分内容会打断斯考比主聚焦），以打破初版时读者对主人公斯考比的单方面同情，补救作者原意图落空的大错。这两个例子从正反面证明叙述技巧对小说意义的致命影响。老舍在现代作家中是比较早进行语言实验的一位，从《骆驼祥子》就能见到其中西叙述技巧的融合运用。但是迄今缺少更深入细致的研究。Jingyu Gu 的出发点是技术，落脚点是意义，不仅在微观层面对小说做了细致剖析，而且明确如此研究的归宿仍是文本要告诉读者的内容。这种研究姿态值得学习。论者的

---

① 老舍，《骆驼祥子》，载《老舍全集（3）》，北京：人民文学出版社，2013年，第39页。

立场很正确：文学研究应以文本为中心，而不是以理论引导作品，理论只是工具。这一点很多学者尤其是汉学家都没能做到。作品不是理论的注脚，作品才是主体；不遵循这一点，永远都是伪研究。论者在分析小说聚焦所折射的结构、情节、人物、视角、声音等问题基础上，针对现存的两种论争观点，论证出老舍对《骆驼祥子》的主题设置不只有社会意义层面上的，更多是对人性本身的挖掘和表现，这态度和大而细的工作体系难能可贵。

（二）《四世同堂》"对话"研究

《四世同堂》是老舍抗战时期最有雄心壮志的一部长篇小说，起点决定了它在主题上的多元性。英语世界对《四世同堂》的主题历来有所争议：Yan Yan 对爱国主义和传统"礼"文化表现进行发掘；[1]沃勒考察"孝"与爱国主义之间矛盾张力，展开老舍对革命的态度以及对战争、北京文明文化关系的反思[2]；王德威认为这部几乎囊括所有前期小说母题和主题的史诗级作品标志着老舍小说创作的巅峰，但同前几位一样认为因战时文学的二元对立思维及政治宣传性损害了其应有格局[3]。针对这些争论，Jingyu Gu 从叙述学的形式研究切入，展开对小说多元主题研究的批判。

Jingyu Gu 第一次将热拉尔·热奈特（Gerard Genette）和米克·巴尔（Mieke Bal）叙述"聚焦"理论以及巴赫金的"对话"理论应用于中国现代文学研究，应用于对老舍抗战前后最出色的两个长篇小说解读。Jingyu Gu 对《四世同堂》侧重对话分析的同时也分析了聚焦问题，但技术分析的目的依然是解决小说主题设置和主题意义层面悬而未决的问题，探索民族灾难之际的个人命运和集体命运问题。论者将叙述和外在动作放在一起勾勒出小说由不同代码组成的价值体系，展示叙述者、主聚焦者祁瑞宣及各层次聚焦者叙述声音的对照及对话。就像专门发掘祥子声音所表现的人格特征一样，着重搜寻将研究对象祁瑞宣声音内部的煎熬、痛苦、试炼及其与其他声音的共振过程。在进入专题论述之前，论者如同研究《骆驼祥子》那般先细细列一个故事表，按视角分成"叙述者""瑞宣""祁家""钱家""冠家"和"其他人物"六栏，

---

[1] Yan Yan. "Chinese Traditional Propriety (*li*) Thought in Lao She's *Four Generations Under One Roof*", Thesis (Ph. D.), Toronto: University of Toronto, 2005: 21.

[2] Ranbir Vohra. *Lao she and the Chinese Revolution*, Cambridge: Harvard University Press, 1974: 140-147.

[3] David Der-Wei Wang. *Fictional Realism in Twentieth-century China: Mao Dun, Lao She, Shen Congwen*. New York: Columbia University Press, 1992: 185.

内容是100章涉及的行动和事件概要。① 在此基础上，分结构共时特征、主题社群、价值观对话、祁瑞宣声音功能等几个专题逐层分析。

论者第一步总结《四世同堂》的共时特征不同于《骆驼祥子》辐辏式的围合结构，而是在瑞宣这个中心人物之外，有多个次要人物（与主要人物关系松散）及其故事线索自行发展，造成巴赫金所说的"众声喧哗"，其发声环境（真实的季节、景色、建筑、节日习俗等）也被充分重视。城市的景观和建筑被大量描绘以强调群体的身份认同，以充当客观的观察者，见证民族耻辱。小说缺少一以贯之的中心叙述人物，数条故事线在宏观层面彼此独立。线索的长度、深度、行动频率（以祁瑞宣和祁家为重点）根据叙述意图而不同，但重点线索和人物发展不一定依赖其他线索和人物。从论者列出的表中看来，瑞宣故事集中于100章中的54章，具有压倒性优势，其他46章中却几乎无戏份，不主导其他人物发展。与多数中国现代文学小说相比，中心人物功能被削弱，但仍应以瑞宣作为中心叙述者。Jingyu Gu认为人物设置和故事线索在"量"和"质"层面是遵循平均主义（公正无偏影响叙述的"量"和"质"的叙述）的。人物设置时"量"指被分配的叙述空间，"质"当指叙述聚焦；分析故事线索时"量"指单条故事线的叙事时间，"质"则指其主题意义。人物的多样化与平等主义的处理方式意味着个人角色是半独立的，每个人的声音汇合在一起构成一个对话。② 至少八个家庭叙述空间分配均衡（如果将各家庭人数考虑在内）：祁（78章）、钱（27章）、冠（45章）、李（22章）、孙、马、程和丁家。每章同事件涉及多个人物时，则确保最大限度地对各人物反应作出说明。几乎不论主次人物（甚至祁家的小顺儿和小妞子）都被赋予内外聚焦能力。叙述者有能力对所有人物（包括几乎没有行动的）进行心理叙述，大部分人物（除了李四大妈、小崔、小崔太太、文先生、小文太太、刘师傅、刘太太、孙七太太和牛太太，以及走过场的一些日本人）都享有内聚焦，许多是内心独白（如祁老先生、祁天佑、祁瑞宣、祁瑞丰、祁瑞全），有时叙述话语与人物直接引语混在一起。对每个人特色给予平等注意和生动刻画，人物共时性特征大于历时性发展，这构成了《四世同堂》的独特叙述品格。论者分别考察重点人群祁老太爷、祁瑞宣、祁瑞丰、祁瑞全、钱默吟、大赤包、冠晓荷、李四爷之间差异及这个群体与其他人物的差异。祁瑞宣实际功能是一个

---

① Jingyu Gu. "Individual Destinies in a Turbulent World: Voice and Vision in Two of Lao She's Novels", Thesis (Ph. D.), Austin: The University of Texas at Austin, 1995: 241-267.

② Jingyu Gu. "Individual Destinies in a Turbulent World: Voice and Vision in Two of Lao She's Novels", Thesis (Ph. D.), Austin: The University of Texas at Austin, 1995: 132.

意识中心，占据实质叙述空间；他能反映自己也能反映他人的观点和行动，其叙述最接近作者声音，以沉思一个问题为主：是离家抗日还是留下来支撑家族，超越简单懦弱或道德观迷惑的范畴。其他研究简单地在划分三大家族的基础上观察是粗糙而不够有效的，无论是叙述声音还是故事线索需要进一步细分到更多家庭和个人。论者在找出中心时经过了详细论证，有定性也有定量分析统计，在无中心的叙述中找出一个中心来作为全品叙述分析相对固定的定位点，以便展开对众多人物和事件叙述的分析。这个思路是准确的，如果能指滑动，所指更会发生漂移。整部小说以祁瑞宣和祁家为基点，向外发散开去，最后也能以这个叙述核心全部收拢回来，次要人物各有故事但多少都与核心保持直接或间接共时性联系。就如后面《茶馆》一般老舍自有一套稳定核心人物（历时性固定）的手段以驾驭涉及成百上千人物的场面。因为小说有100章，字数达百万，能耐心看完者少，能用一张表把每章主要动作情节、叙述声音罗列出来研究者的更少，论者是少数且较早在将小说要素细化方面做出独特贡献的学者之一。论者由共时性结构总结出叙述声音和聚焦的相对公平意味着小说重群像塑造而非个别少数人物特写，重共时描绘而非重情节发展，由此得出成也萧何败也萧何的结论，即吸引一批喜欢共时群像描绘的读者的同时也会失去一批喜欢由精彩故事情节和复杂人设中获得另种阅读体验的读者。

　　在基础的结构分析工作之后，Jingyu Gu 进入了对老舍叙述"社群"主题（沦陷区某社群的日常生活史）的策略探究。社群的地理环境小羊圈胡同被叙述成一个主要人格。它既是一个地理参数，又是一种决定力量，被赋予社会文化意蕴和叙述功能。第二章详细介绍小羊圈，并附有鸟瞰图与叙述者描绘互为视角补充。多数事件发生在这里，对小羊圈居民的叙述随着他们离开居住地而减弱。全书琐细的"协调行为"占66章，"非协调行为"叙述空间可能超出了小羊圈胡同但涉及的人物较少。论者认为这种社群叙述反映的人性特质与带来的灵魂震撼可与《红楼梦》相媲美。小羊圈胡同决定叙述长度和纵深度，叙述重心是小羊圈居民，也为外来者提供临时舞台。老舍巧妙地把几乎所有人物通过小羊圈联结在一起。如祁瑞宣和邻居丁约翰曾同在天主教堂建立的补习学校教书；祁天佑经营商铺，金三爷靠房产生意致富；祁瑞全、钱仲石、钱默吟抗日；冠晓荷、蓝东阳通过各种方法钻营，陈野求、牛教授附逆。小羊圈外居民的叙述长度与关系亲疏相关。如常二爷故事线总在他去拜访祁家时展开，蓝东阳与冠晓荷及瑞丰老婆胖菊子的关系决定他出场多，李空山故事一结束就被抛出叙述空间。离开小羊圈胡同这个舞台，天大的事件、人物都不被纳入直接叙述而代之以概述。如此说来，小羊圈胡同起到的叙述作用不亚于核心人物祁瑞宣。国内外研究者多聚焦这个地理参数的外部条件、居民生活状态、习俗、价值体系等风物人情,老舍把这个熟悉之地描绘得很出色。他常常聚焦的地方就是北京的山河湖泊、胡同茶馆,说是地方,也是动作,也是事件,这些生活琐事而非重大战争或历史事件构成他小说的全部内容。在小羊圈胡同主要发生着家庭琐事、邻里市井故事和协调,形成一个既狭窄又广阔的叙述空间。所有故事都不是上纲上线、枯燥乏味的,而是生机勃勃、有人间烟火气的。同时,作者和研究者要突出小羊圈胡同在抗战时期的特殊社会性质,这里折射出民族灾难时期老北平、老北平人甚至中华民族命运、精神和文化正在遭受的考验和抉择。拥有五千年文明的北平是否只能产生因循苟且的家伙而不能产生壮怀激烈的好汉?老舍将这沉重的命题通过小市民的日常生活和人生选择表现出来。小说舍弃了《火葬》表明战争的失败或沦陷场面的描写,沉淀了老舍惯有的幽默而变为轻微讽刺、沉思那些小聪明、自满、伤痛、善恶及与永恒的对决等,在有限的叙述空间内展示了跨越时空的人性深度和心灵战栗、挣扎图景。不论是 Jingyu Gu 推测老舍写作《四世同堂》时借鉴《红楼梦》结构,还是诸如老舍受益于《神曲》和《人间喜剧》的观点,都不无道理。虽然比不上《战争与和平》的波澜壮阔、气势恢宏,但仍展现了包罗万象、呈现传统大家族战时兴衰史的"史诗"品格。它与同类世界名著的相似点是都塑造了一个上下求索、叩问生命意义的痛苦主人公。《四世同堂》会因为缺少一条吸引人的、一贯到底的故事主线而黯淡吗?答案是否定的。评论家们永远无法只用单一叙述学理论来论断小说的好坏。

为此,Jingyu Gu 又借用巴赫金的"对话"理论论证除叙述情节主线外小说的另一条灵魂主线:社群共同的文化和价值体系[①],是它将那些共时空间的琐细和漂移事件统摄在一起。首先,价值观被看作遗传性质的众多语言代码,塑造一代又一代小羊圈胡同居民的人格和行为方式。老舍保留了统一代码下各个家庭和个人的复杂性,发出参与对话的各种声音。这些声音既有远古文化特点,又传达儒家文化的道德伦理观念,还因为多声部对话体现老舍对传统文化进行整体审视,更反思中华文化复兴的途径。其中,"北平人"是小说整体性代码,代表 20 世纪三四十年代中国北平、北方甚至全国市民的特殊历史与文化记忆,有许多细节未被书写。多数社群居民自觉遵守各种代码以获得身份认同。热奈特认为"叙述频率"(frequency)即叙事与故事间的频率关系(简言

---

① Jingyu Gu. "Individual Destinies in a Turbulent World: Voice and Vision in Two of Lao She's Novels", Thesis(Ph. D.), Austin: The University of Texas at Austin, 1995: 163.

之重复关系）并指出它是一种对特定短语、句子的重复，与叙述时间密切关联，目的是加强意义建构。① 论者指出，《四世同堂》叙述明显包含许多热奈特意义上的"反复"（iterative）短语或句式：第一章祁老太爷忆旧的叙述几乎句句有重复短语；第三章他又和韵梅、祁瑞全发生推测日军侵华原因的争执，结论因为钱默吟来访而被搁置。叙述者想通过大量此类不同层面的对话，揭示不同价值观念的碰撞和冲突。从中看出祁老人与韵梅都深受传统文化明哲保身观念的影响，莫管他人瓦上霜，不贪不求，也因过去经验使之对战争盲目自信。其次，论者离析北平整体价值观下的几个价值代码。代码一是"顾家"。不论是贫穷富裕，还是善良可耻，所有胡同居民都顾家，只是顾家的手段不同。国难时期它更可被解读为一种负面意义，家在国之先则可能顾家而不能顾国。代码二是"爱和平"。代码三是"讲规矩礼数"。论者应该联系老舍其他作品类似人物，如《二马》马老太爷和《茶馆》王利发，这都是见人作揖、礼数周全的国人代表。尽管有可亲可爱之处，但老舍塑造的一系列人物都是让人爱里带着恨的。因为他们破坏着中国人的骨气和硬气，他们的不加辨别是一种腐朽和表面文章。在国外种族歧视的场景下，在被侵略者侵犯国土的危急时刻，在生死存亡的关头，烦冗礼数和爱和平的绵羊性格只会产生消极后果。在面子已经没有、里子也快丢失的时候还在想礼节面子这类祖训。论者分析了北平人礼数和日本人规矩之间发生的龃龉和尴尬，如冠晓荷发现自己靠规矩礼数比不上大赤包、李空山、蓝东阳等的粗俗无耻手段晋升快。代码四是"爱闲，爱花、爱美"。北平人那是一等一地会生活，欣赏生活。代码五是"敷衍了事"。代码六是"忍"。几个代码实质就是几种代表性的价值观，论者将其放进叙述语言学框架内专门使用了术语。这部分代码分析表面新颖，内在并不新鲜，对北平人价值观及性格的总结甚至不如国内这方面的研究系统。

针对夏志清等对小说的黑白对立、道德分野拉低了小说主题层次的观点，Jingyu Gu 以更近距离对话分析发起反驳。"对话"是兼容性地扬弃概念，它的价值不在对抗，而是汇聚支流而生成新的意义。文化不仅包括价值体系，还包括日常生活方式。论者首先论证按是否与日本人合作将市民分作两个阵营不合理，因为忽视了他们生活在同一套价值体系下这个客观事实，甚至传统价值观力量更强大。其次论者认为简单二分只能抹杀很多老舍着意塑造的家庭和人格个性特征。论者建议先将人物分为两个遵守或漠视公共价值观念阵营，得道多

---

① ［法］热拉尔·热奈特，《叙事话语：新叙事话语》，王文融译，北京：中国社会科学出版社，1990年，第73页。

助，失道寡助。然后筛选出其中表现得模棱两可者（如白巡长、陈野求和金三爷）做有辨别的审视，意即根据小羊圈居民遵循或背离共同价值观程度不同再逐层细分。有些人专注于"顾家庭"而忽略其他代码，另一些人则执行上述基本价值观代码，还有人游走于二者边缘，由此可将两个阵营扩展为三个或更多个，分别以钱家、冠家和祁家等为代表。祁家是整个小羊圈胡同价值观的集中缩影，钱家与冠家是对立关系；祁瑞全抗日，祁瑞丰亲日，多数人则是中庸派。对话的意义在于分别代表不同价值观的三个家庭也共享许多价值代码。叙述者在对话中展示各家庭价值代码同时，或显或隐地做出价值评判，拥有压倒性叙述强度和聚焦长度的是主聚焦人物祁瑞宣话语，他经常与叙述者进行对话甚至代表叙述者发言。Jingyu Gu 认为，王德威评论哈姆雷特式的祁瑞宣让老舍内心的矛盾与软弱的观点浮于表面，王德威没能将人物处境、精神困境与叙述主题设置紧密联系。祁瑞宣虽然软弱和延宕，但他的思想、话语和行动影响到许多其他人物，具有纽带作用。对祁瑞宣来说，未决的问题不是是否抗日，而是道德选择——忠孝难两全。王德威认为祁瑞宣的问题应该在小说开始前就被解决，Jingyu Gu 却认为这个问题根本没法解决：祁瑞宣受过良好教育的思想与体贴周到的人格之间的冲突是无法调和的，甚至是刻意设置的。① 论者认为祁瑞宣的声音延伸得比意识更远，联结"三分"（祁、钱、冠）的价值模式，使其产生不同层次的对话与价值碰撞。对话从不同侧面支撑起叙述者立场的信息获取和意图理解。祁瑞宣、冠晓荷、钱默吟三人都热爱传统文化并善于欣赏生活艺术；冠晓荷和钱默吟不顾一切追随信奉之生活，而祁瑞宣恰好相反，他抑制世俗情感需要来成全他人。冠、钱不顾一切的热情声音与祁深思熟虑的深沉声音对照的目的是：在极端思想和行为两极的中间寻找一个平衡点。三家声音形成和声共同发表更高层次的批判。祁瑞宣从以自己是北平市民为荣发展到目睹同胞对待侵略沉默、自我满足的厌恶之情和期待改革的迫切愿望，侵略使慢性病来了一个急性发作。论者认识到老舍思想中中庸的成分，但暂时没能跳脱单一的话语场。老舍清醒的明证就在于此，他不仅批判了汉奸，也批判了爱国者。爱国的行动方式究竟应该怎样？他通过小说表达了许多这方面的想法，比如青年就应该好好学习，成为有实力的栋梁，以刚健的姿态报效祖国。老舍一直在呼吁中国式英雄，也一直在思索那应该是什么样的英雄。如同他早期小说中所表达，中国需要的英雄不是哈姆雷特式思想大于行动的零余

---

① Jingyu Gu. "Individual Destinies in a Turbulent World: Voice and Vision in Two of Lao She's Novels", Thesis (Ph. D.), Austin: The University of Texas at Austin, 1995: 165.

者，不是以暴力抗恶的冲动学生，不是拜伦式的个人摩罗。钱仲石个人的壮举，钱默吟的讲讲标语、道理，都不是中国真正依靠的力量。他将所有思考的类型化成了一支浩荡人物大军，尽管没有明确英雄的模样，但伪英雄的样貌算是齐了。托尔斯泰说过，俄罗斯和中国一样都有特殊性，不能全然用西方主义的那一套来解决现实问题。老舍和他一样，想要在个人主义与集体主义的两个极端之间找到一个平衡点，适合我们自己民族人格发展的平衡点。小羊圈胡同、中国被欺辱的问题主要是内部问题，老舍要实现一个和平的、古雅的、人道的、文化的宏愿。老舍通过战时生活批判北平文化，又处处体现对传统文化力量的确信。战争同时也是本土文化的灾难性试炼，更突破一国界限体现出国际人道主义关怀，对全人类战争处境甚至基本生存处境的思考。老舍对过往文化的总结性分层批判和鲁迅的国民性批判一脉相承，意义重大，任重道远。在并非全然清晰的叙述层面，个人选择并不是非黑即白，非善即恶，这中间总被描绘出一个明里暗里博弈的过程。如果全面翻动价值体系下隐藏的各种代码而不是简单判断是否抗日，评价中简单的二分法就会被更审慎的考量取代。Jingyu Gu 的叙述策略分析提供了一个完全新颖的范本，也对文本细读提出更多要求。

老舍宣布抗战文艺的特点是清醒、乐观、直接、行动的。[①] 抗战文艺，谈何容易！老舍应战事需要和爱国热情即刻放下手头还在创作的小说，实现了从"为人生"到"为战争"的转变。这是他创作思想在抗战期间的第一次转变（远离小说）。从此时间与精力零售，长篇不可得矣。老舍从此舍弃幽默投向严肃，舍弃戏谑转向深沉。虽说《不成问题的问题》曾被看作老舍回归小说创作的标志，但他 1943 年将《火葬》从中篇写成长篇小说才是严格意义上的回归。王德威引入除社会分析外的文化批评、心理分析、叙述学等方法，使用西方理论框架，对老舍爱国长篇小说的优缺点进行了大胆的分析，形成了有鲜明特色的成果。总体来说，西方学者批判的声音较多，研究比较粗糙。相较之下，国内此类研究在数量和质量两方面都更细致深入，角度也更多。大约是受到中西文化差异的限制，汉学家没能深挖《四世同堂》的文化因素。它总结了之前几乎所有小说老舍思考的中国问题：官僚腐败和面子问题、礼教糟粕批判和文化重建问题、家庭制度问题、教育问题、国民劣根性问题、青年成长问题等。这些长篇小说既继续弥补着五四新文学的不足，又是老舍将大众通俗文

---

① 老舍，《三年来的文艺运动》，载《老舍全集（17）》，北京：人民文学出版社，2013 年，第 263 页。

学巧妙融入启蒙精英文学的进一步尝试。与上一章新兴的短篇小说研究比起来，对老舍长篇小说的研究一直是重头戏，因为长篇小说是老舍创作的重头戏。这方面研究成果形成的论文、专著等浩如烟海，这里并不打算做面面俱到的系统性总结。关于英语世界对老舍在长篇小说中创造性继承和改造鲁迅开创的现实主义手法研究和抗战短篇小说研究已在第三、四章分专题论证，本章主要针对历来争论的抗战长篇小说问题进行中西比较研究，在明确论争焦点、论争原因的基础上进行对话。

第六章　英语世界的老舍戏剧研究

老舍开始剧本写作纯属外在环境的要求，在此之前他从来没想过接触戏剧领域；到新中国成立后他却同田汉（《关汉卿》）、郭沫若（《屈原》）等一起，以《茶馆》登上现代戏剧创作的峰顶，完成与最拿手体裁小说同样的绽放。所以一直有老舍"解放前是小说家，解放后是戏剧家"的说法。从1939年受文协委托写抗战讽刺剧《残雾》开始，老舍立马意识到他正在进入一个全新的写作世界。带着半是使命半是好奇的情感，他开始了写作生涯的一次大转变。如果说其他抗战文艺形式仅是小打小闹的话，戏剧创作以一种不可抗拒的强硬姿态介入他曾经十分纯粹的写家人生，作为一种试炼成为他抗战期间及新中国成立后的主要写作体裁直至生命的尽头，也成为研究者对其评价褒贬不一的重要缘由。晚节不保还是矢志不渝？单从作品看无法得出实质性的结论；面对诸多棘手问题一大部分研究者选择回避或粗糙地评价。难道是老舍小说太耀眼？很久以来几乎没有人愿意提起他的剧本，也不愿意做艰苦的剖析工作。尽管老舍付出了大量心血，比起小说相对失色的戏剧创作和演出参与，似乎没有起到锦上添花的作用，甚至被人攻讦。这与时代的负面影响有关，也与研究的疏忽有关。目前为止，国内系统研究老舍戏剧的专著只有克莹的《老舍话剧的艺术世界》、冉忆桥的《老舍剧作研究》，再加上近年来几篇硕博学位论文。纵观《老舍全集》和相关一手资料，能感知老舍思考和创作的勤奋，这么长时间（28年）以来老舍在戏剧领域的摸爬滚打（其中夹杂零星的小说本行写作），结果除了《茶馆》一无是处？《茶馆》的享誉世界只是一次偶然？显然不是。罗常培"就对话的漂亮来说，现在的作家似乎很少赶得上他的，然而舞台技巧的缺陷，例如《大地龙蛇》，我也不愿为他讳言"[①]的观点较早做出评价。从40岁开始至68岁，老舍共创作剧本（话剧、京剧、歌舞剧、儿童剧、戏曲等）38部，从完全懵懂到逐步学习实验、监督演出并修改以获得更多实际经验，终于在1957年话剧《茶馆》的创作上厚积薄发，将西方现代话

---

① 郝长海、吴怀斌：《老舍年谱》，合肥：黄山书社，1988年，第197-198页。

剧与中国传统戏曲成功熔于一炉，突破古典"三一律"，自信地"忽视"戏剧冲突技巧，重视人物塑造、生活和风俗写真，成为小说体戏剧和京味话剧的代表。老舍用《茶馆》和《正红旗下》清醒剖白了追求写家境界的忠贞不渝之心，尽管采取暂与现实妥协的策略而时有迷失。英语世界有学者较早介入这个冷门领域并进行了饶有兴致的独立探索。

第一节　早期研究中的老舍与剧场

一般说来，老舍戏剧创作以1949年为界分为抗战期和新中国"十七年"时期。夏志清批评老舍抗战剧本多数都很肤浅，只是用来激发爱国心的宣传品而已[①]，未免武断。沃勒是为数不多从老舍抗战剧作开始用心考察和分析老舍与剧场关系的汉学家之一。

一、老舍抗战剧本与前期创作的对比分析

首先，沃勒认为抗战前五年老舍用剧本体裁来处理同战前几乎一致的题材，彰显几乎不变的主题，甚至内容都没有发生实质改变，而且老舍是最早利用剧场形式实现文艺大众化、达到抗战宣传效果的作家之一。[②] 1939年，老舍仅用两周创作出自己都没有底气的《残雾》取得观众不错的反响，传统官僚恶行通过陪都重庆的主人公冼局长集中表现出来。王德威所说的这类恶棍人物都有诸如急功近利、不择手段、伪善心黑等共同点，所思所行是不可告人，所说又是"抗到底"之类冠冕堂皇的台词。《残雾》延续老舍想要表达的社会转型期新旧事物交锋甚至旧事物仍占压倒性优势的主题，以冼局长作为旧事物该被抛弃因素的象征（尽管他过着新式的摩登生活）。抗日救国宣传成为剧本写作的重要目的，但老舍持续深思着人性与金钱的邪恶面，主题更多直接涉及官场腐败黑幕和由于疯狂拜金造成的爱国主义精神缺失，讽刺陷入爱情或廉价的激情而置祖国命运于不顾的懵懂青年，讽刺国人好面子等心理缺陷，对被迫卖身的底层女性及其他底层人民则报以深深同情，并深刻挖掘这些穷人身上的力量与洁白，这是富人经常缺乏的。老舍还在剧中讽刺了青年知识分子脱离群

---

① ［美］夏志清，《中国现代小说史》，刘绍铭等译，上海：复旦大学出版社，2005年，第238页。
② Ranbir Vohra. *Lao She and the Chinese Revolution*. Cambridge：Harvard University Press，1974：130.

众，讽刺了自认伟大的伪革命者，反思了忠孝、文武之间的冲突。老舍作品中的国民性批判、文学启蒙何止是如论者所说从写《骆驼祥子》开始的传统？从第一部长篇小说《老张的哲学》甚至更早的短篇《小铃儿》就初露端倪了，它伴随老舍创作生涯的始终。

其次，沃勒认为《残雾》象征着老舍思想态度的转变：如果说老舍渐渐倾向于共产主义，那或许源于对重庆政府幻想的破灭。[1] 朱玉明某种程度是"毛主义"式女主人公，可怕的遭遇坚定了她抗敌复仇的决心。1938 至 1943 年老舍创作了八个剧本：除《残雾》外，《张自忠》《大地龙蛇》是应军中友人及东方文化协会请求而作，分别表现抗日英雄和反思东方文化，另外还有《归去来兮》及《谁先到了重庆》。论者认为老舍抗战期间最成功的两部剧是与宋之的合作的《国家至上》和曾获奖的《桃李春风》，但没有给出详细理由，他分析得最详细的是《面子问题》，对其做了大段节录和评论。创作于 1940 年的《面子问题》有过三次修改，小人物刻画有助于反思历史、时代要求和主旋律的价值冲突。其结构比《残雾》有些改进，主题也是抨击官僚作风，提供了解中国"面子问题"的活样本；不同的是其对两个新人的刻画——秦医官和欧阳雪，从正面强调革除旧弊病的决心。从最初自娱自乐的写家降下云端、与人民群众逐渐接近，表达痛恨敌人的同时也强调爱人民的老舍似乎的确有很大变化，使论者进一步产生就是在这个阶段老舍开始确立与"讲话"精神相一致的写作规范的推测。这个推测很主观，因为论者没有梳理清楚老舍创作的平民立场。老舍爱人民的思想是骨子里带来的，贯穿于整个创作过程，不是单单由抗战这个事件和抗战时期中共的文艺政策要求决定的。如果说变化，那就是创作风格和技巧发生了较大变化，而不是所谓的共产主义思想确立和无产阶级的归属感。这么说对老舍来说是贴标签和上纲上线了。论者由此上升到政治立场的改变这个结论是不明智的。老舍在向宣传靠拢的同时，全部剧作都保持创作的初衷，并增加了对战时国民政府腐败的批判，这是他对国家爱之深而对当局责之切，而不是政治上站队的需要。老舍与很多同时期成长起来的五四作家最大的不同就是他从创作之初就对底层市民保持紧密关注，而不是整天高高在上地去宣讲什么道义。但他又与左翼作家保持一定距离，并不以创作普罗文学作为主要任务，倒是一直抱持文研会"为人生"的宗旨，所为的不仅是大众，也有精英知识分子，也有上层阶级。论者所说老舍抗战时期的作品加入大众的新元素并不合宜，老舍是在与大众的不断接触中更深入了

---

[1] Ranbir Vohra. *Lao She and the Chinese Revolution*. Cambridge：Harvard University Press，1974：132.

解大众，并能更出色表现大众的，这是长久的朴素的自觉意识，不归属于哪个主义。抗战时期老舍个人最得意的剧本是《张自忠》《面子问题》和《谁先到了重庆》，这几部或是内涵或是技巧方面被他认为是问心无愧的。

二、新中国成立后老舍剧作的社会分析

如前所述，沃勒对老舍的研究带有强烈的政治和社会分析色彩，不仅从文本内部也从外部创作背景及现象出发来做立体考察。沃勒认为新中国成立后老舍的剧作遵循了"讲话"精神确立了新的写作规范，认为写《毛主席给了我新的文艺生命》一文原因有二：一是感谢新社会，二是宣称自己一夜间成为新人。[①] 根本原因是新政府一定程度上实现了老舍作品中理想的新社会，扫荡了丑恶的旧势力，而不是为了追名逐利急着表忠心。论者对老舍谦虚、无私天性的把握很到位，这是理解和评价其新中国成立后戏剧乃至整个创作的关键。沃勒认为老舍一方面热烈支持国家建设，另一方面又将被压制的复杂情感隐晦地在《茶馆》等剧本中传达出来。众所周知，《茶馆》是1957年"双百方针"期间的产物。在其他知识分子开始大发牢骚甚至干预生活、批判现实的时候，60岁的老舍却沉淀下来写了一部深沉而伟大的剧本。抛开了当时主流戏剧的创作标准，抛开了阶级斗争这条"红线"，另辟蹊径，选取1898年戊戌变法失败后、1917年辛亥革命清廷封建统治瓦解后和1945年抗战胜利后内战期三个时间段，侧面反映20世纪前50年重大历史事件给中国社会各阶层人民生活造成的影响。小说缺乏中心情节和尖锐戏剧冲突，以茶馆和三个主要人物（王利发、常四爷、秦二爷）作为贯穿全剧的内核，尽可能多地动用各种创作和舞台工具，制造了人像展览式人物系列（各个阶层百来号人物）、坐标式纵横结构（每幕各自独立又互相交织）和开口就响的语言艺术奇观，为老舍毕生志忑的戏剧创作画上圆满的一笔，也对中国革命历程做出了总结。《茶馆》演出后毁誉参半。称赞者赞扬老舍真实再现三个重要历史时期，批评者认为剧中人物太多不便演出、人物性格没发展和缺少积极政治因素。这恰反映出沃勒的谬误，《茶馆》不是完全遵循"十七年"文艺规范写成的，也打破了一人一事的戏剧传统，改成多人多事的小说体戏剧，否则就不会遭受那么多批评。

沃勒在简短总结剧本的价值后就进入对其政治处境的论证之中，认为对意识形态的评论常出现在剧本中表明老舍显然没辨明反右斗争形势。第一幕有崇

[①] Ranbir Vohra. *Lao She and the Chinese Revolution*. Cambridge：Harvard University Press，1974：152-154.

洋媚外的马五爷和刘麻子两处，第二幕有深意地描写外国人制造的麻烦，第三幕以美国代表外国势力无处不在，与抗战胜利形成反讽。稍微仔细的人就能看出老舍对各个时期政府行为的反思和批判，很多时候写外国主要为了影射国内的乱象，并警示后人。立意深远，却被当时学者批评为没有抓住阶级斗争的红线和过于悲观。论者认为老舍对旧社会了如指掌，而对新社会尚不全然理解，可以进一步解释为老舍正在渐渐发现一些新的问题而有借古鉴今之意。他引用了1966年老舍接受一对国外夫妇（Roma and Stuart Gelder）采访时的对话内容①，表明老舍曾表达不愿意写阶级斗争、不是马克思主义者、不理解红卫兵行为的想法。论者说《茶馆》可能是老舍最后一部没有政治导向的作品，其实不然。它可以作为当时的革命历史题材作品而进入同时期《组织部来了个年轻人》《锻炼锻炼》《百合花》等符合主旋律但又实质上疏离的作品序列，其独立反思精神弥足珍贵。很多研究者认识到老舍生活和创作中体现出来的自由主义倾向，他在本质上对政治和主流意识形态不感兴趣，不像郭沫若那样去随波逐流地拥护或反对哪个具体的政党。他只是从内心希望政府能在改善人民生活、实现言论自由、引导中华民族走向更健康光明的前途方面有所作为，而不是简单地二分，简单地站队，这是更理想主义的想法，也容易使老舍在明确的政治要求中感到困惑和痛苦。国内外许多研究者感兴趣于老舍与中国革命的关系，得出的结论是相似的：老舍与中国革命保持着一种疏离，但论证过程却各有精彩之处。

　　沃勒认为《茶馆》的悲剧气氛与老舍早期的写实风格一脉相承。国内许多学者也都总结出老舍幽默外衣下的沉郁内核。不同的是论者认为老舍悲观主义表象下仍是乐观主义基调，笔者倾向于赞同这种观点。文学家总是执拗地白日梦式地在作品中表现对理想的追逐。随着时间的推移，当他发现社会进步的理想远未实现，一定会继续去挖掘这个领域，提出新的要求。老舍一直在写实作品中通过展示好人受难、恶人得势来呼唤好的政府将中国社会带向更光明的前途。中国的希望存在于那些性本善、有潜力的民众当中。老舍抒情性地在剧作《龙须沟》里继续表达了这种乐观的期望。老舍的性格代表中国人比较坚韧的一面，但他又表现得很务实，绝不会做盲目的乐观者而忽视了社会中藏污纳垢的一面。说他缺乏革命乐观主义精神是不能理解他不愿意违心地去创造高大全的理念而丢掉社会批判的使命，如"莫谈国事"的贴纸越写越大就是一种暗讽和警示；喊着"大清国要完"的常四爷恰恰是最爱国的，却因此入狱。

---

① Ranbir Vohra. *Lao She and the Chinese Revolution*. Cambridge：Harvard University Press，1974：164.

论者认为老舍的幽默和曾受狄更斯启发的事实容易误导研究者将二人进行平行比较。狄更斯在一个更为狭小的范围内抨击社会弊病，希望引起改革者的关注。这些问题可以通过国会法令和增强社会责任感等具体途径来加以改进。老舍则是像夏志清所说的感时忧国，关注政府的整体作为和国家民族的命运前途。照这么说，论者认为老舍寄寓的理想整体架构在狄更斯之上，这是了不起的发现。正是因为老舍关注更宏观的问题，他作品的悲观感更浓郁。至于老舍没有博爱观所以不像狄更斯那样制造圆满结局的想法值得怀疑，没有圆满结局而代之以开放式结局或悲剧结局与老舍的出身、儒家中庸思想、创作习惯和对写实逼真性的追求等综合因素有关，不能用西方基督教的精神去做单一解释。老舍曾明确表示过他对加了浪漫手法现实主义的警惕和抗拒。

除《茶馆》之外，沃勒较详细论证的剧本还有《龙须沟》和《西望长安》。他抛开官方赞颂新政府的意旨，挖掘《龙须沟》延续老舍对好政府的思考——关键在于为人民服务；又另辟蹊径认为《西望长安》体现出老舍是第一个也可能是当时唯一一个将党员干部刻画成戏谑舞台形象的作家，并指出两个问题：制造英雄就是划分新的阶层，英雄光环滋生腐败。虽然这是论者主观阐释的结果，却莫名有些道理。老舍当时有没有这方面的自觉呢？从这个角度来看，两个剧本似乎是《茶馆》的续作了。

第二节 新中国成立后老舍剧作策略与心路历程

麦瑟伍兄弟[①]围绕老舍"人民艺术家"身份，仔细剖析其新中国成立后若干剧本特征：延续写实传统和人道主义情怀，描绘日常生活画面，刻画大量小人物，在对人性有相当程度理解的基础上懂得利用技巧增强感染力，响应号召有突然的态度和写法转变。

一、《方珍珠》《龙须沟》与新中国成立初期老舍的文艺思想

与沃勒不同的是，论者将老舍置于一个与新中国成立后环境妥协又冲突的假设心理里面来观照。比如一开始分析1950年五幕话剧《方珍珠》时，作者就先查明新中国成立初期中国剧场的风格、观众和要求发生了巨变，多样化剧

---

① Walter J. Meserve and Ruth I. Meserve. "Lao Sheh: From People's Artist to 'an Enemy of the People'", *Comparative Drama*, 1974, 8 (2): 143–156.

场要求被提上议事日程，戏剧也发生从票友小圈子艺术到大众文艺的变化（当然这变化始自考察之外的延安时期）。有资料①显示，老舍和罗常培曾经呼吁政府对62位街头盲艺人进行培训，将旧说书艺术转化为适应新形势的艺术。论者认为尽管听从同行建议，老舍在剧作后两场弱化了女主人公方珍珠的典型形象，但丰富多彩的北京方言和鲜明人物还是刻画出北京解放后的变化。《方珍珠》描绘女艺人方珍珠（旧社会不被当人看）在新社会恢复尊严的新旧对比，讴歌新中国、新生活。论者认为这是一种乌托邦式的书写，可能就程度来说的确如此，但脱不出政府扶持艺人们将传统进行改造传统戏曲的事实。另一部同样主题的三幕话剧《龙须沟》则描述昔日淹死小妞的臭沟怎样被治理好，还修上了大马路，以体现政府为人民的形象。老舍后来用北京人民艺术剧院舞台本的一部分丰富了原稿剧本。他在写剧本前亲身采访了龙须沟这个真实的街区并感到震撼，打算忽略风景的优美而专取新政府治沟的事迹，一如既往地抓住龙须沟人民的特征。故事有几个典型市民：王大妈是50岁的守旧寡妇，二女儿二春识字并想外嫁以离开臭沟，蹬三轮车的丁四爷因为臭沟不想正干，不能登台的戏子程疯子喜欢助人，赵老头是没儿没女的好心的泥水匠。这些平民都被恶霸黑旋风和给他跑腿的冯狗子欺辱。从1948年大家抱怨处境不堪到1950年龙须沟地理和人文环境被治理好，这几个平民干了很多活并实现了自己的价值。《龙须沟》公演给观众留下了难忘印象并在当时取得了成功，后来更被改编成电影并被介绍到海外。论者指出，《龙须沟》最后总结性的"五福"（填沟、修路、通自来水、成立手工艺区、建公园），似乎刻意避谈开头提到的腐败、死亡和疾病；恶霸黑旋风虽然没有出场，但绰号却与《水浒传》里李逵一样是否有深意？如果《龙须沟》只是以修臭沟为主题的确违背了老舍一贯社会批判的原则，这里需要再分析文本为何断裂。至于黑旋风的名字恐怕就过度阐释了，老舍怕是想到了就拿来一用，没有影射的意思。

　　1950年对刚回国的老舍来说很特别，很多事情在他人生中影响较大：成为北京市文联主席，暂时放弃写小说而继续利用戏剧、相声、大鼓、坠子等做民众宣传。尽管时代变迁，老舍又在美国待了四年，回国后因形势需要他延续了抗战时期的创作路数，当时他可谓是国统区的赵树理；国统区几乎没如他这般多方实验大众通俗文艺创作的作家，新中国成立初期他担任的社会职务中有九个是普及大众文艺的。1951年《龙须沟》则直接促成老舍获得"人民艺术家"称号，可见其剧作很符合主旋律的要求。当时研究者围绕《龙须沟》发

---

① Cyril Birch. "The Humorist in His Humor", *The China Quarterly*, 1961（8）：30–58.

表的论文有百多篇，赞赏老舍对新社会的歌颂，涉及取材构思、人物塑造、戏剧冲突、语言特色、戏剧技巧等。然而它的轰动感终于在文学史中成为过去。如今在研究者视野里它多具有史料的价值，就像麦瑟伍兄弟那样，但几乎没有人细细分析它的艺术特色和现象学意义。老舍认为这两部剧成功塑造了旧社会人物，而失败之处在于对新社会人物形象的塑造上，因为对后者了解不够。这很谦虚也很中肯，新形势有许多地方使他看不清。很快，1952年开始老舍也不可避免加入意识形态改造的知识分子大军。论者认为老舍因此而尽量避开从政治、阶级角度而是从社会立场上去描写平民。新中国成立前他这么做主要是因为他多根据读者和自己的兴趣而非教化的目的去写作。老舍从创作之初就疏离政治是没错，但是如果说老舍在新中国成立前的创作没有自觉的启蒙意识那肯定是重大谬误；老舍呼吁知识分子从高高的象牙塔上下来融入民众也没错，但是与某个政党合作的说法也不确切，因为平民立场一直是老舍所坚守的，那是他最熟悉的领域，这正好与抗战后期及新中国成立后的文艺路线提倡的民族形式及通俗文艺暗合罢了。不过如研究者所说，后来的剧作更体现出被改造的痕迹，笔者认为老舍不是主动而是被迫一步步向主流题材靠近。如果把老舍和赵树理的大众通俗文艺比较，会得出什么样的结论？是否更有助于从另一条路上理解老舍这两个时期的创作？

二、老舍的北京曲剧及中后期剧作评价

1956年开始，老舍更多关注传统戏曲，在旧戏改编的形势下改编清代朱素臣昆曲《十五贯》为京剧，该剧讲述围绕十五贯钱而引发的血案及揭示判案过程中的官僚作风。老舍删除原曲中的迷信因素（况钟宿庙、神明托梦），戏词全部重写，使人物更为生动，减少烦冗过场而串以歌舞动作。1959年老舍改编13场京剧《青霞丹雪》（故事出自明代江进之《沈小霞传》、冯梦龙《古今小说》《今古奇观》第13回"沈小霞相会出师表"和明《出师表传奇》等），这是明朝严嵩父子专权、任用宵小、迫害忠良沈青霞等人的故事。此剧改变传统舞台技巧而加入现代元素，如受话剧影响，对白多、唱词少，情节紧凑而节奏加快以适应年轻观众的审美。老舍改编的京剧很地道，而且尽量保留原作特色，不像他自谦对京剧只有一点点知识那么敷衍。麦瑟伍兄弟提到这两部剧时联系到吴晗的《海瑞罢官》是类似题材并在"文化大革命"遭到肃清的命运，同时提到《柳树井》，但没有展开论述其意义，这很遗憾。曲剧《柳树井》可能是续写之前短篇小说《柳家大院》的内容，写被旧时婚姻制度和家庭关系迫害的媳妇甚至寡妇在新婚姻法实施后找到新幸福的故事。曲艺剧首

创是以魏喜奎为代表的老艺术家,掺和话剧、歌剧、京戏、评戏和曲艺诸多形式,老舍改称曲剧。《柳树井》是北京曲剧开山之作,完全采用了曲艺腔调而摆脱一开始曲艺剧四不像的样子。老舍成为北京曲剧的创始人,曲剧是用民间曲艺的各种曲牌和腔调来表演的歌剧。曲剧实验在大众文艺创造领域有其成功之处。比如旧曲牌是群众喜闻乐见的,故事是具有时代特色的新故事;采取说唱形式通俗易懂,地道京味,以普通音为语言基础;允许演员按照擅长的高低弦来发挥。直至今日,老舍的《骆驼祥子》《四世同堂》《正红旗下》《开市大吉》《方珍珠》《龙须沟》《茶馆》《宝船》等曾被北京曲剧团陆续改编成曲剧,将老舍的京味儿文学用更传统、更地方化的形式演绎和传承。从改编旧戏到创作曲剧,反映出老舍思维从现代向传统回归,并最终创作出现代曲剧,发掘传统艺术中能使当时大众普遍接受的因素。从学习创作话剧到进行曲剧实验,老舍在戏剧写作领域已经走得很远了。老舍的剧作与剧场紧密联系,《柳树井》成就了北京曲剧的生长,《茶馆》则成就了北京人民艺术剧院的现实主义传统。

麦瑟伍兄弟总结老舍新中国成立后剧本的特征是:现实主义的舞台,朴实群众群像塑造和讽刺手法,视野广阔,动作片段化,展示由主旋律驱动的人物态度和处境巨变。论者简述《茶馆》的剧情和艺术特色之后,同沃勒一样进入对"莫谈国事"字条言外之意的挖掘,认为老舍回归暴露社会丑恶的拿手题材就容易获得成功,而最关键的是剧本没有显示出如今的变化,没有在抨击旧社会之余歌颂新社会。在面对指责的时候老舍坦承他就这个问题做过思想斗争,但暂时没有选择文学为政治服务这条路。直到后来 1958 年开始的《红大院》《女售货员》等剧完全在写新生活和社会主义改造。前者写四合院里来了位老党员,将那里改造成真的红大院的故事,后者写三个女孩从鄙视到爱上售货员职业的故事。论者注重发掘两部剧中老舍对新时代女性的描绘,但没有论述它们都保持了老舍对平民的持续关注及侧面表现重大题材的写作特点。论者认为老舍 1959 年最成功的剧本是《全家福》。这是一个政府如何帮助失散多年的北平家庭(王家)团圆的故事,以照全家福落幕,继续演绎新中国成立后新旧社会对比的题材。伯奇也看重该剧,专门收录小说《老张的哲学》和剧作《全家福》的部分内容并比较。[1] 是什么使这部在中国乏人问津的剧作同时得到多位汉学家注目?推测原因之一是《全家福》的大家庭传统观念吸引他者好奇地观察,原因之二是老舍对大家庭里的几个主要人物都有丰满刻画。

---

[1] Cyril Birch. "The Humorist in His Humor", *The China Quarterly*, 1961 (8): 30 – 58.

伯奇关注上述作品可比的两个人物——赵四和王仁德，同是在社会上寻找生存位置的次要人物，都谦虚、正直。不同的是老舍对赵四不惜笔墨，而对王仁德爱惜笔墨；对两人命运的安排也不同：赵四的正直被污浊的环境打垮，王仁德作为新中国人民公社的炊事员则获得尊严和自豪感。伯奇认为老舍在新中国成立后生活和写作条件相对优厚而无须追求量，才造就了这部剧在实验技巧方面的激进姿态，将政治宣传与生活写实熔于一炉，艺术特色在于时序的完美，值得关注旧社会回忆。由此可见，学者们发现老舍在描写旧社会时驾轻就熟，且娓娓道来，并且试图总结新中国成立后戏剧特征和值得肯定之处。伯奇对于老舍在新中国成立后进行戏剧实验的原因进行了溯源。论者抓住新中国成立后老舍剧本的魅力——写实，有力回击了对其全盘否定的观点。

　　20世纪60年代中国戏剧界发生的新变化是强化革命现实主义特色，题材上多是革命历史题材，多塑造高大全的英雄人物，具有浪漫主义风格和追求激进性质纯粹的倾向，以后面的样板戏为顶峰。老舍一贯坚持的社会写实的现实主义与这要求产生冲突，苗头在新中国成立后就已经出现（比如写于1952年被封杀40年的电影剧本《人同此心》），但没那么迫切。这和赵树理要协调生活的本真和观念要求之间的冲突属同一性质。麦瑟伍认为五六十年代老舍的创作原则发生过政治导向的明显改变，也发现他的逃离。老舍确有逃到幻想或历史中去的倾向，才写了儿童剧《青蛙骑手》（1960）、《宝船》（1961），历史剧《神拳》（1960）、《荷珠配》（1961）等，改编京剧《王宝钏》（1964）。"文化在革命"时期老舍更因为所有剧本中没有塑造无产阶级英雄而被批判。60年代的老舍基本停止写要求的政治化剧本，或许因为严格的审查制度，或许又一次发现在主题等方面与时代潮流紧密联结的困难。但论者在解读老舍50年代剧本里的勉强与讽刺时一定存在过度阐释，如《西望长安》的题目、《茶馆》里的"莫谈国事"是反讽、《红大院》里对入社的积极性有暗示性讽刺、《全家福》落幕于拍全家福而非歌颂新政策是讽刺机制的体现等，这些推测都太微妙而不可靠。但老舍应该想通过剧本隐晦地反映一些现实问题，毕竟他作为写家一直是心里有数的。尽管有许多艺术分析没来得及展开，对老舍此时曲折的创作心路尚待严谨剖白，研究者们还是尽可能勾勒出他的创作轨迹和心灵轨迹，做出了尽量客观的分析评价。

第三节　老舍话剧里的政治与艺术

乔治·亚瑟·里昂多是英语世界研究老舍剧本最系统同时是最能平衡分析其艺术与政治意义的研究者，之前的学者的论证多从政治角度出发。他称赞老舍是中国现代最伟大的讲故事大师、最辛辣的讽刺小说家、最爱国的作家。[①] 老舍多数剧作或许如评论界所说欠缺持久的文学价值，但不应否定其文化史价值。里昂多站在文化研究立场分别考察老舍最经典的讽刺剧、宣传剧、历史剧及情节剧的艺术特色、历史背景，资料翔实，论证充分而严密，观点不乏大胆创新，但论者基本没有像麦瑟伍兄弟等那样去触碰老舍改编或创编的传统剧。不妨先系统梳理老舍写现代剧的历史。老舍就读北京师范学校期间（1913—1918）创作第一部滑稽短剧《袁大总统》并参与演出；创作现代意义的戏剧主要集中于两个时期：最初的九部（《残雾》《张自忠》《面子问题》《国家至上》《大地龙蛇》《归去来兮》《谁先到了重庆》《王老虎》《桃李春风》）写于1939至1943年的重庆，写作目的主要是宣传鼓动抗日救国、团结对敌。剩下14部（《方珍珠》《龙须沟》《春华秋实》《青年突击队》《西望长安》《茶馆》《红大院》《女店员》《全家福》《神拳》《荷珠配》《火车上的威风》《生日》《宝船》）则创作于1950年至1961年的北京，多数表现对新中国的拥护和反映各种运动。论者以作品为纲，重点分析的代表剧作是《残雾》《西望长安》《国家至上》《春华秋实》《张自忠》《神拳》《茶馆》，其思路大约是以题材、主题、老舍写剧的成熟程度及从政治向艺术的推移为线索，而非以时间为线索，形成各自独立的意义单元，再以前面的序和最后的跋作为综合补充。他在几乎一片空白的基础上做了大量工作。

一、《残雾》与民国社会讽刺剧

老舍曾将六个抗战剧本分成三类，一是《残雾》《张自忠》，几乎完全没有技巧，按照小说写法来写；第二类《面子问题》《大地龙蛇》也是丝毫不顾及舞台即兴写成的小玩意儿；第三类《国家至上》《归去来兮》的确像一出

[①] George Arthur Lloyd. "The Two-storied Teahouse: Art and Politics in Lao She's Plays", Thesis (Ph. D.), Berkeley: University of California, Berkeley. 2000: 3-6.

戏，打磨过戏剧技巧。① 里昂多则将《残雾》《面子问题》归入民国社会讽刺剧，认为它们是老舍出于政治责任感而非艺术选择的写作结果，尽管老舍拥有同伏尔泰一般的政治讽刺天赋；并绕过老舍认为《面子问题》更成熟的说法，认为《残雾》在讽刺技巧运用上更成功，情节、人物、主旨等更深刻。老舍的确擅长漫画式讽刺，但未必是出于伏尔泰那样的政治敏感与善于进攻，而是意在以戏谑方式描摹人性灰色。与其说讽刺，不如说幽默才是老舍与讲故事技巧和优雅北京方言同等耀眼的创作天赋，这样才能更客观看待论者接下来要加入对比的狄更斯。论者赞同老舍受狄更斯启发并将写小说的经验运用到剧本《残雾》上来。个人动机决定戏剧人格从而产生出戏剧动作，通过人物互动有效地将性格传达给观众。狄更斯以本土化、写实的路数书写改革小说的道德寓言，暴露英国工业资本的罪恶；老舍比狄更斯多一些反讽式的超然，同狄更斯一样以人物承载寓言。可以说论者粗略认识到老舍讽刺的质地不同于狄更斯，但没有辨明其实质是讽刺、反讽还是更有可能的幽默，也没能辨明老舍有限的讽刺作品大多不是狄更斯式类型化的寓言（除了《猫城记》）。他反映的社会天地更广阔，社会阶层和问题更复杂，人物类型化不是那么明显，尤其是恶棍之外的那些普通人。老舍没有像狄更斯那样一开始就为人物限定较单纯的活动舞台和人际关系，将他们置于镁光灯下，他更愿意将人物和故事放回生活的汪洋大海，让他们在生活现场而不是刻意打造的舞台上体会纷繁复杂的人事纠葛。老舍用这部剧证明将某些小说技巧移植于戏剧未尝不是好事。文学化的语言、饱满的人物塑造、夸张戏谑的表现手法、稍复杂但深刻的故事线和寓意，论者没论清楚这些才是《残雾》吸引他的主要原因，尽管他较早发现剧本的魅力。

里昂多接下来论证老舍的现代剧本借鉴许多传统戏曲尤其是京剧（《残雾》之前老舍有4个抗日京剧剧本）的技巧，尤其是人物类型化。京剧脸谱（生、旦、净、末、丑）是大众最熟知的样式，代表不同性别甚至性格、身份。论者认为老舍塑造人物受到狄更斯象征性格和京剧脸谱影响，将剧中人物分为好人、坏人和可救赎的人，与各京剧角色有对应关系以轻易引发观众情感反应。之前的学者侧重研究老舍话剧受到西方话剧影响的因素，论者绕回来找中国传统戏曲对老舍的影响可谓切中要害，更利用京剧脸谱分类来为老舍剧中人物重新分类，这也是首创。京剧"生""旦"多素面，顶多略施脂粉，扮相

---

① 老舍，《闲话我的七个话剧》，载《老舍全集（17）》，北京：人民文学出版社，2013年，第379页。

洁净俊俏，代表理想型人物；又按"文""武"气质分出小生、武生、青衣、武旦等。具体说来，里昂多将老舍的男主角分为两类："生"和"净"角里的"黑脸"。前者就是中规中矩的战斗英雄、爱国正直君子或劳模，后者因戏剧性缺陷而更复杂和有生气：非英雄式主人公起初野蛮鲁莽，性格有变化成长。女主角也分为两类："青衣"式圣女和"武旦"式女英雄。其实老舍作品中的女性惯性二分为圣女和妓女，战争年代妓女被女英雄取代了。女主角刻画得比男主角更纯洁、正直这个观点只对战时作品有效，这使人联想到习惯将战时男性刻画得比女性更纯洁的小说《百合花》（茹志鹃）。因而引出值得辩驳的问题，既然战争英雄多是男性，对英雄的表现容易扁平化，应该是对男性英雄的表现更简单，何来论者所谓老舍有厌女症，对女性的表现不够复杂生动一说？作为男性作家在表现女性心理时也许不能做到非常细腻贴合甚至刻意回避，也时有泄露大男子视角，但老舍对女性的外部描写已经做得相当不错：老舍首先把她们当作"人"来刻画这就成功了一大半。这是国内外学者日渐发现的事实。更何况茹志鹃的《百合花》证明纯洁的英雄也可以写得很复杂生动，端看你怎么处理得有变化。论者接着讨论老舍剧作中的恶人比狄更斯的单一，像京剧"净"角的"白脸"；小丑人则对应"丑"角，通常与恶人部分重叠，负责制造喜剧效果、故事枝节。有小丑式恶人，也有恶人式小丑。还有一种丑角是卖弄风情的女子，对应"花旦"。老舍将她们描绘得轻浮、虚荣，成为"武旦"的陪衬。老舍为恶人和小丑们安排了令人捧腹的台词，以普通话、生动陈腐的方言和市井行话等混合呈现。狄更斯笔下的好人未必如论者所说通常是圆形人物，而是恰恰相反，坏人是各种丑恶的化身、承担阻碍功能这没问题。事实证明有类扁平型的恶棍能够被大众记得清楚长久，老舍剧作里有类似四大吝啬鬼的典型反派，其舞台艺术结合相声、评书等表演艺术手法，使他们如此卑鄙、伪善而荒谬可笑。正如论者所剖析，老舍剧中的恶棍有各种面貌，不仅如此他们还有各种级别，各种结局。应该说戏剧形象比小说更突出、夸大、生动，老舍的恶棍系列很适合搬上舞台。比起描写耳熟能详的恶棍形象，老舍真是在描绘灰色人物（无论男女）时更出彩。应该辩证地说：老舍无论在小说或剧本中处理恶棍人物时都惯常采用脸谱式手法，但比脸谱有变化、有个性、有悬念；在处理大多数灰色人物时则是采用十分立体复杂的写实手法，千人千面，那套用京剧脸谱对号入座的解释就行不通。

很难一刀切地认为该剧是悲剧、喜剧或讽刺剧。论者简述西方戏剧理论和国内其他剧作家对老舍剧作的影响，以及《残雾》为后续剧作提供了蓝本。其情节结构、人物塑造、象征主义和主题对照都被多次参照，如宋之1940年的《雾重庆》或许与《残雾》有关联。国内学者①以曹禺的《雷雨》贵在故事曲折，《残雾》则堆积对话，无暇顾及各人物的发展过程而对其做出否定评价。里昂多却认为曹禺、李健吾对老舍的重庆剧产生过明显影响，《残雾》可被看作《雷雨》的讽刺版本。② 公正地看，两种意见都有可取之处，《残雾》的剧情的确比不上《雷雨》精巧，人物和戏剧冲突技巧性差些。二者相似之处也不少：《残雾》的冼家如《雷雨》的周家一样被专制家长制主导；冼局长如同周朴园对太太漠不关心而另有情人，两位太太心中都充满愤恨；冼局长被隐晦刻画为蒋介石化身，在专属领域是彻底的独裁者，即使在民族灾难面前对财、权、色的欲望仍超越爱国主义，最后因与汉奸勾结、窃取情报入狱。论者对每一幕情节发展和人物做了细致分析，并认为《残雾》是写给中产阶级观众的剧本，展示了传统戏剧结构，意即老舍这第一个真正意义上的剧本仍是精英知识分子文艺，而不是大众文艺。论者认为《残雾》情节有很强的悲剧性，以主人公冼局长由于傲慢和判断失误造成困局，讽刺并警示个人私利至上的不道德者；但从语调及风格来看又无疑是部喜剧：将一个集体对抗个人的胜利戏剧化，让所有矛盾在公开场合被解决（冼仲文丑恶的个人主义受到谴责）。论者最终抛开对悲剧喜剧的纠结，认为将《残雾》总体看成讽刺剧就行了。因为它一定不是悲剧英雄、宣泄模式，也不是喜剧引起观众平视、发笑的现实模式，而是使观众俯视、蔑视人物的讽刺模式。论者认为《残雾》作为老舍第一部话剧明显带有小说印记，运用斯威夫特式的超然反讽而不是明确讽刺使观众难以辨识正面人物：剧中尚能称为英雄人物的是被迫成为冼局长情妇的朱玉明和刘妈。徐芳蜜造成主要人物堕落却逍遥法外，更衬托其他人物的软弱。论者从正面肯定了这种手法：在伏尔泰（Voltaire）和肖恩·奥凯西（Sean O'Casey）等一流讽刺作家看来，对特定社会的最佳讽刺是每个人，至少主要人物都没能得到宽恕。由此看来《残雾》即使不是老舍唯一真正的讽刺剧，起码是唯一纯粹的讽刺剧。③ 其实从论者这里就可以撕开一条裂缝，正是因为他列举的几条与严格意义讽刺剧不同之处，使包括《残雾》在内的所有带有讽刺性的剧都不是真正的讽刺剧，老舍的讽刺从来只是手法，不具备讽刺作品

---

① 刘念渠，《残雾》，载《老舍研究资料》，曾广灿、吴怀斌编，北京：知识产权出版社，2010年，第 757－759 页。

② George Arthur Lloyd. "The Two-storied Teahouse: Art and Politics in Lao She's Plays", Thesis (Ph. D.), Berkeley: University of California, Berkeley, 2000: 68–76.

③ George Arthur Lloyd. "The Two-storied Teahouse: Art and Politics in Lao She's Plays", Thesis (Ph. D.), Berkeley: University of California, Berkeley, 2000: 79.

整体框架特征。根本的一点是，讽刺对象常常被宽恕、被放过甚至飞黄腾达，这才是老舍要表述的现实，在剧作里也是如此。人物的含混、情节的延宕分叉、结局的开放只有在小说阅读中能得到最佳效果，这也是老舍戏剧一直有遗憾的关键原因。

二、《西望长安》与社会主义讽刺剧

1946年3月起，老舍和曹禺踏上了赴美国的文化访问和交流之旅，并在美国待了三年半时间。老舍于是如缺席五四运动那般又一次缺席了内战的过程，希望在战后获得身心方面的疗愈并传播中国文化。但他很快失望地发现在美国各大城市的巡回演讲中，听众对观看黄皮肤畅销书作家的兴趣远远大于真正了解中国社会和文化。一年后曹禺归国，老舍决定再留一阵的原因之一是想安静写完未竟小说，同时掌握自己作品在英语世界的译介情况。他不愿意承担百老汇商业气息过浓而失去文化艺术意味的风险，对老舍来说艺术比政治和金钱都重要。在美国期间，老舍和曹禺曾设法与流亡的剧作家贝尔托·布莱希特会面，这使学者们对布莱希特和老舍的剧作特征进行过比较。里昂多认为老舍启发了布莱希特，同时布莱希特也启发老舍对崩坏社会改革出路的思考，可能是在这时接受其共产主义思想影响。乔治·高认为对家国的热爱、对新中国的美好愿景使老舍迫切想回国。[①] 前述伯奇、沃勒等汉学家和国内端木蕻良等作家都怀疑老舍在新中国成立后成了艺匠，写出了"遵命文学"，里昂多和另一些国内作家花大量篇幅为老舍进行申辩，强调其有时言不由衷的两难处境，强调《西望长安》（1955）是老舍在新中国成立后唯一的讽刺剧。与并未完全向政治宣传妥协的《残雾》不同，这部剧的政治性很遗憾地盖过了艺术性；尽管如此，它仍是在新中国成立后第一个讽刺作品，标志老舍呼吁文艺创作多样化和个人表达的开端，被划入"第四种剧本"。这个五幕剧取材于西安李万铭诈骗案，老舍应罗瑞卿建议以讽刺喜剧揭露社会弊端。老舍在解释信中写到，接这个剧本的初衷就是可以写个讽刺剧而不是肃反剧（阴谋破坏、情节惊险），且讽刺剧要写得幽默可笑，但写法与古典的讽刺文学作品（如《钦差大臣》等）的写法大不相同，而且必须不同。[②] 里昂多没有提到，老舍在收到许

---

① 乔治高，《老舍在美国》，载舒济，《老舍和朋友们》，北京：生活·读书·新知三联书店，1991年，第167-177页。

② 老舍，《有关〈西望长安〉的两封信》，载《老舍全集（16）》，北京：人民文学出版社，2013年，第286-287页。

多批判意见后才写了这个解释文章,可见当时民众对讽刺剧大多不理解,受到教育水平和阅读面、理论知识的限制而冲动提出了很多并不恰当的批评。讽刺剧这种文学样式比起当时所谓的肃反剧、如今所说的谍战剧来说曲高和寡,这决定了老舍后面不再继续写这类擅长的作品。这也侧面体现出文学在通俗化、大众化过程中必定有些领域是无法转换和沟通的,有些雅文学形式注定是小众群体才可以欣赏的,这种文学应该被支持继续保存下去。

  既然老舍自己都有所界定和比较,里昂多对《西望长安》与果戈理《钦差大臣》进行了进一步比较,并否定前者是后者的中国版。他先分析二者的相似处,如作者都是少数民族、都熟稔民间艺术、成名前没接受正规大学教育而先执教、都具备作家敏感和幽默的语言天分,两部剧都是五幕剧。再论证相异处:果戈理局外人姿态更明显,被保守派迫害避难罗马,老舍却虚心接受批评意见;两部剧命运不同,《钦差大臣》被公认为俄语文学最伟大的剧本,《西望长安》却惨遭失败。果戈理以滑稽手法严厉批评19世纪早期俄国贵族浮华、官僚腐败,要求进行非革命性质的道德重建。老舍的这部剧更温和,希望通过建设性的讽刺而非革命和道德重建解决问题。里昂多甚至总结这部剧为老舍新开创的样式——社会主义现实主义讽刺剧①,因为老舍曾表露受萧伯纳影响,并对每一幕做了具体分析:前三幕是栗晚成的劣迹,后两幕则退化成"情节剧"或"公案戏"。这些观点有道理,但也有问题。老舍曾表示在高明的骗子和不高明的被骗干部之间,会选择后者作为描绘重点。这说明老舍讽刺的重点在被骗干部,这才是老舍一直在作品中处理和反映的辩证问题:坏人固然可恶,受害者难道就不应该就此反思自己的弱点吗?双方都有问题,中国从上到下都需要进行道德重建甚至社会变革。在主题的深刻性方面,老舍比很多同时期作家有更高的要求,这使人联想到果戈理的《死魂灵》中唯独乞乞科夫这个大骗子幸免于难的结尾。如果《西望长安》按老舍之前惯用的处理方式,该是坏人不一定被惩罚,这种看似不痛快的结局才能揭示更多社会问题。这说明老舍这个时期的创作已经做了很大妥协,可以理解在受到诸多讽刺不够、不够惊险、正面人物不够英雄的投诉后,他的内心多么孤寂与无奈。至于是否是新样式,文学史不是已经给了否定答案吗?老舍式的"笑"无论何时都指向尽量深刻的社会文化批判;当他反复强调讽刺功力不足时,指的仅仅是艺术技巧和风格层面的个性差异。《钦差大臣》是正宗讽刺剧无疑,《西望长

---

① George Arthur Lloyd. "The Two-storied Teahouse: Art and Politics in Lao She's Plays", Thesis (Ph. D.), Berkeley: University of California, Berkeley, 2000: 85.

安》是老舍式讽刺剧。老舍很清楚自己写不来猛烈的讽刺作品，所得只是温和的幽默，性格、风格使然。所以只要抓住老舍作品所有"笑"的核心只是幽默这一点，没有严格意义上的讽刺作品，在遇到类似问题的时候就不至于走冤枉路。从这个角度来看，《西望长安》是新中国成立后保留老舍风格的少数剧作之一；从文学史看，它又是老舍社会主义讽刺剧史上的孤本，体现了作家的勇气和曲线救国的写作习惯。

里昂多继续比较与《西望长安》题材类似的"骗"剧，如1979年复旦大学学生上演的《炮队长的儿子》。通过更嚣张的骗子揭露假造社会地位愚弄干部等如此简单，骗子不是恶棍也不是小丑，造成嘲弄力度更大。又如沙叶新的《假如我是真的》中，知青李小璋为求上调冒充高干子弟张小理，愚弄了有裙带关系的官员众人。巴金曾专门写《小骗子》《再说小骗子》《三谈骗子》三篇文章总结骗子类型和反映的社会问题，瞒和骗的国民劣根性问题到现在都很触目惊心。而李万铭就是这些当代骗子形象的鼻祖，学者找到了他的文学史位置。总之，论者先分析了老舍的两部讽刺剧《残雾》和《西望长安》，充分肯定老舍这方面的天赋和社会洞察力，但更应挖掘老舍在写这些剧本时搜集资料、筛选资料以划入自己能驾驭的范围及构思的详细过程，这可以在老舍文论中发现一些端倪，最好是有一手资料。作为一个老练的社会活动家，老舍的任何作品都是尽量摆脱象牙塔、学院风的借鉴和臆想，都有真凭实据，讲究调查分析，坚持写实操守，不愿意讲空话、大话、虚张声势、无中生有，所以耐得住时代大潮的一淘再淘。这两部剧在历史和现在都有许多批评的声音，《西望长安》甚至被不屑一顾，原因是它"很不老舍"；今天汉学家把它们筛选出来主要基于其文学价值，从无中发现有，从少中发现多，启发后来者发现它们"很老舍"的一面。无论哪个时代，讽刺剧承担的社会批判功能不变，人物刻画始终符合人性的复杂性，无论恶棍、小丑还是普通人都得到作家理解的"笑"而不是被激烈的抨击和进攻。这就是老舍讽刺的品格。尽管必须肯定论者围绕讽刺剧找了大量资料进行了系统论证，一些琐细的史料、被忽略的细节经过整合展露新价值，能适当结合中西戏剧理论予以阐发，化腐朽为神奇，但不足在于剧本艺术特征分析太平淡，抓不住个性化特征。戏剧作为叙事文学的一种，和小说有着天壤之别，但老舍神奇地沟通了它们。因为盯住人物和场面出彩，照样在艺术方面有所建树。比如急就章的《残雾》一上演就获得青睐，除因主要人物刻画深刻外，还因制造了几个珍珠般璀璨的场面。如第三幕洗局长突然举枪对准相谈正欢的徐芳蜜，后面因徐的魅力逐渐卸下戒心；第四幕他的被捕，徐的扬长而去，都在单独或连续的情节中营造了较强的戏剧效果。

三、《张自忠》与抗战历史剧

老舍很少主动塑造白璧无瑕的英雄形象,大约因应要求塑造非黑即白角色对他来说是一种痛苦,所以在写《张自忠》时由最初的一腔热情化为最后的一声哀叹:失败;尽管私下里老舍看重且有点满意这个剧本,在《写给导演者——声明在案:为剧本〈张自忠〉》《没有"戏"》《三年写作自述》等文章中屡次为它辩护。剧本是在 1940 年张自忠将军阵亡后老舍应冯玉祥将军请求而作,且获取了前线将士的第一手采访资料,要写张将军如何英勇抗战以至为国捐躯的故事。在政治观念中理应通过一场场光辉战役讴歌将军伟大事迹的剧本最后还是被老舍固执地把将军塑造为一个复杂的圆形人物,有血泪,有进退,有矛盾,有起伏,比起硬汉形象,他更有广泛的号召力和强烈感染力。他不仅会打仗,在日常生活中也很有个性,是个活生生的人。从这个角度看何来失败?关于此剧的争论涉及如何看待和塑造英雄、如何处理写实与意识形态要求的关系、如何在错综复杂的关系和形势下衬托和表现英雄的问题。作家在特殊时期总不能完全按心意写作,如何在现实语境中舍弃与坚持,如何在如此切近的现实面前润笔,能做到什么程度,这些都是难题。老舍不得不放弃了许多戏①,许多事都得含混。事实证明,要顾全战功和人格两面极其不易。老舍采用交织写法而不是一幕幕战役呆板地写下去:第一幕写张自忠回军日常,第二幕是临沂之战,第三幕写徐州掩护撤退,张自忠与百姓、士卒同甘共苦,第四幕写枣宜会战、张自忠战死。这样的节奏张弛有度,人性与战功兼顾,残酷战场与生活趣味穿插,不至于像很多战争剧本一样只有烽火狼烟和纸片人物。

里昂多将全剧划分成两部分:前两幕是老舍一贯风格——对话主导行动,后两幕则变为行动推动对话。第一幕制造张自忠传奇性、神秘性,引起疑惑:中国有的是人,怎么会短兵少将?第二幕借洪进田之口解释部分原因:仅临沂一役就伤亡 40 多名将领,一时补充不上严明统帅,士兵就会乱套。老舍捕捉震撼人心的小事重点渲染,为高潮部分铺垫:如讲张自忠军队纪律严明、与百姓关系融洽,找村民帮助救护伤员必先付钱,坚决处决违纪士兵。严肃与轻松交织才是真正的战争生活,老舍善于组织有生活气息的语言,许多对话生动有趣。第二部分第三幕、第四幕事件时隔两年但有个共同点:张自忠率领疲惫不堪的军队顶住政府可鄙抗战政策造成的恶况。老舍着意描绘张率领第 59 军掩

---

① 老舍,《写给导演者——声明在案:为剧本〈张自忠〉》,载胡絜青、王行之,《老舍剧作全集(1)》,北京:中国戏剧出版社,1988 年,第 120 页。

护徐州撤退的感人场景，加强观众的崇敬感。为制造悬念安排张自忠中途出场，下令等待后续部队。第四幕与莎士比亚《里查三世》和"亨利"系列历史剧类似，安排了荣誉的最后决战而凸显民族精神。抗日宣传剧的主要目标就是激励士气，老舍呈现感人英雄场面的同时回避张自忠及手下将士战死的战术原因。论者随后比较西方剧本的突破，一方面战争电影从 1936 年《英烈传》(*The Charge of the Light Brigade*) 到 1981 年《加里波底》(*Gallipoli*) 开始暴露盲目军令造成的不体面后果，另一方面梅尔·吉布森的《勇敢的心》中爱国英雄威廉·华莱士最后被处以死刑，但其象征的苏格兰民族精神及国家统一的愿望将成为永恒。论者推断，《张自忠》结局中的英雄主义描绘同样表明虽然张自忠在枣宜会战中殉国，但中国人凭这股精神定会取得最后的胜利。①

里昂多发现，抗战剧的价值在抗战文学日益被关注的语境下越发显现出来，且老舍是抗战剧作家中少有聚焦时代主题的。《张自忠》又是老舍戏剧中少有极好反映当时历史问题和事件特色的，这便是它为何是老舍最看重剧本的实质。老舍不像郭沫若作为共产主义者在历史剧中表现出鲜明党派倾向，而是把心力倾注于团结群众抗日的效果本身。里昂多大约想通过比较来说明，从这个角度看，《张自忠》不属于郭沫若作品意义上以古讽今、以古鉴今的历史剧；论者以剧映史，文史互照。论者以文为主，主要探究老舍式含混、戏剧性改编，捎带推测未提及的历史事实。中心人物张自忠被塑造得简洁有力。第一幕引介行动使观众印象清晰：张自忠是理想统帅，亲临前线指挥，关心军队福利，与将士同甘共苦。论者引用阿尔弗雷德·丁尼生 1854 年为纪念英国轻骑兵旅巴拉克拉瓦战役英雄气概而作的《轻骑兵进击》的诗句"不敢复诘责，战死以为期"("Theirs not to reason why, theirs to do and die")来呼应即时的感受。陪衬人物如丑角墨子庄、记者杨柳青、热血大学生等塑造得也很成功，其衬托效果明显。老舍曾一再强调为了使中心人物丰满起来，他十分有必要塑造一个阴影人物：墨子庄。这是个不断被重复的典型人物，被论者称为恶人式小丑，有真实的社会原型：孔祥熙、宋子文等官僚投机者及汉奸。墨子庄贪生怕死，自私自利，不顾国家民族命运，总是与张自忠等爱国将领唱反调。张自忠和墨子庄们的对立也出现在《国家至上》与《春华秋实》里，变形为传统文化"明白"与"糊涂"的对立；出现在《龙须沟》《茶馆》里，呈现俄国戏剧"神圣的傻子"传统。墨子庄是老舍笔下最不神圣的傻子，其道德缺失和自

---

① George Arthur Lloyd. "The Two-storied Teahouse: Art and Politics in Lao She's Plays", Thesis (Ph. D.), Berkeley: University of California, Berkeley, 2000: 242 - 245.

保的怯懦导致最后的疯癫，实现了国民性批判。张自忠成为中西战地记者采访较多的人物。美国战地女记者阿格娜丝·史沫特莱（Agnes Smedley）采访中国抗日前线后，在《中国的战歌》（Battle Hymn of China）一书中描述张自忠为有良心的将军；里昂多依照林治波的考据认为杨柳青原型是当时《新华日报》记者陆诒。[1] 其他人物都帮忙起到介绍作用，如范参谋评价张自忠有"张飞的脾气，诸葛亮的办法"。[2] 两位理想主义、毫无历练的大学生葛敬山、戚莹弃学投奔张自忠，被劝回家念书无果后从事军队宣传工作，这有事实依据。丁柏林则认为，老舍从民族主义、冯玉祥《哭张将军自忠》从亲情角度、史沫特莱从跨国族的自由主义角度分别对张自忠将军完成不同风格的叙事。[3] 可惜论者没有提到，老舍很少处理英雄题材，写疾恶如仇、性烈如火的大将军可能是头一次。这是一次挑战，但老舍抓人物抓得好所以照样成功了，在他笔下张自忠是个有气节的忠烈汉子，最后一幕战到死十分煽情；同时又是个纯洁的革命者。张自忠是殉国的八大国民党上将之一，老舍不仅描述他的功绩也突出他的个性特征。论者没有论述一点，《张自忠》与许多历史剧不同的是，他取材于刚去世的英雄人物，而不是有历史感的拉开一段距离的人物。这使人联想到法国茹尔·瓦莱斯的历史剧《巴黎公社》（后改名为《樱桃时节》），就是创作于 1872 年（巴黎公社失败后第二年）。老舍大胆地将这部剧定为历史剧，说明他突破了传统的历史观和历史剧观，敢于以阅历和判断来为刚成为历史的事件做出描绘和评判。

四、情节剧与世界的《茶馆》

里昂多认为《茶馆》代表老舍话剧的最高成就，名气甚至超过他最优秀的小说，这不无道理，因为北京人民艺术剧院巡演的关系，剧本在世界范围内广为流传。它以极高的艺术成就和潜藏的人道主义力量产生超越，使大家几乎忘记它仍是宣传剧的创作初衷。对老舍 1949 年以后的作品进行政治阐释是困难的，后来的评论家对其作出客观的文学性阐释更困难。老舍相对单纯的爱国热忱、大量创作投入与创作评价之间的关系一直存在龃龉，即使是《茶馆》这样的作品也未能幸免。"缺少红线"的指责没能从老舍葬送三个时代的主题

---

[1] George Arthur Lloyd. "The Two-storied Teahouse: Art and Politics in Lao She's Plays", Thesis (Ph. D.), Berkeley: University of California, Berkeley, 2000: 197.
[2] 老舍，《张自忠》，载《老舍全集（9）》，北京：人民文学出版社，2013 年，第 211 页。
[3] 丁柏林，《关于张自忠将军的三种叙事》，载《中国现代文学研究丛刊》，2008 年第 4 期，第 130 – 137 页。

解说中得到缓解，甚至完全没能得到解释和纠正。老舍心里有数，嘴里不能说，大约想着由历史来公断、让独具慧眼者去发现文本的价值吧。老舍从一开始的即兴而作，为人生而作，到后来的为国而作，再后来要求写什么就尽量去转换去适应，不论写有天赋的小说还是不擅长的剧本，都全情投入，只要能写作。事实证明他克服了最初的胆怯，在中年另起炉灶的戏剧创作中也走得很远，甚至开始建构起个性化的创作体系。

论者认为《茶馆》采用三幕剧是老舍有意为之。首先，三点形成一个完整的循环，犹如转动的经轮。论者更应追溯，佛教中"三"生出多来，有丰富涵义（三宝、三藏、三禅等）；"三"合"三生万物"的道家之说，合中国传统文化中的循环论；儒道释文化共同成就了传统文化。也可以比较但丁《神曲》"三位一体"的神谕结构，以将老舍的用心和雄心揭示出来。形式的能指在于意义，环形结构暗示不吸取以往教训就会陷入历史循环的观点也莫名有些道理。《茶馆》创作于接近戊戌变法60周年，一个甲子就是从三里面变化而来，下一年就是下个循环的开始：剧本第三幕结尾讲裕泰茶馆已有60多年历史。第二，《茶馆》由1956年剧作《秦氏三兄弟》派生而来，后者尝试写成20世纪中国革命史诗剧，三兄弟分别代表立宪派革命者、资产阶级、共产主义者。四幕剧包括百日维新、辛亥革命、北伐战争、国共相争、解放战争等；因为不适合舞台演出由焦菊隐发现第一幕第二场有个茶馆场景可以发展出一部新剧。第三，周恩来看过排演后指出历史背景不够典型，建议改成五幕，老舍却仍坚持三幕：用这些小人物怎么活着和怎么死的，来说明那些年代的啼笑皆非的形形色色，各写一个时代。① 论者的三个观点分别从形而上意义、写作基础和老舍明确意图三个方面解释为何最后严格采用三幕剧，却使人无意发现更多问题。第一，老舍并非从一开始就完美构思出《茶馆》，而是在当时演剧的特殊处境下，经过预先排演，导演、演员、同行朋友、领导、群众的众议和几度增删变形，才最终定稿。外来影响不可谓不大，而老舍在适度听取意见的同时，很冷静地保持了个人观点。老舍本人的主观意愿和艺术经验起到决定性作用，否则面世的作品很可能就是平庸之作。第二，从四幕、五幕到最终的三幕，老舍一定经过周密的推敲、深沉的思考，无论从技巧形式到内容主旨，甚至到更深远的形而上意义都考虑周详。最初史诗剧架构宏大，容量巨大，人物众多，事件场面也要求往大了设置，剧本初具雏形；艺术层面虽然构成挑

---

① 老舍，《谈〈茶馆〉》，载《老舍研究资料》，曾广灿、吴怀斌编，北京：知识产权出版社，2010年，第545–546页。

战，却也是小说体戏剧经验倾向于尝试处理的。这是老舍在政治宣传要求之下构思的直接结果，表明最初被影响，后来在众说纷纭中反而拨开迷雾认清本心，在导演的帮助下确认舞台容纳不了这么大的架构而适当修改。这说明作家人格强大，也为老舍新中国成立后创作状态分析提供一个逼真案例。第三，连同之前一系列矛盾创作体验一起，经过如此曲折的历程而创作出《茶馆》，这是否就标志老舍新中国成立后创作状态（认识）发生了巨大转变？他之后的剧作和小说渐渐从内心警惕甚至拒绝，如前所述在行动上则表现为回避过于鲜明政治导向的创作。

论者还认为《茶馆》艺术最成功的是，相较"社会主义现实主义"而言它更是"现实主义"的；《茶馆》与其说是建筑在历史实体上不如说是建筑在历史的缝隙中。三个主要人物作为历史牺牲者不同于主流塑造的历史创造者。故事表层的宣传功能表现为反帝爱国，国家概念被"纯化"，假想出一种独一无二、未受外国玷污的文化。常四爷是反帝的"武生"，同《国家至上》张老师、《神拳》高永义及《正红旗下》旗人变来的拳师英雄是一类人。常四爷和王利发展现老舍的两面：不屈不挠地和正在适应却困惑的爱国者。老舍同以前一样使用"处女"意象（康顺子）作为神圣国家的象征。另外，揭示政治体系自身腐烂时任何改良及个人努力都是徒劳并反对"资产阶级自由化"，抨击恶意投机者。但潜台词却是"恳请"（plea），恳请执政者吸取教训，不让历史重演；恳请言论自由及保护知识分子的生命安全；暗讽"反右"运动的不公和戏剧性；甚至体现主张终结历史、阶级斗争和人类苦难的乌托邦理想。因此，论者认为《茶馆》表面是老舍大胆将之前小说如《骆驼祥子》《我这一辈子》等根深蒂固的反讽渗透于历史剧的尝试，然而《茶馆》是老舍开启中国荒诞派戏剧的标志。贝克特使悲剧看起来荒谬，而老舍使荒谬成为悲剧。80年代高行健等剧作家复兴了这种创作（如《车站》）。论者还格外关注老舍特意在幕间加入一个说快板的傻杨。这种叫"数来宝"的说唱艺术是北方民间传统艺术之一。老舍发展幕间调节观众心情为更丰富的讽刺功能，他旁观也参与剧情，进一步模糊了舞台和现实的界限，显示出老舍受布莱希特"间离效应"影响，要打破虚构符咒，促使观众主动反思现实。在后记中，乔治·里昂多以"生命、艺术和戏剧反讽"对以《茶馆》为代表的老舍戏剧创作的特征做了总结。老舍戏剧的生命是现实主义，艺术特色是讽刺。他的观点使人联想到，从写实出发，经过掺杂了浪漫主义的想象的现实主义，老舍努力想要回归到起点；这种努力在严苛的环境要求下注定坎坷。之前论过，老舍继承并改造了鲁迅开创的中国文学写实传统，形成个人独特的现实主义创作体系，有一套细腻的原则、经验;对戏剧,他也想清醒地按照这种方式来前进,逐步建构自己的艺术平台。仔细观察可以发现,老舍的写作并不纯粹遵照"十七年"文艺路线;不是抓紧阶级斗争红线而是抓住艺术底线,在相对合乎规范的情况下,塑造了许多"中间人物"、非英雄的小人物。毕竟小市民才是他最熟悉的人物,市井才是他能任意施展的天地。《茶馆》首先妙在三个主人公都是中间人物,丰满真实有个性,论者找到同类型的互文性人物(小说甚至老舍本人)并进行比较。可惜论者没能继续研究老舍戏剧人物、情节与小说的继承关系。他大胆提出剧本是中国荒诞戏剧的开山之作,超越了之前具有讽刺手法的作品。荒诞大多是汉学家先赋予老舍的词汇,传统研究中几乎没有出现。这容易使人产生狐疑,老舍或许曾对生命、对历史产生过荒诞感,但其作品是否自觉表现出西方荒诞派的技巧?似乎没有确凿证据。你顶多只能说读到荒诞的感觉,与贝克特甚至高行健传达的那种感觉类似,实质却不同。幕间歌唱从古希腊时期就不是只为调剂和衔接,而是承担了强化意义的功能;老舍以中国民间艺术改造了这种歌队,效果竟出奇贴合。里昂多结合中西方戏剧传统对老舍剧本艺术进行了专题性质但不够系统的论证,政治及创作外部因素论述占了大半篇幅,所以标题应该改顺序为"老舍话剧里的政治与艺术"。同其他汉学家一样,他的艺术分析是片段式、跳跃和不均匀、不系统的,可能出于文化差异,以及对老舍剧本艺术价值的质疑,很少上升到更凝练的层次。

第四节 英语世界老舍戏剧研究反思

汉学家片段性地论证过老舍剧作的写实特征,这是不能避开的话题。国内学者克莹曾在 20 世纪 80 年代尝试系统论证老舍话剧创作的现实主义成就,认为老舍从《方珍珠》开始进入自觉的现实主义创作阶段,以《龙须沟》为标志(塑造典型环境的典型人物)。[①]《茶馆》不是历史剧(不同于《神拳》)而是现实主义剧本的观点很接近里昂多,打破了大部分学者观点的局限,强调它的现实意义。不同在于那个时期的国内学者倾向于将这种现实主义解读为革命的现实主义,对照的文本和运用的理论局限于俄国;汉学家则有意识地破除这种政治分析,力图还原其文学的现实主义的真相。但总结性、系统性研究老舍

[①] 克莹,《老舍话剧创作的现实主义成就》,载孟广来、史若平、吴开晋等,《老舍研究论文集》,济南:山东人民出版社,1983 年,第 246-257 页。

剧作现实主义特征的成果还没有问世，可能是因为讨论小说现实主义的成果已经很多了，很少有人认为有必要再单独做这方面工作。

汉学家对老舍戏剧的政治关注很多，在以往缺失的文化批评上下了大功夫；但与国内研究情况类似，对艺术层面的审美研究还远远不够。汉学家甚至也发现老舍剧本反传统的东西，比如小说体、幽默的讽刺等，但因为不入传统的戏剧理论框架而没能论证清楚，可见理论在触及艺术肌理时捉襟见肘的时候很多。老舍的小说体戏剧可以进一步论证。老舍以成熟小说家身份进入戏剧领域，不像曹禺、洪深等专门写剧，小说写作记忆会产生绝对影响。最明显的联系是由小说直接改编成戏剧：《五虎断魂枪》改编自《断魂枪》，《方珍珠》改编自《鼓书艺人》，《火车上的威风》改编自《马裤先生》，人物、情节甚至语言都有直接留用的。剧本大量采用小说题材，沿用小说人物（恶棍、投机者、小老板、洋车夫、巡警、革命者、知识分子等），借鉴小说情节，延续小说启蒙和文化批判主题。那些重复出现的人和事使人一眼就辨识出属于老舍式典型，小说的成功加上累积阅历有力地支持了老舍戏剧创作。小说体戏剧有几个艺术特色。首先老舍的剧本是人物第一而非传统戏剧的结构第一。从亚里士多德开始，西方戏剧就宣布在行动的时候附带表现性格，组织情节最为重要；中国传统戏曲也重视结构第一，如李渔视戏剧结构为造物赋形；老舍却正好反过来，认为戏是人带出来的。第二，老舍老是不那么重视戏剧冲突。冲突历来被视为戏剧基础，没有冲突、没有争斗就没有戏剧；而且冲突需要贯穿始终，迅猛发展并具有因果联系。老舍明明熟读西方戏剧理论为何选择忽视冲突律？几乎没有创作出主要冲突主线和次要冲突副线严格组合的作品（《神拳》《谁先到了重庆》勉强符合冲突论），大约是受到人物中心和小说写法的顽固影响。庞守英曾细致探讨过老何戏剧结构的几个特征，如情境选择的底层化和时空跨度、情节组织的经纬艺术、人物带动故事，分布在各幕中的小冲突之间其实有核心冲突联结着。① 最后一点算是对老舍无核心冲突论的反驳，但不能否认，即使各冲突间存在内在联系，但一般不呈现激烈明显地汇聚；而且依着老舍的性子，就不是能制造如烟花般强烈冲突效果的路数，他的人物、情节都是不温不火地展开，矛盾到了顶点常被不着痕迹地化开或宕开。坏处是每一幕可能有精彩之处，但很难如经典戏剧那样形成波浪式发展而到高潮。冉忆桥专

---

① 庞守英，《老舍戏剧的结构艺术》，载孟广来、史若平、吴开晋等，《老舍研究论文集》，济南：山东人民出版社，1983年，第258-272页。

门分析过老舍剧作的第一幕①特点，比如一开始就出戏出人，矛盾冲突尖锐且多样，注意使用埋伏和铺垫等。第三，老舍的多人多事对一人一事的戏剧传统造成反叛，所以无法用传统理论来观照其戏剧结构，尤其是《茶馆》。这样写，戏剧容量增大，反映社会的深广度得到拓展。当然同时期剧作家中也有如此变革的，如曹禺《日出》、夏衍《上海屋檐下》等都采用人像展览式写法。总之，不同于古典戏曲追求舞美、动作，不同于布莱希特重视陌生化效果，老舍的戏剧是他独创的小说体戏剧，是随着个人擅长及风格造成的戏剧技法改良，剧情是渐变而非剧变，淡化情节冲突，随心增加人物数量，锤炼开口就响的语言标出人物，典型场面设置别具匠心，对他个人来说是一种大胆实验和成功。

沃勒等汉学家从一开始就关注老舍的戏剧创作与剧场的关系。这个剧场一般指空间意义上的剧场、虚拟舞台、古今中外的剧场和北京这个大"剧场"，它涉及一部分剧本和几乎全部潜在读者，作者从构思开始脑子里就要带着这个剧场；也可以指特定的演出队伍、人群和参与演出者构成的现实剧院，比如北京人民艺术剧院。可惜很多人没有能从更抽象、更系统的角度来论述这对重要范畴。戏剧就是这样一种文本需要依附剧场的特殊叙事形式。老舍戏剧创作梦想在概念剧场里起飞，在真实剧院里展开、部分实现及受到规约；老舍想把剧本时空扩展得尽量广袤，就像他想在小说里尽量展开自由的翅膀，反映尽量广阔的生活世界。而研究者总在分析他受到的影响和局限。老舍经历了与剧场关系紧张到慢慢靠近、磨合并尽力融合的过程，最终成功拥有了自己的风格。既吸取了古典戏曲、现代戏剧养分和导演、观众意见，又结合现实剧场需要随物赋形；既没有闭目塞听，也没被影响而失去自己的底线——艺术操守。洪忠煌指出老舍戏剧与布莱希特的史诗体戏剧更接近，并专门分析老舍戏剧语言的奥秘：老舍舞台上的成功大半得益于俗而雅的语言。同布莱希特相似，老舍的剧场具有现代性，富有现代意识，以总体戏剧为舞台形态；艺术思维具有客观性（关注点是环境、民俗、社会，作家隐身）；理性倾向、陌生化效果和诗人式激情的表现力。划分小说体戏剧或者史诗体戏剧在于一个是倚重文体，一个是倚重剧场形式，从不同角度强调老舍某方面特色。后者看起来还是太大胆了些，中国没有史诗传统，况且包括《茶馆》在内的老舍剧无论作为文本还是

---

① 冉忆桥，《试论老舍剧作的第一幕》，载孟广来、史若平、吴开晋等，《老舍研究论文集》，济南：山东人民出版社，1983年，第273－289页。

舞台形式都不符合严格意义上的史诗剧标准。甘海岚则研究了老舍的京味话剧①，舞台地域性和语言特色研究是中国学者的专长。老舍被称为京味话剧的奠基人一点也不为过，他的京味语言、京味题材、京味人物、京味风俗文化、京味故事，依托京味舞台被有声有色地表现了出来。老舍戏剧和北京人艺的命运紧密联系在一起，它们互相成就了彼此。北京人艺是1952年成立的，曹禺、郭沫若、老舍的很多经典作品是剧院保留剧目。老舍奠定了北京人艺现实主义创作基础，培养了一批优秀的话剧演员，成就了北京人艺的名气；北京人艺同老舍一起磋磨剧本，熟悉老舍笔下的北京生活，落实老舍戏剧的舞台效果（共排演七部），扩大了老舍戏剧的社会影响。

---

① 洪忠煌，《老舍话剧与布莱希特史诗剧》，载孟广来、史若平、吴开晋编，《老舍研究论文集》，济南：山东人民出版社，1983年，第358-367页。

第七章　变异学视野下的英语世界老舍研究

　　从比较文学变异学角度来看，英语世界老舍研究由于研究主体的跨文化身份呈现明显的异质性，如研究分期不同，汉学家研究基础差异较大，研究框架与国内完全不同，率先实践跨文化研究方法，以西方理论阐释老舍作品占压倒性比例，出现了一批大胆假设、严谨求证甚至标新立异的研究成果。一些华裔汉学家拥有自由出入两种文化、两套文学理论话语、几种学科的优势，是老舍研究的主力军，一定程度上与东方其他国家（如日本、韩国等）一起弥补了"十七年"及"文化大革命"时期国内老舍研究的薄弱部分，维持着老舍学的连续性。受"文化过滤"因素影响，英语世界表述的老舍常常有些"生"，如以西方理论套作品总有不契合、牵强的主观阐释，不恰当的意识形态观照等。另一方面，它们与国内研究产生共鸣，比如都从社会政治分析起步，出于文化批评，没于文本分析，注重作家气质与作品结合研究，关注焦点基本一致，力图在论争中不断更新对老舍的文学史评价。本书始终带着文学比较的眼光，将英语世界和国内甚至日韩、俄罗斯等国的老舍研究进行比较，希望产生思维碰撞，以互通有无。本着求同存异的态度，英语世界研究既非能动摇老舍研究传统的洪水猛兽，也不应被简单地边缘化，或简单地拿来，而是要认真与之对话。

第一节　概述：英语世界老舍研究的变异性

　　文化模子的不同，必然引起文学表现的歧异。[①] 一国文学在传播过程中因为"文化过滤"使文本发生变形，直接造成研究的"变异"。"变异"不是价值流失，也不是无法沟通，它可能是误读、误译，也可能是制造新生的创造性

[①] 叶维廉，《东西方文学中"模子的应用"》，载温儒敏、李细尧编，《寻求跨中西文化的共同文学规律——叶维廉比较文学论文选》，北京：北京大学出版社，1987年，第3页。

叛逆，需要区别对待。一方面，汉学家率先实践比较文学跨文明、跨文化、跨学科的研究思路，对中西文学进行双向阐发，强调文学研究的独立性，具备强大的理论框架和严谨的学理性，常能突破常规，抛砖引玉。另一方面，由于文化隔阂造成的谬误很多，需要及时纠正。英语世界老舍研究不可避免地在译介、接受的"变异"过程中发生，评价它也应采取变异学视野，将影响因素剥离出来，取其合理内核，实现有效沟通。

一、中西老舍研究分期及特征错位

老舍研究是海外中国现代文学小众研究领域中的小众研究。变异性研究的前提是不同国家之间的文学现象交流。[①] 英语世界老舍研究就是一种现象，体现为研究分期相对模糊、队伍复杂。国内老舍研究一般可分成拓荒期、迂回期和动态发展期三个时期。

一为拓荒期（1926—1948）。这个时期以感性批评为主，评论集中在20世纪三四十年代。受学术修养、时代条件、批评话语等限制，当时评论界多对老舍做感想式、书评式的碎片研究，缺乏高屋建瓴的系统研究，理论深度也不够，却体现出品读的好处——鲜活感。早期老舍以无党派身份的自由主义创作随兴所至，独抒性灵。1929年朱自清率先在《大公报》发表《〈老张的哲学〉与〈赵子曰〉》评论文章，分析二者讽刺的情调和轻松的文笔。30年代抗战前《益世报》《文学季刊》《现代》《南风》《大公报》《新少年》《宇宙风》《申报·自由谈》等报刊登载水皮、良甫、长之、王淑明、霍逸樵、赵少侯、圣陶、毕树棠、凤梧等批评文章近50篇，主要对老舍其人及早期小说进行分析。学者无鲜明派系偏见，对老舍创作精髓的提取较客观。此时对《牛天赐传》《小坡的生日》及同类教育小说《大悲寺外》的分析尚未得到足够关注。起初老舍与左翼文学保持疏离，引起过此类评论家的质疑。总之，肯定的声音赞赏老舍美学品格——幽默，语言雅俗共赏，小说技法丰富多样，聚焦北平底层市民，探索现代民族国家出路，承担启蒙的现代性使命；有些学者探寻老舍接受的文化影响，并比较老舍与其他同类作家（如狄更斯、贾波林、哈代、鲁迅等）在小说主题、技巧方面的异同。站在政治立场，批评声音则指摘老舍塑造进步人物力不从心，老舍的幽默不合国情。一开始对《猫城记》的论争还未上升到50年代以后的政治批评。1937—1948年的批评背景是战争，文

[①] 曹顺庆，《南橘北枳——曹顺庆教授讲变异学》，北京：中央编译出版社，2014年，第132页。

学批评与创作一样有浓重的抗战宣传色彩。老舍主持文艺界统战工作，创作形式多样、凸显爱国主题。这时期评论老舍的文章呈现级数上升，与老舍广泛的社会活动、影响和大量大众文艺创作有关。关于老舍生平思想的报刊文章近90篇，对老舍话剧、《四世同堂》等的评论文章近70篇。此间批评仍以观感、读后感等形式居多。《鼓书艺人》原稿散佚尚无人响应。1944年重庆纪念老舍创作二十周年发表了近30篇积极评价老舍其人其文的评论，其中胡风表示理解老舍经历的内心挣扎。① 这算是相对客观的评价。

国内老舍研究第二个时期为迂回期（1949—1966）。因为这段时期几乎一切写作、批评极其强烈地受到外部社会文化环境影响，老舍研究呈现缓慢曲折样貌。老舍延续战时创作重心而转向戏剧，但除《龙须沟》及《茶馆》外艺术效果不算理想，唯一的长篇小说《正红旗下》也没写完。此期社会政治学批评盛行，老舍研究进步不大，单篇作品评论占绝大多数。研究老舍的著作开始出现，但王瑶、刘绶松等编的中国文学史没能全面界定老舍的文学史地位。出于改造目的，1949年前后老舍对许多旧作进行删改。旧作出版变稀少，研究经常不能正常推进，甚至出现误读、误判，批判老舍没有抓住阶级斗争"红线"、情绪悲观等；也有清醒的声音（如蔡师圣《略论老舍早期的小说》、邓绍基《老舍近十年的话剧创作》），但不响亮。这时港台地区的老舍研究取得硕果：兆佳《老舍和朱光潜》、苏雪林《幽默作家老舍》等论文赞誉老舍的作品建筑于真理之上。著作方面则对肯定老舍的文学史地位起到补充作用，如台湾李牧《30年代文艺论》、尹雪曼《鼎盛时期的新小说》《抗战时期的新小说》，香港胡金铨《老舍和他的作品》（在海外老舍研究界影响很大，被多次征引）等。港台地区的老舍研究成为新中国成立后到"文化大革命"结束前英语世界学者最为便捷获取的重要资料来源，在汉学家著作中被多次引用，甚至与20世纪六七十年代海外汉学火热的老舍研究遥相呼应，产生互动，为同时期大陆（内地）相对封闭、停滞的研究打开了另一扇窗户。这也是英语世界研究大规模介入老舍研究的关键时期。

国内老舍研究第三个时期为动态发展期（1978年至今），经历了由快而慢、由激烈而平缓的研究周期。似乎是想要总结过去所有研究模式，并在这个基础上推陈出新，感性批评转向理性分析。从政治批评跳脱出来的老舍研究，走出了从回溯"史论结合"到开创包括文化批评在内的多元批评模式的完整

---

① 胡风，《在文协第六届年会的时候祝老舍先生创作廿年》，载《重庆新华日报》"新华副刊"，1944年4月17日。

形态。20世纪70年代末80年代初，学者们对老舍研究进行了拨乱反正、资料系统积累和重新评价的工作。1979年樊骏发表在《文学评论》上的《论〈骆驼祥子〉的现实主义》是新时期发轫之声。之后老舍旧作纷纷得到改编和出版，社会上下掀起"老舍热"，这个时期老舍研究成果数量上是前40年总和的数倍。著作方面，80年代三次老舍学术研讨会联合出版了几本学术会议论文集。张桂兴独立编纂"老舍研究丛书"八册、曾广灿的《老舍研究资料》、王惠云的《老舍评传》、郝长海的《老舍年谱》、苏雪林的《中国二三十年代作家》、朱传誉主编的《老舍传记资料》系列丛书等提供老舍研究的系统资料。1985年中国老舍研究会成立，一支独立、稳定的研究队伍就此产生，"老舍学"成为一门显学。1986年第三次中国老舍学术研讨会标志着老舍研究自然形态的终结，研究进入自觉阶段：学术意识明确，更宏观更系统，理论深度加强，方法多样化等。90年代文化热，文化批评是主流。研究老舍的著作有宋永毅的《老舍与中国文化观念》，赵园的《北京：城与人》，吴小美、魏韶华、古世仓的《老舍的小说世界与东西方文化》等；论文有孔范今的《解读老舍：他的文化启蒙主义特点》、汤晨光的《老舍的文化批判与文化理想》、石兴泽的《老舍文化心理的运行轨迹》、郭锡健的《老舍文化人格论》等。对老舍创作的综述有樊骏的《认识老舍》、温儒敏的《论老舍创作的文学史地位》等。可见学界立志要把因历史问题错过的研究全都补回来，从宏观到微观开展了织网行动。1999年纪念老舍一百周年诞辰国际学术研讨会以"老舍与二十世纪"为主题，有学术论文58篇，著作11部，聚焦老舍创作的文本研究，如对老舍幽默成因、分类及与外部环境、思潮的关系研究，对京味话剧的研究及老舍与布莱希特剧作的比较研究，老舍短篇小说实验性研究，老舍小说俗文化研究，也聚焦老舍的"人本"研究及个性气质、生平思想等研究，以及老舍与中外文学的影响、平行研究。90年代后期重心由"文本"转入"人本"关注，渐渐与英语世界研究接轨并形成对话。阐释理论更灵活多变，加入当代文化主题和元素，理论深度加强。几十部专著、评传和年谱，数千篇论文，以及老舍研究综述的及时出炉为研究者指明方向。21世纪的研究角度更多、更灵活。相关著作有关纪新的《老舍评传》《老舍与满族文化》、汤晨光的《老舍与现代中国》、孙洁的《世纪彷徨：老舍论》、傅光明的《老舍的文学地图》《口述历史下的老舍之死》、成梅的《老舍小说创作跨文化文学接受心理研究》、吴小美的《老舍与中国革命》《老舍与中国新文化建设》、张桂兴的《老舍评说七十年》等，论文有江腊生《〈骆驼祥子〉的还原性阐释》等，辞典有《老舍文学词典》等。同时，由于已经从各个方面都做过尝试，老舍研究在21世纪后速度放缓,遭遇了瓶颈。重复现象与胶着现象出现,在过去研究熟悉的某些点上缺乏发散思维和创新意识。《老舍与早期国外的汉语教学》《我国对外汉语教学的珍贵遗产——试论老舍在伦敦期间的对外汉语教学》算是沿着20世纪30年代研究老舍教育小说的路子走下来,2014年张炜炜出版专著《老舍与语文教育》。20世纪90年代中后期对国外老舍研究的综述开始增多,如曾广灿的《老舍研究在日本和南洋》、龙敏君的《老舍研究在国外》、吴永平的《论巴迪先生近年来的"老舍研究"——老舍先生百年祭》、高莽的《老舍研究在前苏联》、黄淳的《老舍研究在美国》等。国内学者越来越重视海外汉学家的老舍研究情况和见解。老舍研究呼唤在更有效的跨文化对话中破冰前行。

英语世界老舍研究呈现出分期及特征上与国内的错位景观。一般分为萌芽探索期(20世纪30年代至1978年)和明朗反思期(1978年之后)两个阶段。第一阶段交流不畅,译介和资料搜索困难。从港台研究或作品推演获取资料的情况普遍。前期以零散的表层分析居多,热衷考据老舍生平及思想,方法陈旧。兰比尔·沃勒、夏志清、斯乌普斯基等的老舍研究成为经典,屡屡被后来者征引或辩驳。50至70年代的研究有助于填补同时期国内研究空白。第二阶段交流畅通、条件便利,老舍研究得到进一步拓展。如巴迪所说,20世纪的老舍研究已成为世界文学格局中的文学现象,国外许多汉学家已把老舍视为现代中国最有影响的作家之一,把他的作品当成解读20世纪中国社会和中国文学的重要文本。[1] 总体说来,英语世界老舍研究倚重西方理论框架和学术传统,一定程度提升了研究的系统性和理论性,大胆创新;另一方面则出现许多过度阐释,不符合原作场域的话语。近年汉学界老舍研究趋势比鲁迅、丁玲等研究态势相对较缓。相较国内而言,西方老舍研究起步稍晚,在同步研究中滞后,时间上有一定错位,但中西方都以1978年为研究的转折点。汉学家研究老舍的传统和路数在六七十年代已经建立起来,在后来一代代实践中成果得到继承和较小的突破。

二、英语世界研究群体分散、参差

变异学强调主体差异造成的变异。英语世界老舍研究依托中国现代文学研究,没有固定的研究群落,研究者背景差异大,成果良莠不齐。理清三类学者

---

[1] 吴永平,《再论巴迪先生的老舍研究——兼及文化人类学方法论的某些特点》,载《北京社会科学》,2004年第1期,第116-121页。

特点才能对个体研究者的研究动机、资料占有、理解程度、研究策略、思维方式、理论方法、兴趣与特长、表达方式等情况作出更细致的分析。第一类是以英语为母语或第一写作语言的汉学家，第二类是由中国赴英语世界定居的华裔学者，第三类是短期旅居英语世界的各国留学生及访学者。时序上讲，第一类欧美汉学家引介了老舍，普实克等运用社会批判的欧洲学术传统得到了第一波成果；第二类汉学家则成为承前启后的核心力量，继承发展了前人的理论，并加入新起的文化研究，将文学与政治、经济、历史、哲学、社会学，与种族、性别、视觉媒体，与后结构主义、后现代主义等理论结合起来，打破传统汉学相对保守的研究路数，开始了理论转向。第三类学者则为辅助和延伸补充。

第一类学者包括普实克、斯乌普斯基、马利安·高利克、兰比尔·沃勒、陶普义、威廉·莱尔、乔治·里昂多等。首先作为一个整体，这类研究者用英语思维来接触和解读老舍作品，最容易跳出原有的模子而赋予老舍全新阐释，但也最容易带着"先见"进入研究对象的场域。有的比较老舍与狄更斯、康拉德、亨利·詹姆斯、果戈理、德莱塞、菲尔丁等西方作家的异同，追踪老舍受西方作家影响的痕迹；有的比较《离婚》与《尤利西斯》《都柏林人》等现代作品，比较《骆驼祥子》和《了不起的盖茨比》《嘉莉妹妹》等传统作品。探寻老舍如何将现实主义、讽刺、悲喜剧、情节剧等手法与中国小说技法熔为一炉。更多的是"求异"，他们喜欢以他者眼光找出老舍笔下他们感兴趣的因素，比如对非中国因子的持续发掘表现出对老舍眼中"变异"的己国形象的关注，集中体现在《二马》研究对中英人物给予文化分析；运用形象学、结构主义、后结构主义、性别政治、后殖民主义等西方文论方法，从各种角度加深对文化差异、人性揭示及文化批判的论证；精确的学理性与"跨"的大胆令人印象深刻。英语世界学者较早对老舍中短篇小说和戏剧创作注入热情，提炼其实验性质。威廉·莱尔在《草叶集》（除《黑白李》外，《草叶集》和之前老舍短篇小说集英译本几乎没有重叠处）中称赞其关注日常生活而非进行启蒙式的说教；[1] 菲利普·威廉则发现《开市大吉》《丁》《月牙儿》《断魂枪》等短篇中不可靠叙述及意识流的实验痕迹[2]；戏剧方面，麦瑟伍针对老舍新中国成立后一系列剧作与其创作原则的关系进行了研究，指出老舍的矛盾；乔治·里昂多关注老舍话剧里的艺术与社会，对其从《残雾》到《茶馆》在

---

[1] William Lyell. "The Translator's Postscript: The Man and the Stories", in *Blades of Grass: The Stories of Lao She*, Trans. William A. Lyell and Sa, Honolulu: University of Hawaii Press, 1999: 280.

[2] William Philip F. C. "Book Review: *Blades of Grass: The Stories of Lao She*", *World Literature Today*, 2000, Spring: 353-354.

内的数部或兴盛或沉寂的剧作发表了独特见解,将静态文本分析和动态历史、思潮变迁考察结合起来,将各种大小文本重重关联起来,研究场域开阔,纵横捭阖。普实克引领捷克汉学研究获得新发展,开辟捷克乃至欧洲中国现代文学研究阵地,秉持严谨、独创的学术传统。普实克在1932—1934年访华期间对中国民间通俗文化产生兴趣,与鲁迅交往密切,学术传统和学术观影响了学生李欧梵。东欧的研究者多倾向于用马克思主义文论来阐释作品。普实克与夏志清就《现代中国小说史》的论争实质是人文主义批评与革命社会主义批评的一次交锋。普实克更接近欧洲传统的汉学研究体系,而夏志清是20世纪中叶生成的研究类型,两种路径各有裨益。普实克对话本小说、《老残游记》、蒲松龄等研究的贡献受学界重视。普实克研究中国现代文学表现出的特征是将结构主义思维融入对现代文学精神特质的理解(见《中国现代文学中的主观主义和个人主义》)。李欧梵将它概括为"抒情的"与"史诗的"两个概念。普实克与陈世骧一起奠定了"抒情精神"(lyricism)在海外中国现代文学研究中的概念基础。英语世界学者的劣势主要体现在由语言、文化隔阂造成的误读、误译和过度阐释。

第二类学者以从中国台湾赴美教书的夏志清、李欧梵、王德威等为代表。他们长期定居海外,中西文化身份交叠。既有比第一类学者更深厚的中国语言功底和文化传承,又接受了西方学术传统,具备跳脱的资本。大陆来台学人身上的"学院传统"后来延伸为美国中国现代文学研究的重要资源之一,它终于在20世纪90年代后修成正果。[①] 最早如刘绍铭、李欧梵等进入现代文学研究的汉学家大多并未受过比较文学训练甚至不是专门研究文学的,但他们的译介为美国各大学东亚系开设中国现代文学课程提供了教科书等资料,为传统汉学注重古典文学的主流之外开掘了一条支流。李欧梵等人的历史学专业背景多少奠定了老舍研究美国学派的史论倾向。美国老舍研究又与文化批评的兴起紧密联系,与欧洲普实克等人的"西马"批判性理论有联系,更有区别。这些学者形成了自己独特的研究风格。夏志清重构式的史论思维、史论结合的批评观念,王德威的互文性批评研究、"流动细丽"的学术语言风格,都是结合中西而又尊重中国学术传统的结果。夏志清重新审视老舍小说,眼光犀利。他称赞老舍早期小说而贬抑《四世同堂》等抗战期间小说;王德威则比较老舍和茅盾、沈从文对20世纪中国"写实主义"流变所做的贡献。王德威强调文学

---

① 王丽丽、程光炜,《从夏氏兄弟到李欧梵、王德威——美国"中国现代文学研究"与现当代文学》,载《当代文坛》,2009年第5期,第10-17页。

现象的众声喧哗与多重缘起，"被压抑的现代性"就是针对叙述排他与文化偏执。史书美则发掘流散文学与大陆文学的差异。但即便是他们，理论移植、主观武断的迹象也多少存在。

第三类则以何官基、梁耀南、雷金庆等留学生或访问学者为代表。由于"文化迁移"不明显，相较第二类学者，他们在老舍研究的理论构建方面没有形成派别，大多是临时起意。何官基的老舍反乌托邦小说研究、梁耀南的老舍狄更斯比较研究，以及雷金庆开创的老舍男性气质研究都是独树一帜的佳作，但这类成果在第三类学者中占比不大。

以上三类学者接受文化过滤的程度及变异程度逐级递减，创新性也是如此。研究者层次的错落构成英语世界老舍研究浓淡相宜的风景，对其评判也需要分别而论。无论是学术共同体还是孤零个体，都使得经过重重变异的老舍汉学研究带上更强烈的想象色彩。学术的超越时空有赖于平等对话。在笼统、浅显地评判这个研究群体之外，有更多细致的工作要做。比如，辨别这三类学者他们各自的学术传统、批评风格、受意识形态影响程度差异，以及各人在不同时期、不同成果中的差异表现，触摸到那人、那时、那字里行间的肌理。

三、英语世界老舍研究偏重理论建构

汉学家背靠西方学术传统，重视并擅长理论建构。首先，受利维斯大传统和"新批评"影响。F. R. 利维斯（F. R. Leavis）认为伟大传统是现实主义，推崇将小说放回现实生活中推敲，强调严肃的道德意义。汉学家基本尊重作品的大文本，又能与时俱进，注入新的时代血液。依托欧洲文学批评大传统，汉学家的老舍研究体现出文学史多元重构的现代理念。普实克等捷克学派汉学家推崇这种传统，强调研究的科学严谨，注重客观冷静的社会分析，以马克思主义的理论框架编织中国现代文学的历史，提炼关键词"抒情与史诗"来论证中国现代文学对中国古典文学写实与抒情传统的继承。这种整体研究细节精确，讲究考证；以史为据，以史带论，论从史出，且各种大小文本浑然一体，是对最初科学研究模式优势的集成。然而，点面关系未必处理得当，容易在重点问题、重点作家层面制造模糊。另外一种以论带史的研究模式受到当代一些学者的推崇。宇文所安曾总结重构文学史的三个层次：首先确认在当前的文学研究实践里有哪些研究方法和信仰是司空见惯的，然后问一问这些研究是否都是有效的工具；其次，应该把物质、文化和社会历史的想象加诸我们习以为常、确信不疑的事物（加以审视）；最后，如果我们的文学史写作是围绕着"重要的"作家进行的，那么我们就必须问一问他们是什么时候成为"重要作

家"的,是什么人把他们视为"重要作家",根据的又是什么样的标准。[1] 老舍定位是文学史书写的一部分,老舍自身的文学史也在不断被书写中。

夏志清曾质疑普实克的文学史研究思路,认为尤其对重要作家的评定和赏析,不能完全以传统史论的方式进行,他要书写老舍等经典现代小说家的个体文学史,这部文学史里论者可以适当加入个人的主观偏好,既然不存在全然客观的"史",也没必要均衡地表现历史,因为要晕染作家个性。宇文所安对想象力和对文学史书写意义的强调,与夏志清建构新的现代文学研究方法的雄心是一路。但从理论和实践来看,他们都不能脱离外围历史对老舍文本的影响关系,分野只是主观程度的控制问题。由于西方学术十分重视学理性,汉学家常以焦点问题为出发点,并将老舍研究置于众声喧哗之中,置于20世纪现代性、现代知识分子命运、文化论争、文学与革命、中国写实主义等大命题下予以观照。汉学家提出了老舍研究的几个关键问题:第一,老舍对鲁迅开创的中国现代现实主义传统的创造性继承。王德威、王汝杰等人,一管窥全豹地论述老舍结合西方喜剧因素以及自然主义等手法创造了老舍式现实主义。第二,老舍曾尝试将幽默天赋与后天习得的中西喜剧技巧结合,创造属于自己的喜剧体系。在刘绍铭"涕泪交零"基础上,王德威赋予老舍现实主义"沉郁的笑"这个内核,但侧重西方理论分析,对中国式"笑"传统谈得少,仅限于《儒林外史》等老舍提到的作品。第三,动用"世界主义""民族主义""爱国主义"这些现代话语重新观照老舍的思想内核。包括 Gianna Canh-Ty Quach 基于《二马》对老舍"民族意识"的探讨,基于《猫城记》对"中国神话"和文化想象的反思,发现老舍从有些偏激的民族主义到对"东方主义"话语的自我批评这个动态过程,打开了眼界,与国内文化热等潮流形成共鸣。第四,感兴趣于不断挖掘老舍的复杂性,生成了多对老舍相关的矛盾命题,致力梳理老舍的多重形象。对潜藏于文学史地表的老舍以及动态的老舍持续追踪,对老舍全部论著的熟稔与关联工作付出大量心力,打破固有作品框架,突破小文本,将所有文本甚至信息碎片重新排列组合,得到的整体研究结果可能会很惊艳。挖掘写家与艺匠、文与武、爱情与婚姻、改良与革命、个人与集体、民族与世界、雅与俗、传统与现代等问题在老舍的心灵深处激起的波澜。

细读不满足于作品赏析的皮毛,它意味着详尽的分析解释。然而,文本细读容易出现的问题是,它促生了下述错觉,即任何语篇,无论其"文学"与

---

[1] [美]宇文所安,《瓠落的文学史》,田晓菲译,南京:江苏人民出版社,2003年,第7-8页。

否，都能够被孤立地充分研究甚至理解。① 夏志清、周蕾、王德威等老舍汉学研究，论证时不可避免有主观过强、牵强附会的弊病；阐释的过度，以作品注理论的走偏，最需要警戒。对《离婚》《骆驼祥子》等传统型作品的细读，能读出全然现代的意义，这种对社会分析法的彻底颠覆以结构主义注重形式的面貌出现，注重解剖技巧的质素，挖掘民族风格，它制造的新异图景使人眼花缭乱，但仔细回味不禁疑问：究竟是创新还是不贴合？如王德威颠覆悲剧解读模式，发现老舍小说以闹剧、情节剧等美学特征体现出老舍喜剧天分与实际创作结合的独创性；王汝杰则观照西方自然主义、现实主义与中国人文主义在小说中的杂处与冲突；陈国球运用多尔泽尔的符号语义学模型对《骆驼祥子》及菲茨杰拉德《了不起的盖茨比》进行故事分子结构分析和比较；Jingyu Gu 以叙述学理论框架整合小说叙述因子并剖析《四世同堂》，试图解决在主题设置层面悬而未决的问题；Andrew David Schonebaum 从现代病理学理路审视中国现代小说中关于疾病及其疗救的书写。中国传统诗学理论的特点是：形象性、象征性与讲究"滋味"。② "象"思维的优势是将抽象事物形象化，劣势是缺乏系统和学理性。学者们可以运用中国文论烛照老舍文学之"根"，运用感悟点评揭示作品的审美品格和艺术境界，运用中式话语贴切描述老舍的"京味儿"，挖掘中国味道，并可基于中国文学史追溯老舍创作的传统因素，但它们不能提供一套能"庖丁解牛"式且至今有效的理论工具，所以华裔汉学家最先发现并适当借用了西方理论工具。既然是借用，免不了僵硬不化之处。英语世界的老舍研究提供了一些中西双向阐发的不完美案例；秉持将中式审美与西式"手术刀"有效结合的思路，今后的研究将更圆融。

四、英语世界老舍研究"变异"的利与弊

"文化过滤"包含的因素有接受者的文化构成，接受过程中的主体性与选择性以及接受者对影响的反作用。老舍作品传播到西方，经过西方文化的过滤与转换，其回声又再折射到国内学者的视野中，经过中西文化多重拆析、整合，"老舍"已显出不一样的风貌。由国内学者的立场进行观照，有时会产生思维、表达方面的阻拒感、突兀感，仿佛隔着一层，显得有些"生疏"。对这种现象的评判应力避武断，"生"或许使人不舒服，但不见得都应当予以否

---

① ［英］特雷·伊格尔顿，《二十世纪西方文学理论》，西安：陕西师范大学出版社，1987 年，第 49–51 页。

② 曹顺庆，《中西比较诗学》，北京：北京出版社，1988 年，第 34 页。

定。一方面，如上所述英语世界的老舍研究以新异的视角、方法、思路为国内研究提供了启示；另一方面，它经历异质文化传播与接受、翻译与改编，存在误读误解、观点偏激、理论阐发牵强、与中国文化隔膜等问题。

　　一方面，英语世界的老舍研究以新异的视角、方法、路数为国内研究提供了启示：提供更多看问题的角度，对"定论"提出大胆质疑。如老舍"大文本"的选取：汉学家常独具眼光选取国内遭受冷遇或颇有争议的文本作为研究对象，探索其背后原因或进行现象学研究。王德威提倡以小观大，认为即使是不够精彩的文本，说不定也能引出最精彩的文学批评，其病症本身就可以作为某个现象进行研究[①]，如对老舍"抗战文学"价值的重估。起初认为老舍的早期作品更有文学价值，如《四世同堂》在美国研究界因夏志清的政治立场批评而遭受冷遇。后来王德威、陶普义等学者提出重新审视这类作品的文学价值，反思老舍对爱国主义的表述。沃勒、周蕾等美国学者勇于发现老舍文学创作思想和实践的矛盾及其动态发展过程。沃勒观察到《火葬》是老舍第一部塑造了真正英雄的小说，同时反映出老舍爱情观念的变化[②]。王德威认为《火葬》是老舍创作从文学性向政治导向突变的一个明证，其自我殉难式行为伴随着自弃的冲动。两位评论者都从《火葬》中察觉出了老舍在抗战期间细微的思想变化和史料价值。对《四世同堂》的评论则突破了民族国家、传统文化层面：王德威认为它几乎囊括了老舍之前所有小说的主题和模式，包括爱国主义小说、半自传体小说和暴露小说三种主要故事模式，标志着老舍创作的巅峰，而"缺失"的十三段将使《四世同堂》永远成为割裂的文本。要摆脱战时思维及"二分"思维的武断，多从文化研究角度发掘《四世同堂》的价值。除此之外，还有对老舍抗战以后话剧创作的解读。除抗战作品外，汉学家还发起对《小坡的生日》的体裁与价值之争，对《牛天赐传》及老舍短篇小说等相对沉寂作品的探索。不论是"于无声处听惊雷"研究冷门，还是大胆质疑前人观点，都坚守着学术研究"不唯上，只唯实"的基本精神。

　　英语世界研究者从对文学材料和文学史的研究，到对一些问题的归纳与提出，涉及文学最本质的东西；能够从亚洲主流甚至世界主流角度看中国文学；对现代文学的主体性和个性问题表现出极大的兴趣；对传统叙事文学的艺术性与读者的关系问题有独到见解。汉学家对老舍作品的审视角度和研究目标各

[①] 李凤亮，《海外中国现代文学研究：历史与现状——王德威教授访谈录》，载《南方文坛》，2008年第5期，第67–79页。

[②] Ranbir Vohra. *Lao She and the Chinese Revolution*. Cambridge, MA: Harvard University Press, 1974: 138.

异，他们多从内容探测老舍思想历程，外在地发掘其作品的哲学、历史甚至政治意蕴，重视史料价值。

国内一些学者从中国文化传统出发，观照老舍作为纯粹的"写家"、传统士大夫的精神世界：老舍不是一位思想家、哲学家、历史学家，而是一位偏于温婉、沉郁、细腻的情感道德的作家。他的作品有时会流于以情感评价代替历史判断，这在中国现代一些优秀作家（如沈从文）那里也会如此，至少从总体上看是如此。[①] 汉学家的视野相对开阔，思维发散，提供了许多新异的研究角度。兰比尔·沃勒从政治和历史社会分析角度研究老舍，得出老舍与中国革命密不可分的联系诸结论，论证严谨审慎；威廉·莱尔将老舍视为平民作家进行表述，更关注其人物的日常生活而非精英指导；王德威通过将老舍与其他同期知名作家进行比较，标明老舍在曾经定义了中国现代小说文体的作家之列；夏志清对老舍及其作品有总的观照，并将其置于中国现代社会历史背景下考察，认为老舍是对底层平民日常生活忠实的记录者。这些颇有价值的角度事实上影响到了国内研究。

英语世界汉学家对中国学界的一些定论提出质疑。比如对老舍作为"爱国进步作家"的含义及其"抗战文学"价值的重新评估。沃勒、周蕾等美国学者得出结论：老舍作品的"爱国主义"表达得有些矛盾，在政治宣传需要与文学的良心之间他经历过一个挣扎、困惑的思想历程。起初许多学者认为老舍的早期作品更有文学价值，《四世同堂》在美国研究界长期遭受冷遇，不少研究专著对它避而不谈。有些学者认为它缺乏作者的亲身感受和对侵略的直接描写，虽然想体现热忱的爱国感情，但表现得不够真实，是政治宣传品。最近陶普义等学者提出重新审视这部作品的文学价值。这些争论显然有合理也有偏颇之处，引发了国内学者的思考。又如汉学家对《猫城记》这部国内受到大力批判的小说及其特殊接受效应进行了多重剖析和辩证沉思，对重新挖掘其文学及社会历史价值做了很大努力。再者是对《老张的哲学》《火葬》《牛天赐传》以及老舍短篇小说等国内重视不够的领域进行严谨论证，提出了独到见解，在某种程度上的确启发和带动了国内相关研究。

另一方面，汉学家的汉语水平参差不齐，这直接限制其理解老舍文本的程度。由中国前往英语世界的学者如夏志清、李欧梵、王德威等基本都可以直接阅读中文原版，能较准确理解老舍及其作品中的语言表述、历史事件、人物心

---

① 吴小美、魏韶华、古世仓，《老舍与中国新文化建设》，北京：民族出版社，2006 年，第 47 页。

理和文化内涵；有些以英语为母语者则不能直接阅读中文，或阅读中文的能力有限，研究时主要依赖英译本，同时可能在他人协助下参照中文本阅读，将在国内获得的一手资料进行适当处理。国内做得比较细致的语言学研究（方言、语汇、句法等）在英语世界中显得苍白，即使是华裔汉学家也未必能对北京方言予以贴切把握、深刻理解，呈现出尽量避开语言学研究或即使涉及也不够专业化的特征。

由于语言障碍，对老舍原著的版本选取存在较大差异，特别是英译本身就是一种创造性叛逆，有的作品存在多个英译版本，研究者往往主要依据其中一种，其中的误读是免不了的。如《骆驼祥子》有三个主要的英译本，《猫城记》有两个，《离婚》有两个，这还不包括由国内翻译传播至西方的英译本。早期汉学家无从选择，后来译本多了总有个认定的最佳译本，经常被多数学者作为相对固定的研究对象，予以征引，如《骆驼祥子》的 Jean James 译本，《猫城记》的 William Lyell 译本。通过对这些译本及研究者征引段落、语句的整理可以发现，即使是公认的最佳英译本，由于误译（删减、添加、改编）造成研究者误解的例子不少，一些牵强附会的结论可归咎于此。

有些误读是基于西方知识的错误假设。事实证明，西方学者并不能完全客观阐释中国历史、文学乃至文化。一方的知识或意识形态总是偏狭的，他者眼光投射下的老舍是想象的产物。英语世界老舍研究有意识形态倾向明显者，也有刻意与主流意识形态疏离者，总体来看，认为老舍研究理应摒弃政治偏见，客观审视老舍作品，注重其审美及文化意义的观点具有压倒性优势。中国文学传统是"文以载道"，创作时许多作者都有一个预设的目标，如记录历史或教化民众，自娱自乐式的写作或批评自然不入流。明白这些之后，一些汉学家偏重个人批评、缺乏主流意识形态参与的研究倾向在国内学者眼中成为异数也就不奇怪了。

至于文化的隔膜，是深刻影响评论细致性的因素，不是一时半会能突破的。遍观英语世界的老舍研究，经常有隔靴搔痒的感觉，奇特的观点很多，但老舍创作的精髓往往表述得不够贴切，显得粗疏，根源就在这里。需要注意运用西方文论阐释老舍的限度以及阐释者与被阐释者的平等关系，不能使作品沦为理论的注脚，更要避免杜赞奇式学院炫技。要通过增加更多参照物、参照系互相映射，或者先在亚洲范围内开展更多对话，或者在中国文化内部寻找更整体化的阐释方式。老舍作品中属于中国文化的部分只能用中国文论话语才能体味，这是西方话语无法企及之处。中国文论中的意境、入神、滋味等看似零散的术语都有盘根错节的关系，对情感、非理性现象的把握是西方世界欠缺的。

对于华裔汉学家来说，如果能将中西文论话语有效融合起来，而非简单以一种理论阐释另一种理论或作品，必能将入理与入神的效果更大程度地激发出来。

关于主流意识形态影响老舍批评最典型的案例就是对《猫城记》的评论。几乎所有评论者都认为《猫城记》有政治聚焦。一些消极批评认为：老舍没有弄懂清末以来的政治形势因而导致作品失败；这部小说的基调悲观，特别是面对学习西方的领域；老舍以"哄"影射现实；老舍没有为自己认识到的问题找到解决的出路。刘雄平[1]和袁良骏[2]批评老舍曲解了引起当时中国动乱的罪魁。袁良骏认为作为从未参加过任何革命的局外人，老舍不可能对当时复杂的革命形势有清楚的认识；刘雄平认为一部建立在错误认识上的作品不可能成为好作品。然而英语世界研究者较早发出支持的声音，认为尽管对历史事实一定程度的认知和熟识有助于真实表达，但讽刺作品质量的好坏不应以政治作为标准，在评论时应结合作家创作能力和作品特色。对一部讽刺作品的评价应首先围绕这两个问题展开：它是否为了暴露某个情境下的丑恶问题？讽刺作家的写作动机是什么？当结束6年留学生涯的老舍在1930年回到祖国，看到问题层出不穷的社会现实，他自己在回忆文章中表明对中国外交、军事等领域失败的失望，所以其讽刺自然会指向这些问题。一个好的讽刺作家只是想帮助公众认清问题并引起警惕。老舍对当时政治形势不是特别清楚是有可能的，但是这种警策意图的确通过小说明白无误地传达给读者了。乔治·高、威廉·莱尔、N.T.Fedorenko认为老舍受到反对的压力使他拒绝承认《猫城记》的优点，不能简单以老舍的表述作为判断小说价值的依据。一些学者认为悲观情绪主导作品，很难使读者发笑，老舍消极地认为：所有有益的经验都被猫人以错误的方式借鉴并实践，导致最后的毁灭。英语世界研究者认为这种批评指向了讽刺作家的责任问题，悲剧或喜剧只是讽刺可能具有的不同风格，一个讽刺作家永远不必担负为他暴露的社会问题找到解决方法的责任。因此这些不能从根本上成为贬低作品价值的标准。

文学评论不能独立于特定意识形态而生，因此对评论的评论也无法回避此类问题。只是需要警惕批判时的立场和态度，在评价作品或批评观点时，既不能单纯从自己的立场出发轻率地下断语，也无法不完全超然于意识形态之外。关于《猫城记》这部政治意蕴明显的作品，国内最初武断的政治历史批判与

---

[1] 刘雄平，《论老舍小说的四种悲剧形态》，载《郴州师范高等专科学校学报》，2002年第1期，第54-58页。

[2] 袁良骏，《讽刺杰作〈猫城记〉》，载《齐鲁学刊》，1997年第5期，第23-32页。

英语世界某些纯然文学性的探讨都有偏颇；如果将两方面的优点融合起来，就既能还原创作时的历史文化语境，尊重学术研究尽量客观的原则，又能结合艺术特色、时代因素予以超越性的阐释。

第二节　华裔汉学家的突出贡献及中西老舍作品研究对话

一、华裔汉学家老舍研究突出贡献

夏志清的老舍研究集中体现于《中国现代小说史》（以中英文版为参照）。首先，关于老舍的排位问题。老舍专论出现在第七章，表明在他心目中老舍的现代文学史排位仅次于鲁迅和茅盾，其后依次是沈从文、张天翼、巴金、吴组缃；第十四章则以抗战后"资深作家"为题并列出作家茅盾、沈从文、老舍、巴金，后面依次是张爱玲、钱锺书、师陀。王德威则以茅盾—老舍—沈从文的排名来代表现实主义在现代中国的嬗变形态（从逼真性内核向四周发散）。王汝杰的论文《中国现实主义的透明度——对鲁迅、巴金、茅盾和老舍的文本分析》中，老舍排在最后就意味着论者认为其作品透明度最低。夏志清将1937年前的老舍放在第三位，不仅出于老舍在现代写实传统中的开创性地位考虑，更多考虑到他的独特风格和文学价值。夏志清不是第一个界定老舍文学史地位的学者，但他的定位突破了"鲁郭茅巴老曹"的官方顺序，对后来研究者产生有分量的影响。其次，关于老舍的气质风格。夏志清从老舍生平出发将老舍与茅盾进行比较。老舍和茅盾分别呈现以下特征：北方个人主义和南方感官经验，不擅长描写女人和擅长描写女人，关注个人命运和关注社会力量（之前普实克提到过），受英国小说（如狄更斯小说）影响深和受俄法小说影响深。夏志清庆幸于老舍早期对政治事件的错过与疏离而创作出有个人风格的作品，相信这是单纯出于对文学性的强调。

接着，夏志清用大部分篇幅（中文版14页，英文版25页）逐一品评老舍前期小说。他重点分析《赵子曰》《二马》《离婚》《牛天赐传》《骆驼祥子》，而对《老张的哲学》则以喜剧手法失败、开启英雄主义主题序幕一句话带过。可见他以艺术性来筛选文本，选艺术技法成熟者重点论之。第二部小说《赵子曰》却被他认为是结构和喜剧性较赏心悦目，甚至被赞誉为现代文学首部成功的喜剧小说，有狄更斯的味道。它被夏志清兴致盎然地添了一个副标题：英雄理想败坏的一个写照，以此作为观照老舍英雄主义书写的第二站。按照他的理解，如果说《老张的哲学》中几个大学生的英雄主义被社会道德沦丧的现实打败，赵子曰的英雄理想则沦为封建"官瘾"思想的奴隶；率真、清高与爱国在沽名钓誉的幻想中日渐消磨。但他用恐怖主义来形容李景纯和醒悟后的赵子曰实在脱离了老舍写作的语境，现代得有些牵强，不及国内学者从老舍的"侠"理想来点破。另外，他认为作品以讽刺抒发对暴民强烈敌意的说法则过了。老舍幽默的早期表现是夸张些，但远达不到犀利讽刺的程度，早年怀疑、警惕的义愤也远非敌意。其认为《二马》悲愤掩盖讽刺的说法有一定道理，因为悲剧因素冲淡了喜剧效果。他费了很大工夫分析几个漫画式人物，将马则仁与麦考伯及《尤利西斯》的主人公布鲁姆做比，马威则类似代达勒斯，这联系比较大胆，毕竟在混沌轮廓上才有相似。对马威的浪漫激情需要李子荣互补和映衬的见解很到位，揭示出老舍对所有人物的复杂处理及爱恨交织的心理。夏志清还分析了反映老舍处理爱国题材时对三个晚餐场景的设置，表现出作家对单纯爱国反思的超越，以及对现代国家建构问题的首次探索。夏志清还总结，在英雄主义理想这条路上，老舍越走越远，进入了越来越深沉而痛苦的思索阶段。夏志清以启蒙主题延续将《离婚》归为前两部小说的续书。如夏志清认为老李是更老一些、更世故的马威，老舍增添了灰色的小人物类型，展现了新喜剧技巧。如果认为后面还有续书，还不如说启蒙是贯穿老舍所有创作的一根红线。老舍作品中的启蒙思想、启蒙主题及其表现形式都值得整体发掘。这里面涉及一些有趣的话题。比如，老舍的启蒙表达在其创作的前后期有怎样不同表现？老舍的启蒙策略与同期五四作家有何异同？老舍着意发挥自己的喜剧天赋，总要在接下来的作品中有意识增添一些新人物、新手段，所以他自己认为《离婚》进入成熟期了。夏志清发现《牛天赐传》和《骆驼祥子》中作者对个人英雄主义开始产生怀疑，强调环境对个人的压迫，论原因的时候自然说到左翼文学影响，看出批评者政治立场的影子。夏志清将前者平淡的幽默感和主题处理与后者的饱含感情对比，这样研究效果明显，很少有人这样做，可惜论者没来得及分析前者为何没能沿着《汤姆·琼斯》的路子写下去，后者与《卡斯特桥市长》最紧密的感情联系是什么。相比之下，陈国球从形式到意义做了更细致的工作。[①] 夏志清在专著附录部分表明粗略举例外国作品而没有展开比较只是为了达到辅助评定题内作品的目的，并没有想过要做系列研究。夏志清还有个发现：祥子讽喻式个人主义形象与同情的感情

[①] 见本书第五章第二节"一、陈国球对《骆驼祥子》的分子结构分析"。

基调不匹配，并以政治立场进行批判。但也许老舍本身就对自己笔下人物发展到现阶段的个人英雄主义渐渐产生怀疑，无论他们是多余的人还是拜伦式英雄，这完全符合思想发展逻辑。到此为止，夏志清分析作品主要从主题、人物、喜剧性这三个方面展开论述，时时比较，闪光点较多。他对于老舍人物的分析最细致，认可老舍对人物的塑造最下功夫，最有特色。甚至连大众一向不屑的《猫城记》，夏志清也在著作的附录（二）里对公使寡妇进行了补充性细剖（与陀思妥耶夫斯基笔下及《金瓶梅》里的弱女子比较）。夏志清强调五四文学的感时忧国精神，这是对古典文学"载道"传统的继承。要求文学回归文学性并追求更普适的人类学功用（而非儒家社会学功用）。这为老舍学突破一地一国走向世界提供了更广阔的思想平台，后来的学者实践了这种思想。然而，夏志清有些言辞激烈的政治论断损害了评论的客观性，这种倾向在对老舍后期创作的现象学描述中愈演愈烈。

夏志清评论老舍几乎所有的抗战作品（尤其《剑北篇》和几部剧）仅是激发爱国的宣传品，以此为出发点做出的论断总带有较强的主观感情色彩，言辞讽刺之意很明显。《火葬》因为天真的爱国主义而被判失败，即在较难处理的爱国主题上表现手法方面的失败。这篇小说相对写得粗和空，老舍在序言里讲到了，犯了老舍曾警惕的浪漫现实主义的毛病。其实夏志清既然论到了老舍的英雄主义情结，为何不能寻根溯源地探讨这种表现与情结之间是否存在实质关联？从这个个体角度出发来分析可能更有意义。政治偏见遮蔽了本应更客观的文学观照，使《四世同堂》同样被其批判为大大失败之作，除其所谓狭隘的爱国内容处理外，夏志清还指出老舍对重新确立传统的理想与五四启蒙精神相悖。《四世同堂》有失败处理不假，说全然失败也太武断。老舍并非不知道人物二分法的弊端，但还是对人物结局进行了善恶处理，这同往昔大部分作品的开放式结局大不相同。作为旁观者的历代读者都能看出来的明显龃龉，视人物为生命的老舍本人能不清楚？一方面，老舍认为战时文学可以暂时理想化地表达自己的"武"情结，也就是夏志清所梳理的个人英雄主义情结。在老舍的文学世界里，"反抗"这动作首先是个人行为，这与他对革命的个人理解有关，也与他将文学世界与现实世界分得很清楚有关。另一方面的确是抗战宣传需要正面英雄的形象。应该看到，老舍对人物的个性塑造并不马虎，几个关键人物都立得起来。通过人物及事件措置传达的对中国传统文化的梳理反思过程深沉而令人震撼。夏志清过于贬低这些人物，同普实克批评老舍不能正确理解某些社会问题，其本质都是一回事。另外，对老舍这类对传统文化有特殊感情的五四作家，应该区别对待，不能一概以是否坚决启蒙、坚决抛弃传统论之。

对传统精髓的留恋与继承不正是老舍们的清醒和可贵之处吗？普实克评夏志清时说他是有严重政治偏见的主观批评家。夏志清认为这是普实克在为中国现代文学研究拟订科学纲要，并以只针对题内实际论点讨论展开了论辩。他认为文学研究难以达到真正科学的严格与精确，这可以理解为他赞同文学研究有稍鲜明的主观倾向，因为文学评论不是写文学史。不得不承认尤其在讨论历来存在争议或者意见一边倒的问题时，这种倾向性是必要的，但需要把握尺度。像夏志清质疑老舍政治倾向时的厌恶嘲讽，与对张爱玲、沈从文等人评论的偏爱之情溢于言表，这在学术专著而不是辩论的场合中出现并不太恰当。尤其当人们看不清仔细的文学渊源关系梳理和客观写法比较等文学专业基础工作（影响研究和平行研究）时，当可比性遭受怀疑时，更容易对结论的严谨与否产生怀疑。夏志清声明他的批评标准全以作品的文学价值为原则，同时简单否定国统区及解放区的战时文学，这是不是在预设它们不具备被审视的文学价值？在持批评精英主义观点的同时，他也拒绝了更多阐释的可能性。夏志清的批评建立在欧洲批评传统之上，但又试图背离这个传统。其开创性可见一斑，其客观性需要更坚固的标准体系的支撑。夏志清认为老舍对现代文学的贡献集中于长篇小说而非短篇，所以分析了几乎他所有长篇小说；后来证明了这个想法并不客观。

　　王德威对老舍进行过更深入的专题研究。主要成果集中在英文博士论文和一部英文专著中①，并与他的相关小论文和一系列专著互相印证。王德威1982年的博士论文《现实主义叙述的逼真性：茅盾和老舍的早期小说研究》分为六章。第一章，逼真性再评价：以中国现代现实主义小说为例；第二章，中国古典小说逼真性的形成：故事讲述与历史语境；第三章，晚清谴责小说：一种新的写实路径；第四章，茅盾的自然主义理论：对左拉与托尔斯泰的一种"误读"；第五章，茅盾的早期小说：小说作为历史话语；第六章，老舍：心怀二意的讲故事者。可见论者先综述现代现实主义小说的写实特征，接着从古典小说和近代小说中追溯其源头，主体部分对茅盾和老舍的专论中又加入西方写实传统与理论予以参照。此文中，他重视古典及近代中国文学影响的苗头已现，及至后来形成了"没有晚清，何来'五四'"（2005年《被压抑的现代性——晚清小说新论》）这种关于传统与现代性的系统反思。王德威立足中国

---

① David Der-Wei Wang. "Verisimilitude in Realist Narrative: Mao Tun's and Lao She's Early Novels". Thesis (Ph. D.), Wisconsiu-Madison: University of Wisconsin-Madison, 1982; David Der-Wei Wang. *Fictional Realism in Twentieth-Mao Dun, Lao She, Shen Congwen*. New York: Columbia Century China University Press, 1992.

文学传统并兼及西方文学的立场，表明研究中国现代文学就该植根中国的清醒意识，声音振聋发聩。即使不能杜绝各种阐释性谬误，他的出发点也中正不偏。第六章老舍部分采取总分的演绎思路，以作品为纲，在细节剖析和中西对比中，论证老舍如何结合西方小说技巧有意识继承并修正了古典小说的说书人传统，学习狄更斯将多种不同甚至相对声音熔于一炉的技法，在中国特有历史文化语境中锤炼出自己特有的讲故事声音。王德威1992年在哥伦比亚大学出版社出版的《中国二十世纪小说的写实主义：茅盾、老舍、沈从文》则在博士论文基础上对老舍部分进行了扩充和深化。2011年复旦大学出版社还出版了此书中文版。这本专著在第一章对自鲁迅开创新写实传统之后中国现代文学的写实主义进行了概述，之后对茅盾、老舍、沈从文传承与开创具有现代性和个体风格的写实体系建构各用了两章篇幅，第八章照例是收束性及延展性结论。他认为，在现代写实这个叙事领域里，三位作家分别以历史演义与政治小说、煽情悲喜剧与闹剧、抒情表述与乡土写作三个模式拓宽了中国写实主义的维度。王德威将五四时期的现代写实与古典写实、与西方19世纪确立的现实主义传统区分开来，将五四各写实作家的代表风格特别加以分析，将中国现代写实主义的各色风貌发掘出来，将其充分吸纳古今中外写作资源并散发个人风格的纹理描绘出来，启发后来者以类似方法论来完成对中国古典及当代写实文学的更丰富的阐释性建构。

在第四章"沉郁的笑声——老舍小说中的闹剧与煽情悲喜剧"里，王德威保留了博士论文中的作品细读和某些观点，超越对逼真性的中西比较和特征论述，转而建构喜剧论框架，统摄之前所有资料和新资料、新观点。他以结构主义的方法，赋予老舍小说各喜剧因素及组合因素等形式问题以交互效应层的新生意义。老舍对中国现代写实主义的贡献，正在于他对写实逼真性的到位把握，以及敢于偏离僵化教条，开创具有个人特色的写实体系。王德威认为老舍作品中的"笑"本质是对现实的反思质疑，情感基调是沉郁，表现形式则是闹剧和煽情悲喜剧、情节剧等。特别是对形式的阐释，他将老舍几乎所有长篇小说纳入西方喜剧理论的框架和范畴里面，这有利有弊。利在对其"笑"的喜剧性有个整体论证，对"笑"的不同手法和表现都用各种如解剖刀般的工具来分解，尽量使每种解释都有技术保障。这么一来，一些传统解释被推翻，传统没发现的东西被离析出来，老舍小说中契合西方喜剧论的部分被凸显出来，有些可以辨别为老舍有意借鉴西方的，有些则是他都没料到与西方有共鸣的。弊在于可能陷入以西方套东方的陷阱，在阐释中，西方概念与老舍喜剧因素肯定有不严丝合缝的时候，必然会出现生硬痕迹，甚至有作品沦为理论注脚

第七章　变异学视野下的英语世界老舍研究

的危险；还在于弱化了对中国古典说书人传统的继承探究，这很可惜。因此，论者适当结合晚清谴责小说的闹剧修辞、丑戏与滑稽剧等来弥补这个缺陷。在"闹剧与煽情悲喜剧：对现实的逾越"单元，王德威论证《老张的哲学》与《赵子曰》两部早期长篇小说的喜剧性，标题强调老舍刻意使用夸张手法营造看似疯狂的喜剧甚至狂欢效果，认为仅用讽刺喜剧来形容此时的作品程度太轻。论者以闹剧及煽情悲喜剧的组合工具对两部作品进行解剖，并认为老舍穿插谴责小说的严肃声音对叙述过程中的狂欢效果加以控制，从情节、人物（小丑、恶棍）等因素着手进行了有说服力的论证。他以喜剧效果强弱作为老舍前后期幽默的主要分野，关键点抓得到位。但有个问题可以商榷：王德威通过技术分析显示出老舍对中国式写实的理解与把控，既加入个人喜爱的闹剧因素，又对其喜剧程度进行适时控制，必要时敲那么一杠子，露出沉郁底色，那么究竟笑闹还是严肃是老舍的真实流露？应该说，在思想上或理性层面，沉郁是底色，载道是责任，但在形式上，在情感上，笑闹才是老舍的真正想选择的方式，只有他知道自己有多适合、在哪些层面适合这种方式。笑闹未必不严肃，这是从《巨人传》《伪君子》等喜剧作品中得到的结论。老舍早期作品的闪光点就在于此。对老舍这位以独特幽默方式来观照和表现世界复杂性的作家来说，笑闹本身就足够了。王德威认为老张形象塑造很极端，很夸张，使用了传统戏曲丑角手法。其实不然，老张绝不是用丑角模式塑造出来的，也不是张天翼笔下的华威先生那种绝对的模式化典型，他使你越读越发现这就是混迹于现实中的某一个人。以上各手法的痕迹在他身上都有体现，但不极端，一点也不矫揉造作。老张的出身、性格、习惯、作风甚至开放式结局，都是写实逼真性的体现，管保找出个一模一样的并不难。现实世界就是一个并非所有问题都能用理性解释的世界，老舍也承认自己不能穷尽并了然所有问题，含混是常态。这种不着痕迹的处理需要阅历、功力，是中庸文化的反映。老舍一般不选择特别极端的素材并进行极端处理。因此，老舍作品再"闹"，离西方的闹剧都有一段距离，并非王德威强调的以及 20 世纪 30 年代以后大家所批评的那样，从一开始，老舍幽默的写实自带一种调控模式。至于"他刻意对修辞进行过犹不及地玩弄，使他游走于形式主义的边缘"[①] 的评价就太武断了。在这个意义上，《赵子曰》对离奇情节和英雄人物的处理反倒不及《老张的哲学》，所以并非夏志清说的"更成熟"。与其说《赵子曰》结局为小说的写实再现系

---

① ［美］王德威，《中国二十世纪小说的写实主义：茅盾、老舍、沈从文》，上海：复旦大学出版社，2011 年，第 134 页。

统带来危机,不如说它显示出老舍尝试在虚构世界里对现实和理想进行一次协调但失败了。

在"正经反被正经误:《二马》与《离婚》"里,王德威捕捉到前者的怨而不怒和后者的回归企图,都在继续探索闹剧和煽情悲喜剧模式能达到的心理深度,因此出现了新人物:与小丑相对立的假正经(马威、老李体现对变态社会的无知无能)和打岔者,这种人物设计更暧昧了,结局都是自我放逐;二者可以和《哈姆雷特》《新韩穆烈德》组成一个系列。王德威赞同夏志清将马威与戴德拉斯的比较,并认为出于共情老舍的笑声变得忧郁。从王德威认定的闹剧情节看,《离婚》的确回归了,但不是对老舍初衷的回归,它比较接近《赵子曰》插入理想化的离奇情节,比如刺杀和拯救者。可以推测这是老舍收到在第一本小说的评论后,针对读者需要进行的调整;也可能他写高兴了想要把理想的东西放进来,像狄更斯曾经做过的那样。但现在看来这对写实性是一种戕害。王德威发现老舍处理两篇小说写实时加入爱与性的浪漫素材,并探测了他对浪漫的理解在爱、欲二分,还认为老舍对爱情婚姻冲突问题的表现只是其对非理性根源探求的冰山一角。王德威进一步解释老舍发现人生本质是虚无,邪恶只是生命黑洞的部分,这种阐释就过度了。"从模拟到谐拟:《牛天赐传》与《猫城记》"单元为闹剧、煽情悲喜剧系统加入新的一个面向。王德威在解读《猫城记》时加入一个新术语——谐拟(谐拟动物,涉及夸张、扭曲、简化),与写实主义的"模拟"形成对照,以凸显老舍的对写实手法摸索的新贡献。他从语言狂欢揭示两种反讽手法,从寓言看到预言。他认为《牛天赐传》在社会模拟方面有《老张的哲学》的影子(叙事油滑轻松,结局开放)、牛天赐有阿Q影子,这是创见,但以"犬儒主义"多现来描绘老舍并不合适。老舍有些愤世表达,但从来与"玩世不恭"扯不上关系。"《骆驼祥子》:鬼气森森的闹剧?"单元里,王德威认为老舍至此写作风格及策略发生剧变,刘绍铭等人从自然主义角度解读有道理,但按闹剧(鲜活事物被机械律动操纵)来读更能发现老舍写实主义想象与众不同的魅力。他主要从情节线和主题、人物动作解读,认为过分的悲凉与《老张的哲学》过分地狂欢是闹剧的一体两面,体现老舍对现实界线的怀疑。"幽灵般的闹剧",恐怕除王德威外基本无人会如此描述,但它精准描绘出了小说的灵魂氛围。他用闹剧理论分析一以贯之的死亡命题,结合自然主义机械论解释通了夏志清曾认为情感与理性矛盾的问题。整个第四章的理论框架就是闹剧和煽情悲喜剧,有许多精彩论断,也有削足适履之处,整体来说是个有借鉴意义的论述。

第五章标题为:"我爱咱们的国呀,可是谁爱我呢?"——老舍的民族主义与爱国小说。这是完全新加的内容，重估了老舍抗战期间代表性的长短篇小说，总体是在重新审视这些作品的基础上，总结"为抗战"转向的写作特征。标题体现论者对老舍爱国主义书写表态背后的焦虑与怀疑心理的探索，顺带论述了相关的老舍民族主义问题。小标题分别是："爱国"作为一种问题；《火葬》；不成问题的问题：爱国短篇小说；"家庭化"的爱国主义：《四世同堂》。王德威有种习惯，经常把专题论述和作品分析标题并置在一起，可能是他认为这两者都是专论，本质相同，不必看重表述形式。这里面只有《火葬》没给副标题，可能是实在找不到恰当概括或者同夏志清一样不太认可其价值的缘故。如王德威所说，研究这一现代文学重要议题的重要代言人老舍的爱国主义具有相当的意义，这的确是写实主义义项下一个重要问题，也是评价老舍抗战创作的重要标尺。抗战时期，"爱国"主题对所有作家的统摄力非常强大，它成为主旋律，同时成为考验一些作家创作良心的问题。在主义的大框架下，王德威想把老舍这种矛盾的内外因素通过作品和日常活动抽离出来并加以解读，并认为爱国文学并非艺术价值都不高，只是应警惕狭隘的爱国主义和民族主义。王德威的思路是总分结构，抓住老舍的民族主义认知、儒家文化反思、现代国家想象等几个关键命题，从现实处境、文学论争、文本细读几个层面来展开论证，系统全面勾勒出老舍作品的爱国主义轮廓。王德威最重要的贡献体现在他指出战火照亮了老舍小说创作渐渐出现的惶惑与执迷。这一点认识很了不起，人们往往指责战争造成了困境而没有往刺激效应这方面去想。一场外在的巨大刺激，往往会放大一个人的坚持与缺陷。抗战期间的老舍小说创作，坚持了什么，又恐惧迷茫着什么，王德威总结出：他坚持了一贯的主题：启蒙与爱国，社会批判与文化批判；迷惑着对混乱世界的暧昧怀疑、对侠义精神的频频回顾。最后，他分析了爱国叙述、爱国行动与历史现实之间的吊诡。这一章他使用爱国主义及民族主义理论来观照抗战时期老舍现象与小说，对突破偏见、正视创作和批评中的各种主义有警示作用。虽然现今离争论"越是民族的越是世界的"话题的时代也有一段时日了，但这个命题对国人和国内学界来说具有莫大意义。另外，王德威抚摸到老舍小说创作的心跳，将抗战作为作家整个创作生涯不间断的一环来考察，体现出文学研究求真的可贵品格。

二、老舍作品研究争鸣与共鸣

20世纪80年代以来的老舍研究出现中西对话趋势，对老舍的阐释逐渐摆脱政治分析窠臼，进入文化批评的话语场。夏志清、王德威、李欧梵等为代表的华裔汉学家大胆摒弃由普实克、斯乌普斯基等捷克学派建立的批评模式，力图在中国现代文学批评领域开创有中国特色的研究路子。他们的声音与后者甚至与国内学者的传统声音交织在一起，基于作品解读发生了一系列对话，在争鸣和共鸣中共同发掘新时期老舍研究的"现代性"。

（一）对《猫城记》《小坡的生日》等中短篇小说的重估

关于《猫城记》的论争实质是艺术价值高下之争，并从三个层次展开：结构、人物、体裁。批评者认为政治寓言及缺乏节制的技巧是硬伤，支持者认为这并不能成为评判这类特殊作品的必要尺度。一些学者（Karen Chang、王德威、何官基等）以讽刺小说理论去发现其闪光之处，认为结构不均、人物扁平及其他怪异处正是讽刺作品可以具备的特征。具体说来，结构方面的消极声音中西都有。在 Dew 看来小说风格过于絮叨且有时混乱，他的译本可以略过飞机失事后一段冗长描写[①]；相反观点则认为这些描写为奠定猫国灰色基调所必需。伯奇认为小说叙述语气不均衡，但结构并非不合理，且幽默感贯穿全文，反讽由不同感情点染而分出多个层次。[②] 关于叙述语气矛盾的问题夏志清也发现过，严肃与幽默、奇情幻想与严苛写实熔于一炉正是老舍的特色。小蝎这个扁平人物是另一个争论点。何官基对批评予以反驳，认为辨识度高的扁平人物是讽刺小说的常客[③]，文学史上有太多佳例。小蝎这唯一的英雄自然要比灰扑扑的老李要耀眼些。以王瑶、刘绶松、丁易等的文学史研究为代表，国内学界早年批评认为《猫城记》以寓言影射政治，这是失败。叶永烈、张系国等人则将其归入科幻小说一类；吴小美则倾向黄碧端的看法，分析（《老舍与中国新文化建设》）老舍写实与理想双重属性；国内将之划入讽刺小说的观点也有许多（政治讽刺、黑色幽默、文化讽喻）。总之，不能单以写实理论来衡量它的艺术价值。马兵将《猫城记》与《阿丽思中国游记》《八十一梦》《鬼土日记》这组同时期寓言小说比较，[④] 这说明未必要从理论尤其是西方理论出发来处理文本。

《小坡的生日》大部分完成于新加坡，是 1930 年老舍旅居新加坡半年做

---

① James E. Dew. *City of Cats*. Translated by Ann Arbor, *Center for Chinese Studies*, University of Michigan, 1964.

② Cyril Birch. "The Humorist in His Humor", *The China Quarterly*, 1961（8）: 49.

③ Koon-Ki Tommy Ho. "Why Utopias Fail: A Comparative Study of the Modern Anti-utopian Traditions in Chinese, English, and Japanese Literatures", Thesis（Ph. D.）, Chicago: University of Illinois, 1986: 173.

④ 马兵，《想象的本邦——〈阿丽思中国游记〉、〈猫城记〉、〈鬼土日记〉、〈八十一梦〉合论》，载《文学评论》，2010 年第 6 期，第 161 - 166 页。

中学教师时构思而写。老舍曾想搜集点南洋资料写篇像康拉德南洋题材的小说，然而到新加坡后深受震撼，想表现中国移民为南洋发展的贡献。但教书的环境及逗留新加坡的时间局限促使他放弃写历史小说的念头。① 这是以华侨儿童小坡为代表的当地儿童的生活故事，叙述者、观察者都是小坡。前半部是小坡的日常生活，后半部是小坡的梦境，讽刺教育分割、种族歧视等新加坡社会问题，希望建设现代花园城市，希望世界一家。英语世界的论争集中在小说体裁上，旨在发掘出新价值。体裁论争聚焦于小说是童话还是讽刺小说。传统观点认为小说是童话，如周水宁认为：它首先是为孩子写的故事，以此表达对理想社群的憧憬；但结构不匀称，结尾部分很难区分梦境和现实，所以不能视为严肃文学；小说在20世纪30年代广受欢迎是因为儿童文学匮乏及推行国语需要。② 反对意见以兰比尔·沃勒为代表，他认为尽管小说故事性不强，天马行空，但实质是讽刺。猴儿国使人联想到《猫城记》。③ 国内也有同类争论。例如，关纪新认为，老舍将儿童的叙述和成人观察新加坡社会政治问题的眼光糅合在一起时可能造成些许被动。④ 争论还说明一件事，它在技法上有点不伦不类，所以大家干脆将其省事地划入儿童文学。但这是表层理解，不能因为找不到更贴切的理论方法就一笔带过。

　　王润华的英文论文《一个中国现代作家视野中的现代新加坡——对〈小坡的生日〉的研究》最引人注目。在概括小说写作背景的基础上，探讨老舍对现代新加坡的想象性建构，认为《小坡的生日》历史性地预言了新加坡这座城市的现代化。此文可以与《老舍小说新论》中的两篇论文《老舍在〈小坡的生日〉中对今日新加坡的预言》《老舍在新加坡的生活与作品新探》（1979）组成一个系列，表明王润华认为小说的体裁是寓言。首先，王润华称其为最鲜为人知的老舍著作。⑤ 其次，王润华深入童话表层，剥离出小说对新加坡华裔及土著居民生存状态的指涉意义。新加坡描写最易被忽视及误读，是

---

① 老舍，《我怎样写〈小坡的生日〉》，载曾广灿、吴怀斌编，《老舍研究资料》，北京：知识产权出版社，2010年，第457-461页。
② Sui-ning Prudence Chou. "Lao She: An Intellectual's Role and Dilemma in Modern China", Thesis (Ph. D.), Berkeley: University of California, Berkeley, 1976: 57-58.
③ Ranbir Vohra. *Lao She and the Chinese Revolution*. Harvard: Harvard University Press, 1974: 55-57.
④ 关纪新，《老舍评传》，重庆：重庆出版社，1998年，第135-138页。
⑤ Yoon Wah Wong. "A Chinese Writer's Vision of Modern Singapore: A Study of Lao She's Novel *Little Po's Birthday*", in Yoon Wah Wong, *Essays on Chinese Literature: A Comparative Approach*. Singapore: Singapore University Press, 1988: 1.

跨文化语境造成了误读。文学在穿越不同文化模子时，必然产生变异，其中文化过滤和文化误读是导致变异产生的重要原因。① 王润华认为老舍对细节一丝不苟地安排，有效指涉新加坡人，许多暗示融汇在作品布局中。了解老舍在新加坡的经历有助于破解一些暗语。比如读《我怎样写〈小坡的生日〉》《还想着它》等可以获悉1930年老舍是二访新加坡，想搜集资料以便像康拉德那样写篇融合东南亚体验的小说，但后来发展为想写华侨开发南洋的小说，以新加坡作为缩影。老舍接触最多的是当地学校和学生，由学生的世界性想法而萌生超越儿童的写作构想。王润华的研究引发以下思考：一方面，孩子头脑里确有成人思想，小说具有写实性；另一方面，孩子故事里加入有寓意的动物形象和奇幻的生活场景，以表达更抽象的寓意，小说具有寓言性质。这是关于20世纪30年代新加坡社会及往后现代社会预言的故事。老舍对现代新加坡进行了幻想式"预言"。首先新加坡成为花园城市的预言已成现实。其次，多种族的社会生活预言在二战后逐渐实现。第三，各种族儿童上同一所学校，一同嬉戏的混合学校构想在1959年展开实验。最后，小坡形象是对新一代新加坡人的预言。早期华侨不能很好融入当地圈子，小坡却产生了新加坡意识主动去打破种族偏见。年轻一代从内心深处准备建设一个公正的社会。王润华的发现强调老舍研究的一个重要命题：作品预言性。在之前之后，不断有研究触及这个命题，如对"老舍之死"的预言，再如对官僚思想贻害、现代知识分子困境、西化倾向的危害等预言的追踪式研究。

胡金铨在《老舍和他的作品》前言中指出，有资格说老舍作品的人，首先要能喝北平道地的豆汁儿及欣赏小窝头，其次需要和老舍有共同的语言。② 这是想强调解读老舍需要有老北京底层社会的背景知识。王润华指出要理解《小坡的生日》仅有这些还不够，还需要新加坡的背景知识：只有爱吃新加坡和马来西亚盛产的、被称为热带水果之王的榴莲及欣赏咖喱饭的人，才配谈老舍的《小坡的生日》。③ 学者们（包括作者）需要有对南洋华人的充分了解，才能有更广阔、深邃的认识。王润华亲自做了一些调查考证，发现《小坡的生日》中对植物园、红灯码头等的描绘有真实的环境依据；老舍当年与当地商务印书馆、中华书局接触，黄曼士曾为其提供帮助；老舍在华侨中学教书时

---

① 曹顺庆，《比较文学学》，成都：四川大学出版社，2005年，第270页。
② 胡金铨，《老舍和他的作品》，香港：文化·生活出版社，1977年，第1-2页。
③ Yoon Wah Wong. "A Chinese Writer's Vision of Modern Singapore: A Study of Lao She's Novel *Little Po's Birthday*", in Yoon Wah Wong, *Essays on Chinese Literature: A Comparative Approach*. Singapore: Singapore University Press, 1988: 1.

得了骨痛溢血症；新公开的信中老舍认为《小坡的生日》是得意之作。如此严谨的准备与高调的态度表明，老舍绝不是想把它当作童话来写这么简单。它首先是一部供成人阅读的写实作品。《小坡的生日》到底价值几何？汉学家还有什么进一步的惊人之论？

体裁之争之外是意识形态之争。2000年，乔治·里昂多在博士论文中指出：《小坡的生日》表现的民族自豪感实质是由西方刺激而激发的有些激进的民族主义。依据是老舍在《还想着它》中关于对《小坡的生日》写作意图的陈述：要表扬中国人开发南洋的功绩。论者指出，老舍在新加坡的见闻似乎使他确定，而今新思想的源泉在东方而非西方，而这种超越民族竞争意识的民族主义与老舍正在萌芽的社会主义感情有关。老舍的创作应归入哪种意识形态？这个问题需要商榷。2012年罗克凌辩驳了近年来国内"后殖民"解读，认为《小坡的生日》是反殖民主义文本。[①] 无论是否合理，论者的进步在于清楚老舍"想写"和"写出来"的不是一码事。这最简单的问题却往往被忽视了。许多学者受到老舍自我评价影响，极可能南辕北辙。此时与彼时的老舍、言说和沉默的老舍，编织成疑云重重的幻象，研究者必须审慎地面对。

纵观各种观点，似有脉络可循。有人认为它是童话，因而挖掘其儿童文学特质。夏志清将《小坡的生日》界定为儿童幻想读物[②]；对此老舍辩驳过：以小孩为主人公不能算作童话。[③] 有的认为应剖析隐藏的社会文化意义，如王润华发掘其新加坡寓言的价值。胡金铨则认为，《小坡的生日》的内容不够精彩，它既不像童话，也不像成人读物。[④] 西方学者给予它较多关注，见解独到，但仍未深入小说内核。兰比尔·沃勒和斯乌普斯基都对小说进行了分析，但对主题及新加坡人的挖掘远远不够。前者认为小说缺乏新加坡社会与政治内涵，未能反映新思想和学生面貌；后者认为小说体现出老舍的艺术特长，幽默轻松。体裁层面乃至意识形态层面的模糊是《小坡的生日》长期受冷遇的原因之一。批评者以儿童作品的简单化抨击老舍对题材的陌生，表现不到位。以上所有论者执着地想要弄清楚：通过这种非"老舍"文本，作者有没有想要

---

① 罗克凌，《后殖民误读：老舍〈小坡的生日〉新释》，载《北京理工大学学报》（社科版），2012年第2期，第138-143页。

② ［美］夏志清，《中国现代小说史》，刘绍铭等译，上海：复旦大学出版社，2005年，第117页。

③ 老舍，《我怎样写〈小坡的生日〉》，载《老舍全集（16）》，北京：人民文学出版社，2013年，第175-180页。

④ 胡金铨，《老舍和他的作品》，香港：文化·生活出版社，1977年，第1-2页。

及有没有能够成功传达深意,这深意是什么?老舍所有貌似"写着玩"的小说都并非出自单一的意图。这点是可以肯定的。老舍曾说,它将幻想与写实夹杂在一起,而成了四不像了。①然老舍亦有得意之辞。抛开煞有介事的意识形态推演,安静地分析小说技巧,加以审美观照,或在世界文学序列里寻找类似作品,这也算是一种"突围"。笔者认为,九万字的《小坡的生日》具有"世界文学"特征,不能简单地被划入哪种体裁或意识形态,也不能简单套用他人"模子"。如果将小说置于更开阔的背景下研究,借鉴研究《猫城记》的路数,将艺术价值与思想价值层面综合起来,将考证与推演结合起来,或许能茅塞顿开。

英语世界对老舍《猫城记》《小坡的生日》《牛天赐传》等存疑的小说进行了大力挖掘,甚至将老舍全部短篇小说进行系统研究,使这些在文学史上曾经遭受冷遇的中短篇小说成批进入国内研究视野,甚至带动学者对中国现代文学史上中短篇小说的重新和成体系发掘。比如,高玉《为什么短篇小说非常重要》(2016《文艺报》)、《重估 70 年代末和 80 年代中短篇小说》(2018《文艺争鸣》),徐勇《如何现代,怎样中国?——〈当代短篇小说43 篇〉与20 世纪80 年代文学创新思潮》(2018《文艺争鸣》),王秀艳《民国初期〈盛京时报〉文言短篇小说传播考》(2018《图书馆学研究》)等文章呼吁和实践对中短篇小说的研究。老舍短篇小说因包罗万象、形式灵活、实验性强等特点成为学者集中探索老舍创作现代性的场域。

(二) 老舍长篇小说研究对话

中西方对《老张的哲学》《赵子曰》等早期小说研究有趋同性:关注热度不及 20 世纪 30 年代成熟期的作品,视角、方法相对固定(如挖掘其讽刺特征及影响来源,进行作品分析、比较),指出老舍最初"写着玩"的一些问题。虽然《老张的哲学》在国内颇受欢迎,英译本却少之又少。英语世界学者批评主要指向其对幽默驾驭的不足和结构的散漫:夏志清认为它在同时处理滑稽和义愤时完全失败;斯乌普斯基认为老舍决意要以插话的形式建立起行动;沃勒更进一步指出老舍像狄更斯一样,永不能真正摆脱插话;威廉·莱尔也对老舍结构发难,认为老舍同狄更斯一样善于创造个别场景,但或多或少拙于将它们组织为和谐一致的小说整体。老舍早期的典型特征是结构松散、插话多,而

---

① 老舍,《我怎样写〈小坡的生日〉》,载《老舍全集(16)》,北京:人民文学出版社,2013 年,第 175 - 180 页。

中国古典小说天生就是插话式的。在国内，最初罗常培指出《老张的哲学》缺乏哲学基础，加括号解释的地方太多。他将稿子拿给鲁迅，鲁迅的评价是地方色彩颇浓厚，但技巧尚有可以商量的地方。[①] 任广田、徐文斗等认为《老张的哲学》奠定老舍小说以市民（尤其是北京市民）为对象的基础，初步显示老舍独特艺术风格与语言才华，是对北京风俗民情的首次成功描绘。[②] 另外，许多学者将小说与狄更斯《匹克威克外传》《艰难时世》等比较，将老舍与狄更斯的创作风格比较。[③] 关纪新指出若干人物，如赵姑母、李老人、王德、李应等身上带有满族式的社会文化特征；作品中并未透露出老舍受到太多西方文学影响；作品开创了老舍空谷独步的以幽默来写悲剧的路数。[④] 英语世界学者首先看到《赵子曰》在结构、幽默讽刺手法方面的进步。夏志清称赞它是中国现代文学第一部严肃的喜剧小说，沃勒从几个方面比较"老张"与《赵子曰》，周水宁指出它是那个时代最佳讽刺小说，王德威虽认为它是泄气的情节剧，但体现出老舍将情节剧与闹剧结合的成功。其次是主题研究，观照老舍对学潮的表现及中国革命出路的思索，王德威指出《赵子曰》是老舍第一部正式处理爱国主义题材的小说。最后，学者对其讽刺技巧也做了相关研究。[⑤]

对《二马》的研究反映出中西各自特点及国内研究自觉运用理论的深层推进。学者们运用现代西方理论，如结构主义、后结构主义、后殖民主义等对马则仁、马威、李子荣代表的几类中国人和以伊牧师、温都母女、亚历山大、凯瑟琳为代表的英国人形象进行社会文化意义、形象学、性别政治等角度的开掘，加深了对老舍有关中英文化差异、种族歧视及中华民族振兴之路的批判反思的主题研究。在此视域内，众学者指出其时老舍创作进入更严谨、规范的阶

---

① 罗常培，《我与老舍》，载曾广灿、吴怀斌，《老舍研究资料》，北京：知识产权出版社，2010年，第224-227页。

② 见任广田《论〈老张的哲学〉的艺术追求》，载《西北大学学报（哲社版）》，1985年第1期；徐文斗《〈老张的哲学〉——老舍小说创作的奠基石》，载《东岳论丛》，1986年第4期。

③ 英语世界周水宁、王德威、梁耀南等都重点考察了狄更斯与老舍创作的关联，国内代表性论文有陈世荣《〈匹克威克外传〉和〈老张的哲学〉的幽默与讽刺》（载《广西民族学院学报》（哲社版）1987年第2期），成梅《〈老张的哲学〉与〈艰难时世〉漫谈》（载《外国文学研究》1999年第1期），张晓歌《人道主义悲悯映照下的双璧——狄更斯与老舍笔下儿童形象比较》（载《名作欣赏》2010年第5期），2007年邱慧硕士论文《从狄更斯的〈匹克威克外传〉和老舍的〈老张的哲学〉中欣赏和比较幽默》（上海师范大学）等。

④ 关纪新，《老舍评传》，重庆：重庆出版社，1998年，第101-112页。

⑤ 国内此类研究包括吴永平的《老舍长篇小说〈赵子曰〉琐论——纪念〈赵子曰〉出版80周年》（载《民族文学研究》2008年第2期），孙芳的《从〈赵子曰〉看老舍对现代"学生"形象的解构》（载《中国现代文学研究丛刊》2009年第5期）等；另外日本学者杉野元子的《老舍与学校风潮——以〈赵子曰〉为中心》论证严谨，有较强学术价值。

段,并充分肯定创作的成功与艺术层面的进步。夏志清将其与《尤利西斯》进行比较;沃勒揭示老舍对于建立绅士的政府的希冀以及深沉的悲观心理;周水宁指出小说较前两部精致,但情感空洞;王德威将作为"自欺者"的喜剧人物与哈姆雷特、《新韩穆烈德》主人公类比;Quach结合性别政治、帝国主义话语等范畴,探讨小说民族主义情绪及其"现代化"了的现实主义创作特征;雷金庆将"文武之道"与男性气质联系起来,解读20世纪上半叶中国的他者形象。国内研究起初仍以人物、语言分析等模式为主,20世纪90年代"文化热"发掘其文化批判意蕴,关纪新认为从《老张的哲学》和《赵子曰》开始,老舍显露了批判民族劣根性的意向,并在《二马》中由自在发展为自为,第一次鲜明高扬文学启蒙的大旗。而老舍的少数民族出身,对民族问题的敏感度,历史为其设定的社会文化位置,都促成这部小说的成功。[①] 温儒敏指出《二马》透露出一个信息:老舍能够一定程度跳出当时的中西文化论战;在文化批判视野中,他对西方文明促成中国传统文化转型持谨慎的辩证态度。[②] 进入21世纪后,这种文化批判视野与西方文论更紧密地结合并催生出更深刻、更系统化的成果。吴小美将《二马》称为文化寓意小说。她认为,从《二马》比较中英国民性的不同,到《大地龙蛇》的东方文化狂想,再到《四世同堂》为中华文化照射"爱克斯光"的一系列作品中,老舍一直在苦苦探寻中国文化将来的样子。[③] 朱崇科提醒从《二马》中辨析老舍逆写殖民帝国时复杂的隐喻,着力批判可能的文化殖民倾向和暴力复制操作。[④]

学者们对《离婚》的研究也体现出较大程度的暗合,它被公认为一部较为成功的现实主义作品,是老舍创作成熟的一个标志,相较之前的小说表现出明显的进步,老舍自己也相当偏爱。研究具体可以归纳为以下几个方向。首先是主题研究。夏志清认为在国民性批判、社会病态揭示等主题上,《离婚》是续书;兰比尔·沃勒指出在处理孤独者题材时老舍比鲁迅走得更远,表现出追寻精神家园的自觉;王德威挖掘老舍对灰色社会知识分子灰色人生的表达,总结爱情婚姻与性欲以及恶两个子命题;王玉宝则从反方向将老李回乡解读为

---

① 关纪新,《老舍评传》,重庆:重庆出版社,1998年,第112-134页。
② 温儒敏,《文化批判视野中的小说〈二马〉》,载《中国现代文学研究丛刊》,2000年第4期,第123-128页。
③ 吴小美、魏韶华、古世仓,《老舍与中国新文化建设》,北京:民族出版社,2006年,第80页。
④ 朱崇科,《后殖民老舍:洞见或偏执?——以〈二马〉和〈小坡的生日〉为中心》,载《中山大学学报》(社会科学版),2007年第2期,第14-18页。

"田园的诱惑"主题[①]；吴小美在《离婚》《懒得离婚》《中国式离婚》三部作品惊人接近的视点中发现共同的民族生存状态和文化心理[②]；李亚文《略论〈离婚〉在老舍长篇小说创作中的独特地位》认为老舍围绕市民性格批判形成了独特的思想、艺术传统；2009年张宁硕士论文《中国现代文学中的离婚叙事》分别以鲁迅《伤逝》、苏青《结婚十年》、老舍《离婚》等小说为样本对中国近现代婚姻制度及其在文化中的反映进行纵观；韩旭梅从《离婚》中引申出一系列二元观念：常识与诗意、群体与个体、秩序与混乱、现实自我与理想人格、得救与陷入等。[③] 其次是对其幽默手法、喜剧特征的探索，学者普遍认为老舍将其早期的幽默发展到较圆熟的境界。赵少侯评价《离婚》为上乘的写实小说，其幽默常常是令人微笑之后继而悲苦的真正的幽默。[④] 李长之认为，与其说老舍的小说是以幽默见长，不如说是讽刺。幽默不过是讽刺的外衣。他的幽默，是在他的智慧。[⑤] 第三是对北京城、市民社会及"京味"、北京方言的研究。伯奇将《离婚》中北京城与亨利·詹姆斯小说《使节》中巴黎人格化的处理进行比较；梁耀南比照狄更斯笔下迷宫式的伦敦和老舍笔下的北京；孙宏则将老舍的北京与德莱塞笔下的芝加哥反映的现代商业图景联系起来。李影心认为《离婚》的受欢迎与其说在于叙事不如说在于亲切的人物的刻画，但把老李的理想写得太多而且过分；[⑥] 关纪新论证"丁二爷"或为满人后裔，具备行侠仗义的身份和行为可能；[⑦] 余连祥梳理了中国现代小说（鲁迅、老舍、张爱玲、茅盾、郁茹等创作）中的离婚者形象，揭示其心态及民族文化背景。[⑧] 第四是关于小说结构的研究。许多学者认为《离婚》布局严整、匀称，情节紧凑，舍弃了早期小说插曲式旁枝末节。

《骆驼祥子》的研究在中西学者的互相启发中开展起来，成为被关注最多的老舍长篇小说，最清晰地呈现出中西老舍译介、研究互动的脉络。与国内

[①] 王玉宝，《田园的诱惑——〈离婚〉的另一种读法》，载《洛阳师范学院学报》，2005年第4期，第36-39页。
[②] 吴小美、魏韶华、古世仓，《一份现代中国的文化启示录——从〈离婚〉、〈懒得离婚〉、〈中国式离婚〉说开去》，载《老舍与中国新文化建设》，北京：民族出版社，2006年，第7-28页。
[③] 韩旭梅，《离不去的和离去了的——评老舍〈离婚〉中的二元观念》，载《海南师范学院学报》，2002年第4期，第126-131页。
[④] 赵少侯，《论老舍的幽默与写实艺术》，载《天津大公报"文艺"》，1935年9月30日。
[⑤] 李长之，《离婚》，载《文学季刊》，1936年创刊号。
[⑥] 李影心，《老舍先生〈离婚的评价〉》，载《天津大公报"文艺"》，1935年8月4日。
[⑦] 关纪新，《老舍评传》，重庆：重庆出版社，1998年，第186页。
[⑧] 余连祥，《围城内外的困惑——试析中国现代小说中的离婚者形象》，载《浙江学刊》，2000年第3期，第113-117页。

20世纪90年代之前相比,研究者最初都注重对《骆驼祥子》的主题、情节结构、人物、风格等传统分析,指明其现实主义创作特征,对底层民众生活的首次聚焦,其人物塑造的成功,其对历史悲剧、民族悲剧的呈现,并开展一些考据工作。稍有不同的是,如果说国内研究曾主要从现实主义角度,以马克思主义社会政治学阐释方法聚焦于旧社会制度对底层人民的压迫主题,注重挖掘"民族风格",汉学家的研究则通过尝试将触角伸向不同维度而丰富了对这部作品的解读,甚至对90年代以后国内研究产生积极影响。英语世界研究者较早地发掘该作品中蕴含的普遍人性和存在主义特征,受中国政局影响小,对其得失看得相对客观,较早以动态方式把握老舍思想的复杂层面,研究方法更多样。如王德威颠覆悲剧解读模式,发现小说以闹剧、情节剧等美学特征体现出老舍喜剧天分与实际创作结合的独创性;王汝杰则观照西方自然主义、现实主义与中国人文主义在小说中的杂处与冲突;陈国球运用多尔泽尔(Lubomir Dolezel)的符号语义学模型对《骆驼祥子》及菲茨杰拉德《了不起的盖茨比》进行故事分子结构分析和比较;Jingyu Gu以叙述学理论框架整合小说叙述因子并予以剖析,试图解决在主题设置层面悬而未决的问题;Andrew David Schonebaum从现代病理学理路审视中国现代小说中关于疾病及其疗救的书写。

20世纪90年代前,国内对老舍的研究经历了赞扬(首本小说出版后的十年间)、严肃批判(新中国成立后直至"文化大革命"结束前)到高度肯定(1978年以后)的过程,正如《骆驼祥子》原稿的命运般一波三折。叶圣陶《老舍的〈北平的洋车夫〉》(1936)评论老舍重视口头语、幽默风格。许杰《论〈骆驼祥子〉》(1948)指出老舍对祥子堕落原因的回答有问题,没有表现出中国人民的出路在哪里;巴人《文学初步》(1950)从"世俗的"和"英雄的"两种类型人物出发分析小说,批评老舍的"世俗"看法,此二人观点对五六十年代此类批评影响不小。一夫《关于〈骆驼祥子〉的批评问题——就教于胡菊人、刘绍铭先生》(1979)反驳胡菊人对老舍不能情景交融的批评,提出对小说做自然主义(刘绍铭)或社会主义现实主义(胡菊人)界定的质疑。樊骏《论〈骆驼祥子〉的现实主义——纪念老舍先生八十诞辰》(1979)拉开新时期《骆驼祥子》研究的序幕,指出小说再次体现老舍对政治的淡漠与对革命的缺乏认识,缺少强烈时代气氛,因而对叙述故事发生的时间一直有争论;老舍小说中关于日常生活的细腻渲染和关于政治事件简略模糊的叙述,常常形成鲜明对比。汪应果《左联时期的中长篇小说》(1980)探究《骆驼祥子》借鉴西方小说技巧之处及"中国气派",如大段静态心理描写、景物描写。考据性研究、版本研究有吴承钧《试论解放后老舍对〈骆驼祥子〉

的修改》(1980)、陈永志《〈骆驼祥子〉反映的年代新证》(1980)、丁景唐《从〈骆驼祥子〉原稿的重新发现谈起》(1983)等。孙宜君、许卫、王建华等对其语言、修辞艺术进行研究，李郁、徐麟等考察其故事"核"及结尾。

20世纪90年代至今，《骆驼祥子》研究热度不减，国内外研究彼此激荡、呼应，显示出老舍学的对话趋势。国内涌现相关论文数百篇，涉及的专著有几十部，近年对其英译本的研究持续火热。除了之前领域仍继续有成果，研究开始尝试更广阔的视野、更有效的理论方法和更新异的角度。突破了表层赏析式的泛泛而谈，阶段性专论增多，切口小、挖掘深的成果显著。许多学者从民间、寻根、启蒙等角度观照这部小说，如陈思和《〈骆驼祥子〉：民间视角下的启蒙悲剧》、王光东《民间启蒙文化批判——老舍〈骆驼祥子〉新解》；一些学者使用西方理论进行重新阐释，如王本朝《欲望的叙述与叙述欲望——〈骆驼祥子〉的叙述学阐释》、张超《泼妇与男权——重读〈骆驼祥子〉》、徐步军《原型批评视角下的〈骆驼祥子〉》、黎筝《横看成岭侧成峰——新历史主义视野下〈骆驼祥子〉和〈米〉的比较研究》；陆续有将其与外国作品比较的研究，如曾祥玲硕士论文《〈无名的裘德〉与〈骆驼祥子〉之比较研究》、张桃洲《〈骆驼祥子〉与约伯记比较分析》、江腊生《〈骆驼祥子〉的还原性阐释》、邵宁宁《〈骆驼祥子〉：一个农民进城的故事》、焦仕刚、杨雪团《身体的亲密无间与思想的貌合神离——"骆驼祥子"与"刘高兴"城市生存悲剧的文化反思》，从底层叙述角度发掘其文化意义，认为作品对当代以农民工等为题材的底层文学创作有借鉴意义。考据、版本研究仍是许多学者兴趣所在，相关论文有刘祥安《〈骆驼祥子〉故事时代考》、孔令云《〈骆驼祥子〉的版本变迁——从出版与接收的角度考察》、陈思广《〈骆驼祥子〉的版次及其意涵》、方习文《修订本〈骆驼祥子〉是迎合"新规范"的产物吗?》《众说纷纭：关于〈骆驼祥子〉的结尾及其改编》、陈思广《在生成与转向间——1936—1966年间〈骆驼祥子〉的接受研究》等。尹庆一《〈骆驼祥子〉从小说到京剧》认为以前所有改编本都是对原作的一种误读，老舍强调的不是故事本身，而是超越于它的世界荒诞性与悲剧性，反映出老舍自杀时的心境；吴永平《〈骆驼祥子〉：没有完成的构思——文本细读及文化社会学分析》从两个文本中推测并尝试解决一些学界争论不休的问题。

专著中独树一帜的主要有关纪新的《老舍评传》，其第十章从"个人奋斗'比登天还难'""'文化之城'的'走兽'"和"'职业写家'的艺术标识"三个方面分别对作品沉淀的主题及艺术价值进行论证；孙钧政《老舍的艺术世界》中《一个洋车夫的心电图》认为该作品可以说是一部心理分析小说；

宋永毅《老舍与中国文化观念》中《变态与自渎：祥子、虎妞性悲剧的蕴奥》一改以往评价的伦理原则，从经济学、心理学角度对二人关系的"病态"做出分析；郑庆君《汉语话语研究新探——骆驼祥子的句际关系和话语结构研究》是部较为系统的话语研究专著；姜瑞《〈骆驼祥子〉的舞台艺术》收录了《骆驼祥子》被改编为话剧并多次上演的一些演员的感受和评论。

  老舍作品经过中西文化多重拆析、整合后，许多研究仿佛仍隔着一层，显得"生疏"。首先，传播时产生的翻译变异是源头，文学的"他国化"是其症结所在。老舍作品英译本在异国 80 年的传播接受途中产生了创造性叛逆和误读、误译，译本较复杂。例如，《骆驼祥子》《离婚》的伊万·金译本明显带有创造性叛逆痕迹，反过来《鼓书艺人》翻译成中文后老舍"味道"就被淡化。这意味着读者接受之初便会产生歧异。通过对英译本及研究者征引段落、语句的整理可以发现，即使是被公认的最佳英译本，由于误译造成研究者误解的例子也不少。老舍作品的"他国化"利弊共存："创造性叛逆"也许撕开老舍的另一个世界，促使老舍的新生；但"他者"眼光和异域集体想象的过滤镜使研究偏离中轴的现象很可能损害原文本的意境。比如，由作品的内在世界推导作者的为人品性比考据研究存在更大的风险，寻章摘句则可能导致牵强的联想。重视理论框架本身是好事，但在套用西方模子的过程中，切断作者本土文化的"根"则很糟糕，将研究对象重塑为"四不像"实为舍本逐末；应力避意识形态的偏颇甚至过于强烈的主观感情，尊重真实语境，天马行空的想象需要理据支撑；尤其是那些过度让老舍成为诠释某种理论的注脚和案例的研究其实不应被视为老舍研究。其次，"科学主义"的盛行与中国文论的"失语症"一定程度上遮蔽了老舍研究的场域，"问题不在于科学本身的真理性，而在于把科学作为唯一的真理，排斥了其他知识形态的真理性"。[1] 英语世界老舍研究的缺陷明显源于这样的认知：将逻辑性、系统性、因果性、实证性作为最高标准。一直以来，老舍作品是具有现代性的文本，老舍作品是全人类的文本，这点被过于强调和突出；而老舍更是民族性文本这点反倒容易被忽略。目前对老舍与中国古典文化关系的深入细致研究（其对经典与世俗文化的传承和转化）比较欠缺，转化使用中国文论的"元语言"来开展研究最合宜。另外，老舍的文学史意义、老舍创作在当代的衔接与转化问题都值得再衡量。

  国内学者批评汉学家研究角度、观点存在较多牵强、突兀、怪异之处，有

---

[1] 曹顺庆，《南橘北枳——曹顺庆教授讲变异学》，北京：中央编译出版社，2014 年，第 132 页，第 329 页。

些简直是主观臆想。汉学家研究中的这种情况的确比较普遍，但从另一个角度来看，奇思异想恰是创新的源头，这个态度比自缚手脚、缺乏想象力值得肯定，有助于打破固有的僵局，且有些视角、观点完全可以提出来供大家讨论，没必要一棒子打死，这与在论证时理应做到尽量严谨并不矛盾。在比较文学视野里，无论是影响研究还是平行研究都因变异而造成了干扰与新的风景。王瑶强调不仅要认识"老舍世界"的外在特征，而且更应该从其内在深沉的心灵世界去理解他和他的作品。① 老舍之所以在当今世界热度不减甚至受众更广，就在于其心灵世界的丰富和超前。其作品表现出的处于"转型期"的混乱与迷茫，对社会诸多问题的洞悉与眺望，对读者来说可谓常读常新。语言、资料的限制造成了异域"老舍研究"的"生"，但也产生了创新性成果。英语世界的老舍研究标新立异者众，隔靴搔痒者亦多，或许老舍属于中国文化的因素只能用中国文论话语才能更贴切地被体味和表达，但西方视野和理论框架对拓展思路、完善体系则有所启示。坚持贯彻"双向阐发"，就可以避免许多啼笑皆非的解释。基于国内学者对待汉学研究重观点轻方法，重论断轻论证的现实，老舍学的对话需要更加耐心、细致与深入。老舍究竟是如何被叙述和建构的，又是如何被现代学术所重构的，如何在中外研究的对话中被推动的，这是有意义的现象学课题。

---

① 王瑶，《老舍对现代文学的贡献——〈老舍选集序〉》，载《社会科学辑刊》，1987年第1期，第82-86页。

结　语

英语世界的老舍研究史仅有三四十年历史。在海外汉学研究领域，中国现代文学研究属于小众，老舍研究则是小众中的小众，然而数十年来众学者孜孜不倦地挖掘，产生出一批能够与国内平等对话的研究成果，双方互相启发、取长补短。它与老舍作品在英语世界的译介、传播、接受等过程紧密关联，本书重点探讨了一些汉学家较有特色的研究成果，未尽之处不少，但当代老舍研究的跨文明、跨学科性质需要被强调。本书最后进行中西研究特征的对举，探寻共鸣与龃龉之处，目的是通过两相激荡，为探索当下老舍研究提供视野、方法、路径方面的启示。

从纵向看，英语世界的老舍研究大致经历了1978年前的萌芽、探索期和1978年以后的明朗、反思期，与国内研究的关系经历了一个从彼此隔膜分离到被注意、被"边缘化"直至初步实现平等对话的过程。最可贵的是英语世界老舍研究对新中国成立后近30年国内研究空白的弥补功能，因为此时段国内老舍研究、比较文学研究基本处于停滞状态，但移居海外的华人学者崭露头角，夏志清等重新阐释老舍等现代作家经典作品，尽量避免无关痛痒的泛泛之论，观点掷地有声，不乏真知灼见。当然，局限也是很多的，海外最初的老舍研究基本涉及两个方面——作家生平研究和作品剖析，或许是受到资料搜集、阅读困难，研究时各自为政等条件限制，常出现重复介绍老舍生平、文化背景等基本资料的现象。这些研究具有零散、概括化、表面化的特征，资料搜集方面因信息阻隔受到牵制，但许多学者在重视文本细读的前提下，仍能有效整合有限的事实资料和作品细节，较准确地把握老舍个性气质和思想复杂的一面，显示出学者高昂的热情和深厚的学术素养。1978年以后，国内外文化交流畅通，英语世界研究者有更多机会掌握与国内学者同等的资料，在早期较肤浅的尝试基础上开始出现各种专题研究，角度奇、切口小、展面宽、挖掘深的不在少数。研究领域从最初的作品译介，主题、人物分析，拓展到对社会历史、个性气质、叙述特征等领域的研究，并有意识地使用跨文化研究方法将老舍与国内外作家作品进行比较，探索老舍在他所处的时空及当下时空的价值序列及文化意义；研究体裁由老舍早期长篇小说延伸至抗战小说、中短篇小说、戏剧和杂文；研究方法也更多样，如采用形象学、心理分析、符号学、叙述学、主题学、后殖民主义、女性主义、文化研究等学科方法论或理论重新解读几乎所有老舍作品，包括一些长期受到冷遇的抗战小说及戏剧，发掘以常规路数未必能轻易察觉的意义。然而仍有些作品未能引起英语世界的足够重视，如《正红旗下》《鼓书艺人》《文博士》及一些戏剧。英语世界对老舍语言的研究比较贫乏，明显弱势于国内。这或许由于异文化研究者在语言层面操作难度较大，即使是那些华裔汉学家也多来自港台地区，对北京方言了解不深。随着时间的推移、研究的深入，有越来越多老舍作品及实证资料进入英语世界学者的研究视野，也将产生更多与时代紧密联系的研究需要。但比较遗憾的是，英语世界的老舍研究体现出诸多受时代潮流、文化差异、研究偏好等影响的痕迹，泥沙俱下，需要仔细鉴别。研究的性质决定着英语世界的老舍研究暂时淹没在中国现代文学研究的大潮中，常成为某个研究序列的一部分，其角度、热度、倾向受到诸多外界因素的牵制。

　　从横向看，英语世界的老舍研究具有他者的眼光，呈现以下总特征：第一，研究群体错落，成果的价值参差不齐。英语世界老舍研究者队伍较庞杂，主要包括英语世界本土学者、华裔学者及留学生。研究成果发表方式多样，有篇幅只有几页的随性书评、十几页的期刊论文，更有数百页系统的长篇大论，甚至有些学者不远万里来到中国参加老舍国际学术研讨会，在会上宣读自己的论文。研究动机多样，政治、经济、意识形态、文化交流、个人喜好等，但有一些共同出发点，比如促进文化交流、老舍在国内影响很大、老舍作品文学价值高、作品反映出与英语世界的联系等。第二，研究方法、路数、角度多样，观点新异大胆。研究者受文化语境不同程度的制约，或多或少受到西方学术传统影响，重视理论（西方文论）的倾向明显，具有较强的问题意识。在方法上，有一些学者进行传统意义上的研究，话题围绕老舍创作的现实主义原则、景物描写、人物塑造、环境描写、细节描写、作品风格等方面展开。也有许多独特的方法，许多学者立足新批评学术传统，认为文本细读是展开任何理论的基础。注重对老舍作品的纯形式研究的学者占多数，还有一些学者则将眼光投向文本之外，他们中有一些并非专门从事文学研究。如沃勒的《老舍与中国革命》透过老舍作品看20世纪30年代的中国社会状况；陶普义是一个慈善家，也是一个业余的老舍爱好者，他更关心老舍的活动和外在的文化环境。斯乌普斯基、夏志清、王德威等注重比较老舍与其同时期作家的异同，如与鲁迅、茅盾、张天翼、巴金、郁达夫等比较。第三，由于"文化过滤"的作用，英语世界的老舍研究显出一些隔膜的特征,如误读误解,脱离现实语境,文化模子的解读与原"文本"产生一定程度的疏离,主观臆断和表述偏激的现象值得警惕。

英语世界老舍研究的文化语境、研究成果、研究中的"异"象及中西"对话"构成一个大"文本",给我们提供了耐人深思的启示,以下略加枚举:

首先,英语世界的老舍研究最独特之处就是天生具有比较文学研究(跨语言国界、跨文化、跨学科)性质,不得不"跨"的现实增加了研究的棘手和复杂程度,也为阐释话语的选择提出了更高、更迫切的要求。许多国内学者批评汉学家过于重视理论(主要是西方理论),研究时不免"生吞活剥",这是从文化差异的层面来谈。在英语世界的老舍研究者中,华裔汉学家最具备打通中西文化的有利条件,而现实表明其欧化倾向较强,目前尚未能探索出一套对跨文化研究现代文学更适用的文论话语。老舍的"根"在中国,研究时只运用西方话语而不重视中国文论话语的阐释是危险的。这归根结底是中国文论话语的转换与重建问题。曹顺庆先生于1995年提出中国文论话语的"失语症",引发学界对中国文论话语重建过程中如何处理传统文论和西方文论关系的持续热议。他在《再论中国古代文论的中国化》一文中强调,在中国文论话语的重建问题上,要打破科学神话,实现异质求同和多元共生。[①] 他最近接受访谈时又指出,应该以中国文论话语为主,来融汇西方的话语。中国文论中国化首先要用中国的方式来看中国文化。中国文论原来就是活的,它并没有死,它还活在当代,只是我们没有用、不会用。有些古代文论话语可以直接用,不必转换,王国维的《人间词话》、钱锺书的《管锥编》《谈艺录》都可以算作这方面比较成熟的例证。笔者也认为,在文论话语建构的基础性阶段,一味追新求异,不踏踏实实把本国经典的东西咀嚼透,不愿多花些功夫进行艰苦的实践,将很可能陷入盲目、无实际进益的怪圈。在老舍研究中,如果能将中西文论话语自然熔为一炉,既尊重原有的实际创作语境,又能适度予以创新,就可以尽量避免一种话语主导俯视其他文化的片面性和主观性,同时更好地发挥阐释的力量。

其次,众多汉学家相当重视老舍个性气质研究,认为它与作品构成一个整体,不可割裂起来观照。而在资料匮乏之时,许多见解从作品中(而非听从老舍自道或前人观点)推演而来,见微知著的妙论令人赞叹,但也包含主观

---

① 曹顺庆、王超,《再论中国古代文论的中国化道路》,载《中外文化与文论》,2010年第1期,第66-78页。

臆测的成分。不仅老舍的人格、文格是辩证统一的，而且其与中国传统文化之间更存在着水乳交融的联系。可惜汉学家终究未能展开对老舍与中国传统文化关系的研究。目前国内老舍研究视野渐趋宏阔，运用西方文论重新阐释老舍个性气质、作品，将老舍与国外作家进行比较研究，聚焦老舍作品在国外的译介交流情况者不在少数，将老舍放置于具有当今时代气息的命题中进行考察也是明智之举，然而老舍研究进一步深入的关键应该是细致、深入论证老舍与中国传统文化的关系。老舍与其他多数五四作家不同之处在于，他基本没有保持精英知识分子式的启蒙立场，自上而下地教化民众，他始终试图保持与大众平视的姿态，以一种日常生活的审美哲学、民间的在场经验同他们交谈；老舍体现出更明显的"中国气派"，他对老北京民俗的描绘可谓独一无二，接受西方文学、文化影响的程度远弱于中国传统文化。林海音对其风格的体会是深邃的："读惯洋书的人可能觉得是土头土脑的东西。但这些淳朴，有泥土气味的东西，的确是中国的东西。不哗众取宠，不故作惊人之笔，朴素之中见纯真，这便是老舍的风格。"[①] 这种现状之下，如果继续按照以西方理论来阐发的路子一直走下去，总有南辕北辙之嫌。硬要从20世纪初期的老舍身上发现对当代文学创作能拿过来就用的"经验"也有未必能化入的危机，何况老舍不必也无法属于哪个范畴、话语、流派、团体、思潮、创作模式，套用某个模子的思路要不得。威廉·莱尔在讲述老舍时曾模仿老舍短篇小说的笔调和话语，这些都促使人们思考：假设能以老舍融会中西文化、中西话语的态度和创作习惯的方式来解读他，探索其更多面的灵魂世界，与其对话，或许更能做到入情入理。阐释老舍的关键在于体贴他的个性，深刻地理解他，理解他与所处时代的关系，不必为究竟选择哪种理论、哪种话语而争执不下。说到底这还是一个"体用"的关系问题，理论再宏大，论证再耀眼，如果读出的依然不是"老舍"，就是失败的研究。

最后，如何对待海外老舍研究及更好地实现中西研究互动是一个值得思索的问题。在国内，"老舍学"已经成为一门显学。1984年老舍研究会组建以来，聚集了一批学术修养深厚、热情洋溢的老中青学者，组织召开了数届全国及国际老舍学术研讨会，出版了多本相关学术论文集；出现"老舍学"专题网站，2009年老舍110周年诞辰时涌现出一批评论文章；老舍的专题研究也层出不穷，2011年10月上海师大主办了"老舍与都市文化高峰论坛"，提出"老舍式"的新文学为中国现代文学观念提供了新文本，呼吁提高对其长诗

[①] 林海音，《中国近代作家与作品》，台北：纯文学出版社，1980年，第300页。

《剑北篇》的关注，并发布了在哈佛大学图书馆找到的老舍访美经历资料。回顾国内80多年的研究历程，实证资料的整理工作做得不少，评论文章数量庞大，几乎涵盖了所有可能的领域，然而在深度、创新方面有所不足。国内老舍研究实质上已经进入一个瓶颈期，这既与学术研究浮躁、功利化的大环境有关，又与目前研究路数有关。重复研究很普遍，创新乏力，即使有个别独树一帜的声音，也很难汇聚成洪大有力的和声，以冲破不知不觉建立起来的厚障壁（"思维的怪圈"）。英语世界的老舍研究虽然良莠不齐，存在许多需要警惕的问题，但这一小股力量却迸发出引人注目的创造力和想象力，可资借鉴之处颇多。

  季进等人最近提出"世界文学语境下的海外汉学研究"问题，警醒世界文学中"迟到的国家文学"，注意"西方主义"影响导致的焦虑；而"东方人的东方主义"为实质的民族文学对"西方人的东方主义"所做的颠覆性努力，为建构中西文化交流起点做出了贡献。面对第三世界文学被排除在世界文学之外以及世界文学即西方文学的文化格局，季进追溯歌德"世界文学"的初衷并对其进行重构；引用达姆罗什对"世界文学"的定义：一种流通和阅读的模式，并且是那些在翻译中受益的作品。[①] 如果将世界文学看作一种流通模式，老舍作品的流通时刻在发生着。老舍作品的翻译、传播、阅读甚至沟通即是老舍作品在世界意义上获得影响甚至经典化的过程。这不是一种想象，更是一种自然发生同时也着意实践的过程。在英语作为世界主要学术语言甚至拥有绝对话语权的过去和当下，老舍曾为作品的翻译、改编问题打过官司的历史提醒我们，中文作品的英语世界传播和解读一直存在很多阻碍。老舍作品的流通汇入了中国文学在"世界"中的建构过程，英语世界对其的"他者"式阅读模式及阅读体验的零星摸索，启发我们思索东方文学融入世界文学过程中的冲突、途径及前景。老舍的根在中国，老舍作品解读的主体性体现在坚定运化汉语、中国文化和中国文论的基本立场，然后才是适当"拿来"。

[①] 季进，《英语世界中国现代文学研究综论》，北京：北京大学出版社，2017年，第371–385页。

参考文献

ANDERSON M, 1990. The limits of realism: Chinese fiction in the revolutionary period [M]. Berkeley: University of California Press.

ANDERSON M, 1990. The limits of realism: Chinese fiction in the revolutionary period [M]. Berkeley: University of California Press.

ARISTOTLE, 1964. Politics & poetics [M]. Trans. by Benjamin Jowett and S. H. Bucher. New York: Heritage Press.

ARONSON J, 1979. Peking love song [J]. The nation, August 11 - 18: 111 - 113.

BALM, 1985. Narratology: Introduction to the theory of narrative [M]. Toronto: University of Toronto Press.

BECKER J, 2008. City of heavenly tranquillity: Beijing in the history of China [M]. New York: Oxford University Press.

BERRY M, 2008. A history of pain: trauma in modern Chinese literature and film [M]. New York: Columbia University Press.

BIRCH C, 1961. The humorist in his humour [J]. The China quarterly, No. 8 (Oct. - Dec.): 45 - 62.

BIRCHC, 1963. Chinese communist literature [M]. New York & London: Frederick A Praeger.

BRICKERS R, 1999. Britain in China: community, culture and colonialism 1900 - 1949 [M]. Manchester: Manchester University Press.

BUCKLEY C, 2000. Images of westerners in Chinese and Japanese literature [M]. Amsterdam, Netherlands: Rodopi.

BUTTON P, 2009. Configurations of the real in Chinese literary and aesthetic modernity [M]. Leiden: Brill.

BUXBAUM D C, 1972. Chinese history and culture: a festschrift in honor of Dr. Hsiao Kung-chuan [M]. Hong Kong: Cathay.

CAI R, 2004. The subject in crisis in contemporary Chinese literature [M].

Honolulu: University of Hawaii Press.

CHAN K K L, 1991. Molecular Story Structures: Lao She's Rickshaw and F. Scott Fitzgerald's *The Great Gatsby* [J]. Style, 25 (2): 240-252.

CHANG, H, 1988. City of Cats & anti-utopia: a generic investigation [J]. Tamkang Review, 19: 1-4.

CHEN W M, 1984. Pen or sword: the Wen-Wu conflict in the short stories of Lao She, (1899-1966) [D]. Stanford: Stanford University.

CHEUNG F D, 1999. Kingdoms of manly style: Performing Chinese American masculinity, 1865-1941 [D]. New Orleans: Tulane University.

CHING C F, 1984. A stylistic study of Lao She's works [D]. Hong Kong: University of Hong Kong.

CHOU S N P, 1976. Lao She: an intellectuals' role and dilemma in modern China [D]. Berkeley.

CHOU T T, 1960. The May Fourth movement: intellectual revolution in modern China [M]. Cambridge, MA: Harvard University Press.

CHOW R, 1991. Woman and Chinese modernity: the politics of reading between east and west [M]. Minneapolis: Minnesota University Press.

CHOW R, 1998. Ethics after idealism: theory, culture, ethnicity, reading [M]. Bloomington: Indiana University Press.

CHOW R, 2000. Chinese literary studies in the age of theory: reimagining a field [M]. Durham: Duke University Press.

CHOWR, 2001. Fateful attachment: On collecting, fidelity and Lao She [J]. Critical inquiry, 28 (1): 286-304.

CHUNG S J , 1996. Ideology in Lao Shes fiction before 1949 [D]. Sydney: Macquarie University.

DAMROSCH D, 2003. What is world literature? [M]. Princeton: Princeton University Press.

DAMROSCH D, 2014. World literature in theory [M]. West Sussex: John Wiley & Sons, Ltd.

DEAN K C, 1999. Book reviews: fiction [J]. Library journal, 124 (16): 137.

DENTON K A, 1997. Modern Chinese literary thought: writings on literature 1893-1945 [M]. Stanford: Stanford University Press.

DENTON K A, 1998. The problematic of self in modern Chinese literature: Hu Feng and Lu Ling [M]. Stanford: Stanford University Press.

DIRLIKA, ZHANG X D, 2000. Postmodernism and China [M]. Durham: Duke University Press.

DUIJKER H C J, FRIJDA N H, 1960. National character and national stereotypes: a trend report prepared for the international union of scientific psychology [M]. Amsterdam: North-Holland Publishing Company.

DUNNE M, 1981. Literature in Shanghai and Peking, 1937 - 1945 [M]. Ann Arbor: University Microfilms International.

DUNN E M, 2005. Rendering the regional: local language in contemporary Chinese media [M]. Honolulu: University of Hawaii Press.

EBON M, 1975. Five Chinese communist plays [M]. New York: John Day Co.

ELLMANN R, CHARLES F, 1965. The modern tradition: backgrounds of modern literature [M]. New York: Oxford University Press.

EVANS A M, 2003. The evolving role of the director in Xiqu innovation [D]. Ann Arbor: University of Michigan.

EVANSM, 2011. Signifying Beijing: Legitimizing innovation in the Chinese Jingju play *Camel Xiangzi* [J]. Studiers in musical theatre, 5 (2): 181 - 193.

FEUERWERKER Y M, 2007. Changing clothes in China: fashion, history, nation [M]. New York: Columbia University Press.

FOKKEMA D W, 1965. Literary doctrine in China and Soviet influence: 1956 - 1960 [M]. The Hague: The Netherlands, Mouton & Co.

FONG M H, 1997. A selection of Lao She's prose sketches: translated, with an introduction and commentary [D]. Hong Kong: City University of Hong Kong.

FORGES A D, 2007. Mediasphere Shanghai: The aesthetics of cultural production [M]. Honolulu: University of Hawaii Press.

FU P, 1993. Passivity, resistance, and collaboration: intellectual choices in occupied Shanghai, 1937 - 1945 [M]. Stanford: Stanford University Press.

GABRIEL R R, 2009. Morality and the literary imagination [M]. London: Transaction Publishers.

GIMPEL D, 2001. Lost voices of modernity: a Chinese popular fiction magazine in context [M]. Honolulu: University of Hawaii Press.

GOLDBLATT H, 1990. Worlds apart: recent Chinese and its audiences [M].

Armonk: N. Y. M. E. Sharpe.

GOLDMAN M LEE L O, 2002. An intellectual history of modern China [M]. New York: Cambridge University Press.

GOLDMAN M, 1977. Modern Chinese literature in the May Fourth Era [M]. Cambridge, MA: Harvard University Press.

GOLDMAN M. Chinese literature in the May Fourth Era [M]. Cambridge, MA: Harvard University Press, 1977.

GOLDMAN M, 1967. Literary dissent in Communist China [M]. Cambridge, MA: Harvard University Press.

GU J Y, 1996. Individual destinies in a turbulent world: voice and vision in two of Lao She's Novels [M]. Ann Arbor: University of Michigan.

GUNN E M, 1980. The unwelcome muse: Chinese literature in Shanghai and Peking, 1937–1945 [M]. New York: Columbia University Press.

HAFT L, 1989. A selective guide to Chinese literature, 1900–1949 [M]. Leiden: Brill.

HANAN P, 2004. Chinese fiction of the nineteenth and early twentieth centuries [M]. New York: Columbia University Press.

HE D H, 2000. Reconstructions of the rural homeland in novels by Thomas Hardy, Shen Congwen and Mo Yan [D]. Vancouver: University of British Columbia (Canada).

HIGHET G, 1962. The anatomy of satire [M]. Princeton, N. J. Princeton University Press.

HILL M G, 2013. Lin Shu, Inc.: translation and the making of modern Chinese culture [M]. Oxford: Oxford University Press.

HO K T, 1986. Why utopias fail: A comparative study of the modern anti-utopian traditions in Chinese, English, and Japanese literatures [M]. Ann Arbor: University of Michigan.

HOCKX M, 2003. Questions of style: literary societies and literary journals in modern China, 1911–1937 [M]. Leiden: Brill.

HOCKX M, 2015. Internet literature in China [M]. New York: Columbia University Press.

HOCKX M, IVO S, 2003. Questions reading east Asian writing: the limits of literary theory [M]. London & New York: Routledge, Curzon.

HOCKXMichel, 1999. The literary field of Twentieth-century China [M]. Richmond, Surrey: Curzon.

HOWARD G B, 1990. In worlds apart: recent Chinese writing and its audiences [M]. New York: M. E. Sharpe.

HSIA C T, 1961. A history of modern Chinese fiction [M]. New Haven: Yale University Press.

HSU K Y, 1975. The Chinese literary scene: a writers visit to the Peoples Republic [M]. New York: Random House.

HSU V L, 1981. Born of the same roots: stories of modern Chinese women [M]. Bloomington: Indiana University Press.

HUJ Q, 1981. About beneath the red banner [J]. Chinese literature, 2: 2.

HU Y, 2000. Tales of translation: composing the new woman in China, 1899 – 1918 [M]. Stanford: Stanford University Press.

HUANG C Y, 2008. Cosmopolitanism and its discontents: the dialectic between the global and the local in Lao She's fiction [J]. Modern Language Quarterly, 69 (1): 97 – 11.

HUANG C Y, 2009. Chinese Shakespeares: two centuries of cultural exchange [M]. New York: Columbia University Press.

HUANGN, 2005. Women, war, domesticity: Shanghai literature and popular culture of the 1940s [M]. Leiden: Brill.

HUANGP T, 1981. Utopian imagination in traditional Chinese fiction [D]. Wisconsin-Madison: University of Wisconsin-Madison.

HUNG C T, 1985. Going to the people: Chinese intellectuals and folk literature, 1918 – 1937 [M]. Cambridge, MA: Harvard University Press.

HUNG C T, 1994. War and popular culture: resistance in modern China, 1937 – 1945 [M]. Berkeley: University of California Press.

HUNG E, 2005. Translation and cultural change: studies in history, norms and image-projection [M]. Hong Kong: The Chinese University of Hong Kong.

HUSS A, 2000. Old tales retold: Contemporary Chinese fiction and the classical tradition [D]. New York: Columbia University.

HUTERS T, 2005. Bringing the world home: appropriating the west in Late Qing and Early Republic China [M]. Honolulu: University of Hawaii Press.

HUTERS T, 1990. Reading the modern Chinese short story [M]. New York: M.

E. Sharpe.

JAMESON F, 1984. Literary innovation and modes of production: A commentary [J]. Modern Chinese literature, 1 (1): 67-77.

JEFFREY C K, 1993. Book review: fictional realism in twentieth-century China: Lao She.

JIANG J, 2006. Racial mimesis: translation, literature, and self-fashioning in modern China [D]. Ann Arbor: University of Michigan.

JONATHOND S, 1981. The gate of heavenly peace: the Chinese and their revolution, 1895-1980 [M]. New York: The Viking Press.

JONES A F, 2008. The precious raft of history: the past, the west, and the woman question in China [M]. Stanford: Stanford University Press.

KALINAUSKAS L M, 1995. The poetics of remembrance: an analysis of modern Chinese writers from the May Fourth Movement to the Post-cultural Revolution period [D]. New Haven: Yale University.

KAN L, 1995. Chinese intellectuals in the war: Chongqing, 1937-1945 [D]. Yale University.

KANT I, 1951. Critique of judgement [M]. Trans. J. H. Bernard. New York: Hafner.

KIERNAN V G, 1986. The lords of human kind: black man, yellow man, and white man in an Age of Empire [M]. New York: Columbia University Press.

KINKLEY J C, 1987. The Odyssey of Shen Congwen [M]. Sanford: Stanford University Press.

KINKLEY J C, 2000. Chinese justice, the fiction: law and literature in modern China [M]. Sanford: Stanford University Press.

KUBINTHE W, 1997. Paradigm of inhibited action concerning the 20th century Chinese theatre [J]. Asian and African studies, 6 (1): 92-102.

LANG O, 1967. Pa Chin and his writings: Chinese youth between two revolutions [M]. Cambridge, MA: Harvard East Asia Series.

LAO S, 1964. The Rickshawboy [M]. Ttrans. Richard F. S., Herbert M. Stahl. New York: Selected Academic Readings Press.

LAO S, 1970. Cat Country: a satirical novel of China in the 1930's [M]. Trans. William A. Lyell. Columbus: Ohio State University Press.

LAO S, 1970. Modern Chinese stories [M]. Trans. W. J. F. Jenner, Yang

Gladys. Oxford: Oxford University Press.

LAO S, 1945. Rickshaw boy [M]. Trans. Evan King. New York: Reynal & Hitchcock.

LAO S, 1948. Divorce [M]. Trans. Evan King. New York: Reynal & Hitchcock.

LAO S, 1948. The quest for love of Lao Lee [M]. Trans. Helena Kuo. New York: Reynal & Hitchcock.

LAO S, 1951. Heavensent [M]. London: J. M. Dent & Sons.

LAO S, 1951. The yellow storm [M]. Trans. Ida Pruitt. New York: Harcourt, Brace.

LAO S, 1952. The drum singers [M]. Trans. Helena Kuo. New York: Harcourt, Brace and Co.

LAO S, 1956. Dragon beard ditch: a play in three acts [M]. Trans. Liao Hung-Ying. Beijing: Foregin Languages Press.

LAO S, 1964. City of cats [M]. Trans. James E. Dew. Ann Arbor: Center for Chinese Studies, University of Michigan.

LAO S, 1979. Rickshaw: the novel Lo-to Hsiang Tzu [M]. Trans. Jean M. James. Honolulu: University Press of Hawaii.

LAO S, 1980. Ma and son: a novel [M]. Trans. Jean M. James. San Francisco: Chinese Materials Center.

LAO S, 1980. Teahouse: a play in three acts [M]. Beijing: Foreign Languages Press.

LAO S, 1981. Camel Xiangzi [M]. Bloomington: Indiana University Press.

LAO S, 1982. Beneath the red banner [M]. Beijing: Chinese Literature.

LAO S, 1985. Crescent moon and other stories [M]. Beijing: Chinese Literature.

LAO S, 1986. Heavensent [M]. Trans Xiong Deni. Hongkong: Joint Pub. Co. (HK).

LAO S, 1987. The drum singers [M]. Trans. Helena Kuo. Hong Kong: Joint Pub. Co. (HK).

LAO S, 1991. Mr Ma and son: A sojourn in London [M]. Trans. Julie Jimmerson. Beijing: Foreign Languages Press.

LAO S, 1999. Blades of grass: The stories of Lao She [M]. Trans. William A. Lyell and Sarah Wei-ming Chen. Honolulu: University of Hawaii Press.

LAO S, 2009. Teahouse; Camel Xiangzi [M]. Beijing: Foreign Language Press.

LARSON W A, 1991. Literary authority and the modern Chinese writer: Ambivalence and autobiography [M]. Durham: Duke University Press.

LARSON W, ANNE W W, 1993. Inside out: Modernism and postmodernism in Chinese literary culture [M]. Aarhus: Aarhus University Press.

LARSON W, 1992. Authority and the modern Chinese writer: Ambivalence and autobiography [M]. Durham: Duke University Press.

LAUGHLIN C A, 2002. Chinese reportage: The aesthetics of historical experience [M]. Durham: Duke University Press.

LAUGHLIN C A, 2005. Contested modernities in Chinese literature [M]. New York: Palgrave Macmillan.

LEE C M, 2005. The Asia American object: Aesthetic mediation and the ethics of writing [D]. Providence: Brown University.

LEE H Y, 2006. Revolution of the heart: A genealogy of love in China, 1900 – 1950 [M]. Stanford: Stanford University Press.

LEE L O, 1973. The romantic generation of modern Chinese writers [D]. Cambridge, MA: Harvard University Press.

LEE L O, 1973. The romantic generation of modern Chinese writers [M]. Cambridge, MA: Harvard East Asian Series.

LEEL O, 1981. Modern Chinese stories and novels: 1919 – 1949 [M]. New York: Columbia University Press.

LEE L O, 1987. Voice from the iron house: a study of Lu Xun [M]. Bloomington: Indiana University Press.

LEEL O, 1999. Shanghai modern: the flowering of a new urban culture in China, 1930 – 1945 [M]. Cambridge, MA: Harvard University Press.

LEMASTER J R, 2001. Leo (Lao) She's children talk about their father [J]. JASAT, oct. : 32.

LEUNG Y N, 1987. Charles Dickens and Lao She: A study of literary influence and parallels [D]. Urbana-Champaign: University of Illinois at Urbana-Champaign.

LEVITH M J, 2006. Shakespeare in China [M]. London & New York: Continuum.

LI K, 2007. Bernard Shaw and China: cross-cultural encounters [M]. Gainesville: University Press of Florida.

LI P F, 1996. Democracy and elitism: The May Fourth ideal of literature [J].

Modern China, 22 (2): 170-196.

LI W D, 2004. Topic chains in Chinese discourse [J]. Discourse processes: a multidisciplinary Journal, 37 (1): 25-45.

LI W, 1995. A study of Lao She's life and his early novels [D]. Sydney: University of Sydney.

LIANG K, 1995. "Chinese intellectuals in the war: Chongqing, 1937-1945" [D]. Yale University.

LIN L, 1998. The rhetoric of posthumanism in four twentieth-century international novels [D]. Denton: University of North Texas.

LINK P, 1981. Mandarin ducks and butterflies: popular fiction in the 20th century Chinese cities [M]. Berkeley: University of California Press.

LINK P, 1986. Rebels, victims and apologists [J]. New York times book review (7/6): 16.

LINK P, 2000. The use of literature: Life in the socialist Chinese literary system [M]. Princeton: Princeton University Press.

LIU J M, 2003. Revolution plus love: literary history, women's bodies, and thematic repetition in twentieth-century Chinese fiction [M]. Honolulu: University of Hawaii Press.

LIU K, 2000. Aesthetics and Marxism: Chinese aesthetics Marxists and their western contemporaries [M]. Durham: Duke University Press.

LIU K, 2003. Globalization and cultural trends in China [M]. Honolulu: University of Hawaii Press.

LIU K, TANG X B, 1993. Politics, ideology, and literary discourse in modern China: theoretical interventions and cultural critique [M]. Durham: Duke University Press.

LIU L H, 1990. The politics of first-person narrative in modern Chinese fiction [D]. Cambridge, MA: Harvard University.

LIU L H, 1996. Translingual practice: Literature, national culture, and translated Modernity—China, 1900-1937 [M]. Stanford: Stanford University Press.

LIU L H, 1995. Translingual practice: literature, national culture, and translated modernity China, 1900-1937 [M]. Stanford: Stanford University Press.

LIU L H, 1999. The clash of empires: the invention of China in modern world making [M]. Cambridge, MA: Harvard University Press.

LIU S, 2013. Performing hybridity in colonial-modern China [M]. New York: Palgrave Macmillan.

LIU T Y, 1984. Chinese middlebrow fiction: from the Ch'ing and Early Republican Eras [M]. Hong Kong: Chinese University Press.

LIU W C, 1971. Modern Chinese literature in May Fourth Era [D]. Chicago: University of Chicago.

LLOYD G A, 2000. The two-storied teahouse: art and politics in Lao She's plays [D]. Berkeley: University of California, Berkeley.

LOUIE C, 2002. Theorizing Chinese masculinity [M]. Cambridge: Cambridge University Press.

LOUIE K, 2000. "Constructing Chinese masculinity for the modern world: With particular reference to Lao She's The Two Mas" [J]. The China Quarterly, No. 164 (Dec.): 1062 – 1078.

LU S P, 2007. Chinese modernity and global biopolitics: studies in literature and visual culture [M]. Honolulu: University of Hawaii Press.

LU T L, 2009. Gender and sexuality in the twentieth-century Chinese challenge [M]. Hong Kong: Hong Kong University Press.

LUPKE C, 2005. The magnitude of Ming: Command, allotment, and fate in Chinese culture [M]. Honolulu, HI: University of Hawaii Press.

LYELL W, 1999. Blades of grass: The stories of Lao She [M]. Honolulu: University of Hawaii Press.

MACHOVEC, FRANK J H, 1988. Theory, history, applications [M]. Springfield: C. C. Thomas.

MACKERRAS C, 1972. The rise of the Peking Opera, 1770 – 1870: social aspects of the theatre in Manchu China [M]. Oxford: Clarendon Press.

MACKERRAS C, 1975. The Chinese theatre in modern times: From 1840 to the present day [M]. Amherst: University of Massachusetts Press.

MASSO G, 1927. Education in Utopias [M]. New York: AMS Press.

MCDOUGALL B S, LOUIE K, 1997. The literature of China in the twentieth century [M]. London: Hurst & Company.

MCDOUGALL B S, 1971. The introduction of western literary theories into modern China, 1919 – 1925 [M]. Tokyo: Centre for East Asian Cultural Studies.

MCDOUGALL B S, 1984. Popular Chinese literature and performing arts in the People's Republic of China, 1949 – 1979 [M]. Berkeley: University of California Press.

MEI Z, 2006. Our world, the west land: American and Chinese modernist fiction in the early twentieth century [D]. West Lafayette: Purdue University.

MESERVE W J, MESERVE R I, 1974. Lao Sheh: From people's artist to "an enemy of the peopl" [J]. Comparative Drama, 8, 2 (Summer): 143 – 156.

MESERVE W J, MESERVE R I, 1970. Modern drama from communist China [M]. New York: New York University Press.

MI J Y, 2002. The spectacle of xiangtu: home, landscape and national representation in modern Chinese literature, film and art [D]. Davis: University of California, Davis.

MILLER B S, 1994. Master works of Asian literature in comparative Perspective [M]. New York: M. E. Sharpe.

MORAN T, 2003. The reluctant nihilism of Lao She's Camel Xiangzi [M] // Joshua S. Mostow ed. The Columbia Companion to Modern East Asian Literature. New York: Columbia University Press: 452 – 457.

MOSTOW, J S, 2003. The Columbia companion to modern east Asian literature [M]. New York: Columbia University Press.

MUNRO S R, 1977. The function of satire in the works of Lao She [M]. Singapore: Nanyang University Press.

NAKAMURA K, 1984. A study of the grammar and vocabulary in the selection of Lao She's Plays [J]. Bulletin of Daito Bunka University: the humanities, 22: 19 – 31.

NG J M F, 1985. Autobiographies of Chinese writers in the early Twenties century [D]. Berkerley: University of California, Berkerley.

ONGA, 1998. Flexible citizenship: the cultural logics of transnationality [M]. Durham: Duke University Press.

OWEN S, 1992. Readings in Chinese literary thought [M]. Cambridge, MA: Harvard University Press.

PALLAVI R, 2008. Before windrush: recovering an Asian and black literary heritage within Britain [M]. Newcastle upon Tyne: Cambridge Scholars.

PAUL N, 1996. Eyes on Asia [J]. Publishers Weekly, 243 (28): 25.

POLLARDD E, 1998. Translation and creation: readings of western literature in early modern China, 1840 – 1918 [M]. Amsterdam: John Benjamins Publishing Company.

PRUSEK J, 1964. Studies in modern Chinese literature [M]. Berlin: Akademie – Verlag.

PRUSEK J, 1970. Chinese history and literature [M]. Holland: D. Reidel.

PRUSEK J, 1980. The epic and the lyrical: studies of modern Chinese literature [M]. Bloomington: Indiana University Press.

PRUSEK J, LEE L O, 1980. The lyrical and the epic: studies of modern Chinese literature [M]. Bloomington: Indiana University Press.

QUACH G C T, 1993. The myth of the Chinese in the literature of the late Nineteenth and Twentieth centuries [D]. New York: The Columbia University.

RANBIR V, 1980. Rickshaw: the novel Lo-t'o Hsiang Tzu by Lao She (book review) [J]. Journal of Asian Studies, 39: 3 (May): 589 – 591.

RANBIR V, 1974. Lao She and the Chinese revolution [M]. Cambridge, MA: Harvard University Press.

REA C G, 2008. A history of laughter: comic culture in early Twentieth – century China [D]. Ann Arbor: University of Michigan.

SCHONEBAUM A D, 2005. Fictional medicine: diseases, doctors and the curative properties of Chinese fiction [M]. Ann Arbor: University of Michigan.

SHAW M, 2010. Wartime diaspora: The reworking of cultural and national identity among Chinese and Japanese writers in 1930s and 1940s wartime China [D]. Cambridge, MA: Harvard University.

SHELDON H L, WANG D W, 2007. The monster that is history: History, violence, and fictional writing in Twentieth century China [J]. China Review International, 14, 1 (Spring): 257.

SHI X, 2009. The return of the westward look overseas Chinese student literature in the twentieth century [D]. Arizona: The University of Arizona.

SLUPSKI Z, 1964. Studies in modern Chinese literature [M]. Berlin: Akademie – Verlag.

SLUPSKI Z, 1966. The evolution of a modern Chinese writer: an analysis of Lao She's fiction with biographical and bibliographical appendices [M]. Prague: Oriental Institute in Academia.

SOLLORS W, 1998. Multilingual America: Transnationalism, ethnicity, and the languages of American literature [M]. New York: New York University Press.

SONG W J, 2006. Mapping modern Beijing: A literary and cultural topography, 1900s – 1950s [D]. New York: Columbia University.

STEINBERG S, 1999. Forecasts: fiction [J]. Publishers weekly, 246 (37): 61.

STUCKEY G A, 2005. Memory-tradition-history: ties to the past in modern Chinese fiction [D]. Los Angeles: University of California, Los Angeles.

SUN H, 1995. Myth and reality in the rural and urban worlds: a survey of the literary landscape in American and Chinese regional literatures [D]. Seattle: Washington University.

TEO L T, 1992. The problems of satire: Lao She's Looking West to Chang'an [J]. Chinese culture: a quarterly review, 33, 3 (sept.): 53 – 72.

THEODORE H, 1990. Reading the modern Chinese short story: Studies on modern China [M]. Armonk, NY: Sharpe.

TOKUYAMA H S, 1980. Stress, Chinese authors, and Chinese short stories, 1917 – 1933 [D]. Irvine: University of California, Irvine.

TOWERY B, 1999. Lao She, China's master storyteller [M]. Waco, Texas: Tao Foundation.

University of California, Berkeley.

WAGNER A R, 2002. Landscapes of the soul: essays of place and Chinese literary modernity, 1920 – 1945 [D]. New Haven: Yale University.

WANG C C, 1944. Contemporary Chinese stories [M]. New York: Columbia University Press.

WANG C C, 1947. Stories of China at war [M]. New York: Columbia University Press.

WANG R J, 1993. The transparency of Chinese realism: A study of texts by Lu Xun, Ba Jin, Mao Dun, and Lao She [M]. Ann Arbor: University of Michigan.

WANG R J, 2001. To live beyond good and evil [J]. Asian Cinema, 12 (1): 74 – 90.

WANG D W, 1982. Verisimilitude in realist narrative: Mao Tun's and Lao She's early novels [D]. Wisconsin-Madison: University of Wisconsin – Madison.

WANG D W, 1989. Lao She's wartime fiction [J]. Modern Chinese literature, No.

2: 197-218.

WANG D W, 1992. Fictional realism in twentieth-century China: Mao Dun, Lao She, Shen Congwen [M]. New York: Columbia University Press.

WEINSTEIN J B, 2003. Directing laughter: Modes of modern Chinese comedy, 1907-1997 [M]. Ann Arbor: University of Michigan.

WERNER S, 1998. Multilingual America: transnationalism, ethnicity, and the languages of American literature [M]. New York: New York University Press.

WILLIAM L, 1985. Lu Xun's vision of reality [M]. Berkeley: University of California Press.

WILLIAMS P F C, 1985. Wu Zuxiang and his meliorist rural fiction in China from the twenties to the forties [D]. Los Angeles: University of California, Los Angeles.

WONG Y W, 1988. Essays on Chinese literature: a comparative approach [M]. Singapore: Singapore University Press.

WYLIE S, 1956. An essay on comedy-meredith together with laughter-bergson [M]. Baltimore: Jonhs Hopkins University Press.

XIAO J, 2004. Memory and woman in modern Chinese literature: Shen Congwen, Zhang Ailing, and Wang Anyi [D]. New Brunswick: Rutgers The State University of New Jersey.

XIAO L Z, 2013. Implicature: A significant feature in Liu Mazi's lines in Lao She's Cha Guan [J]. Theory and Practice in Language Studies, 3 (5): 762-768.

YAN Y, 2005. Chinese traditional propriety (li) thought in Lao She's "Four Generations Under One Roof" [D]. Ann Arbor: University of Michigan.

YINGR C, 1981. Lao She and his Teahouse [J]. Westerly: A Quarterly Review, 26, 3 (sept.): 89-93.

YOU W J, 1995. A horneyan analysis of Lao Li in Lao She's Divorce [J]. Chinese culture: a quarterly review, 36, 3 (Sept.): 89-99.

YU S L, 2013. Politics and theatre in the PRC: fifty years of teahouse on the Chinese stage [J]. Asian theatre journal, 30 (1): 121-190.

ZHANG Y J, 1993. Configurations of the city in modern Chinese literature and film [M]. Ann Arbor: University of Michigan.

安敏成, 2001. 现实主义的限制: 革命时代的中国小说 [M]. 姜涛, 译. 南京：江苏人民出版社.

巴尔，2015. 叙述学——叙事理论导论［M］. 谭君强，译. 北京：中国社会科学出版社.

巴赫金，1998. 拉伯雷研究［M］. 李兆林，等译. 石家庄：河北教育出版社.

柏格森，1980. 笑：论滑稽的意义［M］. 徐继曾，译. 北京：中国戏剧出版社.

本雅明，2014. 打开我的藏书［M］//汉娜·阿伦特，启迪：本雅明文选. 张旭东，王斑，译. 北京：生活·读书·新知三联书店：71－80.

曹顺庆，2002. 比较文学论［M］. 成都：四川教育出版社.

曹顺庆，2005. 比较文学学［M］. 成都：四川大学出版社.

曹顺庆，2014. 南橘北枳——曹顺庆教授讲变异学［M］. 北京：中央编译出版社.

曹顺庆，王超，2010. 再论中国古代文论的中国化道路［J］. 中外文化与文论（1）：66－78.

曹顺庆，郑宇，2011. 翻译文学与文学的"他国化"［J］. 外国文学研究（6）：111－117.

曾广灿，吴怀斌，2010. 老舍研究资料［M］. 北京：知识产权出版社.

陈震文，1984. 独特·浑厚·卓异——论老舍的短篇小说［J］. 辽宁大学学报（哲学社会科学版）（5）：87－91.

成梅，1998.《牛天赐传》与《远大前程》综论［J］. 广州师院学报（社会科学版），19（10）：25－32.

辞海编集委员会，1989. 辞海［M］. 上海：上海辞书出版社.

丁柏林，2008. 关于张自忠将军的三种叙事［J］. 中国现代文学研究丛刊（4）：130－137.

董炳月，1993. 论《四世同堂》的文化忧思［J］. 海南师范学院学报（2）：45－52.

范亦豪，2007. 迟到的老舍——对一位天才的自由主义作家的若干理解［J］. 随笔（5）：67－82.

菲茨杰拉德，2005. 了不起的盖茨比［M］. 鹿金，王晋华，汤永宽，译，北京：中国书籍出版社.

弗莱，1998. 批评的剖析［M］. 陈慧，袁宪军，吴伟仁，译. 天津：百花文艺出版社.

弗洛伊德，1996. 文明与缺憾［M］. 傅雅芳，郝冬瑾，译. 合肥：安徽文艺出版社.

付一春，2009. 论老舍对狄更斯的接受和变异：以《牛天赐传》和《大卫·考坡菲》为例［J］. 湖南医科大学学报（社会科学版），11（3）：112—114.

傅光明，2007. 口述历史下的老舍之死［M］. 济南：山东画报出版社.

戈德布拉特，1985. 评沃勒·兰伯尔的《老舍与中国革命》一书及小威廉·A. 莱尔的《猫城记》译本［J］. 李汝仪，译. 徐州师范学院学报（哲学社会科学版）（1）：117-121.

古世仓，吴小美，2005. 老舍与中国革命［M］. 北京：民族出版社.

关纪新，1998. 老舍评传［M］. 重庆：重庆出版社.

韩经太，2011. 老舍与京味文学［M］. 北京：北京大学出版社.

河清，1996. 民族主义与世界主义［J］. 读书（9）：72.

胡风，1944. 祝老舍先生创作二十年：在文协第六届年会的时候［J］. 抗战文艺，9（3-4）：9-10.

胡金铨，1977. 老舍和他的作品［M］. 香港：文化·生活出版社.

胡旭梅，2002. 离不去的和离去了的——评老舍《离婚》中的二元观念［J］. 海南师范学院学报（4）：126-131.

黄邦福，2011. 男性气质理论与经典重释［J］. 求索（9）：215-217.

计红芳，2010. 天真 顺从 叛逆 皈依——《牛天赐传》小说的叙事语法［J］. 名作欣赏（8）：37—39.

季进，余夏云，2017. 英语世界中国现代文学研究综论［M］. 北京：北京大学出版社.

老舍，2013. 老舍全集（1-19）［M］. 北京：人民文学出版社.

雷金庆，2012. 男性特质论：中国的社会与性别［M］. 刘婷，译. 南京：江苏人民出版社.

李凤亮，2008. 海外中国现代文学研究：历史与现状——王德威教授访谈录［J］. 南方文坛（5）：14-21.

李音，2009. 晚清至五四：文学中的疾病言说［D］. 上海：华东师范大学.

李影心，1935. 老舍先生《离婚》的评价［J］. 天津大公报"文艺".

林海音，1980. 中国近代作家与作品［M］. 台北：纯文学出版社.

刘北成，本雅明思想肖像［M］. 上海：上海人民出版社.

刘禾，2002．跨语际实践——文学，民族文化和被译介的现代性（中国，1900－1937）［M］．北京：生活·读书·新知三联书店．

刘雄平，2002．论老舍小说的四种悲剧形态［J］．郴州师范高等专科学校学报（1）：54－58．

鲁迅，2005．鲁迅全集［M］．北京：人民文学出版社．

罗克凌，2012．后殖民误读：老舍《小坡的生日》新释［J］．北京理工大学学报（社会科学版）（2）：138－143．

马兵，2010．想象的本邦——《阿丽思中国游记》、《猫城记》、《鬼土日记》、《八十一梦》合论［J］．文学评论（6）：161－166．

马丁，2006．当代叙事学［M］．北京：北京大学出版社．

马克思，2001．资本论（第一卷）［M］．北京：人民出版社．

毛姆，2009．月亮和六便士［M］．傅惟慈，译．上海：上海译文出版社．

孟广来，史若平，吴开晋，等，1983．老舍研究论文集［M］．济南：山东人民出版社．

沐子，赵阳，2007．论老舍小说的创作风格——以《牛天赐传》为成熟标志的分析［J］．重庆师范大学学报（哲学社会科学版）（1）：14—20．

尼柯尔，1985．西欧戏剧理论［M］．徐士瑚，译．北京：中国戏剧出版社．

普实克，1987．普实克中国现代文学论文集［M］．李燕乔，等译．长沙：湖南文艺出版社．

热奈特，1990．叙事话语 新叙事话语［M］．王文融，译．北京：中国社会科学出版社．

赛弗，2006．喜剧新观念［C］//张健．喜剧的守望：现代喜剧论集［M］．济南：山东文艺出版社：503－511．

三岛宪一，2001．本雅明：破坏、收集、记忆［M］．石家庄：河北教育出版社．

桑塔格，2003．疾病的隐喻［M］．□程巍，译．上海：上海译文出版社．

石兴泽，2006．平民作家老舍——关于老舍的一种阅读定格［J］．民族文学研究（4）：36－42．

石兴泽，石小寒，2011．东西方文化影响与老舍文学世界的建构及其研究［M］．北京：中国社会科学出版社．

舒济，1992．中国现代作家选集——老舍［M］．台北：书林出版有限公司．

舒乙，1988．老舍的关坎和爱好［M］．北京：中国建设出版社．

孙桂荣，2010. 经验的匮乏与阐释的过剩：——评周蕾《妇女与中国现代性——西方与东方之间的阅读政治》［J］. 中国现代文学研究丛刊（04）：138－145.

王德威，2011. 写实主义小说的虚构：茅盾，老舍，沈从文［M］. 上海：复旦大学出版社.

王丽丽，程光炜，2009. 从夏氏兄弟到李欧梵、王德威——美国"中国现代文学研究"与现当代文学［J］. 当代文坛（5）：10－17.

王润华，1995. 老舍小说新论［M］. 上海：学林出版社.

王瑶，1987. 老舍对现代文学的贡献——《老舍选集》序［J］. 社会科学辑刊（1）：84－88.

王玉宝，2005. 田园的诱惑——《离婚》的另一种读法［J］. 洛阳师范学院学报（4）：36－39.

王玉宝，2009.《牛天赐传》：作为自传的老舍小说［J］. 绵阳师范学院学报（10）：38－41.

韦勒克，1999. 批评的概念［M］. 张今言，译. 中国美术学院出版社.

温儒敏，2000. 文化批判视野中的小说《二马》（1997年6月在荷兰国际比较文学大会上的发言）［J］. 中国现代文学研究丛刊（4）：123－128.

温儒敏，李细尧，1987. 寻求跨中西文化的共同文学规律——叶维廉比较文学论文选［M］. 北京：北京大学出版社.

吴小美，1981. 一部优秀的现实主义作品——评老舍的《四世同堂》［J］. 文学评论（6）：89－110.

吴小美，2009. 论老舍的长篇小说《牛天赐传》［J］. 贵州社会科学（9）：72—78.

吴小美，古世仓，李阳，1995. 开创"老舍世界"诠释与研究的新局面［J］. 中国现代文学研究丛刊（2）：68－92.

吴小美，魏韶华，古世仓，2006. 老舍与中国新文化建设［M］. 北京：民族出版社.

吴永平，2004. 再论巴迪先生的老舍研究——兼及文化人类学方法论的某些特点［J］. 北京社会科学（1）：116－121.

夏志清，2005. 中国现代小说史［M］. 刘绍铭，等译. 上海：复旦大学出版社.

亚里士多德，贺拉斯，1982. 诗学·诗艺［M］. 罗念生，杨周翰，译. 北京：

人民文学出版社.

伊格尔顿,1987. 二十世纪西方文学理论 [M]. 西安:陕西师范大学出版社.

尹雪曼,1980. 抗战时期的现代小说 [M]. 台北:成文出版社.

余连祥,2000. 围城内外的困惑——试析中国现代小说中的离婚者形象 [J]. 浙江学刊(3):113-117.

宇文所安,2003. 瓠落的文学史 [C]//他山的石头记——宇文所安自选集 [M]. 田晓菲,译. 南京:江苏人民出版社:1-8.

袁良骏,1997. 讽刺杰作《猫城记》[J]. 齐鲁学刊(5):24-33.

赵少侯,1935. 论老舍的幽默与写实艺术 [J]. 天津大公报"文艺".

赵学勇,崔荣,2004. 20世纪30年代中国的都市叙事与想象 [J]. 陕西师范大学学报(哲学社会科学版)(6):40-45.

赵毅衡,1998. 当说者被说的时候——比较叙述学导论 [M]. 北京:中国人民大学出版社.

赵毅衡,2013. 广义叙述学 [M]. 成都:四川大学出版社。

赵园,1982. 老舍——北京市民社会的表现者与批判者 [J]. 文学评论(2):35-50.

周蕾,1995. 写在家国以外 [M]. 香港:牛津大学出版社.

朱崇科,2007. 后殖民老舍:洞见或偏执?——以《二马》和《小坡的生日》为中心 [J]. 中山大学学报(社会科学版)(2):14-18.

图书在版编目（CIP）数据

英语世界的老舍研究 / 续静著. — 成都：四川大学出版社，2022.10
（文明互鉴：中国与世界 / 曹顺庆总主编）
ISBN 978-7-5690-5804-8

Ⅰ.①英… Ⅱ.①续… Ⅲ.①老舍（1899-1966）—文学研究—文集 Ⅳ.① I206.6-53

中国版本图书馆 CIP 数据核字（2022）第 227536 号

书　　名：	英语世界的老舍研究
	Yingyu Shijie de Laoshe Yanjiu
著　　者：	续　静
丛 书 名：	文明互鉴：中国与世界
总 主 编：	曹顺庆

丛书策划：张宏辉　欧风偃
选题策划：刘　畅
责任编辑：刘　畅
责任校对：谢　鎏
装帧设计：墨创文化
责任印制：王　炜

出版发行：四川大学出版社有限责任公司
　　地　址：成都市一环路南一段 24 号（610065）
　　电　话：（028）85408311（发行部）、85400276（总编室）
　　电子邮箱：scupress@vip.163.com
　　网　址：https://press.scu.edu.cn
印前制作：四川胜翔数码印务设计有限公司
印刷装订：四川五洲彩印有限责任公司

成品尺寸：170 mm×240 mm
印　　张：17.25
插　　页：1
字　　数：334 千字

版　　次：2022 年 11 月 第 1 版
印　　次：2022 年 11 月 第 1 次印刷
定　　价：79.00 元

本社图书如有印装质量问题，请联系发行部调换

版权所有 ◆ 侵权必究

扫码查看数字版

四川大学出版社
微信公众号